I0677942

Uncido

Manuel Domínguez

UNCIDO

MANUEL DOMÍNGUEZ

© Manuel Domínguez, 2015

Reservados todos los derechos. Queda rigurosamente prohibida, sin la autorización expresa de los titulares del copyright, la reproducción y distribución parcial o total de esta obra por cualquier medio o procedimiento.

ISBN-13: 978-8460838081
ISBN-10: 8460838080

Noviembre de 2015

A mis padres
desde el recuerdo inmarcesible.

Capítulo 1 *(1936) De la familia de Manuel y de cómo conocieron el estallido de la guerra*

Era capaz de recordar incluso retazos desvaídos de antes de que aprendiera a andar, lo que sucedió el mismo día que cumplía un año. La memoria de El Manantial lo marcaría indeleblemente, mostrándose siempre obsesivamente vívida, el refugio seguro al que acudir en los trances difíciles, cuando la angustia destapa el abismo bajo los pies, y al mismo tiempo, el lugar fatídico de amenazantes secretos que, por nada del mundo, debían ser revelados.

Para cuando estalló la guerra, Manuel aún no tenía ocho años. Hijo único, vivía a dos leguas del pueblo de la sierra, Entrecerros, en la enorme dehesa de encinas, alcornoques y olivos de El Manantial, la finca más grande y fértil de las que poseía don Máximo, donde trabajaban dócilmente sus padres de sol a sol. Su padre, Diego, de apodo familiar El Pazguato, gracias a sus habilidades y dedicación abnegada, gozaba de la confianza del capataz, Francisco, serio como un miura, de trato seco como los trastos de una era, rostro muy alargado y apodado por méritos propios, que no heredado, El Jáquima. El capataz encomendaba a Diego toda suerte de labores agrícolas y ganaderas, así como cuantos trabajos surgían, ya fuera de albañilería, cuando se requería en el cortijo, como de reparación del vallado de piedra y tantos otros, que en el campo era preciso conocer de todo. Para su madre, Carmen, los días discurrían en un constante trajín de limpiar y ordenar las estancias del cortijo y en lavar y planchar la ropa de la familia de don Máximo hasta la caída de la tarde, que hacía las mismas labores, además de la frugal comida para los tres, en la reducida choza en que vivían o, más propiamente, dormían, cerca de la gañanía, no muy lejos del cortijo.

Hasta los cuatro años Manuel siempre acompañó a su madre. Distraía el tiempo ayudándole a mover muebles en la medida que sus fuerzas se lo permitían y acarreando trastos, menos la ropa sucia, que no consentía su madre que cargara con la de nadie, así como tampoco le permitía acercarse a las planchas de carbón por el riesgo cierto de quemarse.

Aún no había cumplido los cinco el día en que porfió por acompañar a su padre; desde entonces no se separaba de él. Aunque duros y cansados, aprendía ayudándole en todos los trabajos, al tiempo que le encandilaba la destreza con que los ejecutaba y la fuerza inmensa que tenía. Se ensimismaba observando con qué esmero amolaba con el asperón la hoja de la guadaña y cómo con cortes limpios, describiendo amplios arcos, segaba a la altura exacta la alfalfa, que caía blanda y desmayada del lado de la implacable cuchilla; la maña con que recogía la hierba con el bieldo de una sola pasada, reuniéndola y ensartándola en los dientes desde arriba. Admiraba la facilidad con que amasaba con el azadón la arcilla roja con agua y paja, formando una mezcla homogénea con el punto de humedad idóneo, cómo la lanzaba con el palustre contra la pared en el sitio exacto y con el mismo, sin valerse de la llana, la alisaba a continuación con hábiles movimientos de muñeca, conformando un enlucido perfecto. Disfrutaba de las correrías por la dehesa con Luchi, una perrita muy lista de oído fino, y con Peligro, un cruce de mastín y mixtolobo, que bien se compadecía con su nombre; unos días, de porqueros con las piaras de cochinos ibéricos; otros, de pastores de las impasibles ovejas y de las díscolas cabras, a las que Luchi sola se bastaba para impedir que se descarriaran. Con los carneros y con los chivos debía permanecer alerta, que al menor descuido pretendían tromparlo, si bien nunca lo consiguieron y todo el que lo intentó recibió un buen palo de su padre, seguido de un vapuleo de lo lindo por parte de Peligro, que no se andaba con miramientos y los escarmentaba. Pronto supo defenderse por sí mismo con una garrota de acebuche acabada en porra que le preparó su padre. Aprendió a tirar piedras al modo cabrero, levantando hacia atrás el brazo estirado y bajándolo violentamente hacia adelante hasta detenerlo bruscamente en el costado, al tiempo que soltaba el canto, que salía disparado a gran velocidad. A fuerza de tesón, practicando incansable todos los días durante horas, vino a desarrollar una puntería admirable que utilizaba no para castigar a los animales, sino para que las piedras golpearan el suelo tan cerca y en el lugar adecuado como para asustarlos y volverlos al rebaño. Solo en una ocasión en que un chivo encaramado a un risco se declaró en rebeldía y no se avenía a razones, no halló otra solución que atinarle en un cuerno, truncándoselo y haciéndolo volver transformado en remedo de unicornio. Para el año treinta y cinco, ya estaba más que capacitado y, recién cumplidos los siete, su padre le encargó que realizara el cuidado de los animales solo, acompañado siempre de los perros, que a él le servían de compañía y a su padre le daban la tranquilidad de la defensa que le proporcionaban.

Jamás rehusaba ni se aburría pastoreando ni ayudando y aprendiendo todas las faenas, por más que nada era liviano. Soportaba como un hombre el cansancio de las horas de caminata con las piaras y rebaños, el aguaviento que le calaba hasta los huesos, incapaz de contenerlo la capa, el frío del largo invierno que penetraba el cuero endurecido de las botas, los gruesos pantalones de paño y la recia pelliza, produciéndole dolorosos sabañones en orejas y dedos de manos y pies, el mismo frío que en la alberca y los abrevaderos helaba el agua tornándola en espejos duros sobre los que se estrellaba el bajo sol cegador, obligándole a romper los carámbanos con la garrota para que bebieran los animales. En el otro extremo, el calor del tórrido verano cuando el sol caía a plomo en el centro del día desatando la furia de chicharras, alacranes, avispas y abejas. Le divertía dirigir a su antojo el canto estridente de la chicharra, provocando ruido para que callara y permaneciendo en silencio para que cantara. Sabía cómo mover las piedras bajo las que solían esconderse los alacranes y, cuando descubría alguno, se apresuraba a aplastarlo con el tacón de la bota antes de que se le acercara Luchi, siempre presta, y recibiera el peligroso aguijón en el hocico. No era infrecuente que le picaran las avispas, sobre todo, cuando llevaba los animales a los abrevaderos, en donde pululaban, si bien tenía la fortuna de que no le hacían mucha reacción, aunque algunas veces le picó una abeja o una avispa terrera, más dolorosas y peligrosas, viéndose obligado a practicar el remedio que le enseñó su padre de aplicarse una cataplasma de barro amasado con su propia orina. Sentía más que respeto por la víbora y el alicante, que solo con verlos se le erizaban los vellos y le producían una inquieta desazón que se le manifestaba en forma de cosquilleo nervioso en

9

los antebrazos y en las corvas. Si bien la primavera y el comienzo del otoño eran afables, las inclemencias del tiempo y las exigencias de la tierra endurecían la vida en el campo el resto del año.

Cada día al anochecer, en la choza, tras la cena ligera, caía destroncado en el jergón de farfolla de su cama, arropado a conciencia por su madre en las frías noches con dos pesadas y ásperas mantas y una cálida zalea de oveja que lo cubría por completo, y dormía de un tirón hasta el amanecer.

Ni en aquellos años ni en muchos después se conoció en el campo otro descanso que los domingos y fiestas de guardar, en los que no se trabajaba en labores agrícolas ni se sacaban los animales al campo, aunque, naturalmente, se limpiaban los establos y cercados y se les procuraba forraje y agua. Los braceros abandonaban el sábado, por la tarde, la enorme gañanía, capaz de albergar hasta ochenta hombres, y marchaban al pueblo al remudo, los mayores para disfrutar de sus familias y los jóvenes, de la diversión.

La confianza depositada en Diego y Carmen era como una condena por la que, para El Jáquima, nunca era momento idóneo para que la familia fuera al pueblo, haciéndolo muy de tarde en tarde, a veces por la necesidad ineludible de acudir al médico por alguna enfermedad, que había períodos de años en que no lo visitaban, lo que era de agradecer, señal de que estaban sanos.

Tal era el aislamiento en que vivían, que lo único que conocieron del estallido de la guerra fueron los comentarios imprecisos y pavorosos que traían del pueblo El Jáquima y los escasos jornaleros que acudieron a trabajar el lunes, veinte de julio. Vivían en la zozobra del paso de los días sin saber qué suerte pudieran correr ellos y sus familias ni si se inclinaría de uno u otro bando ni cuánto tiempo habrían de esperar, lo que hacía que los más se mostraran extremadamente cautos y evitaran comentarios comprometedores ni en un sentido ni en el contrario. La preocupación se transformó en pánico el nueve de agosto, domingo, con el estruendo de los disparos que restallaban en el aire de la sierra y agredían la paz del campo, haciendo aullar a los perros. Desde el lunes, diez, en que no se presentaron los últimos jornaleros que habían permanecido trabajando desde el comienzo de la guerra, en el silencio de la madrugada, con las primeras luces del día, se escuchaban disparos de fusiles allá por el cementerio, en el camino de la finca al pueblo. En cualquier dirección que la alejara del mismo, podía verse la intrincada orografía de los montes salpicada de gente diseminada que huía a esconderse.

En El Manantial, solo quedaron El Jáquima, Juan El Lacio y la familia de Diego. El Jáquima, inquieto y cauteloso, iba y venía cada dos o tres días de despachar con don Máximo, quien había decidido mantenerse en el pueblo con su familia por sentirse más seguros. Juan era un hombre mayor, soltero, escueto de carnes, desgarbilado que parecía como si la holgada camisa le tirara hacia adelante del cuello y hacia el costado del hombro derecho, las rodillas siempre ligeramente flexionadas, dándole un aspecto que hacía honor al apodo familiar de El Lacio, muy trabajador, de carácter bondadoso y muy servicial; también permanecía muchos fines de semana en el campo sin visitar el pueblo. Pronto fue amainando la inquietud en el ánimo de El Jáquima, al tiempo que la sustituía por un despotismo que crecía por día. Nunca había dado pie a que nadie a sus órdenes viera en él nada distinto de lo que en realidad ejercía, de manijero, pero ahora mostraba a las claras su decisión de aumentar la distancia en el trato. Cual si de un general se tratara, reunió a sus parcas huestes, que no eran sino Juan El Lacio y los padres de Manuel, y con amenazantes palabras extemporáneas los exhortó abriendo mucho los ojos y levantando las cejas, lo que le confería un aspecto aún más alargado a su rostro, tanto que, de hacerse realidad el apodo, sin duda el bocado le habría apretado la comisura de los labios, "que aquí la gente se ha creído que es alguien y ha habido mucho libertinaje y cada uno de los que ahora no saben dónde esconderse ha hecho lo que le ha dado la gana y esto se ha acabado. Así que a trabajar y a callar. Y tened en cuenta la suerte que tenéis de estar vivos y no andar por los cerros como todos esos. Y aquí de exigencias ya, ninguna". El Lacio y los padres de Manuel se sintieron agredidos e, incrédulos, se miraron disimuladamente con caras de sorpresa; jamás habían hecho otra cosa que trabajar, obedecer y callar. El rostro de Carmen, que reflejaba el pavor que le producían el ruido de los disparos y la angustia de la visión de la gente en desbandada, unido a no tener noticias de sus padres, sus cuatro hermanos y dos hermanas, así como de los padres, única familia, de su marido, se ensombreció aún más al escuchar las palabras de El Jáquima, que parecían vaticinar mayores desgracias. Sintió que la pesadumbre la aplastaba y la empequeñecía hasta casi hacerla desaparecer, como queriendo hallarle justificación al mote familiar de La Poquita, al tiempo que crecía en ella el miedo a un incierto futuro, que se había transmutado, de sopetón, en presente tenebroso.

Capítulo 2   (1936) Donde Manuel y sus padres se topan de bruces con los desastres de la guerra

Al atardecer del sábado, veintidós de agosto, Diego se fue en busca de El Jáquima. Hacía dos semanas que el ejército sublevado había entrado en el pueblo y necesitaba ir con Carmen y su hijo a conocer de primera mano la suerte de sus familiares. Sabiendo que solo quedaban trabajando en la finca Juan El Lacio y ellos, había pensado con detalle lo que debía decirle al capataz para obtener su consentimiento. Lo encontró en el patio de cuadras del cortijo; al verlo, se le obnubiló la mente y se le trastocaron las ideas y el orden en que quería transmitirlas. "Francisco, quería pedirle… bueno, que quería decirle que mañana, domingo, quiero ir con Carmen y el niño al pueblo". "¡Cómo que quieres ir al pueblo!", se exaltó iracundo El Jáquima, "¡¿Pazguato, tú estás loco?! Sabes, de sobra, el trabajo que hay aquí". Diego tragó saliva mirando al suelo, levantó la vista y forzando el tono tranquilizador, "no se preocupe, me levantaré temprano y dejaré a los animales aviados. Todavía son los días largos y estaremos de vuelta para la hora de echarles de comer por la tarde". Esperó un instante por si el capataz quería decir algo y enseguida añadió para fortalecer su argumento "en el cortijo, como no están los señoritos, hay menos faena y Carmen lo lleva todo al día". La mente de Diego había recobrado el sosiego y acertaba con lo que tenía que decir, si bien no con el orden ni las palabras que tanto se había preparado de antemano. El capataz no estaba convencido, "sí, pero esto se queda todavía más solo de lo que está". "Serán unas horas", insistió Diego. No quiso expresar nada más que supusiera una legítima reclamación de su derecho a disponer de aquel día ni manifestar que él no era el guardián de la finca para evitar el previsible enfado del capataz y que se negara en redondo a dejarlos ir. "Aquí nadie hace más que complicarme la vida", se quejó El Jáquima, cebándose precisamente con uno de los pocos que continuaban en la finca. "Va a ser un día nada más y usted se imagina lo preocupados que estamos por nuestra familia", casi rogó Diego. "Está bien, tú verás, pero a los animales hay que alimentarlos y las cuadras se tienen que quedar limpias", accedió El

Jáquima de mala gana. "No se preocupe, ya le he dicho que me levantaré temprano. Juan me echará una mano, lo he hablado con él". Ya se retiraba Diego cuando le llamó la atención el capataz "ah, ¿cómo pensáis ir? Ni se os ocurra llevaros ninguna bestia, que vais expuestos a que os asalten por el camino y os la roben". Fue una sorpresa para Diego, que no había previsto esa negativa y confiaba en ir con el borrico para aliviar a Carmen y al niño en el camino. "Está bien", se apresuró a aceptar decidido, disimulando la resignación para que el capataz no la percibiera como un signo de debilidad, "iremos andando".

No pudo pegar ojo aquella noche, dándole vueltas a la idea de que pudieran ser asaltados camino del pueblo. Temía por su mujer y su hijo y se revolvía nervioso en la cama junto a Carmen que, callada e inmóvil, tampoco dormía; por momentos se tranquilizaba pensando que, si bien al principio, cuando estalló la guerra, el capataz distanciaba las visitas al pueblo para despachar con don Máximo, escoltado por dos hombres a caballo, armados de escopetas y acompañados de varios perros, en los últimos días había ido solo casi a diario e incluso se atrevía a creer que sin mayores precauciones, tan solo con el perro pachón que le precedía a todas partes y que más que de defensa servía para anunciar la llegada de su dueño. ¿Por qué, entonces, le había advertido del peligro? Y volvía a rondar en las mismas ideas una y otra vez en un mar de dudas y desasosiego. Aún no había amanecido y cuando creía haberse tranquilizado definitivamente, se sobresaltó con el ruido de los disparos que se repetían a diario al alba por el cementerio. Aquel día, el ruido le pareció más fuerte, acaso porque soplaba un leve viento del sur, y se alarmó como nunca pensando que tenían que pasar por el camposanto, camino del pueblo. Se levantó de la cama aún casi de noche y se vistió a tientas con la escasa luz de la luna en cuarto creciente que se filtraba por las rendijas del ventanuco de la choza. Carmen también se levantó sin haber dormido y cerró la puerta por dentro cuando salió Diego, al que enseguida se le unieron Luchi y Peligro. Caminó deprisa hasta las cuadras del cortijo por aquel sendero más que trillado para él, iluminado suficientemente por la luna y los primeros albores del día. Necesitó encender un par de candiles en el interior. Cuando llegó Juan El Lacio, ya había limpiado Diego el estiércol de más de la mitad de las cuadras, chasqueando a cada caballo para que se apartara, que aún permanecían echados. "Sí que te has dado prisa hoy, ¿a qué ánimas les has rezado?", fue la manera de dar los buenos días Juan. "Pues ya ves, Juan", fueron a su vez los de Diego. Entre ambos terminaron de limpiar lo que faltaba y recoger las camas de los caballos contra la pared bajo el pesebre, en el que echaron una brazada de paja y medio celemín de cebada para cada animal. Clareaba, aunque todavía no había salido el sol.

De vuelta a la choza, se encontró con Carmen y el niño ya preparados para partir. Tomó un café de malta de pucherete que apartó Carmen de las trébedes y una rebanada de pan recién tostado con aceite y sal, se colgó al hombro la quincana con la comida que había preparado Carmen y emprendieron la marcha acompañados de Luchi y Peligro que echaron a andar alegres de medio lado por delante, mirando a padres e hijo y moviendo las colas. Nunca Diego había apreciado tanto la compañía de Peligro como en aquel momento.

El sol asomaba ya sobre los montes a su izquierda aunque la mañana aún era fresca. Caminaban a buen paso, en silencio y atentos a cualquier movimiento que pudieran detectar, mirando desconfiados a sus espaldas con frecuencia. Solo oían sus pasos, ocasionalmente los golpes sordos de las garrotas contra el suelo, el jadeo de los perros y el canto estridente de los grillos cebolleros. Habían recorrido sobre legua y media y se detuvieron antes de la salida de la curva del camino tras la que se hallaba el cementerio. Diego llamó con una señal a los perros para que se estuvieran con él y no ladraran. Parapetados tras una carrasca, pudieron ver a varios soldados que se sacudían a manotazos mangas y perneras, cambiando de manos los fusiles, zapateaban con las botas el suelo polvoriento y finalmente subían a un camión que, tras varios intentos agónicos, consiguió poner en marcha el motor, partiendo renqueante hacia el pueblo. "Menos mal", murmuró el padre aliviado por no haber sido advertidos. "Gracias al Señor", suspiró la madre. A Manuel le llamaron la atención los soldados y el camión, al punto de que los recordaría siempre, aunque en aquel momento no se percatara del significado de lo que acababa de presenciar. Reanudaron la marcha con paso más precavido. La cancela del cementerio estaba abierta, el padre se quitó la gorra en señal de respeto y la madre se santiguó. Miraron de reojo con cautela y vieron a alguien que se movía al fondo. Diego creyó reconocer al sepulturero. Volvieron a apretar el paso para dejar atrás el cementerio cuanto antes. A lo lejos, les precedían los estertores del motor del camión que culebreaba con dificultad por las curvas, arreciando el rugido en las empinadas cuestas como si fuera a estallar.

A la llegada al pueblo, quedaron sobrecogidos. Era casi media mañana y no había nadie por las calles. Las puertas de las casas estaban cerradas, los postigos de las ventanas, entornados, y herían las fachadas, recién encaladas al inicio del verano, obscenos impactos de proyectiles como salpicaduras de barro en el vestido de boda de una novia rica. La torre de la iglesia sobresalía mostrando una gran y amenazante mella en una arista. La tierra y caliches desprendidos de las paredes y el estiércol de las caballerías daban a las calles un aspecto de suciedad y abandono. Decidieron evitar las más céntricas, dando un rodeo por el lejío para dirigirse a la casa de la familia de Carmen. De cuando en cuando, oían algún leve ruido en el interior de alguna casa; aunque no veían a nadie, percibían que eran observados. Durante el trayecto, tirados en el suelo, encontraron varios cadáveres de hombres sobre los que revoloteaban y se posaban las moscas, los más desprendían ya un hedor nauseabundo. Diego volvió a quitarse la gorra y Carmen se santiguaba de nuevo y ponía la mano en el rostro del hijo y lo apretaba contra sí queriendo taparle tan horrenda visión. Pensaron que tal vez no deberían haber evitado el centro del pueblo. A punto de llegar a la casa familiar de Carmen, ubicada en uno de los barrios más humildes, en la falda de un cerro, el pequeño Manuel no pudo contener el vómito.

Capítulo 3 (1936) Donde la familia de Manuel conoce el relato de los acontecimientos y el escarnio infligido por los soldados

Aunque la puerta de hoja única disponía de una pequeña aldaba de hierro fundido, Carmen prefirió llamar golpeando la madera agrietada con el exterior del puño cerrado para hacer el menor ruido posible. Oyeron cuchicheos que provenían de dentro, denotando gran alarma, y un angustioso y casi imperceptible "¿quién es?". "Madre, soy Carmen", susurró con los labios rozando la irregular rendija entre la puerta y el marco, intuyendo que debían evitar ser oídos por nadie. Abrió Josefa, la madre, se apresuraron a entrar y volvió a cerrar inmediatamente. Allí se encontraron con el hermano más pequeño de Carmen, Andrés, un adolescente que casi doblaba la edad de Manuel. Se abrazaron en la penumbra del interior de la estancia que servía de salón, comedor y cocina, iluminado solo por la luz que entraba por la puerta a medio abrir del pequeño corral y por la que salieron al mismo Luchi y Peligro. La madre rompió a llorar en silencio, tragándose los suspiros, abrazada a la hija sin poder articular palabra. Respetaron el llanto de Josefa y esperaron a que cesara para saber de la familia. "Madre", susurró Carmen, "¿dónde están padre y mis otros hermanos?". Josefa volvió a llorar desconsoladamente. Hubieron de esperar otro largo rato, mientras Carmen, dominando su impaciencia, intentaba calmarla. Cuando, por fin, pudo hablar, entre ahogos y con voz susurrante y entrecortada informó entre lágrimas que el padre, Andrés, estaba trabajando en el campo, en la finca de don Joaquín. Sus hermanas Lutgarda y Fernanda también continuaban de criadas en las respectivas casas de sus señoritos de las que, en ese tiempo, no podían faltar ningún día. Desgarrada en lágrimas, les contó cómo las habían detenido hacía solo unos días y quisieron obligarlas a tomar un purgante y raparles posteriormente la cabeza, a ellas que apenas eran unas niñas, sobre todo, Fernanda, que tenía solo diecisiete años, para que confesaran dónde se escondían sus hermanos mayores, Manuel, Antonio y José. No lo sabían, pertenecían a la CNT y habían huido del pueblo el mismo domingo que entraron las tropas, pero no sabían hacia dónde. Se disponían a ejecutar el castigo cuando llegó por fortuna el jefe de Falange, don Gabriel, en cuya casa trabajaba Fernanda, y las libró imponiendo su autoridad con un puñetazo en la mesa que hizo saltar los vasos de purgante, al tiempo que aseguraba que eran buenas muchachas y él respondía de ellas. De los hermanos mayores no habían vuelto a saber y continuó llorando sin consuelo posible. "Bueno, tranquilícese usted", intentaba calmarla Carmen, "al menos estamos todos vivos". "Ni siquiera eso sé", volvió a gemir Josefa pensando en sus tres hijos huidos. "Son fuertes y se cuidarán y ayudarán entre ellos; el Señor quiera que no les pase nada", deseó Carmen. No se atrevían a pensar si volverían algún día ni cuándo, ni siquiera si volverían a saber de ellos nunca más.

Josefa se preocupó por su nieto Manuel que tenía el rostro lívido. "Ha vomitado", dijo escuetamente Carmen. La abuela le ofreció prepararle cualquier cosa que sirviera para asentarle el estómago, pero Manuel negaba con la cabeza. No podía tragar ni agua. El hedor de los cadáveres continuaba percibiéndolo en la nariz, le amargaba en la boca y le taponaba la garganta.

Entonces se dio cuenta Carmen de lo mucho que había envejecido su madre y de las ojeras y surcos en las mejillas causados por el llanto continuo y la falta de sueño de tantos días. Cuánto sufrimiento y cuán ajena había estado ella, se reprochaba.

Poco a poco, Josefa les fue relatando los sucesos acaecidos en el pueblo desde el comienzo de la guerra, según los fue conociendo al principio por conversaciones abiertas con la familia y vecinos y posteriormente, desde que entraron las tropas en el pueblo, en la forma sigilosa y clandestina en que aún permanecían.

Declarada la guerra, se hicieron patentes todos los fantasmas agazapados, desatando la locura. Entrecerros permaneció leal a la República neutralizando a las fuerzas de la derecha que apoyaban la sublevación. Grupos de sanguinarios radicales exaltados de los partidos de izquierdas y sindicatos se tomaron la justicia por su mano matando a casi un centenar de hombres entre gente pudiente, derechistas recalcitrantes y curas, además de incendiar iglesias y destruir imágenes de los monumentos de las plazas. Hasta la Virgen de la Gruta, patrona de Entrecerros, se dio por perdida; se decía que había sido quemada y que había obrado el milagro de que con Ella no se incendiara la ermita y de no dejar ningún rastro de ceniza, que se había elevado de su altar ascendiendo a los cielos, transformándose las llamas en luz divina. No sabían que, con aquella matanza, acababan de desafiar a la fiera, lo caro que lo habrían de pagar y las desgracias que aquellas muertes salvajes acarrearían a la inmensa mayoría de la población de Entrecerros. Las tropas sublevadas avanzaban implacables desde el sur. Lograban la rendición de los pueblos sin apenas oposición. Entrecerros, en cambio, les hizo frente, aguantando apenas un día, tras haber destruido puentes para entorpecer el avance enemigo; de poco sirvió. El domingo, nueve, de aquel mes de agosto, con la entrada de los primeros soldados y la bala de cañón que impactó en la torre de la iglesia, el pueblo entero entró en pánico. Carreras, gritos, llantos, el pavor de la gente que aturrullada salía de sus casas, entraba, volvía a salir… y por encima de todo, la voz de alarma que se transmitía de unos a otros "¡corred, corred, al monte, al monte, que vienen los fascistas!". Y todos los que tenían algo que temer huyeron hacia el norte a esconderse por los montes. Otros muchos indecisos, finalmente, optaron asimismo por tomar idéntico camino. Ocupado el pueblo por el ejército, los derechistas se tomaron la revancha asesinando a su vez a los pocos extremistas de izquierdas que permanecieron en el pueblo y a otros muchos que no lo eran y que no obstante corrieron la misma suerte de forma arbitraria, indiscriminada y cruel. Desde entonces cada noche se llevaban al cementerio, en lo que se conocía como el paseíllo, a un grupo de los muchos hombres que habían hecho presos. Por respeto al camposanto, los fusilaban fuera contra la tapia para enterrarlos después dentro en fosas comunes que habían excavado las propias víctimas, conocedoras de su destino y obligadas bajo amenazas de extrema crueldad inhumana.

Algunos huidos, que llegaron al convencimiento de que no tenían nada que temer, volvieron, se presentaron a las nuevas autoridades, recibiendo como respuesta una pistola en la sien, "¿tú eres de los nuestros o eres un rojo de esos?" y todos declaraban ser de los suyos, quedando libres la mayoría, aunque los más jóvenes eran alistados de inmediato en el ejército sublevado.

Ya fuera por librarse de pagar una deuda o para conseguir la mujer o la novia de otro o por otros inconfesables motivos espurios, hubo desalmados que levantaron acusaciones calumniosas contra vecinos inocentes que fueron encarcelados, primero, para terminar haciendo finalmente el fatídico paseíllo.

Aún se continuaba apresando y fusilando en una angustia sin fin, por lo que la gente se mantenía encerrada en sus casas en un intento desesperado de pasar desapercibidas para evitar ser interrogadas y, tal vez, irremisiblemente condenadas. Entre muertos, presos y huidos, la población había disminuido en casi una tercera parte en el hasta entonces floreciente y populoso Entrecerros para no recuperarse nunca más; Entrecerros quedó mermado para siempre, como habrían de confirmar las décadas futuras. Muchas casas habían quedado desiertas. Algunas familias no limpiaban la parte de la calle que les correspondía, como era costumbre, de modo que sus casas aparentaran pertenecer a las vacías. Se escogía al miembro que menos peligro corría de ser detenido, por lo común los niños, para el acarreo del agua de las fuentes y la compra en las tiendas de ultramarinos en los momentos menos comprometidos por intempestivos. La vida transcurría suspendida entre las cuatro paredes de los hogares, que por fortuna eran maestras de casi una vara de espesor que mantenían una temperatura apacible en el interior, aislándolo de los rigores de aquel verano sangriento.

Diego, muy lacónico todo el día, se mostraba abstraído y taciturno. Carmen sentía el galope del corazón pugnando por abandonar el pecho. De tanto en tanto, cruzaban una mirada cómplice para confirmar que ninguno de los dos podía entender ni mucho menos asimilar tal cúmulo de tragedias. Manuel mantenía la lividez del rostro, sin que pudiera adivinarse si obedecía a las náuseas, a lo que acababa de escuchar de boca de la abuela o a ambos. Nada de lo relatado era novedad para Andrés, que sentía conmiseración por su sobrino y observaba en silencio la pesadumbre, incredulidad y enorme preocupación en los rostros de su cuñado Diego y su hermana Carmen.

Como siempre que visitaba la casa de sus padres, Carmen, aunque en esta ocasión con escaso tiempo porque debían visitar a los padres de Diego, se dedicó a realizar las tareas del hogar, liberando por un día a su madre; aquel día, con mayor ahínco, consciente de la aflicción y el abatimiento que la tenían en un lastimoso estado de agotamiento. Mientras limpiaba las habitaciones y ordenaba las escasísimas pertenencias propias de las casas humildes, Carmen preguntaba constantemente a su madre por dudas que inventaba sobre las tareas, esforzándose inútilmente en distraerla de sus pensamientos. Los asuntos sobre los que conversar estaban limitados. No se atrevía a preguntar por nadie que no fuera de la familia estricta ante el riesgo de que cualquier otro amigo o conocido hubieran corrido una suerte trágica que ahondara las heridas de Josefa. Carmen no quería saber más y estaba segura de que tampoco Diego. Las sienes le latían como golpes de tambor.

Diego le preguntó a Andrés por sus ocupaciones, más por distraerlo y levantarle el ánimo en lo posible que por un verdadero interés que no podía sentir aquel día. Simulando atención, no podía evitar que sus pensamientos estuvieran en las noticias que acababan de conocer, por lo que no se enteró de que Andrés seguía trabajando con su padre en la finca de don Joaquín. Los domingos se alternaban, solo uno podía venir al pueblo y el otro debía permanecer al cuidado del ganado. Había llegado la tarde anterior y se veía en la obligación, para tranquilidad de su padre y la suya propia, de acompañar a su madre todo el tiempo hasta que tuviera que partir temprano al día siguiente, lunes. El resto de la semana, hasta que regresaban al anochecer Lutgarda y Fernanda, lo pasaba Josefa en amarga soledad.

A la hora de la comida, dispusieron la mesa de cajón de la cocina con las patatas viudas que habían estado hirviendo en el anafe desde mucho rato antes y las viandas que habían traído en la quincana. Carmen tuvo que porfiar para que comiera su madre. A su vez Josefa quería obligarlos a comer, pero Diego y Carmen desistieron, no tenían apetito alguno y a Manuel la sola idea le producía arcadas. Solo Andrés tomó algo con desgana. Lo que sobró, casi todo, lo guardó Carmen en la alacena desoyendo la oposición de la madre. "A nosotros no nos faltará en el campo y vosotros podéis necesitarlo", zanjó.

De nuevo se abrazaron largamente en la despedida Josefa y Carmen arrasadas en lágrimas. "Madre, cuídese, usted es fuerte. Y dígales a mis hermanas que se cuiden también ellas. Y tú, Andrés, cuida de padre". Seguidos de los perros, abandonaron la casa tan sigilosamente como habían llegado.

Para ir a la casa de los padres de Diego decidieron tomar el camino más corto, atravesando por el centro del pueblo que habían evitado horas antes. Cruzaron varias calles. Copando las escasas sombras de las fachadas, se agolpaban ante un caserón numerosas mujeres, algunas desarrapadas, otras desgreñadas y todas con signos de gran congoja en los ojos enrojecidos. Supieron por una de ellas, amiga de Carmen, que aquella casa era la cárcel improvisada en la que estaban presos sus familiares. Los pocos que habían intentado la fuga habían sido alcanzados y abatidos y, para escarmiento, se había prohibido que fueran retirados los cuerpos que se empezaban a pudrir en las calles. No supo qué decir para reconfortarla. A Manuel le volvieron las arcadas, inexpresiva la mirada, embotada la razón incapaz de asimilar tanta barbarie. Carmen y Diego sentían cómo ellos mismos se derrumbaban por dentro.

Se disponían a continuar el camino cuando fueron interceptados por unos soldados que custodiaban el exterior de la cárcel, cruzados contra el pecho los fusiles asidos con ambas manos. "¿Quiénes sois vosotros y qué hacéis aquí?", les interpeló insolente un soldado forastero con voz ceceante. Diego llamó a su lado a Luchi y Peligro. "Me llamo Diego. Diego Sanabria Martín", intentó mostrar la tranquilidad de quien nada teme. "Conque Diego Sanabria Martín...", anotó el soldado, "¿y cuál es tu mote?". "Pazguato, Diego El Pazguato". Manuel sintió mucha vergüenza e indignación. "¡Pazguato!", se burlaron ruidosamente a carcajadas los soldados. La indignación de Manuel se transformó en una rabia infinita. Vio cómo, junto a él, se apretaba con fuerza el puño y se tensaban los músculos del antebrazo de su padre, que llevaba la camisa remangada hasta el codo. Supo que hubiera podido con todos, pero eran los otros quienes tenían los fusiles. "¿Y ella?", preguntó el mismo soldado cuando pararon de reír. "Es mi mujer, Carmen". "¿Y su mote?". Diego tragó saliva, "Poquita, Carmen La Poquita". Volvieron las risotadas aún más estrepitosas. Manuel tuvo que contener las lágrimas que le provocaba la ira. "¿El niño es vuestro?". "Sí, es nuestro", Diego tenía clavadas las uñas en las palmas de las manos y tensos los tendones como cuerdas, al tiempo que sentía que la bilis le subía quemándole por dentro desde el estómago hasta la garganta. "Entonces, el niño es un Poquito Pazguato", fue la ocurrencia de otro soldado que provocó en los demás una risa que los doblaba y casi los hacía caer al suelo. Impotentes y sonrojados, soportaron el escarnio. Cuando recobraron la calma los soldados, se atrevió Diego sin saber por qué, "los tres trabajamos en El Manantial, la finca de don Máximo". Para Manuel fue un bálsamo; su padre lo había equiparado a él y se sintió muy orgulloso. Los soldados cambiaron el semblante, ya no reían. "Dame la cédula de identificación", pidió un soldado. "No la llevo encima", se lamentó Diego. Uno de los soldados se dirigió a la cárcel. Vieron cómo en la puerta conversaba con el guardia civil Tarrida, señalando hacia ellos. Entraron y al cabo de un rato, que se les hizo eterno, volvió a salir el soldado que se vino a entregarle un papel a Diego, "toma, esto es un salvoconducto. Aquí están tu nombre y apellidos, Diego Sanabria Martín. Muéstralo cuando un militar te pida la identificación y la próxima vez, traes la cédula para que te la sellen. Ya os podéis ir". Diego dobló cuidadosamente el papel guardándolo en un bolsillo del pantalón. "Vamos", tomó Diego a Carmen del brazo con una mano y con la otra a Manuel del hombro. Tras ellos, Luchi y Peligro caminaban despacio y se giraban como desafiando a los soldados.

Manuel se sentía avergonzado y herido, y no por él, sino por la humillación a que habían sido sometidos sus padres y el miedo que habían pasado, al tiempo que orgulloso de su padre y tranquilo con la seguridad que le daba sentir su férrea mano sobre él. Comenzaba a sentirse mejor por primera vez en horas cuando oyeron que de una casa salían estremecedores plañidos de mujeres que se introdujeron violentamente golpeando el cerebro desprevenido de

Manuel, viéndose de nuevo abrumado y desorientado por el maremágnum de acontecimientos de aquel día interminable. Diego y Carmen se miraron, continuaron el camino sin detenerse y no dijeron nada. Ambos pensaron que seguramente algún familiar preso habría sido fusilado al amanecer de aquel mismo día en que en el campo escucharon los funestos disparos con más fuerza que nunca.

Llamaron igualmente con cautela a la puerta de la casa de los padres de Diego. "¿Quién es?", preguntó la voz del padre, Manuel como el nieto, pronunciando la ese en su perfecto castellano de Soria, de donde había migrado en su juventud a estas tierras del Sur. "Soy yo, padre", dijo en voz baja Diego. Abrió Manuel y se abrazó al hijo mientras entraban, cerrando Carmen la puerta y abrazándose a continuación a Dolores, la madre de Diego, también forastera. Los abuelos besaron al nieto y se preocuparon por su estado, mientras los padres se disculpaban por no haber podido venir antes. Todos se sintieron sosegados al verse sanos y salvos. Afortunadamente Manuel y Dolores, al no tener más familia que a Diego, no habían sufrido ninguna víctima. Cuando Dolores iniciaba el relato de los horrores que se estaban viviendo en el pueblo la interrumpió Diego, "madre, nos lo ha contado Josefa y por hoy ya hemos oído bastante, sobre todo nuestro hijo. Ustedes están bien y eso es lo que importa ahora".

El abuelo Manuel, como casi todos los que se quedaron en el pueblo y no habían sido apresados, había permanecido con la abuela en casa los primeros días tras la entrada de los soldados en Entrecerros, pero ya se había reincorporado en la última semana a su trabajo en la finca de don Julián. Poco a poco, al igual que el resto de la población más que diezmada de Entrecerros, intentaban recuperar un mínimo de calma por puro instinto de supervivencia y para no caer en la enajenación mental.

Mientras conversaban evitando los asuntos más duros, la abuela Dolores avivó la cocina de carbón, puso a hervir el agua en el puchero, vertió la malta y les sirvió el café con leche en jarrillos de lata a Carmen y Diego sin preguntarles, de modo que no pudieran rechazarlo. Apenas lo probaron por no hacerle el feo. Manuel se negó a tomar el jarro de leche que le puso, no podía, tenía como un tapón en la boca del estómago.

El abuelo Manuel comentó el poder que había alcanzado don Máximo. Se sorprendió de que no supieran a qué se refería. "¿No lo sabéis? Desde ayer es el nuevo alcalde". Entonces recordaron las palabras de Diego a los soldados y comprendieron el cambio de actitud de estos al saber que trabajaban para él. Por la mente de Diego corrió como una ráfaga que le hizo preguntarse si sería don Máximo quien decidía los presos que eran fusilados. Ni lo sabía ni pensaba que fuera a preguntarlo nunca. No era cobarde, pero tampoco un estúpido temerario. Después de todo qué más daba si era él o no. Los presos estaban siendo fusilados, ya fuera don Máximo o cualquier otro quien firmara la lista de los sentenciados. De todos modos, deseaba saber si era quien firmaba o no y, si no firmaba, si lo aprobaba o se compadecía; no le era indiferente que fuera de una u otra calaña el señorito para el que trabajaban. Pero ahora se trataba de continuar indemnes y pensaba que algún día lo sabría, porque esas cosas el tiempo las termina revelando de manera inexorable.

Les esperaba un largo camino de vuelta y debían partir ya. Se volvieron a abrazar y se suplicaron y prometieron mutuamente que se cuidarían. Abandonaron la casa de los abuelos precedidos de Luchi y Peligro, que desde que llegaron habían permanecido a la sombra de la higuera del corral.

Echaron a andar decididos, encaminándose al centro del pueblo, huyendo de los arrabales, en los que habían llegado a la conclusión de que era más probable que se encontraran nuevamente con cadáveres y, seguramente, se oyeran más lamentos. A la salida del pueblo, una patrulla de soldados les dio el alto. Diego no les dio tiempo a que preguntaran, "trabajamos en El Manantial, del señorito don Máximo", les dijo mientras les extendía el salvoconducto que acababa de extraer del bolsillo. Un soldado miró el documento y se lo devolvió. "Continúen, por favor", se puso en posición de firmes, haciendo el saludo militar que imitaron el resto de soldados. Diego y Carmen no salían de su asombro, aunque simularon la mayor normalidad. Manuel miró atónito a su padre y no daba crédito a lo importante que era aquel papel.

A aquellas horas, el camino estaba solitario. Diego se quitó de nuevo la gorra y Carmen se santiguó cuando pasaron ante la cancela del cementerio ahora cerrada. No obstante, se apresuraron a alejarse. Cuando llegaron a la choza, cansados más de la mente que del cuerpo, el sol se escondía tras los montes.

Capítulo 4   (1936) De la pesadilla y fiebre de Manuel y de cómo venció a uno de sus miedos

Fue una noche muy larga. No podían dormir, removiéndose en los jergones que producían el ruido inevitable del crepitar de la hojarasca seca. Cuando, por fin, a Manuel le venció el sueño, comenzó a delirar; hablaba de forma incomprensible, gritaba, jadeaba, temblaba y se incorporaba bruscamente en estado de gran agitación. Su madre se apresuró a sentarse junto a él, hablándole y acariciándolo para tranquilizarlo con su presencia y que ahuyentara el miedo de las pesadillas, pero Manuel no la notaba. No era miedo lo que sentía. Con los ojos muy abiertos y la mirada perdida al frente, veía a su abuela Josefa en la calle, abrazada a sus tías Lutgarda y Fernanda; llamaban llorando a sus tíos Manuel, Antonio y José, que se alejaban corriendo a gran velocidad y, sin embargo, permanecían en el mismo sitio, apenas avanzaban, tropezaban y caían al suelo, arrastrándose unos a otros, rasgándose la ropa y desollándose las palmas de las manos, las rodillas y los codos, volvían a levantarse, a correr, a caer, una y otra vez hasta que, por fin, cuando, extenuados, parecía que no podrían levantarse más, entonces lograban avanzar más deprisa, desapareciendo ante el llanto y la desesperación de su abuela y sus tías, que no apartaban la mirada del lugar por el que penosamente los perdieron de vista y se resistían a que su tío Andrés las condujera a casa. La abuela Dolores, en silencio, estaba arrodillada sola en mitad de la calle, inclinada, con ambas manos sobre el delantal muy limpio y planchado, junto al cadáver del abuelo Manuel, que yacía con una camisa blanca inmaculada abrochada hasta el cuello. Manuel se acercó. A pesar del olor, no sintió asco ni miedo, sino una tristeza y una pena infinitas, se postró junto a su abuela y tomó con ambas manos el brazo que le extendía su abuelo, que con dulzura le miraba desde las cuencas de los ojos vacías. Manuel besó el dorso de la mano inerte del abuelo y la apretó contra su mejilla. Diego había abierto el ventanuco y encendido un candil. Carmen se percató de que Manuel tenía fiebre. Lograron despertarlo para que tomara un amargo vaso de agua con quinina, mientras la llama temblorosa proyectaba sombras en danzas fantasmagóricas que alimentaban las alucinaciones. La madre le refrescó la frente con un trapo húmedo. Poco a poco, se fue aquietando, aunque permanecía despierto. Al cabo de una hora, se volvió a quedar dormido. La madre permaneció sentada a su lado. Con la primera claridad, se volvieron a oír los disparos del cementerio ahuyentando la noche; primero, una descarga al unísono, pasados unos momentos, algunos tiros aislados. Diego comprendió el significado; la descarga que abatía a los ejecutados y los tiros de gracia a los que quedaban moribundos. Manuel se despertó incorporándose de un brinco, ahora sí, asustado. La madre lo abrazó y permaneció junto a él. Sintieron que se les encogía el corazón. Ninguno de los tres pudo dormir más, cada uno sumido en sus propios y dolorosos pensamientos.

Con la luz del día, vieron que Manuel tenía una parte del labio inferior hinchada por la calentura.

Escucharon voces en la gañanía. Diego se acercó para ver qué ocurría. Halló un numeroso grupo de hombres recién llegados, a quienes daba instrucciones el capataz. "Se incorporan hoy al trabajo", dijo dirigiéndose a Diego, "que le vayan metiendo mano a lo que corra más prisa". Y a los recién llegados, "este es Diego; él os dirá lo que tenéis que hacer y lo que no sepáis se lo preguntáis". El capataz tomó del brazo a Diego apartándolo del grupo, "a don Máximo lo han nombrado alcalde". "Sí, me enteré ayer", confirmó Diego. "Ahora ya no faltará gente para trabajar en la finca, así que encárgate de que se recupere el trabajo atrasado". El Jáquima se fue camino del cortijo. Diego preguntó por sus nombres a los que no conocía. Todos se mostraban tensos y nerviosos y Diego supo que habían pasado por el cementerio cuando cavaban la fosa los que fueron ejecutados poco después, cuando los jornaleros aún se encontraban cerca. Se compadeció de ellos porque, con toda seguridad, no sería la única vez que habrían de pasar por ese trance. Los dejó para que se instalaran y tomaran algo, mientras él iba a desayunar y volvía enseguida. La llegada de los hombres le cogió por sorpresa y necesitaba pensar cómo poner en orden las faenas; era una tarea más de las que el capataz se había ido desprendiendo encargándoselas a él.

"Volvemos a tener compañía de jornaleros", se sentó en un taburete de corcho, mientras Carmen le apartaba el café de las trébedes y vigilaba que no se quemara la tostada. "Manuel, como andas maluscón, hoy te vas con tu madre para que esté pendiente por si empeoras". "No, padre, ya estoy bien, me voy a trabajar", habló en un tono tan firme que no se atrevieron a llevarle la contraria. La madre le tocó la frente y comprobó que no tenía fiebre. "Pero te puede volver la calentura". "No, padre, le digo que ya estoy bien". "Bueno, a cabezota no hay quien te gane. Llévate las cabras al olivar, que está más cerca, para que te vea yo, no te vayas más lejos; que se queden hoy las ovejas, ya las sacarás mañana si te encuentras bien, o se lo encargaré a alguno de los hombres". "No se preocupe, las sacaré yo", se volvió a mostrar seguro Manuel. La madre le obligó a desayunar, leche de cabra y pan con aceite y azúcar, y le preparó la quincana con la comida. "Hijo, ten cuidado". Manuel se colgó la quincana en bandolera al lado izquierdo, cruzándola al hombro derecho para tener libre el brazo del mismo lado, tomó la garrota, silbó resuelto a Luchi y Peligro y se dirigieron a los cercados, mientras su padre se marchaba a la gañanía a organizar al personal y la madre, a sus quehaceres en el cortijo.

Las ovejas y las cabras se recogían en el mismo cercado. Entraron Manuel y los perros, alejaron a las ovejas y, mientras los perros las mantenían al fondo, Manuel abrió la puerta para que salieran las cabras. El olivar se encontraba a casi un cuarto de legua, distancia perfectamente controlable para Diego, que, como todo hombre de campo, tenía especialmente afinados los sentidos de la vista y el oído. Luchi y Peligro se bastaban para guardar las cabras, que chascaban a su antojo la hierba seca del verano, vigilaban que ninguna se descarriara y que no mordieran las ramas bajas de los olivos. A cada rato, Manuel las hacía mudar de sitio hacia los lugares donde el pasto estaba más alto.

Desde el olivar, vio cómo el grupo más numeroso de hombres se dirigía con las hachas al alcornocal para continuar la saca de corcho, que se había ralentizado con el descenso de jornaleros en el comienzo de la guerra y quedó definitivamente interrumpida desde hacía dos semanas, cuando entraron las tropas en el pueblo y no volvió a aparecer ninguno. Otro pequeño grupo, pertrechado de azadas y guadañas, se dirigió a la huerta que se encontraba al otro lado del cortijo.

Manuel quiso pensar en las vivencias del día anterior, pero un muro le impedía volver a él. Miraba los olivos y recordó que su padre le había dicho que algunos tenían más de cien años. Allí estaban frente a él con sus gruesos troncos grises retorcidos, más de cien años al frío y al calor, firmemente arraigados en el suelo, polvorientos, sin más alimento que la tierra que las raíces horadaban como barrenas ni más bebida que el agua de lluvia que los regaba de tarde en tarde y les limpiaba el polvo, movidos por el viento con el que se polinizaban unos a otros para alumbrar la cosecha de cada año, proporcionando sombra a los hombres y al ganado, produciendo abundante leña de poda para el invierno y, finalmente, derribados por el hacha cuando, aun siendo más fuertes que nunca, la vejez les mermaba la fertilidad. Cuántas veces había estado en el olivar que tan bien conocía y por qué jamás hasta ese día había tenido esos pensamientos. No lo sabía. De nuevo quiso pensar en el día anterior y se volvió a levantar el muro. Faltaba una semana para su cumpleaños y desde que, sobresaltado por los disparos, despertó aquella mañana, estaba seguro de que no era el mismo Manuel. Sintió que la vida se había tornado dura como el pedernal y agria y amarga y le exigía conducirse como un hombre. Las cabras iniciaron una estampida. Vio el alicante del que huían, de una vara de largo y tan grueso como la garrota, erguida la mitad del cuerpo con el hocico respingón en actitud amenazante. Se fue hacia él con decisión, ni se le erizaron los vellos ni sintió cosquilleo en los antebrazos y en las corvas. Alzó la garrota y le reventó la cabeza. "Luchi, ¡jiu!". Luchi corrió a la izquierda hacia donde le señalaba Manuel. "Peligro, ¡jaaá!". Y Peligro corrió a la derecha. Entre ambos volvieron a reunir y traer las cabras. Manuel había dejado de ser niño.

Capítulo 5   (1936) Del regalo y consejos de El Lacio y de la camaradería con los descorchadores

Manuel cumplía los ocho años el domingo, treinta, de aquel aciago mes de agosto en que, sin embargo, como un regalo, los despertaron los rayos del sol y no los disparos; quizás, pensaron, el viento del norte que refrescaba aquella madrugada había impedido que los escucharan. Los jornaleros se habían marchado al remudo la tarde anterior y volvían a quedar solos Juan El Lacio y ellos. Diego ya había hablado con el capataz, que le había prometido que a partir del próximo domingo se irían turnando los hombres para que ellos pudieran ir al pueblo con la familia. Diego y Juan se ocuparon de limpiar las cuadras y el tinado de las vacas y de alimentar y abrevar a las caballerías, mientras Manuel echaba de comer a las piaras y bombeaba agua del pozo que conducía por un sistema de canaletas para rellenar los pilones.

Juan los acompañó en la comida al aire libre bajo el cobertizo de la entrada de la choza. "Manuel", se dirigió el padre, "le hice un encargo a Juan para hoy que es tu cumpleaños; como no me lo quiere cobrar, que sea él quien te lo dé". "Bueno, a ver si te gusta", Juan le extendió un bulto liado en papel de estraza y atado con un cabo de cáñamo. Manuel desató la cuerda, retiró el envoltorio y se le abrieron los ojos con una alegría inmensa. Era una navaja con las cachas de cuerna de ciervo y la virola de latón. Manuel la miraba, la acariciaba y pasaba la yema del dedo por un grabado de puntitos en la virola. "Le he grabado tu nombre. Manuel. Eso es lo que pone", decía Juan. Manuel lo tocaba una y otra vez y sintió rabia de no saber leer. Sus padres tampoco sabían. "A la hoja le he dado ocho centímetros de largo, lo mismo que los años que cumples". A Manuel le agradó que así fuera. No le dio las gracias porque en el campo no se dan las gracias, se demuestra el agradecimiento. La empuñadura era perfecta, la rugosidad del cuerno sin pulir impedía que resbalara en la mano, la hoja ancha, fuerte y de reluciente acero acababa en una punta muy aguda, abría muy derecha, quedando firmemente sujeta en la virola. No paraba de mirarla, abrirla y cerrarla y ensalzar lo buena y lo bonita que era y lo contento que

31

estaba. La probó una y otra vez, pelando y sacándole punta suavemente a una vareta fina de olivo y limpiando la hoja inmediatamente después. "Cuidado, que está muy afilada. A partir de ahora, tendrás que afilarla tú", le dijo Juan. "¡Claro, claro!", Manuel estaba exultante. "Ten mucho cuidado con ella, hijo, no vayas a cortarte y tengamos un disgusto", se preocupó la madre. Manuel no la soltaba y la utilizó en exceso para todo en la comida. Cuando terminaron, se la guardó bien en el fondo del bolsillo, corrió al regajo cerca del venero que brotaba por encima de la huerta y anduvo buscando mucho rato hasta que encontró una piedra de arenisca de grano fino, más blanda que dura, alargada, redondeada y con una cara plana. La lavó bien y se convenció de que era perfecta para afilarla cuando lo necesitara, pero aún no, todavía estaba nueva y cortaba como una navaja barbera.

Aquel día de su cumpleaños, supo Manuel que Juan se daba mucha maña, que el tiempo libre lo empleaba en fabricar navajas, trompos, canastos y cualquier objeto que se propusiera o que le encargaran y que vendía a precios que le permitieran sufragar el costo y otras veces regalaba. Diego le recordó el dicho, "Juan, a ver si vas a ser como el sastre de Campillo, que cosía de balde y ponía el hilo". "Bueno..., tampoco es para tanto", le quitaba él importancia, "algunas veces me hacen encargos y me traen mucho más material del preciso y me dejan lo que sobra". Pero, sobre todo, Juan El Lacio sabía leer y escribir, con lo difícil que debía ser eso. Y Manuel continuaba mirando y manoseando su navaja maravillosa y acariciando su nombre grabado en ella.

A la caída de la tarde, se acercó a la gañanía. Juan estaba solo en la puerta de uno de los barracones, elaborando un canasto de varetas de olivo que cortaba de las que nacían al pie de los árboles, restándoles vigor a las ramas cargadas de aceitunas. Ya tenía consolidada la base y ahora tejía las paredes. Juan lo trabajaba muy despacio, con suma meticulosidad y cuidado, eligiendo las varetas adecuadas, más gruesas para la base, las guías y el asa, más delgadas para urdir el contorno de las paredes. En el campo hay tiempo, las cosas se hacen a conciencia, sin prisas, pero en su momento y a la primera, porque pocas cosas dejan margen para el error; una poda excesiva, una siembra o una recolección tardías, una negligencia en el cuidado de los animales, un apareamiento de las bestias a destiempo no tienen arreglo posible, al menos, para esa temporada. Juan, sentado en su taburete, tejía sobre sus rodillas y Manuel lo observaba a ratos de pie y otros, sentado en el suelo. No podía evitar comparar su navaja con la de Juan. La suya era nueva y más bonita, además la de Juan tenía las cachas de madera y la virola oscura de hierro y la suya tenía las cachas de cuerna de ciervo y la virola dorada de latón, la de Juan era chata y la suya tenía una punta magnífica, pero era Juan quien se la había hecho y regalado y comprendió mejor que nunca que era un hombre bueno y desprendido. Cuando empezó a oscurecer, Juan recogió las varetas en un haz que dejó contra la pared norte de su barracón de la gañanía para que no se asolanaran y guardó el taburete y el canasto en elaboración dentro, al fondo, donde tenía su jergón. Una repisa en la pared acogía ordenados multitud de utensilios necesarios para realizar las más variadas labores. Las herramientas de mayor tamaño colgaban de alcayatas clavadas en el muro de piedra y adobe.

Aquella fue la primera noche que Manuel durmió con la navaja debajo de la almohada, como haría el resto de su vida. Soñó que con su navaja y con las enseñanzas de Juan era capaz de fabricar cualquier cosa por difícil que fuera, nada se le resistía. Dormía con tan placentero sueño cuando los disparos del amanecer, la descarga primero y los tiros aislados después, lo volvieron a sobresaltar. Manuel tanteó bajo la almohada, asiendo y apretando la navaja en la mano, aferrado a ella como a un talismán.

Diego organizó el trabajo de los jornaleros y se volvió a desayunar. "Dicen que ayer no hubo ejecuciones y que no volverá a haberlas los domingos, a petición de los curas, que han dicho que es el día del Señor". Manuel deseó que el Señor hubiera declarado suyos todos los días, pero El Señor debía ser muy extraño. Claro, que había oído decir a sus tíos Manuel, Antonio y José, ahora huidos, que todo eso del Señor era un cuento para asustar a las viejas. Y empezaba a creerlo, aunque por otra parte, su madre, sus tías y sus abuelas se encomendaban a Él con frecuencia, mientras que sus abuelos Manuel y Andrés no se pronunciaban al respecto, de modo que no sabía qué pensar.

Manuel llevó los cochinos al alcornocal, donde los jornaleros continuaban descorchando. Los alcornoques ya terminados mostraban sus impúdicos troncos lisos como recatados muslos sorprendidos los más recientes y, los demás, como carne tanto más enrojecida por el sol cuanto más tiempo llevaban pelados. Semejaban grotescos cuerpos desnudos, hasta las ingles unos y hasta los pechos otros. Los cochinos hozaban rebuscando bellotas y gruñían y parecían malhumorarse porque no era la temporada y solo encontraban las pocas amargosas que habían caído prematuras. Manuel se sonreía, no los había llevado para que comieran bellotas, sino para hacerlos andar y que dieran buena carne y mejor jamón; ya comerían forraje y desechos de la huerta y los frutales cuando se recogieran en las zahúrdas.

A mediodía, lo llamó un bracero desde la sombra de las higueras junto al riachuelo, "eh, chaval, vente a comer con nosotros". Manuel dejó a Luchi y Peligro vigilando. Con el sol en lo más alto, el calor hacía que los cochinos remolonearan hasta echarse a dormir a la sombra, anulando el riesgo de que se alejaran. "¿Manuel, no?". "Sí, ¿y ustedes?". Y cada uno, desde el suelo donde estaban sentados, menos el cocinero, le dijo su nombre que intentó memorizar, aunque le resultó imposible, eran cincuentaiún hombres. Alguno hizo gracietas con los motes de otros, riendo con camaradería, y a Manuel le sirvió para recordarlos mejor. Manuel se sentó e hizo amago de abrir la quincana, "déjalo, chaval, que El Intendencia ha hecho comida para todos. ¿O es que no te gustan el gazpacho y el conejo asado?". "Sí, claro, a mí me gusta todo… creo", dudó al darse cuenta de que le gustaban las comidas de allí, pero no sabía si le gustarían otras desconocidas para él. El Intendencia calculó lebrillos de gazpacho para grupos de cinco y otros dos lebrillos para seis y repartió las cucharas de palo. Manuel se percató entonces de que el golpeteo que había estado oyendo durante tanto tiempo había sido provocado por El Intendencia cuando majaba el gazpacho. Comían con calma, a cucharadas desde los lebrillos. Manuel abría mucho la boca para introducir la cuchara, que le resultaba muy grande y se le trababa en la comisura de los labios. Aunque procuraban estar de buen humor, era inevitable que surgieran comentarios relacionados con la guerra y entonces callaban y comían en silencio con desgana. Al terminar la comida, Manuel supo que habían ordenado a El Matraca y a El Miralejos, dos pobres parias sin oficio ni beneficio a quienes nadie consideraba en el pueblo, que se deshicieran de los cadáveres que yacían por las calles y que amenazaban con provocar una epidemia. Cavaron un hoyo grande en el lejío, transportaron los cadáveres putrefactos en una parihuela, protegiéndose nariz y boca con pañuelos, los arrojaron amontonados, los cubrieron con cal viva y lo taparon todo con la tierra formando un marcado promontorio. Manuel se sintió importante compartiendo con los descorchadores comida, alegrías y tristezas, sobre todo mucha tristeza. Si todos eran tan amigables, tan buenos camaradas, tan trabajadores, ¿cómo era posible que hubiera guerra? Y entonces se acordó de los soldados de la cárcel que los habían ridiculizado. Y de El Jáquima, que se daba tanta importancia. Y de don Máximo, que no sabía por qué le producía una mezcla de temor y odio. Manuel bebió del corcho que llenó con agua del cántaro y llamó a Luchi para que comiera algunos huesos; con el último en la boca, le señaló para que se volviera con los cochinos y llamó a Peligro, con el que hizo otro tanto. Los descorchadores se admiraron y alabaron lo bien adiestrados que tenía Manuel a los perros y Manuel permaneció con ellos hasta que llegó la hora de que echaran de nuevo mano al descorche. Manuel se fue con la piara y azuzó a Luchi y Peligro para que despertaran a los cochinos, poniéndolos en marcha por el alcornocal. A la caída de la tarde, estaba de vuelta encerrando los cochinos en los corrales, donde les distribuyó las hortalizas y frutas estropeadas, algarrobas y cuantos desperdicios eran comestibles para los cochinos y que le había dejado apilados la otra cuadrilla de jornaleros. El reinicio del trabajo en la feraz huerta sin recolectar durante semanas era suficiente como para no tener que añadirle grano.

Antes de volver a la choza, se pasó por la gañanía. Allí estaba Juan en la puerta tejiendo las paredes del cesto. Cuando oscureció, estaba lejos de llegar a la mitad, pero Manuel no dio importancia a lo avanzado o no que iba, sino a lo bien hecho y rematado que lo hacía. Pensó que la fabricación de su navaja le habría llevado mucho tiempo a Juan.

Capítulo 6 (1936) Donde continúan los desastres de la guerra y las sospechas que les infunde don Máximo

Los días continuaban amaneciendo con el lúgubre estampido de los fusiles. Cada disparo los agredía como un aldabonazo en el cerebro que inútilmente pretendían ignorar y, en último extremo, olvidar a duras penas cuanto antes. El domingo se prepararon para ir al pueblo como había prometido el capataz a Diego, aunque el sábado, El Jáquima se mostró inquieto. Le disgustaba perder la presencia de Diego en El Manantial y parecía buscar un pretexto para cambiar de opinión. No lo encontró. Despertaron con los primeros rayos del sol y se alegraron de que no hubieran sonado los disparos; dieron por confirmado que no los habría los domingos. Diego se guardó cuidadosamente el salvoconducto y la cédula de identificación en el bolsillo y emprendieron la marcha con menor recelo que hacía catorce días, esta vez con un borrico en el que iba Carmen sentada de lado con las piernas por delante de los serones. Porfió para turnarse en la cabalgadura con el hijo y el marido. Diego no consintió porque él iba a estar ocioso, mientras ella limpiaría, como siempre, la casa de sus padres. Tampoco Manuel aceptó que bajara la madre para montar él, estaba acostumbrado a caminatas diarias con los rebaños y las piaras y no se cansaba. En la curva antes del cementerio, refrenaron el paso instintivamente. No había nadie, todo estaba en un silencio espeso y frágil, como si fuera a quebrarse en cualquier momento con los gritos desgarradores que precedían al fusilamiento de los condenados. Las altas hierbas secas al pie de los marcos de la cancela cerrada le daban aspecto de abandono, como si no se hubiera abierto en años. A los tres les horrorizaron las manchas de sangre en las tapias, ninguno dijo nada. Diego se quitó la gorra y Carmen se santiguó, como lo hicieron la vez anterior y como lo harían siempre en adelante. Se apresuraron para dejarlo de nuevo atrás lo antes posible. Sabían que el paso por allí sería cada vez un trago amargo.

Desde la entrada de Entrecerros, se avistaba, destacado en el centro del pueblo, el andamiaje que rodeaba la torre de la iglesia y los puntales que la sostenían. Diego pensó en la prisa que se daban en reparar el destrozo los mismos que lo habían causado. Seguro que lo habrían exigido los curas; y don Máximo, que era muy religioso, habría puesto no poco de su parte ahora que además era alcalde. Naturalmente, solo lo pensó y no dijo nada. Diego era de natural parco en palabras, pero desde que comenzó la guerra se había vuelto más lacónico cada día, como todos los entrecerreños, tanto los del pueblo como los del campo, estos últimos ya de por sí menos locuaces. Carmen se apeó, no le parecía decoroso mantenerse a lomos del borrico por el pueblo.

Las fachadas seguían exhibiendo los desconchones de los proyectiles que dejaron el adobe herido al descubierto. Se veían remendadas con tablas claveteadas algunas puertas agujereadas y ventanas que habían perdido los cristales. Eran, no obstante, las menos; la mayoría permanecía sin reparar. Las calles habían mejorado de aspecto y lucían limpias, lo que también Diego atribuyó a don Máximo, que bien sabía él por Carmen que era escrupuloso y muy exigente con la limpieza. Sin embargo, la pulcritud acentuaba la soledad de las calles y resaltaba la decadencia fulminante en que se había sumido Entrecerros, hacía tan poco tiempo tan lleno de vida y ahora asolado por la muerte que no cejaba y cada día se llevaba un puñado de hombres. Cada día. Menos los domingos.

Atravesaron por el centro del pueblo. Decidieron cruzar por la calle de la cárcel, lo que les evitaba dar un rodeo considerable. Allí estaba el numeroso grupo de mujeres dolientes, a quienes día a día el terror iba enflaqueciendo los cuerpos, avejentando los rostros, hundiendo los empequeñecidos ojos enrojecidos, veteando como de escarcha los cabellos y descolgando los hombros doblegados por el peso del miedo y el desasosiego de la incertidumbre. Se arrepintieron de no haber dado el rodeo. Los soldados no los importunaron. Carmen buscó a su amiga. No la encontró. Preguntó por ella y las mujeres bajaron la vista apenadas. "Ayer", dijo una como hablando para sí. Carmen lloró al comprender que habían fusilado al marido. Incapaz de consolarlas, se apartó por miedo a ser arrastrada a un hondo abatimiento del que no fuera capaz de salir. Mientras, Diego se había acercado a la puerta de la cárcel, donde le sellaron la cédula como le había indicado el soldado hacía catorce días; pese a que no sabía leer o tal vez precisamente por eso, pensó que era conveniente y más seguro disponer de este papel en regla, además del salvoconducto. Aunque apenas pasó más allá de la puerta, apreció que en la cárcel todo era silencio, como si ejerciera, como así era, de luctuosa antesala del cementerio. Diego pensó que los presos se comportarían a propósito de esa manera para no afligir aún más a sus familiares o, al menos, es lo que creía que haría él en su lugar. Por indicación del padre, Manuel se había quedado junto a su madre. Diego salió guardando el papel en el bolsillo y los tres se encaminaron a casa de la familia de Carmen.

Carmen y Manuel entraron por la parte delantera, mientras Diego daba la vuelta para entrar por la puerta falsa por la que se accedía al corral en el que quedaron el borrico y los perros a la sombra de la higuera. La abuela Josefa también había adelgazado y envejecido mucho en las dos semanas transcurridas desde la visita anterior. Se alegraron de volver a ver a Andrés, aunque lamentaron que no estuviera el abuelo. Apenas hablaron, porque la vida estaba en suspenso y había poco de lo que hablar que no fuera sobre la tragedia conocida por todos. Carmen estuvo un buen rato acariciando a su madre, que por momentos se mostraba ausente, preguntándose una y otra vez "qué habrá sido de Manuel, Antonio y José". Finalmente, se dedicó a limpiar y ordenar la casa. Diego, Andrés y Manuel salieron al corral donde, tras librar al borrico de los serones y aparejos, adecentaron y repararon algún que otro desperfecto, más por entretener el tiempo que no porque hiciera realmente falta.

Carmen no había consentido que su madre hiciera comida; en previsión de que pudieran escasear los alimentos, lo que ya empezaba a ocurrir, traía ella la comida preparada del campo. También les dejó dos conejos que había cazado Diego, una lechera ordeñada aquella misma mañana que vertió en una olla y puso a hervir, algunas manzanas y una sandía grande. Habían decidido llevar lo mejor a las familias, que a ellos no les faltarían frutas y hortalizas, aunque estuvieran algo dañadas. Realmente, el borrico y los serones habían resultado de gran utilidad. La vida no solo no mejoraba, al horror de los fusilamientos y la falta de noticias de los tres huidos se sumaba ahora la penuria de la escasez de alimentos y de todo.

Tras la comida, aparejaron el borrico, le colocaron los serones y se despidieron con la tranquilidad que les infundía el que se verían cada semana. En la próxima, esperaban poder abrazar al abuelo Andrés.

La visita a casa de los padres de Diego fue necesariamente más breve. No faltaba nadie de la familia y eso era una suerte que muy pocas familias tenían. Tampoco había de qué hablar que no fuera de la guerra y sus secuelas de desgracias. Tomaron café y les dejaron un conejo y algunas manzanas. Antes de despedirse les prometieron volver cada domingo.

Camino de vuelta, al pasar por la calle Mayor, se encontraron con un grupo de hombres que rodeaban a don Máximo al otro lado de la calle, muy endomingados y a punto de entrar en el casino. Intentaron pasar desapercibidos, pero don Máximo advirtió su presencia y llamó a Diego que se destocó y acudió a él. Carmen, bajando la vista, y Manuel, sujetando al borrico del cabestro con una mano y la otra en el bolsillo, esperaron sin abandonar el lado opuesto de la calle por el que iban. Mientras hablaba con su padre, Manuel observó que don Máximo no les quitaba la vista de encima a su madre y a él, y Manuel palpaba la navaja en el bolsillo. La madre permaneció todo el tiempo mirando al suelo, Manuel en ningún momento apartó la mirada de don Máximo y de su padre. Vio que eran prácticamente de la misma talla, si acaso un poco más alto don Máximo, aunque tal vez engañaran los relucientes zapatos con tacones más pronunciados que los de las botas de su padre. Don Máximo mantuvo todo el tiempo la cabeza muy alta, con el mentón levantado en ademán de mirar hacia abajo a su padre, quien, en cambio, mantenía la cabeza descubierta ligeramente bajada, mirando a la gorra que sostenía a la altura del pecho con ambas manos, evitando la insolencia de mirar al señorito a los ojos. A Manuel se le reavivó la mezcla de temor y odio hacia don Máximo, que no sabía qué la causaba, pero que sin lugar a dudas sentía de forma visceral. Don Máximo despidió a Diego con un golpe displicente por detrás del hombro, al tiempo que echaba a andar hacia la entrada del casino, como si hubiera necesitado apoyarse en él para arrancar.

Cuando Entrecerros quedó atrás, Carmen preguntó qué quería el señorito. "Nada", le contestó Diego, "preguntar por cómo van las cosas en El Manantial y le he explicado cómo está todo. Bueno… también me ha preguntado por nuestras familias, en especial por Manuel, Antonio y José. Le he respondido que no sabemos nada de ellos, ni siquiera si están vivos o no. Dice que ande con cuidado y no me meta en líos y yo le he dicho, descuide señorito, que no tiene de qué preocuparse".

En el cementerio, Diego se estremeció al pensar que en pocas horas algunos hombres morirían contra aquellas tapias manchadas de sangre. Y se volvió a preguntar quién decidía qué hombres debían morir y quién firmaba las sentencias. ¿Don Máximo? El señorito era muy religioso, aunque… ¿ser religioso exoneraba a alguien de ser un canalla? Le asaltaban muchas dudas y nada sabía a ciencia cierta.

Capítulo 7 (1936) *De la responsabilidad que asumió Manuel con la familia del pueblo*

En la inmensa dehesa de colosales encinas centenarias de El Manantial, abundaban los conejos, las palomas torcaces y cuantiosas especies de pájaros, además de la caza mayor de venados y jabalíes, reservados estos últimos al señorito y a sus amigos y compromisos, gente de escopeta y perro, que decía Diego. Manuel quiso aprender a cazar para contribuir al sustento de sus abuelas y tías, para lo que se sentía tan obligado como sus padres. También los abuelos Manuel y Andrés y su tío podían aportar desde las fincas en las que trabajaban, pero ninguna era tan grande y rica como El Manantial y pensó que era mejor estar preparado para lo que hiciera falta. Descartada la escopeta, para la que ni él tenía edad ni sus padres dinero, y descartados los cepos por ser muy peligrosos para él, su padre le habló de la honda y del tirador; ambos requerían de aprendizaje para manejarlos con destreza. También podía poner perchas para cazar pájaros.

Lo más fácil de construir era la honda, solo se precisaba un trozo de badana y una cuerda partida en dos. Aquel mismo día la tenía hecha y estuvo probando el largo de las cuerdas de cáñamo, que debía serlo lo más posible sin tocar el suelo cuando girara en torno a la mano con el codo flexionado en ángulo recto. También le dedicó un buen rato a averiguar en qué sentido debía girar y llegó a la conclusión de que resultaba más cómodo hacerlo en el sentido de las agujas del reloj. Le pareció que no era un artilugio de precisión y pensó que, sin duda, el David que le contó una vez su abuela Josefa que mató al gigante Goliat debió tener tanta puntería como valor para atinarle en la frente, aunque su tío José le dijo a la abuela "madre, no le cuente usted esos cuentos al niño", pero la abuela le dijo a Manuel que le hiciera caso a ella. Y él, en honor a su abuela, practicó muchas horas todos los días de aquella semana. Le iba cogiendo el tranquillo y ya acertaba a blancos grandes, así que decidió que seguiría practicando y que llegaría a tener toda la puntería que se pudiera conseguir con una honda, aunque intuía que sería más limitada de lo que quisiera. Por otra parte necesitaba algo más sigiloso; por rápido que pretendiera hondear y por pocas que fueran, las ostensibles vueltas que se requerían espantaban a las presas.

El domingo, además del apacible amanecer de fusiles silenciados, tuvieron la alegría de ver, por fin, al abuelo Andrés; junto a él, la abuela parecía más fuerte y reflejaba un atisbo de esperanza en no sabía qué. A la hora de comer, se presentaron por sorpresa las tías Lutgarda y Fernanda, a quienes abrazaron y besaron con especial cariño, recordando el miedo que les contó la abuela que habían pasado en la casa de la Falange. Siendo tan jóvenes, casi niñas, las calamidades de la guerra habían borrado en ellas todo vestigio de candidez y las había transformado en mujeres resueltas. Estuvieron poco tiempo, solo unos minutos para verlos y enseguida se tuvieron que marchar a las casas de sus señoritos a sus trabajos de sirvientas. Se habían visto y abrazado, estaban bien y no podían pedirle más a aquel día. Manuel le contó al abuelo Andrés sus progresos con la honda y el abuelo le confirmó que era un arma muy rudimentaria y que no cabía esperar mucho de ella para cazar. Él la usaba para ayudar a los perros a ahuyentar a las alimañas que amenazaban al ganado. Manuel, no obstante, estaba decidido a continuar practicando hasta alcanzar la máxima puntería; como nacido en el campo, no soportaba dejar las cosas a medias. No obstante, le gustaría tener un tirador, que seguro que sería más eficaz, para lo que, además de una badana más pequeña y cabo de cáñamo, necesitaba una horquilla de madera para fabricar la manilla y gomas fuertes y elásticas. Buscó en el olivar hasta encontrar una horquilla simétrica, con la separación justa entre las dos ramas del mismo grosor de un dedo anular suyo. Trepó al olivo y con la navaja podó cuidadosamente la rama a muy corta distancia de la horquilla. Ya en el suelo, recortó e igualó ambas guías a la longitud que le pareció adecuada, remató bien los cortes y peló concienzudamente la corteza. Solo faltaban las gomas. A la caída de la tarde, buscó a Juan. Estaba en la gañanía rematando el asa del canasto y esperó hasta verlo terminado. Quedó perfecto, fuerte y armonioso el contorno e impecable el arco trenzado del asa. Juan le puso piedras para comprobar la resistencia y se lo dio a Manuel para que lo tanteara. Casi se le cae al suelo del peso. El canasto no cedió en ningún punto ni se deformó. Manuel alabó el magnífico trabajo y percibió la satisfacción en los ojos de Juan. "Necesito goma para un tirador, ¿sabe usted dónde puedo encontrarla?". "Pues, mira, casi vas a tener suerte. La que tengo es de cámara de bicicleta, que te puede servir mientras aprendes, aunque las mejores son las coloradas de camión". Entró en la gañanía y buscó en un arcón que tenía debajo del catre. "Aquí está. Hacen falta una manilla y una badana, cabo para amarrar sí que tengo". Manuel sacó del bolsillo la manilla y la badana y se las entregó. "Buena horquilla, sí señor", dijo Juan al tiempo que abría su navaja chata, le trabajó una muesca en redondo a cada ramal de la horquilla, próxima a la punta, donde sujetar las gomas para que no se soltaran. Buscó unas tijeras y, de un solo trazo limpio para que no quedaran incisiones por donde rajaran, cortó dos tiras de goma de algo menos de un centímetro de ancho y le dio cerote a un cabo de cáñamo. "Coge una punta de esta goma y estira del otro todo lo que puedas, a ver si te llega al hombro". Y Juan las redujo hasta dejarlas del largo adecuado. Manuel tiraba muy fuerte de las gomas, asidas a la manilla primero y a la badana después, mientras Juan fue atando con el cabo y cortando el sobrante con su navaja chata. "Bueno, pues aquí lo tienes". Manuel antes de cogerlo le pidió "¿por qué no lo prueba usted? Yo no sé". Juan eligió una piedra, la colocó en la zapatilla y disparó haciendo blanco en un tronco a unos quince metros de distancia. Manuel fue a probarlo, cogió la horquilla con la mano izquierda, se puso la derecha, que sujetaba el proyectil, en la mejilla y realizó un disparo ridículo. "No, no, no. Vamos a empezar por el principio. En primer lugar, tienes que elegir bien las piedras", y le mostró el tamaño aproximado que debían tener y la forma, lo más redondeada posible. "Ahora coges la manilla así, firme con la mano derecha, que no eres zurdo, ladeada hacia el lado izquierdo y la zapatilla, con la izquierda, estirando bien las gomas a la altura del pecho; si te la pones en la cara y se rompe una goma, que se romperá antes o después, lo más seguro es que te des un zurriagazo en un ojo. No se apunta mirando al tirador, se apunta mirando al objetivo y se calcula. Tienes que tirar muchas piedras y romper

44

muchas gomas para conseguir una buena puntería". Probó siguiendo las indicaciones de Juan y la piedra salió muy desviada, aunque con una fuerza aceptable. Le pareció que era muy difícil y dudaba de que fuera capaz de hacer gran cosa con el tirador, pero, aun sin convencimiento, probaría. "Juan, le debo las gomas". "Me traes la primera cotovía que caces y estamos en paz". "Bueno…, pues anda que no voy a tardar nada…". "Esperemos que no se mueran todas de una epidemia antes", rio Juan. Sin convencimiento o con él, ese trato le obligaba a aprender a usar el tirador y a cazar al menos una cotovía para Juan.

Practicaba a diario con la honda y con el tirador. Iba consiguiendo una buena puntería con ambos y se percató de que progresaba más deprisa con el tirador. Perdió la cuenta de cuántos días llevaba ejercitando el tiro y las veces que hubo de reponer las gomas rotas.

Al atardecer de un lunes de finales de septiembre, su padre le entregó una goma colorada que le había encargado a un bracero; era mucho más gruesa y fuerte que las de bicicleta. Con su ayuda, el padre cortó las tiras de goma del mismo ancho y largo que las de bicicleta a las que reemplazaban y se las colocó al tirador. Manuel probó en vacío, sin piedra, comprobando la violencia del latigazo de la zapatilla. Puso una piedra y la lanzó a una distancia nunca antes lograda con las otras gomas, aunque con menos control. En un par de días, consiguió no solo recobrar la puntería que tenía, sino superarla. Le sobraban oportunidades para disparar a las más diversas aves y pájaros, pero no lo hizo. Por fin, un día a media tarde, vio una cotovía merodeando cerca del rebaño de ovejas. Se apostó y esperó pacientemente con el tirador preparado hasta que la tuvo a tiro y le disparó acertándole de pleno; corrió a cogerla y rematarla de un chocazo contra el suelo para que no sufriera y la guardó en el morral. Cuando encerró el rebaño, cogió la cotovía y corrió a buscar a Juan. "Vaya, no les has dado tiempo a extinguirse", bromeó Juan. "Es lo primero que cazo. Se lo debía".

La tarde del primer sábado de octubre, después de comer, salió de caza. Escondido en una higuera del regajo, abatió un gorrión, un chamariz y dos tórtolas. Le llevó mucho tiempo y paciencia, pero estaba más que satisfecho. Ya de vuelta, vio moverse un conejo que se quedó agazapado en un matorral. Llevaba el tirador cargado, como acostumbraba, le tiró, el conejo agitaba las patas pero no podía huir; lo levantó asiéndolo de las patas traseras con la mano izquierda y con la derecha lo desnucó de un golpe fuerte y seco detrás de la cabeza. Llegó a la choza, sacó las presas del morral y recibió las alabanzas de sus padres, orgullosos de él. Al día siguiente, domingo, los halagos se repitieron en casa de los abuelos Andrés y Josefa, a quienes dejó el conejo, e igualmente en la de los abuelos Manuel y Dolores, que recibieron las tórtolas. La vida en el pueblo se hacía cada día más agónica por la escasez de alimentos. Se prometió hacer todo lo que estuviera en su mano para ayudar a que su familia no pasara hambre.

Capítulo 8 (1936 – 1937) De los horrores de la guerra

Pasaban los meses interminables y la guerra continuaba su curso de horror, de devastación, de sufrimiento. A pesar de que en Entrecerros los combates habían durado un único día, el ocho de agosto, y ni siquiera en el pueblo, sino a las afueras, desde entonces la guerra consistía en miles de entrecerreños huidos, detenciones arbitrarias, torturas atroces, ejecuciones sumarísimas, humillaciones lacerantes, llanto incesante, desesperación enloquecedora, allanamientos ultrajantes, amenazas despóticas, impotencia ante la iniquidad, casas abandonadas, miseria material y miseria espiritual, escasez de alimentos, de vestido, de calzado, de medicinas, paredes blancas ajedrezadas de mujeres vestidas de negro de pies a cabeza para el resto de sus vidas rotas, hombres con brazaletes negros en la manga o botón de luto en el ojal de la solapa de la chaqueta y, quien podía permitírselo o ya la tenía de antes, una gorra negra, miedo a morir y miedo a seguir viviendo. Faltaba la tercera parte de los vecinos de Entrecerros, que seguía despoblándose desangrado trágicamente al alba, al tiempo que se colmaba el cementerio, falto ya de espacio. La guerra estaba fulminando el futuro de Entrecerros, un pueblo cuyos primeros asentamientos se remontaban a la Edad del Cobre, allá unos dos mil quinientos años antes de nuestra era.

Para Manuel, la semana se dividía en dos; de lunes a sábados, despertado por el estallido de los disparos y en los que, sin embargo, la vida en el campo, aunque siempre de trabajo duro, transcurría habitualmente plácida, y los domingos, cuando los fusiles enmudecían y el horror lo vivía indefectiblemente en las visitas al pueblo, presenciando el padecimiento de la gente y la atmósfera de plomo que casi podía palpar. Preferiría no ir nunca más a Entrecerros, que cada día le resultaba más hostil, pero su sentido de la responsabilidad, impropia de su edad, le empujaba a cumplir con su deber y cada domingo acompañaba a sus padres a llevar a las abuelas y tías las provisiones que conseguían. Gracias a Luchi y Peligro, el cuidado del ganado le permitía cazar con el tirador y recoger frutos y todo tipo de plantas y setas. Desde aquella vez que confundió la margarita con la manzanilla, ponía gran empeño en conocer la gran variedad de especies comestibles, curativas y de otros usos diversos que se criaban en El Manantial en cada época del año. Pastoreaba los sábados, por la mañana, y recolectaba y cazaba por la tarde para llevarlo reciente a las casas de los abuelos sin que nada se estropeara.

En la segunda mitad de septiembre, mientras la cuadrilla de jornaleros cosechaba las aceitunas de verdeo, Manuel había ayudado a su padre a recoger leña y elaborar cisco para los braseros de las abuelas. Desde entonces, venían llevando un saco cada domingo, un día a casa de unos abuelos y otro día, a la de los otros. En diciembre, se dobló el número de jornaleros para recoger la aceituna de molino, tras lo cual, como cada año, un numeroso grupo de mujeres acudieron al rebusco, pantalones bajo las faldas para abrigarse del frío y preservar el decoro, la mayoría, de luto riguroso, trabajando con denuedo arrodilladas en el suelo helado, amoratadas las manos del frío, obligadas por la extrema necesidad de llevar algo a las despensas de sus casas.

Aquella Nochebuena fue la más triste vivida hasta entonces. Por desgracia, no sería la única. Manuel y sus padres habían llegado a casa de los padres de Carmen a media tarde. Se reunieron con los abuelos, las tías y el tío Andrés; todos menos los tres hermanos huidos, cuya ausencia desgarradora ensombrecía aún más la negra noche de invierno. Cenaron temprano, frugalmente y en silencio y se fueron a pasar la noche a casa de los padres de Diego, donde tomaron una copa de aguardiente del año anterior y conversaron hasta que les rindió el sueño. Apagaron los candiles, se acostaron y ni se enteraron de que al mismo tiempo, por las calles oscuras y gélidas, gente del pueblo acudía como fantasmas a la parroquia a la Misa del Gallo; unos, por compromiso de su posición, puesta de manifiesto en la posesión de mullidos reclinatorios acolchados en la iglesia con la inscripción de sus nombres; otros, por devoción; don Máximo, por ambos conceptos; y las beatas, por costumbre. Se despertaron tan temprano como siempre al amanecer del día de Navidad, en el que como cada año nacía de nuevo el Niño Dios, nadie dijo nunca a qué hora, ni si por la mañana, por la tarde o por la noche, según se burlaba irreverente el año anterior el tío José ante las risas de Manuel y Antonio y las muestras de contrariedad de la abuela Josefa. No habían escuchado los disparos, no sabían si porque desde el pueblo no se oían o, lo que era más probable, que no hubiera ejecuciones por ser fiesta de guardar. Supieron por los abuelos que en todo caso no se oían porque, a pesar de estar el cementerio a mucha menos distancia del pueblo que de la choza, la ladera tras la que se hallaba impedía que llegara el sonido, como si el lugar que ocupaba hubiera sido elegido para esconderlo a la vista del pueblo. Se despidieron de los padres de Diego y volvieron por la casa de los de Carmen para despedirse igualmente. Las calles estaban desiertas y solo se oían sus pasos y los cascos del borrico. Al pasar por la cárcel, se les unieron los gemidos de las ateridas mujeres de los presos que permanecían fieles un día tras otro a la espera de un milagro que nunca se producía. Aquellas cuyos familiares eran apresados sustituían a las que habían perdido a los suyos en los luctuosos amaneceres, de forma que no menguaba el grupo de las que aguardaban.

A medida que se alejaban del pueblo, se liberaban de la angustia, manteniendo en un vívido rincón de sus mentes los padecimientos de sus familias rodeadas de tragedia y hostilidad. Nunca antes habían ido tanto al pueblo y nunca hasta ahora sentían tan poco deseo de hacerlo. De hecho, habían permanecido poco más de doce horas entre Nochebuena y Navidad y eludieron el resto de fiestas, limitándose a ir exclusivamente los domingos; la sola palabra fiesta era un sarcasmo en aquellos tiempos. En Entrecerros había dejado de bullir el ajetreo del quehacer de cada cual, de charlas, camaradería, discusiones, trabajo, fiestas, preocupaciones, ilusiones, la algarabía de los juegos de los niños… el palpitar de la vida; se había convertido en un lugar trágico, de reclusión, de recelo, de desesperanza, sin escapatoria y sin porvenir. Estaban seguros de que, de no ser por la obligación para con sus familiares, no volverían a él hasta que pasara todo aquel horror, fuera cuando fuera y que en todo caso no cabía esperar que ocurriera antes del final impredecible de la guerra. O tal vez regresarían más tarde aún. O quizás nunca. Como siempre, se volvieron a sumir en la angustia al paso por el cementerio, un dolor que debían superar antes de llegar al refugio en que se había convertido para ellos El Manantial.

El instinto de supervivencia enseñó a Manuel a no amilanarse y a zafarse de las situaciones límite realizando actividades frenéticamente y aprendiendo otras nuevas.

Recogida la aceituna, los jornaleros estuvieron ocupados la primera mitad de enero en podar el olivar y en la segunda mitad y en febrero, podando la parte de las encinas que correspondía a aquel año, colmando de leña y cisco tanto el cortijo como la choza y los barracones de la gañanía. Diego procuró hacer suficiente acopio para ellos y sus familias. Desde primeros de diciembre, Manuel conducía la piara de cochinos por el encinar y el alcornocal, cuidando de que apuraran las bellotas caídas.

"¿A qué viene eso?", increpó aquel lunes El Jáquima a El Intendencia, señalando con el dedo al brazalete negro que llevaba. "Mi hermano. Lo detuvieron el martes pasado y lo fusilaron el miércoles", se expresó compungido y con voz apagada sin entender el porqué del tono del capataz. "¿Tan rápido? Mira, por algo habrá sido, así que te lo quitas mientras estés en la finca y allá cada cual con sus problemas". "Pero...". "Ni peros ni niño muerto, que te lo quitas". El Intendencia disimuló como pudo su rabia e impotencia, cortó los pespuntes con la punta de la navaja, dobló el brazalete y lo guardó en un bolsillo. Cuando se alejó El Jáquima, Diego le dio una palmada afectuosa a El Intendencia que se mostraba abatido, "venga ya, no le des demasiada importancia", quiso animarlo. "¡Hijo de puta!, que tiene más mala sombra que una higuera negra", murmuró El Intendencia mirando con odio inmenso la manera ufana de caminar de El Jáquima a lo lejos, precedido por el perro pachón. Todos le entendieron, nadie le llevó la contraria y nadie lo secundó. A falta del señorito don Máximo, que no había vuelto desde que se marchó al pueblo con toda la familia, la presencia de El Jáquima trasladaba a la finca la prepotencia abusiva que dominaba en el pueblo y los jornaleros se veían sometidos a la ley del silencio que se imponía en todas partes. Trabajar, obedecer, callar. Y sufrir. Hasta cuándo. Qué lejos quedaba aquel tiempo en que las labores del campo se realizaban cantando. Y qué bien

50

cantaban algunos jornaleros y cómo eran jaleados y admirados por los demás. Se trabajaba igual de duro, pero con alegría. Aunque aún se mantenía la camaradería, el silencio y la suspicacia la minaban poco a poco. Nada ni nadie permanecía incólume a la zarpa de la guerra.

Aquel día, por primera vez, a El Intendencia no le salió bien la comida. Nadie se quejó.

Capítulo 9   (1937) El infierno de Entrecerros y el refugio de El Manantial

Los aguaceros del otoño y las tormentas del invierno, que retumbaban con enorme estrépito en la sierra, colmaron veneros y arroyos, dejando el campo limpio y dormido aguardando la primavera. Con las lluvias mansas de marzo y abril y al calor del sol, se desperezó la naturaleza, cubriendo la dehesa con un manto multicolor de cientos de especies de minúsculas flores; retoñaron y florecieron con empuje los árboles, regresaron las aves que habían migrado en invierno, urgidas a construir los nidos donde depositar los huevos. La dehesa se mostraba radiante y nueva como cada primavera. Manuel pensó que los animales y las plantas continuaban su curso como siempre, ajenos a una guerra que no significaba nada para ellos.

En Entrecerros, todas las lluvias habían servido para descarnar aún más las heridas de bala en las fachadas de las casas, que la miseria no permitía reparar ni lo más perentorio, como era costumbre cada año antes de Semana Santa, aunque el enjalbegado mayor, lo que tampoco ocurriría ese año, se efectuaba al comienzo del verano, después de la época de lluvias y antes de las fiestas. Tanto luto, tantas casas vacías, el abandono de las fachadas y los agujeros en el pavimento de las calles empedradas atestiguaban que un desvencijado Entrecerros había envejecido muchas generaciones en pocos meses.

Coincidiendo el Domingo de Ramos con el inicio de la primavera, en Entrecerros se celebró una Semana Santa muy trastocada, cumpliendo el calendario de cofradías con las imágenes, pasos y enseres que se habían salvado de la quema desde que estalló la guerra hasta la ocupación del pueblo por los nacionales. La gente devota acudió ensimismada a las improvisadas procesiones, otros, en cambio, no querían saber nada de la Semana de Pasión, que ya llevaban más de ocho meses sumidos en ella.

Al menos, la primavera trajo el buen tiempo, librando a los entrecerreños del frío seco e intenso del crudo invierno que soportaron con tanta estrechez, si bien tenían la suerte de un campo donde conseguir leña, plantas y frutos silvestres, además de pájaros y conejos que la sierra ofrece con espontánea generosidad. A veces, los furtivos se atrevían con alguna pieza de caza mayor, ingeniándoselas de mil maneras para llevarlas a casa sin ser sorprendidos por miradas indiscretas o, peor aún, delatados. Escaseaba todo lo que dependía de la mano del hombre, como los cereales y las hortalizas, que el desconcierto de la guerra había dejado sin cultivar por la falta de braceros entre muertos, huidos, presos, y otros alistados forzosamente en el ejército sublevado, y lo que provenía de otros lugares, como el tejido o el calzado, llegaba con tanta dificultad y era tan exiguo que provocaba que las escasas existencias alcanzaran precios prohibitivos.

A lo lejos, en los cerros, aún se veía por aquellos parajes, de tarde en tarde, escondida, alguna que otra persona de las muchas que llegaron en las primeras semanas de la caída de Entrecerros en manos de los fascistas. Empezó a correr el rumor de que eran bandoleros que asaltaban, robaban y asesinaban. Gracias a la mano de don Máximo, la guardia civil vigilaba especialmente El Manantial y nunca se vio a nadie dentro de sus límites. Desde la lejanía, Diego reconoció a algunos de los presuntos bandoleros y supo que era una mentira para asustar a la gente y provocar que los delataran; si, aunque no lo podían saber, entre ellos estuvieran Manuel, Antonio y José, la ignorancia de los muchos engañados también los consideraría bandoleros. Con el miedo, la gente veía lo que no era en sus vecinos de toda la vida. Diego no se inmutó y transmitió serenidad a Carmen y a Manuel; ellos no tenían nada que temer de gente de su misma condición. En todo caso, esto debía quedar estrictamente entre los tres, "Manuel, os lo digo para que estéis tranquilos, pero ni media palabra de esto a nadie". "No se preocupe, padre". Seguramente, no podrían tener la misma tranquilidad los señoritos, pero eso solo lo pensó y no se lo dijo a Carmen ni a Manuel. Diego observó que el Jáquima volvía a espaciar sus visitas al pueblo y a llevar otros perros además de su pachón, acompañado de otros dos hombres, todos a caballo y con escopetas. Pensó que El Jáquima se había equivocado al elegir moverse en tierra de nadie, ya que ni pertenecía a la clase pudiente, por la que no se sentía protegido y que lo trataba como al inferior que era, ni gozaba del aprecio de los jornaleros, lo que se había ido ganando a pulso por sus continuas muestras de distanciamiento y desprecio. En cambio, Diego nunca había perdido el apego de los de su clase, que lo trataban como a un igual, y se bandeaba bien con El Jáquima, que le dejaba hacer por la cuenta que le traía, despreocupado de las muchas responsabilidades que le había delegado. Por lo demás, Diego se parapetaba bajo el escalafón que disfrutaba El Jáquima para no tener que tratar con el señorito, a quien procuraba evitar con la excusa de no puentear al capataz, aunque la verdadera razón residía en que era tal la distancia entre sus respectivas clases que no le apetecía en absoluto, limitándose a responder cuando era don Máximo quien se dirigía a él, como la última vez que se vieron en el pueblo a la puerta del casino. Había terminado por darle la razón a su cuñado Manuel cuando hacía ya años le aconsejó que tuviera en cuenta el refrán "del jefe y del mulo, cuanto más lejos, más seguro". Con El Jáquima de jefe, ya tenía bastante. Diego se encontraba más que a gusto con la posición que ocupaba en El Manantial.

"Diego, los caminos vuelven a ser peligrosos. Te lo aviso, tú sabrás si quieres ir al pueblo y a lo que te expones, pero ante el peligro de ser asaltado no te puedes llevar el borrico". Diego sabía que El Jáquima gozaba zahiriendo con frecuencia a quien podía. "Francisco, al pueblo no nos apetece ir a ninguno de los tres de la familia, pero estamos obligados porque nos necesitan. En cuanto al borrico, sabe que me hace falta, no para montar, sino para cargar". "Pazguato, eso es problema tuyo. El borrico no es ni tuyo ni mío, pero la responsabilidad, si lo pierdes, sí es mía". Diego miraba a lo lejos con la vista perdida y calculó que ya en aquella época la carga a llevar al pueblo era mucho más liviana que en invierno. "Está bien, como usted quiera". El Jáquima pareció darse por satisfecho, como si hubiera ganado una importantísima batalla. Diego pensó que no valía la pena pensar en otra cosa que no fuera el presente y ya vería qué hacer para cuando necesitara de verdad el borrico.

Manuel le pidió a Juan que le enseñara cómo se hacía un canasto. Juan se lo explicó con toda minuciosidad y Manuel puso sus cinco sentidos en cuanto le decía. Cada día, al atardecer, se iba con Juan a la gañanía a fabricar su canasto. En más de una ocasión, tuvo que destejer lo que había urdido el día anterior. Sabía que tenía que ser paciente y dar perfectamente cada paso, haciendo que cada vareta de olivo fuera a su amor y no en contra de su doblez natural ni forzada, para que cumpliera su misión con robustez y sin quebrarse. No sabía cuántos días le costó, ni le importaba; estaba feliz cuando lo terminó, lo probó con piedras con un resultado perfecto y Juan le dijo que le había quedado de maravilla. Aquella noche, se lo regaló a su madre para que tuvieran dónde llevar más cosas al pueblo los domingos. La madre lo alabó mucho y se mostraba muy contenta. Manuel sintió premiada su dedicación y recompensadas sus continuas ganas de aprender. Se sintió tan alentado que, con las instrucciones de Juan, se atrevió a tejer un cesto de esparto, más flexible y cómodo de manejar; también más entretenido, ya que llevaba su tiempo preparar las tomizas, pero tanto le gustó a su madre que mereció la pena. Era tan útil el esparto que se fabricó una quincana nueva y un zurrón donde acarrear las piezas que cazaba.

Mediada la primavera, los fusilamientos dejaron de ser diarios. Tan acostumbrados estaban a ellos que el día que, sin ser domingo, no los había, se despertaban desconcertados. Por fortuna, o más propia y siniestramente por falta de reos, poco a poco los fusilamientos fueron cesando hasta que, llegado el verano, fueron raros los días en que acaecían. Para entonces, aunque no menos doloroso, el grupo de mujeres ante la cárcel se había reducido dramáticamente. Alguien desde la puerta del casino oyó cómo dentro del mismo había un grupo de señoritos que se ponían de acuerdo en asegurar que los rojos habían torturado y asesinado a noventa y cuatro mártires y discutían sobre si los rojos fusilados pasaban de los mil, lo que defendían encendidamente los más, o no llegaban por muy poco, lo que sostenían otros, algunos porque así lo creían y otros porque aún no les parecían suficientes. El número de huidos triplicaba holgadamente la cifra de muertos. Los comentarios corrieron clandestinamente de boca en boca, confirmando el desenlace tan trágico para conocimiento de todos y consternación de las familias afectadas. Diego hizo cuentas y calculó que, efectivamente, había desaparecido la tercera parte de la población y muestra de ello era que, aun sin muertos, que ellos supieran, la familia de Carmen había pasado de nueve miembros a seis. Era verdad que de la familia de él no faltaba nadie, pero, en cambio, otras familias desaparecieron por completo. Se convenció de que la desolación, el odio y el luto se habían instalado en Entrecerros de por vida.

Capítulo 10   (1939) El final de la guerra y la llegada de don Humberto a El Manantial

Casi tres años después del inicio de la guerra, el Domingo de Ramos, dos de abril del treinta y nueve, a mediodía, cuando llegaron al pueblo y pasaban delante del casino, contemplaron a los señoritos que se arremolinaban eufóricos en mitad de la calle, se abrazaban, alzaban botellas de vino y bebían entre cánticos en los que se repetían "cautivo y desarmado el Ejército Rojo", con melodía del Himno de Riego, y "la guerra ha terminado", con la de la Marcha Real. Tan absortos estaban festejando y tan concentrados para no trocar frases y melodías que Diego, Carmen y Manuel lograron pasar desapercibidos. "La guerra ha terminado", se repetía Diego, sin melodía, una y otra vez. Deambulando expectantes por las calles más pobladas que de costumbre, esperando que el final de la guerra cambiara sus vidas, rara era la mujer que no vestía de luto riguroso o el hombre que no lucía un brazalete negro en la manga o un botón forrado igualmente de tela negra en la solapa. Frente a la cárcel, seguía aguardando un reducido grupo de mujeres llorosas y comidas por los nervios, esperanzadas en que el acontecimiento pusiera término a sus pesadillas.

En casa de los padres de Carmen, como siempre, Carmen y Manuel se dirigieron a la puerta, mientras Diego conducía al borrico por la del corral, que, para volver a disponer de él en el otoño del treinta y siete, había tenido que porfiar hasta convencer a El Jáquima de que el borrico iba seguro con él. Llegó a pensar en último extremo, si no cedía, en ofrecerse a pagar la improbable pérdida, pero no hizo falta, al fin cedió, tal vez porque le cogiera a El Jáquima en un día blando, sin ganas de imponer una vez más su natural autoridad despótica, o, quizás, porque la determinación de Diego le ayudó a plantear la petición con una decisión inusual que desconcertó al altanero capataz. Fueron recibidos por los abuelos Andrés y Josefa y las tías Lutgarda y Fernanda con esperanza contenida. Pensaban que tal vez pronto regresaran Manuel, Antonio y José. Diego, Carmen y Manuel supieron que la noticia del final de la guerra se había escuchado en las escasas radios del pueblo a las diez y media de la noche anterior, se propagó de boca en boca por todo el pueblo y, desde las once, las campanas de todas las iglesias repicaron a gloria hasta la media noche. Incluso se lanzaron cohetes para celebrarlo. Aquella misma mañana de domingo había tenido lugar en la parroquia una misa solemne de acción de gracias en honor del Generalísimo, en la que los jubilosos vencedores con sus familias y las infalibles beatas atestaron y aun rebosaron la iglesia, que hubo de mantener las puertas abiertas, y se anunciaba otra misa solemne de difuntos para el sábado siguiente para honrar la memoria de los noventa y cuatro mártires muertos por Dios y por la patria. Diego pensó que los otros mil muertos quizás no lo hubieran sido por Dios, pero sí por la patria y, desde luego, por la tenacidad de los fusiles infatigables. Demasiado pronto se vio que los muertos del bando vencido nunca serían tenidos en cuenta.

El domingo siguiente se enteraron de que la solemne misa de difuntos del día anterior se había tornado en una algazara en la que se mezclaron jaculatorias y rogativas por las almas de los mártires con toda suerte de improperios contra los rojos, alcanzando el culmen en el responso, durante el cual se les declaró odio eterno a vivos y muertos y se profirieron gruesos insultos y blasfemias contra ellos dentro de la iglesia ante las miradas complacientes de los dos curas que concelebraban entre interrupciones, que, al fin y al cabo, todo estaba más que justificado porque los rojos eran escoria inmunda, malvados aliados de Satán, que serían condenados a los profundos infiernos donde arderían eternamente en continuo suplicio, mientras a los mártires el Altísimo los acogía y los colmaba de infinita felicidad en la vida perdurable.

Y mientras tanto, los propietarios de todas aquellas tiendas de ultramarinos, tabernas, comercios, estancos, establecimientos de todo tipo, incluso no pocos maestros, que no se habían mostrado lo suficientemente entusiastas con la victoria del Generalísimo, iban siendo desposeídos e inhabilitados para emprender ninguna otra profesión o actividad que requiriera permiso de la autoridad y sus negocios pasaban a manos de los adeptos incondicionales al nuevo régimen; especialmente codiciadas fueron las tiendas de ultramarinos, dada la escasez de alimentos. Los maestros fueron sustituidos por mantenidos del nuevo régimen, que poco o nada podían educar, ya que no poseían instrucción alguna para ejercer profesión tan delicada. Los tan arbitrariamente expoliados, y con ellos sus familias, se vieron en la indigencia más absoluta. Gracias a la escasez de mano de obra, debido a la drástica reducción de población, los más fuertes conseguían un duro trabajo de braceros para el que no estaban preparados, pasando grandes calamidades para conseguir llevar un bocado a casa; a los más débiles o viejos les aguardaba el hambre, si no lo remediaba la caridad de los vecinos. Y nadie andaba sobrado.

El desabastecimiento generalizado se vio agravado por la impericia de los nuevos propietarios, si bien ellos y sus familias vieron sus espaldas cubiertas y los estómagos llenos, que bien afirma el refrán que quien anda con miel se chupa los dedos. Mientras tanto, desde el comienzo de la guerra, con la subida de precios y las bajadas de salarios, el poder adquisitivo de los mismos se había ido reduciendo hasta retroceder a los niveles de veinte años atrás. Y continuaba bajando.

Uno de los maestros expulsados de su puesto, don Humberto, que rondaba los cincuenta años, fue contratado de bracero por El Jáquima para El Manantial. A Manuel le causó una pena infinita cuando lo vio llegar un miércoles, tan impropiamente vestido con la ropa de maestro, que era la que tenía, chaqueta y zapatos, en lugar del saco y botas o alpargatas propios del campo. Al igual que Manuel, nadie hizo chanzas, al contrario, se compadecieron y le mostraban un profundo respeto, que no en vano los hijos de muchos e incluso algún jornalero de entre los más jóvenes habían sido discípulos de don Humberto. Diego procuraría encargarle los trabajos más livianos y lo enroló con el grupo de jornaleros más fuertes, capaces de realizar el trabajo que de ningún modo podía completar el maestro. Don Humberto trabajaba en silencio, al ritmo que sus fuerzas le permitían y con afán de adquirir la destreza que no poseía. Al final de la jornada del primer día, se sintió exhausto, se aseó y se echó a dormir temprano. Cuando despertó a la mañana siguiente, al menor movimiento le dolían todos los músculos y huesos, tanto que tuvo que realizar ímprobos esfuerzos para no llorar, roto de impotencia. Juan El Lacio ya le había advertido a Diego que el cansancio había llevado a don Humberto a acostarse sin ni siquiera cenar. "Hoy se va don Humberto contigo. Que tu madre prepare comida para los dos. Id despacio, quedaos en el olivar y no dejes que haga otra cosa que descansar, lo necesita, es un buen hombre", le encargó el padre a Manuel. Diego se dirigió a la gañanía y repartió las tareas al personal. Don Humberto se quedó muy desconcertado de que no le asignara ninguna labor y temeroso de ser rechazado. "Tranquilícese, don Humberto, hoy ayudará a Manuel con las cabras, acompáñeme", y se dirigieron calmosamente a los cercados. "No se preocupe, verá cómo según vaya calentando el sol se irá encontrando menos dolorido. Al principio es normal para quien no está acostumbrado". "Muchas gracias, Diego, es usted un gran hombre", agradeció don Humberto. "No diga eso, en el campo todos nos ayudamos", respondió Diego. "Tenga usted la garrota, don Humberto, y me abre la puerta cuando separe yo las ovejas al fondo, yo le aviso", le pidió Manuel. Cuando salieron, don Humberto le quiso devolver la garrota a Manuel. "Quédese usted con ella para apoyarse". Manuel daba desde lejos indicaciones a Luchi y Peligro para que condujeran las cabras hacia el olivar, mientras ellos caminaban despaciosamente muy atrás. Manuel le sugirió que se pusiera la garrota por detrás del cuello, sobre los hombros y apoyara en ella los antebrazos. Don Humberto sintió alivio, "qué listo eres, Manuel, no sé cómo agradecértelo". Manuel se sonrojó. "No esté así mucho rato, que le dolerá el cuello", y le indicó que alternara atravesando la garrota en la espalda a la altura de los riñones y la sujetara por detrás con los contracodos o, simplemente, la usara como bastón. Tardaron una eternidad en llegar al olivar. Manuel le indicó a don Humberto una piedra llana al pie de un olivo donde sentarse. Don Humberto se sentó en la piedra con la espalda apoyada en el olivo y estuvo muy apagado, falto de fuerzas y creyó tener calentura. Manuel estuvo todo el tiempo más pendiente de él que de las cabras, lo que podía permitirse gracias al adiestramiento de Luchi y Peligro. Antes de comer, Manuel le advirtió que se quedara tranquilo, que, mientras los perros se ocupaban de las cabras, él iba a un asunto y no tardaría en volver. Dejó la quincana al cuidado de don Humberto y se marchó con el zurrón. Cuando regresó, se dispusieron a comer. Don Humberto masticaba muy despacio, como sin ganas. A los postres, Manuel sacó del zurrón unos buenos puñados de nísperos muy anaranjados. "Don Humberto, coma usted nísperos, que están muy dulces y son buenos para las agujetas", y le ofreció su navaja para que los mondara; Manuel los pelaba con los dedos. Uno y otro comieron hasta saciarse y ennegrecerse las uñas y las yemas de los dedos. Al atardecer, don Humberto se encontraba más animado. Pensó que la fiebre suele atacar más a esas horas y, en cambio, él estaba mejor y que, por tanto, solo cabía achacar al cansancio su mal estado de todo el día. De todos modos, volvió a acostarse temprano, tras masajearse los miembros doloridos. A la mañana siguiente, se levantó más fortalecido, volvió a masajearse vigorosamente, se despejó lavándose con abundante agua y se mostró dispuesto para el trabajo, tratando de olvidar lo quebrantado y postrado que estuvo el día anterior. Diego lo tomó aparte, "don Humberto, no se equivoque, aunque crea que está mejor, en verdad hoy le dolerá más que ayer, de modo que tómeselo con calma. Va a llevar los cochinos al alcornocal con Manuel. Tenga paciencia, mañana ya estará mejor". "Pero…". "Hágame caso, don Humberto, y no se preocupe por nada". Don Humberto creyó que Diego exageraba, pero se lo agradeció de todos modos. A Manuel le dolía que un hombre como don Humberto estuviera guardando cochinos, aunque solo fuera un día. Al pasar por el níspero, Manuel trepó y recogió suficientes para los dos, guardándolos en el zurrón. A media mañana, don Humberto descubrió que le pesaban los brazos y las piernas, le dolían cuando los flexionaba y le costaba un mundo sentarse y levantarse; se alegró de que Diego no hubiera hecho caso a la fortaleza que intentó aparentar. La mañana del sábado, Diego le encargó que acompañara a Manuel con las ovejas. "Entre esta tarde y el domingo, tendrá tiempo de reponerse y, el lunes, ya se encontrará como si tal cosa". Don Humberto no fue al pueblo el sábado, prefirió quedarse en el campo para reponer fuerzas.

El domingo, catorce de mayo, solo había transcurrido mes y medio desde el final de la guerra, cuando aún estaban en el pueblo en casa de los padres de Diego, se corrió la voz de que en el parte habían dado la noticia de que se establecía un régimen de racionamiento para los alimentos básicos y artículos de primera necesidad. Diego pensó si también habrían concluido la noticia con la muletilla de 'Primer Año Triunfal'.

Capítulo 11 (1939) Donde se narran los avatares de El Nene y don Humberto comienza a instruir a Manuel

Las familias recogieron las cartillas de racionamiento. Los precios se habían disparado, había poco dinero y casi nada que comprar. El dogal se apretaba tanto más cuanto más humilde era la casa. La miseria se extendía a la inmensa mayoría de la población, en tanto que la estrechez no afectaba a los privilegiados que formaban la clase pudiente ni a los enfervorizados del régimen, que recibieron las dádivas de lo que se sustrajo a sus dueños legítimos.

A semejanza de como encomendó a Manuel el cuidado de don Humberto, Diego le encargó a Juan que se hiciera cargo de El Nene para que sufriera el menor quebranto posible en la adaptación. El Nene era un hombretón de cuarenta años, dueño hasta hacía bien poco de una próspera tienda de ultramarinos con una nutrida clientela fiel en el centro de Entrecerros. Cuando comenzó la guerra, recibió la visita de milicianos que le exigieron que les entregase víveres para alimentar a los camaradas que luchaban contra el ejército fascista. Se llevaron muchos artículos sin pagar un céntimo. El Nene ya lo daba por perdido cuando al día siguiente se presentó en la tienda el jefe de la milicia escoltado por dos milicianos y le preguntó cuánto se debía por los alimentos que se llevaron los camaradas el día anterior. El Nene, que no conocía a su interlocutor y ante el temor de su imprevisible reacción, le dijo un precio que no alcanzaba a cubrir el costo. El jefe de la milicia le pagó cabalmente y con un "gracias, camarada. ¡Salud!" se marchó con la escolta. El Nene lamentó la pérdida que le supuso tan desventajosa venta forzada, pero ya no tenía remedio. El lunes, diez de agosto, el día siguiente a la entrada de los sublevados en Entrecerros, nada más abrir, El Nene recibió la visita de soldados que no pidieron nada, sino que se abalanzaron sobre los alimentos, tomando todo lo que se les antojó. El Nene iba apuntando los artículos en un papel de estraza. Cuando terminaron, la lista era larga y le llevó tiempo hacer y repasar la suma. Se dirigió al que parecía ser el jefe y le entregó el papel con la cuenta. "¿Qué quieres? ¿Cobrar? No te preocupes, que vas a cobrar". El Nene recibió una lluvia de golpes que le propinaron los soldados con saña, dejándolo malherido. Estuvo encamado varias semanas y tardó muchos meses en sanar. Le quedaron cicatrices en la cara y el resto del cuerpo. Su mujer y sus tres hijas se encargaron de mantener el negocio durante su ausencia. Cuando pudo reincorporarse, trabajó esforzadamente para intentar resarcirse de las cuantiosas pérdidas que le habían infligido los soldados. Creía haberlo conseguido, cuando al final de la guerra le fue incautada la tienda, convirtiéndose en uno de los primeros desposeídos. El Nene rabiaba en su interior, conociendo al niñato fascista vividor que recibió la regalía de su tienda, mientras su mujer y sus hijas malvivían en la penuria. Deseó que ojalá hubieran matado a la familia al completo.

Siguiendo las directrices de Diego, al igual que hizo Manuel con don Humberto, Juan cuidó de que El Nene adquiriera el ritmo de trabajo de forma pausada y lo menos traumática posible, lo que consiguió con más facilidad que Manuel, ya que El Nene era diez años más joven que don Humberto y estaba ejercitado en trasegar con la mercancía en la tienda.

La vida se encarecía continuamente. Los braceros de El Manantial procuraban alimentarse bien durante la semana y privarse al máximo en sus casas el tiempo que pasaban sábados y domingos para procurar que el exiguo jornal quedara íntegro para las familias, a las que se las ingeniaban para llevarles disimulados en el hatillo cuantos productos silvestres y caza menor obtenían.

Gracias a que la mayoría de los hombres trabajaban en el campo, muchas familias conseguían sortear la miseria y aun se sacrificaban para socorrer a las que no tenían ninguna posibilidad, sobre todo a familias de viudas con niños. A pesar de ello, la inevitable desnutrición hacía mella en la salud, proliferaban enfermedades que aumentaron la mortandad en todas las edades y muchos niños ya tenían inoculada calladamente la maldición del raquitismo que se haría patente en pocos años, si gozaban de la fortuna de continuar con vida.

A don Humberto no le hizo falta preguntar para saber que Manuel no había ido nunca a la escuela y no sabía leer ni escribir. "Diego, ustedes me tratan de una manera que jamás podré pagarles.

No obstante, me sentiría muy halagado si me permitiera dar clases a Manuel a diario entre el final de la jornada y la cena, que, por lo que a mí respecta, la podemos retrasar un poco". "Don Humberto, la lejanía del pueblo no nos ha permitido que Manuel haya ido nunca a la escuela. Sabe cómo están las cosas y no puedo permitirme pagarle las clases de Manuel". "Diego, no me ha entendido, casi me ofende, aunque sé que no es su intención. Soy yo quien está en deuda con ustedes y las clases me las tienen más que pagadas por adelantado. ¿Me autoriza, entonces, a enseñar a Manuel?". "Claro que sí, don Humberto, estoy deseando que mi hijo aprenda a leer y escribir y las cuatro reglas, como suele decirse, y que yo no sé lo que son. Necesitará material". "No se preocupe, ya me he traído yo de casa todo lo necesario. He dado por supuesto que Manuel también querrá. Hable con él y, si está de acuerdo, empezamos mañana mismo". "Muchas gracias, don Humberto, mi hijo tiene mucha suerte y será todo un lujo para él tener un profesor particular de su talla".

Había anochecido cuando Diego llegó a la choza donde ya se encontraban Carmen y Manuel. "Don Humberto se ha ofrecido a darte clases por las tardes antes de la cena para que aprendas a leer y escribir y hacer cuentas, Manuel. ¿Qué te parece?". Manuel se quedó mudo, emocionado porque, al fin, se cumplía lo que llevaba esperando desde que don Humberto llegó a El Manantial. A Carmen se le iluminaron los ojos, "¿pero, podemos…?". "Descuida, Carmen, ya le he dicho que no podríamos pagarlo y se ha ofendido, nos tiene aprecio y la idea ha sido suya, que se ha brindado a hacerlo gratis. Ni siquiera tenemos que procurar material, ha traído él de su casa todo cuanto pueden necesitar". Manuel recobró el habla, "padre, ¿cuándo empiezo?", preguntó con vehemencia. "Creo que vas a aprender mucho. Los dos, don Humberto y tú, estáis impacientes. Dice que mañana mismo". La ilusión se mostró radiante en el rostro de Manuel. "Hijo, no olvides la gran suerte que tienes. Vas a tener un maestro, y esto que digo no puede salir de aquí, que no van a tener ni los hijos de los señoritingos. En el pueblo han echado de sus puestos a casi todos los maestros que habían quedado y los han sustituido por otros que ni lo son ni saben. Más bien se pueden considerar sargentos chusqueros. Eso sí, van a aprender a desfilar muy bien desde pequeñitos". A Manuel le costó mucho coger el sueño. Manoseaba la navaja debajo de la almohada y pensaba que si Juan le había enseñado tantas cosas, cuánto no aprendería con don Humberto.

Amaneció más tarde que nunca. Manuel hacía mucho que estaba despierto. Se fue tras su padre a la gañanía. Buscó con la mirada a don Humberto y, cuando su padre terminó el reparto de la faena, se dirigió a él, "don Humberto, ¿empiezo hoy?". "Claro que sí, aquí te espero cuando terminemos la jornada".

Aquella tarde, las ovejas azuzadas anduvieron de vuelta a los cercados más deprisa que de costumbre. Manuel se apresuró a echarles forraje y agua y se fue a la choza donde se sacudió, se quitó la gorra y se aseó y peinó a conciencia para empezar su primer día de clase.

"¿Qué te trae por aquí?", le preguntó Juan, mirándolo de arriba abajo. "Vengo a ver a don Humberto, que me va a dar clases. Juan, usted me ha enseñado muchas cosas y ahora don Humberto me va a enseñar a leer y escribir y los números". "Me alegro mucho por ti, Manuel. Todos dicen que es un gran maestro. Te enseñará mejor que ningún otro. Yo de letras y números sé lo justito. La ortografía no es mi fuerte. Menos mal que tu nombre es facilito y no me equivoqué cuando te lo grabé en la navaja". Manuel la sacó del bolsillo, miró la inscripción de su nombre y le dedicó a Juan una sonrisa de agradecimiento al tiempo que volvía a guardarla.

Encontró a don Humberto aseado, bien peinado y vestido de limpio. Ninguno de los dos comentó nada sobre la coincidencia de que se hubieran acicalado para la clase como si se hubieran puesto de acuerdo, pero ambos se prometieron a sí mismos que cada día lo harían así. Para don Humberto suponía retomar su actividad habitual de tantos años, aunque fuera con un tiempo tan limitado y con un único alumno. Para Manuel, aprender era tan importante que requería tener la mente despejada y dispuesta y por ello creyó indispensable tener bien limpia la cabeza y atentos los sentidos.

"Bien, Manuel, dime, ¿qué sabes de las letras?". Manuel enmudeció sonrojado. "Vamos, responde a la pregunta que te he hecho", insistió don Humberto en tono calmoso y tranquilizador. "Nada", musitó Manuel de forma casi inaudible. "Bien, no importa, no te preocupes. Para aprender es necesario, en primer lugar, querer, y tú quieres, ¿verdad?". Manuel afirmó con la cabeza. "¿Verdad?", insistió don Humberto. "Sí, claro que sí". "Perfecto, ya tenemos mucho ganado. El interés es lo más importante. La segunda cosa que se necesita es no engañarse a uno mismo y ser consciente de lo que se sabe y de lo que no. Y eso ya lo has respondido, aunque has exagerado un poco sin querer; has dicho que no sabes nada y ya te irás dando cuenta de que sabes mucho más de lo que crees". Manuel escuchaba atento sin saber qué decir. "Manuel, recuérdalo siempre, interés y conocer qué se sabe y qué no. Y ahora, vamos a empezar a aprender lo que no conocemos. Comenzaremos por las vocales". Don Humberto le explicó y Manuel aprendió todo lo que se puede saber de las vocales y se sorprendió de lo importantes que eran; sin ellas las consonantes, ya las estudiarían, serían solo rugidos de bestias. "¿Te das cuenta de que usas las vocales cada vez que hablas, aunque no lo supieras? Ya las conoces y ahora vamos a aprender cómo se escribe cada una". Esa forma de hablar en plural, como si don Humberto fuera a aprender al mismo tiempo que él, cautivó el interés de Manuel. Don Humberto sacó una pequeña pizarra y un pizarrín, escribía una vocal y cedía pizarra y pizarrín a Manuel para que las repitiera a continuación de la que había escrito él. Le indicó cómo tenía que coger el pizarrín con los dedos pulgar, índice y corazón. Cuando terminaron de practicar con las vocales, se había hecho de noche y ya hacía rato que había pasado la hora habitual de la cena. "Muy bien, Manuel. Hemos avanzado mucho hoy. Mañana continuamos". Manuel jamás se había sentido tan importante como en aquel momento. "Don Humberto, ¿me puedo llevar la pizarra y el pizarrín para practicar durante el día?". "Claro que sí, pero no olvides que lo importante no es correr, sino hacerlo bien, despacito, pero bien. ¡Y derecho! No tuerzas los renglones". "Hasta mañana, don Humberto". Y Manuel se marchó exultante camino de la choza, respirando a pleno pulmón, tragándose toda la noche en cada bocanada.

Capítulo 12   (1939 – 1940)   El aprendizaje de Manuel y la triste desaparición de don Humberto

Manuel progresaba despacio, adquiriendo los conocimientos de manera constante y siempre reflexiva. Se valía del mucho tiempo libre que le permitía su trabajo, ya convertido en rutina, para afianzar la escritura que con tanta atención aprendía. Para don Humberto, en cierto modo, el día transcurría al revés; se concentraba en adquirir destreza en su trabajo durante la jornada y, cada atardecer, recobraba con Manuel su labor antes habitual, nunca rutinaria, de maestro. Había conocido alumnos inteligentes, listos, torpes, díscolos, sumisos, despreocupados, vehementes, calmados... Manuel pertenecía al grupo de los muy interesados, que don Humberto consideraba que eran los más gratificantes para él y para cualquier maestro a quien no le molestaran las preguntas difíciles con que lo pudieran sorprender.

Don Humberto y Manuel extendían el horario, apurando el tiempo que les regalaba el final de la primavera, cuando cada día pugna por alargarse arrancando un bocado a la noche. Para cuando llegó el verano, Manuel ya leía y escribía, con letra cuidada y en renglones rectos, vocales y consonantes, en minúsculas y mayúsculas, además de algunos símbolos ortográficos, como la arroba, que le parecía divertida porque semejaba un rabo de cochino, y empezó a silabear. Diptongos y triptongos le despertaban una gran curiosidad y, gracias a ellos, constató que, efectivamente, unas vocales eran fuertes y otras débiles. Enseguida pasaron a palabras completas, agudas, llanas, esdrújulas y sobresdrújulas. Con la conjugación de los verbos, que los había bien difíciles, no agotaban ni de lejos la gramática, pero ya disponían de suficientes ingredientes para construir frases. Don Humberto insistía en la importancia de saber leer, sobre todo leer, y escribir. "Quien sabe leer, aprende mucho por sí mismo", le decía.

Al llegar el otoño, Manuel leía con fluidez y escribía con corrección y letra esmerada. Don Humberto le entregó papel, pluma, palillero y tintero. Manuel sintió una gran responsabilidad y se esforzó más que nunca en atender a las indicaciones de don

Humberto sobre el uso de la pluma para no malgastar el papel y la tinta. Sufría y se tachaba a sí mismo de torpe cada vez que le caía un borrón. Don Humberto le quitaba importancia, "el mejor escribano echa un borrón, dice el refrán", al tiempo que insistía incansable en las reglas ortográficas y sintácticas. No dejaba pasar por alto ni un solo acento que faltara o una expresión no del todo correcta. De ordinario, escribía en la pizarra y, una vez a la semana, practicaba con pluma. El día que don Humberto le anunció que comenzarían con matemáticas, le entregó dos libros, "mira, tengo muchos libros en casa, pero hoy día no se sabe cuál puede resultar comprometedor a los ojos de la censura, por tanto, te he traído un diccionario para que busques las palabras que no entiendas y un libro para leer, el mejor que se ha escrito nunca en lengua castellana, El ingenioso hidalgo Don Quijote de la Mancha. Sáltate la dedicatoria y el prólogo, es mejor leerlos al final, cuando hayas terminado el libro, y empieza por el primer capítulo. Cada palabra que no entiendas búscala en el diccionario y, si no la encuentras, la escribes en la pizarra y la vemos por la tarde". A Manuel, el voluminoso diccionario que don Humberto le enseñó a usar le pareció una idea magnífica, bastaba con saber el orden del abecedario y adquirir un poco de práctica para encontrar cualquier palabra y conocer su significado. A la mañana siguiente, se llevó los libros en el zurrón envueltos en un trapo limpio para que no se mancharan. Pensó que, sin duda, El ingenioso hidalgo Don Quijote de la Mancha era un libro extraordinario y Miguel de Cervantes un gran sabio, ya que solo con la mitad de la primera página tuvo que consultar infinidad de veces el diccionario, tantas eran las palabras que no conocía, aunque, por otra parte, las interrupciones le complicaban la lectura. Solo escribió en la pizarra, para consultarlos con don Humberto, nombres propios como Aristóteles o el Cid Ruy Díaz, que no venían en el diccionario ni en las profusas anotaciones a pie de página. Don Humberto le dictaba cada tarde algunos párrafos y le explicaba y corregía las faltas. El resto del tiempo lo dedicaban a los números, de manera que, acabando el otoño, Manuel conocía las cuatro reglas: sumar, restar, multiplicar y dividir. Don Humberto se las enseñó no de la manera habitual y mecánica que todo el mundo conocía, sino de forma razonada para que entendiera los fundamentos de por qué para sumar o restar se colocaban las cantidades unas debajo de otras y alineadas a la derecha y no a la izquierda y se comenzaba a sumar o restar igualmente por la derecha. Y qué significaba el 'llevarse' una o dos o más a partir de que se superaba cada decena. O por qué, al multiplicar, cada línea de las que finalmente terminarían sumándose se desplazaba un lugar a la izquierda de la anterior. O qué significaba, al dividir, lo de 'se baja la cifra siguiente', por no hablar de aquella cantinela de 'cero al cociente y se baja la cifra siguiente'. Todo el misterio residía en comprender bien el sistema métrico decimal en el que tanto hincapié hacía don Humberto; gracias a él, a Manuel las matemáticas le parecieron maravillosas y se alegró de tener la oportunidad de aprenderlas tan bien, mientras los niños de los señoritos las odiaban, engulléndolas como papagayos entre desfiles. Las autoridades no se percataban de que castigando a maestros como don Humberto, sustituyéndolos por sargentos chusqueros, en realidad estaban condenando a sus propios hijos, que jamás aprenderían por sí mismos a 'discurrir', palabra que usaba continuamente don Humberto, "no, de memoria, no, discurre", decía.

Los viernes, Manuel correspondía a la dedicación de don Humberto llevándole frutos silvestres y algún conejo o palomas torcaces que cazaba para que se los llevara el sábado a su mujer, sus dos hijas y su nieto, Humberto como él, hijo de su hija mayor. Si no había tenido suerte ese día con la caza, por la tarde dejaba puestas las perchas en las que por la mañana recogía una docena de pájaros. No le gustaba esa forma cruel de cazar, los pájaros sufrían mucho tiempo atrapados, pero la necesidad apretaba y no podía permitirse andar con escrúpulos.

Durante el invierno, aprendió las fracciones, los quebrados, la regla de tres directa e inversa y también a extraer la raíz cuadrada y la raíz cúbica. Y con las explicaciones de don Humberto, a quien se le había agarrado una tos que no cejaba, todo le resultaba muy fácil y cada vez quería aprender más cosas nuevas, a la vez que se daba cuenta de que, por mucho que aprendiera, siempre sería más lo que le quedaría por aprender. Y no le parecía justo que una persona, por más que se esfuerce, no tuviera tiempo en toda su vida de aprender todo lo que se puede saber. Le preguntó a don Humberto si estaba en lo cierto y el maestro sonriendo le dijo "vaya, estás filosófico". Y ante la mirada sorprendida de Manuel, le tuvo que explicar qué era la filosofía.

Cuando el invierno llegaba a su fin, la tos de don Humberto se recrudeció. Aquel primer lunes de primavera, don Humberto no se presentó en El Manantial. Pronto llegó la noticia que traían algunos jornaleros de que había muerto al anochecer del día anterior; de pulmonía, había dicho el médico. El golpe tan duro dejó paralizado a Manuel, sintió como un mazazo en el pecho, le costaba respirar, se le humedecieron los ojos y apenas veía. Sin poder contenerse, echó a correr campo a través por la dehesa y no paró hasta bajar la suave loma que terminaba en el Arroyo de las Piedras, a más de una legua de la gañanía. Y allí, sin que nadie lo viera, se desahogó llorando desconsoladamente. Le dolió más la muerte del querido maestro que la desaparición de sus tres tíos. Pensó que quizás no debiera ser así, pero lo era. Se sentía huérfano, al tiempo que se reprochaba no haber dedicado más atención a la tos de don Humberto. Cuando se le agotaron las lágrimas, se sintió muy cansado e hizo el camino de vuelta despacio, muy triste y cabizbajo. Manuel acompañó a sus padres y a Juan al pueblo para asistir al funeral que se anunció para aquella misma tarde. Fue un responso breve, el cura con voz engolada lo había pronunciado de forma mecánica y desganada, como si no supiera lo que decía. A Manuel le pareció indigno y miraba al cura con asco. A la salida de la iglesia, le besaron la esposa y las hijas de don Humberto y le estrechó la mano el yerno; de alguna manera, se sintió reconfortado y, sin duda, unido a ellos. Le consoló que, al menos, había muerto en su casa, con su familia, y se prometió que cada domingo llevaría a la familia de don Humberto los frutos y caza que él ya no iba a poder llevar. Emprendieron el camino al cementerio tras el sobrio féretro en el que reposaba don Humberto. Manuel entró y asistió por primera vez a un entierro. Cuando depositaron el féretro en la fosa y lo cubrieron de tierra, se sintió verdaderamente abandonado y desolado. Se le enrojecieron y humedecieron aún más los ojos y se contuvo para no sollozar a gritos. Se despidieron de los dolientes y acompañantes que se volvían al pueblo y se marcharon hacia El Manantial sin pronunciar palabra en todo el camino. Desde ese día, para Manuel, el cementerio sí era verdaderamente sagrado y algo suyo, nunca más lo miraría solo como el lugar tétrico y de horror al que las últimas lluvias habían lavado de las tapias las manchas de sangre, que ahora abonaba los jaramagos que brotaban exuberantes, sino también como el remanso de silencio donde descansaba para siempre su querido maestro.

Una dolorosa e infinita nostalgia se apoderaba de Manuel cada atardecer. Su aprendizaje se había truncado bruscamente y sabía que nunca más le enseñaría nadie. En honor de don Humberto, cada tarde se seguía aseando y acicalando como si fuera a encontrarse con él. Y leía El ingenioso hidalgo Don Quijote de la Mancha, buscaba en el diccionario las palabras que no conocía y escribía en la pizarra los nombres que no encontraba, pero ya no tenía quien se los descubriera. Recordó las palabras de don Humberto, "quien sabe leer, aprende mucho por sí mismo". Se hizo un plan para repasar continuamente los conocimientos que había adquirido para que nada se le olvidara, lo que no le resultó difícil, porque nada había aprendido mecánicamente, sino razonando el origen de todo; su buena memoria también le ayudaba. El primer día que retomó la pluma, se emborronaron las letras con las lágrimas que cayeron sobre ellas.

Capítulo 13 (1940) De las agresiones y muerte de don Máximo

Cada domingo, nada más llegar al pueblo, Manuel pasaba por la casa de don Humberto a dejarle a su familia los productos y caza que había conseguido. Doña María Luisa, la esposa de don Humberto, Manuel no soportaba la palabra 'viuda', le confesó que conocía el gran aprecio que le tenía su difunto marido y le ofreció que se llevara los libros que necesitara. Manuel aceptó, pero solo como préstamo y de uno en uno, cambiándolo por el anterior; primero terminaría de leer el Quijote. "Véndalos, si lo necesita". Doña María Luisa esbozó una sonrisa triste, "¿quién los iba a comprar? A los que podrían comprarlos no les interesan y a los que pudieran interesarles no están en mejor situación que nosotros, escasamente tienen para subsistir. Quédate con los libros que te entregó Humberto y con los que quieras, estoy segura de que esa hubiera sido su voluntad. Me decía que eras muy buen alumno y se alegraba mucho de darte clases". Manuel notó el calor del sonrojo en las orejas. "¿Sabes? Tu gran interés por aprender le ayudaba a sentirse útil ejerciendo su profesión de siempre". Manuel se prometió redoblar el esfuerzo para retener todo lo que le había enseñado don Humberto y ampliarlo, "quien sabe leer, aprende mucho por sí mismo", recordaba una y otra vez. "Quiero leer todos los libros que pueda", le aseguró a doña María Luisa. "El diccionario sí lo voy a necesitar". "No lo pienses más, quédatelo; ya te he dicho que te quedes con todos los que quieras".

Con la entrada de la primavera, después de un año de acabada la guerra, Don Máximo volvió a visitar la finca durante unas horas un día a la semana, habitualmente los sábados, y solo, sin la familia. Llegaba por la mañana con escolta, echaba un vistazo al cortijo acompañado del capataz, comía temprano y por la tarde, cuando los jornaleros se iban para el pueblo, ya tenía preparado el tordo que El Jáquima había ordenado a Diego o a Juan que ensillaran para el señorito. Don Máximo cabalgaba un buen rato por el encinar en dirección al Arroyo de las Piedras. Manuel, que andaba de caza a esas horas, con frecuencia veía a lo lejos cómo al aproximarse al mismo lanzaba al galope al brioso caballo pasando entre dos encinas, al tiempo que se agachaba para salvar las ramas, y cruzaba el pequeño arroyo de un salto, tras lo cual giraba, volviendo a galopar y saltar en sentido contrario. Don Máximo se erguía sobre la montura como si hubiera realizado una hazaña y se volvía al trote al cortijo, donde subía a la calesa que, escoltada, lo llevaba de vuelta al pueblo. Manuel contemplaba la misma escena que se repetía cada sábado y pensaba que el señorito debía estar muy aburrido para entretenerse con tan poca cosa y siempre de la misma manera. También pensaba que, a pesar de ser dueño de El Manantial y alcalde, comparado con don Humberto, era un ignorante y un patán. Pensamientos que se veían reforzados por el odio irracional que le profesaba y que era incapaz de evitar.

"Chico, ve al cortijo y le dices a tu madre que revise la habitación del señorito Félix, que viene mañana", le ordenó El Jáquima a Manuel un sábado, antes de comer, apenas había terminado de encerrar las cabras. El señorito Félix era el único hijo varón y el heredero de don Máximo. Manuel llegó al cortijo y buscó a su madre. "No, don Máximo, por lo que más quiera, no, por el Señor se lo pido", oyó que imploraba su madre. Manuel se asomó a una puerta y vio cómo, de espaldas a la misma, don Máximo sujetaba de la cintura a su madre con el brazo izquierdo mientras con la mano derecha hurgaba entre el vestido hasta tocarle los pechos y le mordía el cuello. Manuel sintió una ira atroz, se contuvo ante la mirada de su madre, que con un movimiento inequívoco de los ojos muy abiertos como si fueran a salírseles de las órbitas y, apretando las mandíbulas sobre el hombro del sátiro, le daba a entender que se fuera para no ver y, sobre todo, para no ser visto. En aquel instante, supo Manuel por qué odiaba a don Máximo. Acudieron a su mente, nítidas y a borbotones, secuencias inconexas de cuando aún no tenía un año, de cuando aún no andaba. Vuelto de cara hacia don Máximo, como si fuera un escudo, su madre lo sostenía zarandeándolo entre el temblor nervioso de sus brazos y el vaivén del pecho que le causaba la agitada respiración. Don Máximo escupió un grito y el canto de su mano rozó la cabeza de Manuel con violencia, abofeteando a su madre en el rostro. El llanto de ella y el suyo propio, abrazados ambos asustados. Sí, por fin sabía por qué lo odiaba desde que era capaz de recordar. Manuel retrocedió sigiloso hasta llegar a la puerta del extremo del corredor, salió cerrándola silenciosamente, volvió a abrir procurando hacer el mayor ruido posible, como si acabara de llegar por primera vez, de nuevo avanzó por la galería y a la distancia que creyó segura de ser oído tosió y carraspeó, "¿madre?", simulando naturalidad. "Voy, hijo". La madre salió de la estancia con la cara arrebatada; la misma que podía tener tras un trabajo intenso de fregar el suelo arrodillada o del calor de las planchas, pero ambos conocían la causa verdadera. También don Máximo. "¿A qué viene tanto ruido, o es que no voy a poder dormir la siesta en mi casa?", lo increpó don Máximo con cinismo. Manuel agachó la cabeza. Don Máximo creyó que la bajaba por la reprimenda, no imaginaba que era por la ira, el odio y el asco que le daba a Manuel mirarle a la cara. "Madre", dijo en voz baja, "dice Francisco que repase usted la habitación del señorito Félix, que viene mañana". "Voy ahora mismo", y se fue por el corredor con el hijo, amparándose en su compañía. Don Máximo volvió a entrar en la misma estancia donde acababa de mancillar el honor de Carmen. "Hijo, no digas nada, no hables con nadie de lo que has visto", rogó al cerrar tras de sí la puerta del corredor. "Descuide, madre, pero no podré olvidarlo nunca". La madre se fue escalera arriba al piso superior a revisar la habitación del señorito Félix, mientras Manuel salía del cortijo.

Manuel sintió las arcadas como cuando vio los cadáveres tirados en el suelo en el treinta y seis, encontró unos matorrales donde se agachó y vomitó hasta que tuvo en la boca el amargor de la hiel.

Don Máximo se cruzó con los braceros, que se preparaban para partir hacia el pueblo, cuando salió cabalgando sobre el tordo. Ya se encontraba lejos, "vaya, parece que va a seguir viniendo todas las semanas", comentó uno entre el grupo de braceros. "Mientras no firme una lista con nuestros nombres...", oyó Diego que murmuró sarcásticamente otro en voz baja. "¿Estás seguro de que era él quien firmaba?", le preguntó muy serio Diego. "Y tanto. Lo sabe todo el mundo". Diego, apesadumbrado, no dijo nada; se fue para la choza cabizbajo y atormentado porque se cumplían sus peores presagios, aquellos que había temido desde siempre y que había querido soslayar, que don Máximo firmó las listas de los que cada día durante la guerra fueron ejecutados tras hacer el paseíllo. Y él se veía obligado a trabajar para un canalla. Se consoló algo de haber procurado que fuera El Jáquima y no él quien tratara a diario con don Máximo y se prometió que buscaría excusas para rozarse aún menos con él.

En la choza, la familia permanecía en silencio, cada uno con sus cavilaciones. Diego y Manuel, por la misma persona, don Máximo, y por motivos tan distintos, si bien el padre creía que el hijo andaba taciturno desde que murió don Humberto y aún no lo había superado, lo que era cierto, pero ignoraba lo que Manuel conocía de don Máximo. A Carmen le afligía lo que su hijo pudiera llegar a pensar de ella y que con el tiempo pudiera enfrentarse a don Máximo, lo que ella no iba a consentir de ninguna manera; el poder de don Máximo no dudaría en aniquilarlo en el momento en que supusiera una amenaza para él. Y Manuel tan solo era un niño de once años.

Efectivamente, Manuel estaba taciturno y abstraído en sí mismo y difícilmente conseguía nadie arrancarle alguna palabra. Desde que presenció la agresión de don Máximo a su madre y recordó lo que sufrió siendo tan niño en brazos de ella, sentía en la cabeza un constante vahído y le era imposible quitárselo de la mente ni refugiándose en la lectura. Al contrario, pensó que ni era capaz de centrarse en ella ni le apetecía ni tenía ningún sentido continuar leyendo las aventuras de Don Quijote, que ahora le parecían tonterías absurdas. Y que don Humberto, allá donde estuviere, lo perdonara. Con la rutina del trabajo y perdido el aliciente de la lectura, los días se le hacían eternos y el odio lo corroía, sobre todo los temidos sábados, por la mañana, en que lo consumía la zozobra de que se repitieran los abusos de don Máximo con su madre. Cuando, por fin, salía este de paseo con el caballo y su madre regresaba a la choza, la miraba a los ojos y ella con la mirada serena y cerrando despacio los párpados le transmitía que todo estaba bien; pero él no sabía si era verdad o lo hacía solo para que no se preocupara.

El último sábado de mayo, Manuel, como siempre, comió deprisa y salió de caza, dirigiéndose a la izquierda hacia las higueras del arroyo desde donde acostumbraba a ver saltar a caballo a don Máximo a lo lejos. Mucho rato después, salió don Máximo, como de costumbre, hacia el frente, perpendicular a la dirección que había tomado Manuel. Fue tranquilo al paso y dejando que el caballo luciera los airosos pasos que con paciencia le enseñaba el domador, Ramón. Don Máximo, muy tieso, llevaba las riendas en la mano derecha y la izquierda, en la cintura, aparentando un mérito que no era suyo y que todos lo sabían porque veían a diario a Ramón entrenándolo, pero don Máximo era el dueño y tenía derecho a apropiarse de los logros del domador, que, al fin y al cabo, era un asalariado como todos los demás. Cambió a un trote suave y alegre adentrándose en la dehesa. En las proximidades del Arroyo de las Piedras, como siempre, lanzó al tordo al galope, inclinándose hacia delante para evitar las ramas al paso de las encinas. El caballo perdió las manos y don Máximo salió despedido sobre las orejas del caballo, estampándose el cráneo contra el talud de piedras de la otra orilla del arroyo.

El Jáquima, pendiente de la vuelta del señorito, vio venir al tordo suelto, arrastrando la brida. Dio la voz de alarma y todos los hombres disponibles corrieron a buscar a don Máximo. Ramón tomó a la izquierda, cruzándose con Manuel, que volvía mostrando los trofeos de un conejo y una buena docena de pájaros. "¿Has visto al señorito don Máximo?". "No, por aquí no ha estado; si no, me habría espantado la caza", contestó Manuel. Ramón abandonó la búsqueda por aquel lado, subió la suave loma a la derecha y se fue tras El Jáquima, que cabalgaba sobre el tordo. Encontraron a don Máximo en el Arroyo de las Piedras con la cabeza abierta y el cuello truncado en una espeluznante torsión. El Jáquima mandó a Ramón que montara en el tordo y corriera al pueblo a avisar al señorito Félix y a dar parte a la guardia civil. Tras una larga espera, a la caída de la tarde, se personaron el señorito Félix, una pareja de la guardia civil de caballería formada por el sargento y un número, y en una calesa, el médico y el juez, que certificaron la defunción y ordenaron el levantamiento del cadáver respectivamente. El señorito Félix tomó una escopeta y disparó a bocajarro a la cabeza del tordo. "¡Quítalo de aquí!", ordenó a Ramón.

Capítulo 14 (1940) El funeral de don Máximo

Carmen ayudó a amortajar el cadáver de don Máximo, velado aquella noche sobre una cama entre cuatro ciriales en el salón principal del cortijo por doña Patro, su esposa, acompañada del señorito Félix, convertido en el nuevo cabeza de familia y a quien todos rendían pleitesía y daban el pésame con especial énfasis, las hermanas del señorito Félix, la señorita Pilar y la señorita Remedios, que lloraban a moco tendido, todos enlutados, el cura párroco, los ediles al completo y la gente principal de Entrecerros, don Joaquín, el señorito del abuelo y el tío Andrés, don Julián, el señorito del abuelo Manuel y don Gabriel, jefe de Falange, entre otros muchos. No dejó el finado de recibir lamentos y alabanzas toda la noche, qué desgracia tan grande, qué mala suerte, qué gran hombre, qué gran corazón, qué bondad y generosidad las suyas, qué fiel esposo, qué ejemplar padre, qué gran cristiano, qué fenomenal patriota, qué gran alcalde perdía Entrecerros. A cada loa que escuchaba, Carmen se decía para sus adentros "sí, todo eso y otro poco" y con las criadas de doña Patro, traídas del pueblo, no cesó en toda la noche de preparar comida, servir vino primero y coñac, más tarde, y atender a las fuerzas vivas del pueblo allí reunidas, que el muerto ya iba bien servido y poco requería. Aunque desde el cortijo no se oían, doblaron las campanas de todas las iglesias desde que se supo de la muerte de don Máximo hasta la medianoche.

Al amanecer, Carmen y las criadas de doña Patro prepararon desayuno para todos y hubieron de espabilar con repetidas dosis de café bien cargado a algunos que se habían propasado con el alcohol por el aburrimiento, el cansancio de la vela y porque no le hacían ascos a los caldos de la bodega de don Máximo, allí de cuerpo presente.

El coche fúnebre traía un espléndido ataúd de gruesa madera noble barnizada que refulgía con la luz del sol, sobre la tapa lucía un crucifijo con el Cristo de marfil y el interior, como comprobarían todos momentos después, lo cubría un acolchado tapizado de color malva con una almohada blanquísima con vuelo de encaje sobre la que habría de reposar la cabeza abierta del difunto. Antes de cerrar la tapa, el cura párroco dirigió el rezo del santo rosario completo con sus quince misterios, gozosos, dolorosos y gloriosos, y las letanías lauretanas. El interminable y monótono soniquete de avemarías, primero, y ruegas por nosotros, después, fue acompañado de ostensibles bostezos que se contagiaban de forma irremediable entre dolientes y acompañantes, prodigándose con disimulo los codazos para despertar a los que vencía el sopor. Acabado el rosario, cerraron la tapa del féretro y lo trasladaron ceremoniosamente a la coqueta capilla del cortijo, de retablo neoclásico en madera de cedro y en el centro, una talla en policromía de la Virgen del Perpetuo Socorro. El cura párroco, sintiéndose protagonista y gustándose, se arrancó con un responso cantado en latín desde el kyrie eléison al requiescat in pace, mientras aspergía agua bendita con el hisopo sobre el difunto. Carmen no pudo evitar pensar que mejor sería que hisopeara a la patulea de aquellos vivos para terminarlos de espabilar. Ante las no disimuladas toses y carraspeos y el crujir de las sillas de anea de los que se removían inquietos, incluido el golpeteo impaciente de los zapatos de don Gabriel en el suelo, el cura párroco pareció darse por enterado y calló, dando por terminado el gorigori, o al menos concediendo una tregua.

Se organizó el cortejo, que arrancó hacia el pueblo, abandonando don Máximo El Manantial para siempre, quedando las estancias del cortijo hechas unos zorros y en las que se iba a tener que emplear a fondo Carmen sola, que las criadas de doña Patro hubieron de partir, unas antes y las demás con el cortejo, para encargarse de que tampoco faltara detalle en la casona del pueblo. Encabezaba la marcha el coche fúnebre, luciendo el soberbio ataúd tras la cristalera con las cortinas recogidas, tirado por dos poderosos percherones, seguido por la calesa en la que viajaba el cura párroco revestido con roquete y estola y tocado de bonete; detrás un faetón con los dolientes, las señoritas Pilar y Remedios, de espaldas a los cocheros del pescante, y en el asiento trasero, mirando hacia adelante, el señorito Félix y a su izquierda su madre, doña Patro; les seguían, en primer lugar, don Gabriel como jefe de Falange, los hombres importantes de Entrecerros por orden según la antigüedad de casas y apellidos, quien en faetón, quien en calesa y otros carruajes, y finalmente, los ediles; tras estos, el resto de acompañantes; cerrando la comitiva, los sirvientes, entre ellos, muy a su pesar y contrariado, El Jáquima, los más de ellos a pie y a paso ligero, sorteando los excrementos de las caballerías que los precedían, sin poder evitar, no obstante, que se estirara la cola de un cortejo que poco o nada tenía que envidiar a la romería de la Virgen de la Gruta, cuya novísima y flamante imagen, encargada a un reputado imaginero de la capital, había venido a sustituir en plena guerra a la original desaparecida, que las estrecheces que han de padecer los mortales no es cosa de trasladarla a los santos, no sea que se vuelvan de espaldas para colmo de desgracias. Al paso por el cementerio, el coche fúnebre hizo un alto de respeto, que también podría interpretarse como un esperadme, que no tardo en volver. Pararon en su labor, descubriéndose la cabeza, una nutrida, en número, que no en ingesta, cuadrilla que trabajaba quitando yerbas y encalando las tapias. La breve pausa sirvió para reagrupar algo la desperdigada fila.

A la entrada del pueblo, todos se apearon de los carruajes, excepto el finado por motivos obvios. La comitiva mantuvo el mismo orden, menos el cura párroco que pasó a encabezar la marcha, acompañado de un monaguillo que tocaba una campanilla y a cuyo reclamo y el del doblar de las campanas iban asomándose los vecinos a las puertas de sus casas, donde permanecían hasta perder de vista el cortejo unos y sumándose al mismo otros, tanto de las mismas calles por las que discurría como de las aledañas y de otras más retiradas; unos, obligados correligionarios, simples curiosos los más y aun otros que solo querían cerciorarse por sí mismos de que don Máximo estaba muerto. En la recién renombrada Plaza de los Mártires, otrora Plaza de los Reyes Católicos, y que bien podían haber cuantificado en el número de los noventa y cuatro, frente a la iglesia parroquial, la casa de don Máximo le esperaba con la puerta abierta de par en par para acogerlo por última vez. Era casi mediodía cuando fue colocado en un esplendoroso catafalco dispuesto en el salón principal, flanqueado de los inexcusables cuatro ciriales y rodeado de numerosos asientos para el velatorio. Se rezaron infinidad de rosarios. La plaza estuvo repleta de gentío que curioseaba hasta que anocheció, y el velatorio, de allegados que, turnándose, comieron y bebieron día y noche tanto como rezaron, entre ellos, el cura párroco, que no lo hizo mal y que lo justificó con los tres responsos que ofició, uno, a la llegada del féretro a su casa, otro, al anochecer y un último, al amanecer, si bien no lo floridos que habría gustado, debido a la mirada fulminante de don Gabriel.

A las diez de la mañana del lunes, entraba el féretro en la vecina iglesia parroquial, portado a hombros de los seis más distinguidos prohombres de Entrecerros. Las exequias con la misa de córpore insepulto la oficiaron el cura párroco y el coadjutor con profusión de incienso y agua bendita y fue tocada al armonio y cantada fervorosamente por el sochantre Timoteo, a falta de un acompañamiento más numeroso que se pretendió traer de la capital y que no se había podido reunir por falta de tiempo. El cura párroco había compuesto todo un florilegio para el sermón. Subido al púlpito, alabó las cualidades cristianas de don Máximo, glosó su hombría de bien y su patriotismo, tronó contra la mala suerte de la gente de bien, clamó con aspavientos y casi lloró por la premura con que Dios lo había llamado a su presencia, reclamó su ejemplo para cuantos habían disfrutado de la suerte de conocerlo y, más aún, los que habían gozado de su trato y favores y prometió que, a no tardar, solicitaría al arzobispado el inicio del proceso de beatificación de don Máximo. Y terminó atropelladamente cuando vio cómo don Gabriel le clavaba la mirada al cabo de los veinte eternos minutos que ya duraba su disertación. Se santiguó dando por terminado el sermón, pisándose al bajar del púlpito la sotana por la parte trasera, que la delantera le respingaba por la panza, no llegando a caer porque atinó a asirse a la baranda de la escalera de caracol. Acabó el acto con un nuevo responso, acompañado de Timoteo al armonio, y, al fin, todos se sintieron aliviados al oír el deseado ite, missa est.

Se organizó el cortejo hacia el cementerio a pie, precedido el coche fúnebre por el cura párroco y seguido por orden escrupuloso de importancia de la misma manera que había entrado en el pueblo, aunque ahora más numeroso el acompañamiento. El cementerio se mostraba limpio de yerbas y deslumbrante la tapia, que había recibido dos manos de cal por encargo del consistorio y a costa de las arcas municipales a la mayor gloria de don Máximo; a todos les pareció bien, que, al fin y al cabo, era en beneficio general, ya que allí reposaban familiares de todos los presentes y de todos ellos iba a pasar a ser vecino para siempre el señorito. Soportaron estoicamente el último responso del cura párroco, depositaron el féretro en el suntuoso panteón familiar de mármol y alabastro, dando el último adiós a don Máximo, y el cortejo se disolvió abandonando el cementerio, a cuyas puertas los carruajes esperaban a los señoritos para llegar a sus casas a la hora de comer, los demás echaron a andar hacia el pueblo, excepto la familia de Diego, que había asistido en absoluto silencio a las honras fúnebres, que tomaron el camino de El Manantial.

Había sido el segundo entierro que había presenciado Manuel, que, a diferencia del anterior, el de don Humberto, contempló impávido. Le dolía que don Humberto hubiera de compartir camposanto con don Máximo.

Capítulo 15   (1940) *En el que el señorito Félix presenta sus credenciales*

En la semana que siguió al entierro, ya fuera por la resaca de tantos rosarios y misas o por los obligados cumplimientos de los dueños, El Manantial vivió en un estado de aparente vacío de poder o, quizás, de interina regencia asumida por El Jáquima por su cuenta y riesgo. Estuvo tentado de hacer y deshacer a su antojo sin temor de ser fiscalizado y si no lo llevó a término, no fue por falta de ganas, sino porque había cedido tantas responsabilidades a Diego que no se atrevía por no meter la pata y poner de manifiesto su obsolescencia en todo lo que no fuera contratar y despedir personal y hacer de correveidile del difunto don Máximo. Salvo por el humor cambiante del quiero y no puedo de El Jáquima, la semana transcurrió con toda normalidad en El Manantial, acostumbrado a no recibir visita alguna de sus dueños en prolongados períodos de tiempo, el más significativo, el de los años enteros de la guerra.

Por fin, a la semana siguiente, apareció una mañana el señorito Félix, que no tenía aún los veinticinco años, con aspecto altivo y muy estirado y con ademán resuelto. Fue recibido y adulado servilmente por El Jáquima, que se ofreció para todo lo que necesitara. "No, Francisco, no te ofreces, simplemente cumples con tu obligación, ¿o para qué crees que te pagamos?". A El Jáquima se le atragantó la saliva. "Quiero ver en qué situación está todo, el cortijo, las cuadras, el granero, los rebaños, la huerta, el trabajo que realiza cada uno. Todo". "Sí, claro, claro… ¿cuándo quiere verlo el señorito?", El Jáquima se encomendó a todos los santos para tener tiempo de preparar la visita. "Ahora". "¿No quiere descansar primero y tomar un refrigerio?". "Ahora". El Jáquima sintió que toda la tierra se agrietaba como los caminos en agosto. "Vamos a empezar por el cortijo". El señorito Félix echó a andar, revisando minuciosamente todas las estancias del cortijo, empezando por la bodega, seguido de El Jáquima que miraba con ojos de cabra ahorcada. "Esto es un almacén de vinos y quiero reformarlo para que sea una bodega de categoría, con excelentes vinos, limpia, ordenada, acogedora, con veladores donde pueda sentarme a tomar una copa con mis amigos o con gente con quien tenga que hacer negocios". Ascendieron desde la bodega. En la planta baja, el señorito Félix anunció que haría no pocas reformas. La puerta de entrada estaba llamada a ser la tarjeta de presentación de la vivienda del cortijo y sería sustituida por una de doble hoja de roble tachonada. El recibidor sería considerablemente ampliado para que albergara el mejor carruaje a un lado y al otro, bancos de madera labrada y una mesa grande a juego. De las vigas maestras del techo colgarían dos generosas lámparas de velas. El salón principal sería remodelado para otorgarle gran prestancia, se prolongarían las ventanas hasta el suelo, el mobiliario sería renovado y lo alumbrarían cuatro lámparas de velas. Frente a las ventanas, a los lados de una gran chimenea con revestimiento de mármol jaspeado, colgarían algunos lienzos de mérito arrumbados en el desván de la casa del pueblo. Las vigas y alfajías se pintarían de color guinda. El suelo se cubriría con acogedoras alfombras en invierno. La escalera que conducía al piso superior adquiriría un porte señorial, sería ensanchada, los escalones se revestirían de mármol y dispondría de una nueva baranda de forja con pasamanos de caoba. El distribuidor del piso superior se ampliaría hacia el frente para abrir un gran ventanal como los del salón que permitiera el paso de la luz natural para alumbrar distribuidor y escalera. La habitación de sus padres, ahora solo de su madre, no sufriría ni la más mínima alteración, únicamente se mantendría perfectamente ordenada y limpia. Tampoco sufriría ningún cambio la magnífica capilla en la planta baja, bajo el dormitorio de su madre, entre la puerta principal y el ala este. A las habitaciones de sus hermanas se les alargarían igualmente las ventanas y dejaba para más adelante que fueran ellas quienes decidieran los cambios que desearan. Su dormitorio, en el extremo opuesto del de su madre, además de la modificación de las dos ventanas que daban al sur y al oeste, vería renovado el mobiliario por otro de caoba, cama, mesillas de noche, armario, cómoda, secreter, sillas y un gran espejo oblongo al lado de la jofaina. Todas las ventanas de la casa se adornarían con airosos dinteles volados y se vestirían de visillos y cortinas que elegirían sus hermanas. El ala oeste, que albergaba los aperos de labranza, que se trasladarían a un edificio anejo a las cuadras, se reformaría entera para que albergara hasta cuatro viviendas para otras tantas familias de sus invitados. En el ala este, donde estaban ubicados arreos, granero y lavadero, se construiría un palomar sobre este último. El ala sur se cerraría con un muro de mediana altura y una cancela de hierro forjado en el centro, sujeta a un gran arco de medio punto de mampostería en cuya curva figuraría en grandes letras de cerámica el nombre de El Manantial. El gran patio que formaría el recinto dispondría de una fuente en el centro y estaría pavimentado de chino cordobés formando artísticos dibujos.

A esa altura del recorrido El Jáquima sentía vértigo, todo le daba vueltas y dudaba de acordarse no ya de los detalles, sino siquiera de lo más significativo de lo que tenía resuelto el señorito Félix y no se hacía una idea cabal de cómo sería el cortijo reformado. "Lo quiero todo siempre limpio, ordenado y despejado. Todo es todo, desde la capilla hasta el lavadero". "Descuide, señorito, que así se hará", asintió sumiso El Jáquima.

"Hasta ahora solo hemos gastado dinero, ahora vamos a ver de dónde van a venir los ingresos. Vamos a las cuadras". El Jáquima dio un respingo de sorpresa, había olvidado que el señorito quería verlo todo. "Bien, pues aquí lo mismo, limpieza y orden. Y que estén bien cuidados los animales; conseguiré buenos ejemplares que luzcan con los carruajes".

Cuando llegaron a los cercados se encontraron con Diego. "Buenos días, señorito Félix", saludó Diego. El señorito no contestó. Recorrió los cercados viendo los rebaños. "Faltan las ovejas", dijo Diego. "¿Dónde están?", se dirigió el señorito por primera vez a Diego. "Se las ha llevado mi hijo a pastar al alcornocal". "¿Cuántos animales son los que hay". "Sobre trescientos cincuenta cochinos, doscientas cabras y cuatrocientas ovejas. Si quiere el número exacto...", dijo Diego con seguridad. "No hace falta. Pronto tendremos toros". Y ante la cara de sorpresa de El Jáquima y Diego, añadió, "una ganadería de toros de lidia".

"Vamos a la huerta", se dirigió el señorito a El Jáquima. "Si no ve usted inconveniente, nos podría acompañar Diego que es quien reparte el trabajo a los braceros". El señorito miró a El Jáquima durante unos segundos que le supusieron a este como años de tortura. "Que se venga", y echó a andar. En la huerta, el señorito Félix miraba hacia las lindes y a lo lejos sin reparar en el trabajo de los jornaleros. "Ahora hay plantadas patatas, lechugas, cebollas…". "Después", interrumpió el señorito a El Jáquima. "Quiero esta huerta diez veces más grande". El Jáquima no salía de una sorpresa cuando entraba en otra. "¿Hacia dónde se puede agrandar?", hablaba a El Jáquima. "Pues…, no sé…, así de pronto…". Diego salió en auxilio del capataz, "si me permite usted, yo creo que debería crecer hacia abajo y hacia aquel lado. Es tan buena tierra o mejor que la que ocupa ahora y fácil de conducir el agua de riego". "Encárgate de que la preparen para ponerla en producción cuanto antes; y ve pensando en qué vamos a plantar", habló mirando a Diego, que quería confiar en que más tarde El Jáquima recordara que había querido sacarlo de un apuro y no que se sintiera ninguneado. El señorito recorrió la huerta en silencio, mirando las plantas y el trabajo de los braceros. "¿Qué hacen los demás. Dónde están?", interrogó a Diego. Diego le explicó cuántos jornaleros había, los grupos en que estaban divididos, lo que hacía cada grupo en cada época del año. "Encargaos de que la gente no se rasque la barriga, que menudo es el trabajo que se les viene encima". Y añadió "ahora sí voy a descansar. Después de comer tenedme preparado mi caballo y os preparáis otros para vosotros, que vamos a recorrer la finca y decidiré el lugar donde voy a poner la ganadería". "Como usted diga, señorito Félix", volvió a mostrarse sumiso El Jáquima. Diego pensó que para qué necesitaba que los acompañara si era el señorito quien iba a decidir. El señorito Félix se dirigió al salón del cortijo, donde Carmen le tenía preparada la comida. Cuando se hallaban prudentemente lejos del cortijo, El Jáquima intentó relatar a Diego lo que buenamente recordaba de las intenciones del señorito sobre el cortijo. "Este viene con muchas ínfulas, veremos si no le pasa como al perro de La Quinta", concluyó. La Quinta era una finca donde había un perro que cada anochecer comenzaba a ladrar con mucho ímpetu y, al amanecer, se le veía que continuaba ladrando pero, completamente ronco, no se le oía. "Son muchos los cambios que quiere hacer el señorito", observó Diego, "¿tanto dinero tiene?". "Lo tendrá", supuso El Jáquima, "y espérate, que todavía no ha terminado. A ver qué pretende con la ganadería brava". Se apresuraron a comer. Cuando llegaron con los caballos preparados, ya los esperaba el señorito Félix. "Vamos, que no tenemos todo el día". Montaron y cabalgaron al paso en diagonal por la dehesa hasta el extremo noroeste de la finca, al que tardaron hora y media en llegar. El señorito Félix había evitado el oeste para no pasar por el Arroyo de las Piedras, donde había muerto su padre. Recorrieron de oeste a este la linde norte y bajaron por la del este, paralela a la carretera, hasta regresar nuevamente al cortijo. Ya anochecía cuando llegaron, tras cabalgar casi seis leguas. "Yo creo que el sitio es la esquina noroeste", expuso el señorito Félix. "Como usted diga", se apresuró en asentir El Jáquima. "¿Y tú qué dices, Diego?", preguntó el señorito, "¿dónde la pondrías tú?". "Pues yo creo que, efectivamente, tiene que ser en una esquina, porque así se aprovechan dos de las cuatro caras del vallado y solo hay que levantar las otras seis, pero si quiere que le diga la verdad, si esto fuera mío, yo la pondría en la otra esquina, en la que da a la carretera; creo que es mejor para el embarque y desembarque de los animales, además, hay un venero para abrevadero más cerca de esa esquina que de la otra". "¡Cómo seis vallas más!", lo miró el señorito como si Diego no supiera sumar dos y dos. "Los cerrados de las ganaderías tienen doble valla formando un callejón por el que los garrochistas corren a los toros", le explicó Diego. "¿Y cómo sabes tú eso?", quiso asegurarse el señorito Félix. "Mi suegro y mi cuñado son ganaderos en la finca de don Joaquín y hablamos de los toros de vez en cuando". "Está bien, lo pensaré". Y pensó en voz alta, "habrá que poner cancelas, una de ellas que dé a la carretera". "No hace falta", intervino Diego, "con pasos canadienses es más que suficiente". El señorito Félix lo miró de hito en hito, no sabía qué era un paso canadiense y evitó manifestarlo. Se marchó pensativo. No sabía si Diego era un sabelotodo o realmente era un trabajador de confianza. De El Jáquima no sabía qué pensar, aunque no debía olvidar que, al fin y al cabo, eran muchos los años que había permanecido al servicio de su padre. De él mismo pensó que tenía más claras las ideas de cómo gastar el dinero que de cómo ganarlo, pero como era joven y empuje no le faltaba, se propuso que aprendería cuanto antes.

Capítulo 16 (1940) Rodolfo el guerrillero

Manuel recobró la tranquilidad perdida; su madre y él se habían liberado del miedo cerval a las visitas de don Máximo. Mientras escuchaba en los funerales las alabanzas que los correligionarios y el cura le dedicaban, la palabra 'hideputa', leída en el Quijote, acudía una y otra vez a la mente de Manuel, de la que paulatinamente iba siendo desalojado el rencor a don Máximo, empujado por los recuerdos de don Humberto y, con ellos, la necesidad y el gusto de la lectura del Quijote. No, no era un libro de tonterías, la muerte de don Máximo constataba que a veces la vida conseguía 'desfacer entuertos'. La guerra había convertido Entrecerros en un cúmulo de entuertos, en el que cada cual por su cuenta, como Don Quijote, debía afanarse para enderezar los que pudiera. Manuel volvió a sumirse en su lectura, a trabajar con renovado interés las enseñanzas que le impartió don Humberto y los días volvieron a colmarse con la plenitud que les daba llenarlos de descubrimientos.

"Francisco, ¿cuándo empezamos a ampliar la huerta?", preguntó Diego. "Cuanto antes, ¿no te lo dijo el señorito?", rezongó El Jáquima con manifiesta contrariedad. "Francisco, usted es el capataz y es quien tiene que decirme qué debo hacer y qué no", Diego intentó darle su sitio. El Jáquima se sintió en cierto modo redimido, "sí, organízalo para que se empiece cuanto antes". "Primero, meteremos las ovejas y las cabras unos días para que chasquen el pasto, de paso estercolan el terreno, abonándolo. Después, habrá que ararlo profundo y esperar a la época de siembra, ahora llega el verano y no se puede plantar nada", planeó Diego. "Como tú veas", concedió El Jáquima. Diego encargó a Manuel que llevara a pastar a las cabras y a las ovejas juntas al terreno que ocuparía la ampliación de la huerta, mientras una cuadrilla de braceros con azadones limpiaban una franja de unos dos metros de ancha a modo de cortafuegos en los nuevos límites. Cuando los animales terminaron con el pasto, prendieron fuego a los matorrales y malas yerbas que quedaban, vigilando que no se propagara más allá de los cortafuegos. El terreno aparentaba haber quedado yermo, aparchonado de rodales negros, de los que volaban las pavesas menudas al menor soplo de la brisa. Condujeron el agua del venero inagotable encharcándolo. Al cabo de un par de días, habían desaparecido los charcos y el agua había penetrado suficientemente empapando el suelo. La reja del arado abría los surcos, descubriendo una fértil tierra roja oscura que se iba mezclando con la ceniza y el estiércol, dispuesta a hacer germinar las cosechas tras siglos de espera.

Mientras las cuadrillas de braceros se afanaban en las huertas, cultivando la de siempre y preparando la nueva ya limpia de pasto, Manuel conducía los rebaños por la dehesa, ya fuera por el olivar, por el alcornocal o las más de las veces por el inmenso encinar, alternando unos días ovejas y cabras en un único rebaño y otros, la piara de cochinos. Aquel día había llegado al Arroyo de las Piedras. Tras recrearse en el lugar donde fue hallado el cadáver de don Máximo, se dispuso a leer el Quijote, como cada día, el libro sobre las rodillas y el diccionario y la pizarra sobre el zurrón. Luchi lo alertó de la llegada de un extraño. Manuel vio a lo lejos a un hombre con barba que se dirigía hacia él, agachándose y escondiéndose con recelo tras los matorrales y los troncos de las encinas. Dejó el libro sobre el zurrón y examinó al extraño. Se tranquilizó al ver que no traía armas. Ya cerca, observó que el visitante estaba escuálido, los ojos hundidos, la piel cetrina y resquebrajada, el vestido harapiento y el calzado roto. "Me llamo Manuel, ¿quién es usted?". "Muchacho, ¿puedes darme algo de comer?". Manuel se volvió de espaldas, confiado en que el extraño era estrechamente vigilado por Luchi y Peligro; se dirigió a la encina donde había colgado la quincana, sacó cuanta comida llevaba y se la ofreció. "No, gracias, solo un poco", agradeció el extraño. "Ande, coma usted, yo no tengo hambre y todos los días llevo comida de vuelta. Además, sé cómo conseguirla si me da hambre". El extraño comió con verdadero apetito, aunque pausadamente, masticando despacio y deleitándose con cada bocado. Manuel le trajo un corcho de agua fresca del arroyo. "Espéreme aquí que ahora vuelvo", Manuel se colgó la quincana al hombro. Cuando volvió, el extraño había terminado de comer. Manuel abrió la quincana, "tome, las he cogido para usted", y le ofreció un buen puñado de exquisitas azofaifas. "Gracias, eres un buen muchacho. Si te digo mi nombre, ¿me guardarás el secreto?". Manuel asintió con firmeza. "Me llamo Rodolfo". "¿Y a qué se dedica usted?". "Ahora vivo como puedo en el monte", el tono de las palabras de Rodolfo denotaba tristeza y resignación. "¿Es usted un bandolero?". Rodolfo esbozó una sonrisa triste. "¿Me guardarás el secreto? Si lo cuentas, me buscarán para apresarme y liquidarme". Manuel sintió un estremecimiento y, con un nudo en la garganta, volvió a asentir con la cabeza. "Así nos llaman los fascistas, bandoleros, para engañar a la gente y que no sepan la verdad. No soy ningún bandolero. Ni yo ni mis camaradas. Somos guerrilleros". Ante la mirada de extrañeza de Manuel, añadió "así nos llamamos los que en la guerra huimos a escondernos en los montes. A pesar de la persecución y de las dificultades intentamos organizarnos para combatir a los fascistas que llevaron el país a la guerra para hacerse con el poder por la fuerza de las armas. La gente del pueblo no tiene nada que temer de nosotros, aunque no puedo negar que, a veces, el hambre nos obliga a robar incluso a aquellos por los que luchamos, pero, desde luego, los caciques tienen motivos de sobra para estar preocupados; vamos a por ellos. Queremos liberar a España del régimen ilegítimo que se ha apoderado del país por el terror. Sabemos que nuestros medios no son nada comparados con los del enemigo, pero lo intentaremos como lo hicieron los guerrilleros contra Napoleón y confiamos en que a este gobierno también le llegue su San Marcial". Manuel deseó que ojalá se hubieran ocupado de don Máximo antes de que le pusiera a su madre la mano encima por primera vez. "¿Qué es eso de San Marcial?", preguntó Manuel muy interesado. Y Rodolfo le contó la guerra de la Independencia, la importancia de la guerra de guerrillas, que era lo que el guerrillero pretendía emular, le habló de Agustina de Aragón y cómo finalmente fue derrotado el ejército de Napoleón en la batalla de San Marcial. "Veo que sabes leer y estás leyendo nada menos que el Quijote". "Sí", respondió Manuel muy orgulloso, "me enseñó don Humberto". "¿Quién es don Humberto, un maestro?". "Sí, el mejor", y a Manuel se le llenaron los ojos de lágrimas, "murió el pasado marzo". "Vaya, lo siento mucho".

Callaron un buen rato, durante el que Manuel se limpiaba las lágrimas con el dorso de la mano. "Manuel, cuando termines el Quijote, si tienes oportunidad, lee los Episodios Nacionales del escritor Benito Pérez Galdós y así comprenderás mejor lo que es el guerrillero. Tengo que irme, recuerda guardarme el secreto". Manuel le hizo un gesto con la mano para que callara y no se moviera. Cargó el tirador, disparó acertando a un conejo, corrió hacia él, lo alzó de las patas traseras y lo desnucó. "Tome usted", y se lo entregó a Rodolfo. Antes de que se fuera le anunció "mañana estaré ahí más arriba con los cochinos". Manuel escribió en la pizarra 'Episodios Nacionales'. Cuando llegó a la choza, tomó papel y la pluma y volvió a escribirlo.

Ni al día siguiente ni en toda la semana volvió Rodolfo a dar señales de vida. Cuando ya no lo esperaba Manuel, apareció de nuevo. "Creí que no vendría más", casi protestó Manuel. "No me esperes, vendré de vez en cuando, sin fecha ni lugar fijos. Debes comprender que no puedo arriesgarme a ser sorprendido y poner en peligro mi vida y las de mis camaradas". "¿Quiere comer?". "No, gracias, estoy bien. Manuel, es otro el favor que necesito que me hagas". "Usted dirá". "¿Cuándo suele venir por la finca la guardia civil?". Manuel se quedó pensativo, "vienen con frecuencia, por lo menos una vez a la semana, pero no tienen día fijo; lo mismo se presentan por la mañana que al atardecer y pasan la noche en el cortijo". "Sí, eso es lo que me ha parecido ver. ¿Podrías apuntar el día de la semana cada vez que vienen? A lo mejor, con eso puedo averiguar si tienen establecido algún orden. ¿Podrías?". "¿Y qué harán ustedes cuando lo sepan?", Manuel no escondía su recelo. "Extremar el cuidado para que no nos descubran. Solamente. No pienses que vamos a intentar hacerles nada, sería un suicidio para nosotros, se nos echaría encima el ejército". Manuel se tranquilizó pensando que si todos poseían el aspecto y las armas de Rodolfo, no tenían ninguna posibilidad de enfrentarse ni siquiera a los guindillas de Entrecerros. "Está bien, lo apuntaré". "Gracias, Manuel, la información es muy importante para nosotros. Apunta solo el número del día de la semana para que nadie sepa qué escribes; el uno es el lunes, el dos, el martes, y así hasta el siete, domingo". A Manuel le pareció que era una buena idea. "Allá por donde vayas, si sabes que puedo ser sorprendido por la guardia civil o por cualquier otra persona, cuelga el zurrón en la rama más cerca que tengas para que lo pueda ver; esa será la señal de peligro". Manuel pensó que escribir números y colgar el zurrón en una rama eran cosas muy simples que, sin embargo, podían salvar la vida de Rodolfo. "Bueno, me tengo que ir", dijo Rodolfo, dándole a Manuel una palmada en el hombro. "¿Quiere que coja azofaifas para llevarse?", se ofreció Manuel. "No, gracias, otro día cuando no esté el zurrón colgado; hoy ya me he arriesgado mucho". Rodolfo se marchó ojeando cuidadosamente para todos lados y parapetándose en matorrales y troncos.

Manuel se quedó en un estado de cierta excitación, pensando que, aunque sencillo, lo que debía hacer para Rodolfo era de una gran responsabilidad y, seguramente, sus padres, si se llegaban a enterar, no lo aprobarían y se lo prohibirían. Después pensó en sus tíos Manuel, Antonio y José y también en don Humberto y en El Nene; seguro que por ellos también sus padres se arriesgarían.

Capítulo 17 (1940) De la reforma de El Manantial y las pesquisas de Manuel

El señorito Félix contrató a El Criba, un maestro albañil, y a la cuadrilla habitual que trabajaba con él. Había que emplear al máximo el buen tiempo para adelantar una obra que se preveía larga. Comenzarían por las dependencias del piso superior de la vivienda de los dueños, concretamente por la ampliación del distribuidor y a continuación por la habitación del señorito y, por último, las de sus hermanas. Los albañiles, al igual que los braceros, pernoctarían en la gañanía de lunes a sábado. Los primeros días, no perdía puntada de la reforma, quería asegurarse de que los albañiles eran de confianza. Desde el principio, no dudó en advertirle a El Criba, "mira, las cosas claras, quiero un trabajo muy bien hecho y voy a estar pendiente. Si veo que no me convence, os mando de vuelta por donde mismo habéis venido, ¿está claro?". "Señorito Félix, yo nunca he tenido una queja de la gente a la que le he trabajado", dijo El Criba tirando de orgullo. "Ni yo soy la gente ni me importa la opinión de nadie; quiero un trabajo de calidad", atajó categórico el señorito, "de manera que advierte a tu gente que no voy a tolerar una sola chapuza". "No se preocupe, que no tendrá motivos de queja", aseguró El Criba. "Así lo espero, más os vale". El señorito Félix dispuso que el capataz se dedicara preferentemente a procurar los materiales que le demandara El Criba.

Aquel lunes, pasó por El Manantial la pareja de la guardia civil. Manuel anotó un uno en un papel de estraza con un lápiz de varios que le había regalado doña María Luisa, la esposa de don Humberto, en un plumier, junto con dos palilleros y varias plumas. La guardia civil volvió a pasar el viernes de la semana siguiente y Manuel anotó un cinco.

El señorito estuvo nervioso y malhumorado los primeros días, presenciando los trabajos de demolición del distribuidor y de los bajos de las ventanas de su habitación y las de sus hermanas. Cuando vio que en poco tiempo se había terminado el piso superior, aunque el distribuidor, destinado a convertirse en luminaria del piso y la escalera, era todavía una negrura que engullía la luz por la falta de encalado, y comprobó que había quedado a plena satisfacción suya, se le calmaron los ánimos, convencido de que los albañiles conocían bien su oficio.

Por recomendación de El Jáquima y Diego, el señorito encargó a Juan El Lacio que se hiciera cargo de la cuadrilla que trabajaba la huerta. Ramón, ayudado de dos hombres, se encargaría de atender a las caballerías y las cuadras.

El domingo, en la visita a casa de los padres de Carmen, el abuelo Andrés informó a Diego que el señorito Félix había estado aquella semana por la finca de don Joaquín. En efecto, el señorito había abordado a don Joaquín en el casino y le infló el orgullo rogándole que le mostrara su magnífica ganadería. Don Joaquín no solo accedió encantado, sino que agradeció el interés, al fin y al cabo, para qué se tenían las cosas si no era para vanagloriarse de ellas y sacar pecho. El señorito Félix realizó no una, sino varias visitas, interesándose por todos los pormenores. Hasta supo lo que era un paso canadiense. Don Joaquín le obsequió con todo tipo de atenciones e hizo que se exhibiera ante él toda suerte de cuantas faenas requiere la ganadería brava, incluidas las carreras de los toros por los callejones acosados por los garrochistas, la tienta de los becerros y una capea en un pequeño coso. Al fin, el señorito Félix le confesó a don Joaquín su decisión de disponer de una ganadería brava en El Manantial. "Es un asunto complicado; muchos gastos y dedicación, la suerte por rachas y poco negocio, cuando no pérdidas. Apenas hay público que pueda costearse asistir a la fiesta, la gente no tiene dinero ni para comer. Pero eres joven y más pronto o más tarde el país levantará cabeza, aunque por ahora vamos de mal en peor, así que piénsalo bien y si te atreves, adelante; puedes contar con mis leales consejos", le ofreció sinceramente don Joaquín. "No sabe cómo se lo agradezco, amigo", correspondió el señorito Félix estrechándole la mano, "pensaré en lo que acaba de decirme". Ya tenía tomada la decisión, era el momento de construir los vallados, corrales, cobertizos, comederos… ahora que los jornales eran más baratos que nunca, quién sabía más adelante cuando el país levantara cabeza, como decía don Joaquín, y si es que la levantaba, pensaba él con un atisbo de preocupación, si no sería todo mucho más caro. Sí, era el momento de invertir y cuando llegaran los buenos tiempos sería el de recoger beneficios.

El lunes, el señorito Félix mandó llamar a Diego. "La ampliación de la huerta está lista y a la espera de que podamos empezar a sembrar en ella. La reforma del cortijo está empendolada y va a buena marcha. Diego, te vas a encargar de preparar todo lo necesario para la ganadería; irá en la esquina que da a la carretera. Calcula unas 1500 fanegas de tierra para que quepan alrededor de 450 reses, o sea, una media legua de largo por otro tanto de ancho" y, viendo la sorpresa que reflejaba Diego, añadió "cada animal necesita tres fanegas". Diego se percató de que el señorito no había perdido el tiempo en sus visitas a la finca de don Joaquín. "Escoge la cuadrilla de hombres que consideres más adecuados y empezáis mañana mismo", concluyó el señorito Félix, que ya había dicho cuanto tenía que decir. Diego se quedó pensativo, barajando los hombres que irían con él y en cómo acometer la construcción del vallado, que era lo más costoso.

Levantar el vallado suponía resolver un kilométrico rompecabezas pétreo, cada espacio se cubría con la piedra apropiada, encajándola sola o calzándola con otra más pequeña. El resultado final era sorprendentemente uniforme, perfectamente alineado en sus tres caras, firme y resistente a los animales y a todos los elementos meteorológicos, y solo vulnerable a las raíces de las encinas que como tentáculos de un monstruo la horadaban y derruían en los lugares más pedregosos. Con el paso del tiempo, el liquen le confería una grisácea textura agradable, casi mullida.

Diego escogió una cuadrilla de los braceros que creyó más idóneos para levantar el vallado, entre ellos, El Nene. Supuso, y no se equivocaba, que era un trabajo que debía dársele bien, acostumbrado a apilar mercancía ordenadamente en su confiscada tienda. Trazó con El Nene las lindes del vallado interior, mientras el resto de hombres se dedicaban a limpiar de piedras la dehesa, comenzando por el área de la ganadería, acarreándolas en carros tirados por mulos y amontonándolas junto a las lindes para que Diego y El Nene levantaran el vallado con ellas; la primera hilada, sobre un lecho excavado a poca profundidad, la última, recogida con adobe para preservarla de derribos fortuitos. Sin duda, se trataba de un trabajo hercúleo. Diego calculó que iba a necesitar veinte parejas levantando las vallas por otros tantos puntos para realizar el trabajo en el plazo de un año, de modo que pronto sustituyó por otro bracero a El Nene, quien comenzó por otro sector acompañado de otro hombre. Cuando los nuevos adquirían destreza, se volvían a dividir las parejas para formar otras nuevas de avezados y principiantes. Paulatinamente, se incrementaban las parejas de levantadores del vallado, al tiempo que disminuía el número de acarreadores. Diego vigilaba que siempre hubiera dispuestas suficientes piedras en las lindes antes de tomar la decisión de dividir una pareja.

El martes que comenzó la construcción de la gañanía, pasó la pareja de la guardia civil, uno de ellos, Tarrida. Manuel rememoró con dolor el día en que los humillaron los soldados delante de la cárcel, en cuya puerta se encontraba Tarrida. El señorito Félix no se encontraba en la finca, había quedado en verse con don Joaquín y don Gabriel en el casino. Los guardias informaron a El Jáquima de que estaban proliferando los asaltos de los bandoleros por los caminos a los transportes de mercancías de primera necesidad, así como los robos en almacenes y tiendas de ultramarinos de Entrecerros. "Los bandoleros que se esconden por los montes, son un hueso duro de roer, ladrones finos y escurridizos, pero se les persigue y antes o después terminarán detenidos y fusilados o simplemente se les aplicará la ley de fugas", sentenció el guardia Tarrida, muy seguro de lo que decía. Ese mismo día, mientras la pareja de la guardia civil estaba en El Manantial, fue asaltado un cargamento procedente del sur en dirección a Entrecerros, que transportaba harina, azúcar, lentejas, arroz y otros productos valiosos de primera necesidad. Por la noche, Manuel anotó un dos en el papel de estraza.

Dos días más tarde, el jueves, acudió el señorito Félix al cortijo a primera hora, esperando una visita que recibió a media mañana de tres forasteros de Traslomas, un pueblo a tres leguas al norte de Entrecerros, con quienes departió y despachó a solas brevemente, como ocurriera en alguna ocasión anterior y ocurriría con frecuencia en el futuro, sobre negocios que solo ellos conocían.

Los descorchadores comenzaron su trabajo en el alcornocal como cada año. Otra cuadrilla de braceros se ocupaba de la limpieza del monte bajo en toda la dehesa. Entre las faenas del campo y las construcciones en el cortijo y la ganadería, la finca respiraba actividad por los cuatro costados y así continuaría todo el verano. Hasta mediados de septiembre, que terminaron su labor descorchadores y limpiadores de monte y se concentraron en el verdeo en el olivar, Manuel estuvo colgando el zurrón, bien visible, del árbol más próximo a él cada vez que se detenía. Observando la serie de números que había escrito, no veía ningún orden; pensó que de poco le serviría esta idea a Rodolfo. Sí estaba seguro de que la guardia civil no dejaba de pasar ni una sola semana y siempre un único día.

Por el Arroyo de las Piedras reinaba el silencio, no obstante Manuel nunca paraba en él, como temeroso de que allí vagara el espíritu sátiro de don Máximo. Continuaba con el rebaño unos centenares de metros más arriba. Se sentó a leer el Quijote, que ya lo llevaba bien adentrada la segunda parte, con el zurrón en el suelo y sobre él, el diccionario. Luchi le avisó de la llegada de Rodolfo, que se aproximaba con la misma cautela de siempre. Viéndolo venir, Manuel pensó que no sabía dónde vivía Rodolfo, nunca se lo había preguntado y nunca lo haría para no comprometer su seguridad, de modo que se limitó a suponer que habitaría en alguna cueva como la de Montesinos que acababa de leer en la segunda parte del Quijote. Manuel se levantó y le hizo una señal con la mano para indicarle que no había peligro, los braceros más próximos eran los que trabajaban en el olivar, a más de media legua. Hacía mucho que no se veían. Rodolfo le extendió la mano y estrechó afectuosamente la de Manuel. "Cuánto tiempo, Manuel. Hay mucha actividad en la finca". "Sí", contestó Manuel y le habló de la huerta, del descorche, del desmonte, del verdeo, de las obras del cortijo y de la construcción de la ganadería. "Vaya, se ve que le van bien las cosas a tu señorito". Manuel le entregó el papel de estraza. Rodolfo lo estudió durante largo rato y no llegó a ninguna conclusión. "Lo seguiré mirando después, es raro que no haya ninguna relación entre las rondas. ¿Y dices que pasan cada semana y una sola vez?", Manuel asintió, "bueno, al menos, desde el día que pasan, puedo estar tranquilo hasta el lunes de la semana siguiente". Ante las muestras de sorpresa en el rostro de Manuel, que no había pensado en ello, añadió Rodolfo, "¿ves lo importante que es cualquier información que puedas darme?". Manuel se sintió comprometido con él y supuso que, de alguna manera, por extensión, con todos los guerrilleros. Ya se iba a marchar Rodolfo cuando Manuel, que se había ensimismado en esos pensamientos, lo retuvo, "ah, que se me olvidaba. Los guardias dicen que están persiguiendo a los bandoleros por los montes y que los detendrán y los fusilarán o les aplicarán la ley de fugas, que no sé lo que es". Rodolfo no pudo disimular una enorme preocupación, "la ley de fugas consiste en disparar a un detenido alegando que intentaba huir". Un gran escalofrío recorrió a Manuel de pies a cabeza. "¿Cómo pueden hacer eso?", más que preguntar, protestó Manuel. "Eso y mucho más; pueden hacer lo que quieran. El Estado actual se ha levantado sobre la mentira y el terror. No hay ley que los contenga. Y nosotros, según ellos, somos esos bandoleros que deben exterminar". Manuel se sintió las palpitaciones. "Otra cosa", recordó Manuel, "casi siempre que roban los bandoleros, está la pareja de la guardia civil en El Manantial y dos días después pasan a ver al señorito Félix tres forasteros de Traslomas". Rodolfo se quedó pensativo, "no sé qué puede significar, pero son demasiadas casualidades. Muchas gracias por todo, Manuel. Estudiaremos e investigaremos la información que me has dado, que es mucha". Mientras lo veía alejarse, Manuel pensó que Rodolfo exageraba.

Capítulo 18 (1940) Miseria en Entrecerros, más proyectos para El Manantial

El vino era muy barato y en Entrecerros aumentaban paulatinamente los borrachos que salían de las tabernas y caminaban dando tumbos por las calles empedradas, el rostro impregnado de tristeza, la vista perdida en los ojos velados, trabada la lengua disparatada en la boca estropajosa. Manuel iba asimilando con desagrado esta visión cada vez más frecuente en las visitas dominicales. Aquella mañana, un borracho que les venía de frente dio un traspié y cayó de bruces ante ellos, abriéndose una brecha en la frente. Diego lo socorrió atándole a la cabeza su pañuelo de hierbas para detener la hemorragia. Ayudado de algunos hombres que charlaban ociosos, lo subieron colocándolo a horcajadas en las ancas del borrico y echándole el cuerpo hacia adelante sobre los serones, "marchaos vosotros a casa de los abuelos, que voy a llevar a este a la suya y voy enseguida". Carmen y Manuel vieron cómo se lo llevaba en dirección opuesta. "Madre, ¿cómo es que se emborrachan tantos hombres?". "Para olvidar, hijo". No hacía falta que le dijera qué tenían que olvidar; Manuel lo sabía tan bien como ella.

A la escasez de productos por el que se impuso a la población un rácano racionamiento, insuficiente para la necesaria alimentación, había que añadir la escasez de trabajo y, quienes lo tenían, la pérdida del poder adquisitivo de los salarios, retrotraídos a décadas atrás. Manuel percibía que la inmensa mayoría de la población era pobre y que los más indigentes enflaquecían incesantemente a ojos vista. La delgadez se hacía patente en la fina piel resquebrajada como tierra reseca pegada a los huesos sobre la frente abultada, alrededor de las cuencas de los ojos hundidos, sobre los pómulos salientes, las mejillas enjutas, las descarnadas muñecas, las manos sarmentosas, los tobillos marcados. Caminaban despacio, miraban despacio, parpadeaban despacio, sin interés, sin esperanza, caídos los hombros escuálidos, embargados por la tristeza de la miseria.

El hambre y las enfermedades confeccionaban calladamente, tan implacable como las que firmaba don Máximo, su lista diaria de sentenciados de entre todas las casas de un pueblo despintado y feo, convertido en cárcel.

Al pasar por el casino, miró a los que merodeaban por la puerta. Cuellos duros abrochados que abotargaban aún más las mejillas rellenas, estómagos prominentes en los más mayores, ojos vivaces, resueltos ademanes en manos y brazos, cuerpos erguidos, expresiones de satisfacción de sí mismos, agradecidos a su suerte, a la vida, al Caudillo.

Por todas las clases sociales, sobre todo, la de los señoritos y la ínfima clase media, se extendía el uso del bigotito recto centrado entre la nariz y el labio, muy menudo, casi una línea como pintada con carboncillo, ridícula imitación del bigote del Caudillo. El bigotito franquista era una muestra ostensible de adhesión al régimen de todo el que buscaba obtener algo de él o tan solo como salvoconducto para no ser molestado.

Los abuelos hablaban pesarosamente del hambre, de los raquíticos salarios, del miedo a las enfermedades, para cuyas consultas médicas ni medicinas había dinero. Hasta los muertos eran inoportunos, no había para enterrarlos y muchos de ellos terminaban en la abominada fosa común. El devenir siniestro constataba los pros de que la población de Entrecerros se hubiera reducido en un tercio; gracias a los muertos y huidos, eran menos entre quienes repartir los productos de un campo siempre generoso. Llegaban noticias de que en la capital el hambre hacía estragos aún mayores, la gente no tenía con qué remediarla, aumentaban los robos y los asesinatos, ignorados por una prensa y radio sometidas a férrea censura. Los más desesperados, también en Entrecerros, decidían poner fin a sus vidas. Los suicidios se habían disparado, los menos se descerrajaban un tiro en la cabeza, los más se colgaban por el cuello de una soga a una viga o a una encina.

Manuel recordaba el júbilo provocado por el anuncio del final de la guerra y pensaba ahora que en realidad fue el del comienzo de una nueva, silenciosa y silenciada, pero tan devastadora como la que había terminado hacía ya más de un año. La primera había durado tres años, esta otra era más cobarde, menos patente, pero más devastadora cada día y al igual que a la otra, la oficial, nadie le veía un final próximo.

Los robos de alimentos en el pueblo habían desaparecido. Nadie recordaba ya los pocos y no esclarecidos que hubo, la mente se apresura en olvidar las desgracias; fueron puestos incluso en tela de juicio de que realmente hubieran ocurrido, no se hurgó en averiguar una verdad que a nadie interesaba. Sí se continuaban denunciando asaltos a los cargamentos, fundamentalmente por el camino del sur, y siempre lejos de Entrecerros. Los asaltados, algunos de ellos varias veces reincidentes, denunciaban en el cuartel de la guardia civil, lamentando su suerte. Como consecuencia, escaseaban los alimentos básicos del cupo de racionamiento, al tiempo que engrosaba el mercado del estraperlo a precios hasta diez veces superiores a los irreales y forzados precios legales. La inmensa mayoría solo podía adquirir a duras penas los de precios oficiales asignados en las cartillas de racionamiento, para los que el mercado del estraperlo destinaba los de ínfima calidad y que no hacía tanto tiempo se echaba a los animales. Todo el mundo sabía que los alimentos robados, oficialmente desaparecidos, terminaban llegando a Entrecerros, nadie sabía quién vendía ni quien intermediaba en la compra de Garrote, el ahora dueño de la tienda que fuera de El Nene, que los acaparaba y se lucraba vendiéndolos a precios que muy pocos podían permitirse.

Los Miranda poseían una extensa finca dedicada al cultivo de cereales que la familia tradicionalmente había vendido al por mayor. Hacía dos años que decidieron abrir una tienda de ultramarinos, sin impedimento alguno, como grandes adictos al régimen que eran. Declaraban, como máximo, un treinta por ciento de la cosecha y vendían a precio oficial un veinte, reservando una tercera parte para semilla de la cosecha siguiente. Si la producción no había sido boyante, declaraban cosecha nula. De lo no declarado, que oscilaba entre un mínimo del setenta y un máximo del cien por cien, una parte la vendían de estraperlo en su flamante tienda a precios que nunca hubieran soñado y lo que sobraba lo vendían a intermediarios de la capital, donde tenían decidido que abrirían

103

también tienda a no tardar. Se reservaba una pequeña parte para pagar los favores de los mandos militares que ponían a disposición de la familia tractores del ejército para arar la tierra. Los Miranda, como tantos otros, engordaban con el hambre de los pobres y los favores del régimen.

Manuel ya había cumplido los doce. En los ya más de cuatro duros y largos años que hacía que comenzó la guerra, había madurado prematuramente, seguía muy atento las conversaciones de los mayores y no era fácil que se sorprendiera por nada. Supo que, aunque era conocido por todos, el estraperlo no existía oficialmente. Bajo las órdenes expresas de las autoridades, la guardia civil se inhibía y dejaba hacer negocios ilegales sin trabas a los patriotas fervientes del Caudillo, a costa de la salud, la desesperación y las vidas de la mayoría desposeída, a la que se había cercenado toda posibilidad de prosperar.

En el Manantial, el señorito Félix reunió a Francisco El Jáquima, Diego y Juan El Lacio y les anunció que tenía nuevos planes. La huerta sería ampliada enormemente hacia el extremo opuesto de la carretera, ocupando por completo toda la franja sur de la finca. En la zona más próxima y visible desde la carretera cultivarían hortalizas, como siempre. Este área quedaría delimitada por una arboleda de frutales, tras los cuales y hasta la linde oeste de El Manantial plantarían garbanzos, judías, habas y maíz. Junto al olivar, combinarían alternativamente el cultivo de trigo, cebada y avena. "Tenemos el agua que ya quisieran para sí otras fincas, no en vano es El Manantial. Quiero el máximo rendimiento. Y total discreción, vuestra y de todo el que trabaje aquí, encargaos de que todos lo entiendan bien. Al que no se entere se lo explicaré yo personalmente y os aseguro que no lo va a olvidar en su vida", amenazó. A los tres se les vino a la mente la muerte del tordo. "Cuanto menos se sepa, menos peligro corremos de que hagan su agosto los rateros. Curiosos y mirones no necesitamos ninguno. ¿Está claro?". Todos asintieron. "Francisco, lo habláis entre vosotros y me propones un plan de alternancia de los cultivos para optimizar la producción de cereales y legumbres. Espero que seáis capaces y no tenga que acudir a los servicios de un perito agrícola". El

Jáquima se giró fugazmente a Diego y a Juan, quienes le transmitieron seguridad con la mirada, y tranquilo y con suficiencia, "descuide el señorito, no hace falta que busque a nadie". "Juan, los cultivos siguen siendo responsabilidad tuya; Francisco, ocúpate de que no le falte nada que pueda necesitar". "Señorito", intervino Juan, "¿no ha pensado en plantar vides?". "Sí. Y no me interesan. El vino es muy barato". El señorito Félix, como de costumbre, se marchó sin decir adiós. El Jáquima ordenó a Diego y a Juan, sobre todo a Juan, que pensaran en cómo debían alternar los cultivos y, al atardecer, concretarían el plan. "Juan, que se quede en la huerta el personal estrictamente imprescindible y empieza con el grueso de la cuadrilla la preparación de los terrenos de ampliación de la huerta y el de siembra, que trabajo hay para reventar". En El Manantial, todos se habían acostumbrado a cumplir inmediatamente con los planes que el señorito transmitía en su habitual tono enérgico, como si de órdenes militares se tratara.

Diego, como siempre desde que comenzaron a construir la ganadería, pasó el día con las cuadrillas levantando el vallado. Pensó que era evidente que la pretensión del señorito consistía en producir los alimentos más caros de primera necesidad para el mercado del estraperlo. Era listo. Inmoral, sí, pero listo. Cuando volvió al atardecer, vio cómo Juan y su gente habían comenzado a preparar los inmensos terrenos de la nueva huerta y los cereales. Aún tardarían mucho, tanto que seguro que comenzarían el arado antes de terminar de limpiar y encharcar todo el terreno, tan vasto era. Diego y Juan fueron al encuentro del capataz. Juan expuso el plan que había calculado como el mejor para alternar los cultivos. Diego coincidía plenamente con él y halagó lo bien pensado y detallado que lo tenía Juan. El capataz se sintió satisfecho con solo constatar que las dos personas en las que confiaba estaban plenamente de acuerdo. "Pues, listo. Se lo transmitiremos al señorito en cuanto aparezca", concluyó El Jáquima.

Aunque el señorito Félix llegó muy temprano, a primera hora de la mañana, las cuadrillas estaban ya cada una en su labor. El señorito se congratuló de que sus jornaleros fueran tan cumplidores. Francisco llamó a Juan, que lo tenía cerca; Diego se encontraba lejos en la ganadería. "Señorito", se notaba la satisfacción en El Jáquima, "ya está preparado el plan de cultivos, a falta de su visto bueno. Juan se lo va a explicar con todo detalle". Juan realizó la misma exposición de la tarde anterior y con la misma seguridad. Al señorito Félix le pareció muy bien razonado, extendió la vista a todo lo que se alcanzaba a ver de la finca, relajó el rostro y mostró un brillo en los ojos, presintiendo las prontas y suculentas ganancias que, sin duda, obtendría de las cosechas de un terreno nunca antes explotado.

Capítulo 19 (1940) Indagaciones de Manuel y final trágico de Rodolfo

El otoño estaba en puertas y los días se habían acortado tanto que Juan pidió refuerzos de hombres y bestias a El Jáquima para culminar el arado a tiempo para la siembra de los cultivos. Se reunieron El Jáquima, Juan y Diego y pensaron que lo más rápido y seguro era parar los trabajos en la ganadería y dedicar todo el personal a preparar el terreno, a menos que el señorito Félix dispusiera otra cosa. Al señorito le pareció bien; dejaba hacer, pero hacía tiempo que no se interesaba por la ganadería, ahora su interés máximo se centraba en los cultivos. Aunque no lo manifestaba, tenía la certeza de que las cosechas serían una fuente de pingües ingresos, en tanto que con la ganadería brava podría obtener un prestigio añadido y quién sabe si algún día también ganancias, pero en los tiempos que corrían, como le advirtió don Joaquín, era más que dudoso que le proporcionaran algo que no fuera quebraderos de cabeza y pérdida de dinero. Pensó que la mejor forma de acrecentar su prestigio residía en amasar cuanta mayor fortuna mejor, de modo que se convenció de que la ganadería no era su prioridad. Sin prisas innecesarias, se continuaría levantando el vallado siempre que no se necesitara al personal para otra faena y solo porque ahora los jornales eran baratos. También, gracias al vallado, se había limpiado todo el terreno de piedras. Contrató mulos y arados suficientes para ese año y ya vería si para el próximo los compraba. Diego temió que el vallado se construiría a trompicones, imposible de determinar cuándo se terminaría; claro, que si el señorito no tenía prisas, no iba a ser él quien la tuviera, el señorito sabría lo que le interesaba, así que dejó de pensar en la ganadería y se dedicó con su gente a preparar el terreno junto al olivar para la siembra de trigo.

Los braceros, como siempre, se emplearon de firme y terminaron de arar con antelación suficiente para no retrasar la siembra. La tierra desnuda de la huerta nueva y el sembrado lucía un removido, limpio y oscuro marrón rojizo, bien abonado por rebaños y piaras durante tantos años; ciertamente, aquella tierra presagiaba una cosecha espléndida.

El terreno preparado quedó vedado para los rebaños de ovejas y cabras y la piara de cochinos, Manuel debía conducirlos ahora más arriba, por las encinas y el alcornocal.

Manuel terminó el Quijote. Lo había leído muy despacio, disfrutando de las aventuras, buscando cada palabra que no entendía en el diccionario. Leyó los prólogos y le gustó particularmente el de la Segunda Parte, con qué sabiduría contesta Miguel de Cervantes al autor del falso Quijote que le tacha de viejo y manco, 'como si hubiera sido en mi mano haber detenido el tiempo, que no pasase por mí, o si mi manquedad hubiera nacido en alguna taberna, sino en la más alta ocasión que vieron los siglos pasados, los presentes, ni esperan ver los venideros'. Pensó en su abuelo Manuel y en su abuelo Andrés y sintió odio por el autor fraudulento. En el transcurso de la lectura, había ido adquiriendo paulatinamente una soltura que al final del libro era muy superior a cuando lo comenzó, tanto que a veces se obligaba a volver atrás; leer deprisa le parecía una falta de respeto y le causaba cargo de conciencia, era como si no valorara suficientemente el relato, la forma de describirlo, las palabras escogidas. Recordó la frase que le solía decir don Humberto cuando Manuel se lamentaba de su propia lentitud cuando comenzaba a escribir, 'La práctica hace al maestro'. Don Humberto sí que había sido un maestro de verdad, recordaba. Se le llenaron los ojos de lágrimas ahora que había terminado el libro. Cuántos nombres propios de personas y lugares se quedaban sin conocer. Don Humberto se los habría explicado, pero don Humberto ya no estaba y volvió a sentirse huérfano. El domingo siguiente, Manuel preguntó a doña María Luisa, la esposa de don Humberto, si tenía el libro de los Episodios Nacionales. Quería que fuera el siguiente libro que leyera porque se lo había recomendado Rodolfo. Doña María Luisa se sonrió, "ven", y lo condujo a un anaquel. "Mira". A Manuel le llevó tiempo entender que no era uno, sino cuarenta y seis volúmenes que ocupaban todo el estante. Se quedó atónito. "Si te gusta, vas a tener con qué entretenerte, ¿cuántos quieres llevarte?". "Uno, uno, solo uno", respondió Manuel aturdido y tomó el primero, Trafalgar. Comparado con el Quijote, le pareció muy liviano. Pensó que, después de todo, era una suerte que estuviera dividido en cuarenta y seis. "Está bien, aquí se quedan los demás esperándote".

Se encontraba Manuel enfrascado en la lectura de Trafalgar cuando Luchi le advirtió de la presencia de Rodolfo. "Cuánto tiempo, pensé que ya no vendría", casi le recriminó Manuel. "Bueno, esto ha estado muy concurrido en los últimos tiempos", aclaró Rodolfo. "Trafalgar", dijo Rodolfo mirando el libro, "¿te gusta?". "Todavía he leído muy poco, pero creo que me va a gustar. No sabía que eran cuarenta y seis libros", se quejó. "¿Te parecen pocos?", respondió con sorna Rodolfo. Y ambos rieron; era la primera vez que reían juntos. En realidad, ninguno reía con frecuencia, no sobraban motivos en aquellos tiempos de pedernal. Manuel le dio la hoja de papel de estraza con la lista de las rondas de la guardia civil mientras le explicaba que había cambiado el sistema; ahora cada día tenía dos números, el primero seguía correspondiendo al día de la semana y el segundo a los días que transcurrían entre la visita de la guardia civil y la de los forasteros de Traslomas. Todos los días terminaban en dos, menos los viernes que terminaban en uno o en tres, lo que quería significar que cuando la ronda de la guardia civil era en viernes, los forasteros aparecían por El Manantial el sábado o el lunes; se veía que los domingos eran fiesta de guardar también para los forasteros y para el señorito Félix. Rodolfo le alabó la perspicacia, miró detenidamente la lista y concluyó, "definitivamente, lo único que está claro es que las visitas de los forasteros se cumplen a renglón seguido, no hay ningún orden predeterminado en el servicio de la guardia civil. No predeterminado por el comandante de puesto, para ser exactos, porque se hacen coincidir las rondas con los asaltos a los cargamentos de alimentos. Hemos indagado y hemos conseguido averiguar que los asaltos son fingidos. Asaltado y asaltantes están conchabados; de mutuo acuerdo, conducen la mercancía a El Molinillo". Manuel se mostró estupefacto, "la finca de El Molinillo también es de la familia del señorito Félix". "Lo sabemos", confirmó Rodolfo, "almacenan la mercancía en ella, el asaltado va a denunciar la pérdida de la carga al cuartel de Entrecerros y de vuelta, pasa de nuevo por El Molinillo donde cobra el precio acordado, que se embolsa, entregando el justificante de la denuncia al dueño de la mercancía falsamente robada. Durante la noche, los asaltantes trasladan la mercancía en mulos, realizando varios viajes, a una casucha de Garrote a la salida de Entrecerros. Terminado el trabajo, los asaltantes, que no son otros que los forasteros de Traslomas, cobran discretamente del señorito Félix en El Manantial. Como podemos imaginar, todos hacen negocio, el asaltado, Garrote, los forasteros y el señorito Félix". A Manuel no le sorprendieron tanto las artimañas con las que ilícitamente se enriquecían, sino que fuera precisamente el señorito Félix el responsable máximo. "¿Es idea del señorito Félix?". Rodolfo lo corroboró con un escueto "sí". Comprendió que el señorito era tan exigente, astuto y eficaz como inmoral. Pensó que lo habría heredado de su padre, don Máximo, del que poco sabía Manuel acerca de cómo conseguía el dinero. El Manantial nunca dio para tanto con él, porque tampoco es que le prestara una gran dedicación. Manuel siempre había vivido en la finca y desconocía por completo la vida de don Máximo en el pueblo; pensaba que tampoco sus padres sabrían gran cosa. "¿Y qué van a hacer ustedes?", quiso saber Manuel. "¿Con esta información?", sonrió irónicamente Rodolfo, "poca cosa. Según ellos, nosotros somos los ladrones. No hay ante quien denunciar. Con este régimen, la justicia no es para ellos. Ni para nadie. Quien se atreviera a denunciar terminaría encarcelado y quién sabe si algo peor. Los guerrilleros estamos muy limitados en nuestros movimientos, lo más que podemos hacer es darlo a conocer a cuanta más gente, mejor, para que nada caiga en el olvido y el día en que nuevamente impere la ley, sean juzgados y condenados estos desmanes que enriquecen a unos, se ceban en el sufrimiento de la mayoría y matan de hambre a los más débiles. Seguiremos luchando, conscientes de que, ante tanta muerte y destrucción, hoy no se vislumbra ninguna salida al pozo de podredumbre en el que se ha hundido el país. Pero saldrá, aunque los guerrilleros no lo veamos. La situación es muy difícil porque no hay un enemigo exterior, un desconocido, un ajeno contra el que luchar; el enemigo está dentro, a nuestro lado. Todas las guerras son trágicas, pero la guerra civil, que es lo que ha habido aquí y no esa mamarrachada de Movimiento Nacional que repiten como papagayos, es mucho peor. Se ha enfrentado a los ciudadanos y a los propios miembros de las familias entre sí, causando profundas heridas que tardarán muchos años, generaciones, en cicatrizar. Todo por el ansia de poder y la avaricia de unos iluminados sin escrúpulos". Rodolfo miró a Manuel que permanecía muy atento. "Perdona, no pretendía darte un mitin; me había olvidado de que eres aún muy joven", se excusó Rodolfo. "¿Quiere decir que soy un niño? Aunque solo tengo doce años, también he vivido la guerra y sé cómo vive la gente hoy y cómo vivía antes y he visto muertos en las calles y sé que tres tíos míos desaparecieron y no hemos vuelto a saber de ellos y que sin la guerra, no hubiera muerto don Humberto", se reivindicó Manuel. "Desde luego, no he pretendido ofenderte. Sin duda, las circunstancias te han obligado a ser mucho más maduro que yo cuando tenía tu misma edad".

Manuel se quedó pensativo, dando vueltas a las andanzas del señorito Félix y sus compinches, mientras observaba cómo se alejaba Rodolfo. A las pocas semanas, ya entrado diciembre, llegaron noticias de que la guardia civil había descubierto y abatido a tiros a tres guerrilleros, ahora, ya muertos, sí eran guerrilleros y no bandoleros, en una finca próxima a El Manantial; uno de ellos era Rodolfo.

Capítulo 20 (1940) Confesión de Manuel, hurtos en El Manantial y algarabía de las hermanas del señorito Félix

Manuel sufrió un desgarro y un enorme estremecimiento con la noticia de la muerte de Rodolfo. La guerra y la posguerra lo acosaban con sucesos luctuosos y trágicos, la desaparición de sus tíos, las muertes primero del querido don Humberto y ahora del íntegro Rodolfo, desde luego no lamentaba la de don Máximo y sí la agresión de este a su madre, guardada como un secreto inconfesable entre ellos dos, al que se unía ahora su recuerdo a solas sobre las confidencias con Rodolfo. Le asaltó la idea de ser la causa de la mala suerte de las personas a las que tanto quería; se apresuró a desecharla, dónde no había desgracias como estas entre la gente sencilla. La buena suerte la había reservado el destino para los señoritos y los partidarios del régimen, quienes la habían recibido de mil amores y la habían ayudado a prosperar en beneficio propio y en detrimento de los demás. Le consoló, por último, pensar que tampoco a don Máximo le había acompañado la suerte.

Manuel calló durante la cena, que apenas probó, para no delatar su dolor por la muerte de su clandestino amigo Rodolfo. "Bueno, con la muerte de los tres guerrilleros se acabarán los asaltos a los carros de alimentos", conjeturó Diego. "Padre, no eran ellos quienes robaban". "Mira qué listo. Y cómo lo sabes tú". "Lo sé", aseveró Manuel. El padre lo miró y vio la seguridad reflejada en la mirada de Manuel. "Vamos a ver, qué sabes tú y cómo es que lo sabes", Diego bajó la voz presagiando que aquella conversación no debía llegar a oídos ajenos. Manuel bajó la vista y, observado por sus padres, habló mirando a un nudo de la mesa que recorría con la yema del dedo, "sé que el señorito Félix le encarga a los forasteros de Traslomas que, de acuerdo con el que trae el carro, descarguen en El Molinillo, el del carro lo denuncia en el cuartel y, de vuelta, los de Traslomas le pagan y se encargan por la noche de llevar los alimentos en mulos a la casa de Garrote a la entrada del pueblo; dos o tres días después, los de Traslomas vienen a El Manantial donde les paga el señorito Félix". Manuel había procurado ser escueto y no revelar más detalles de los necesarios. Diego se sintió aturdido,

"¡pero cómo sabes tú eso!", se sorprendió más que preguntó. "Lo sé, padre". Diego y Carmen callaron durante largo rato; no les sorprendía que el señorito Félix fuera el responsable, lo que les admiraba tanto como les preocupaba era que su hijo supiera cosas que ellos desconocían por completo. Diego se devanaba los sesos intentando averiguar de dónde podía sacar Manuel la información, repasó mentalmente desde El Jáquima al último bracero y llegó a la conclusión de que de ninguno de ellos había podido obtenerla. "Manuel, ¿hablas con alguien que yo no conozca?". "Sí y no". "¡Mira, déjate de tonterías y no me marees, o lo conozco o no lo conozco!", se enfadó el padre. "He hablado, pero ya no", Manuel volvió a mirar fijamente el nudo de la mesa. "Y cómo podemos estar seguros tu madre y yo de que ya no hablas". "Ha muerto". "¡Cómo!", se alarmó Diego inquieto. "Lo han matado", Manuel rompió a llorar en silencio. Carmen abrazó a su hijo, "tranquilízate, hijo. Cuéntanoslo todo, será bueno para los tres. No tienes edad para sufrir sin que tus padres sepan qué te entristece". Manuel logró calmarse y les habló de Rodolfo, de cómo le advertía con el zurrón en los árboles cuando corría peligro de ser visto, de los ideales por los que luchaban los guerrilleros. Para no preocuparlos innecesariamente, se guardó para sí que confeccionaba una lista que entregaba a Rodolfo, tampoco les reveló que el libro que estaba leyendo se lo había aconsejado él. "Hijo", se dirigió el padre poniéndole una mano en el hombro y obligándolo a mirarle a la cara, "lo que sabes es muy peligroso; tenemos que mantenerlo en el más absoluto secreto, por nada del mundo puede salir de entre los tres". Diego miró a la madre, "¿está claro, Carmen? Secreto absoluto". Carmen no respondió al padre, volvió a abrazar a Manuel, "hijo, por los clavos del Señor, tu padre y yo estamos muy asustados por ti. No hables de esto con nadie, ni siquiera con Juan. Es cosa de vida o muerte. Promételo", le rogó con los ojos llenos de lágrimas. "Lo juro", quiso tranquilizarlos Manuel. "No vuelvas a hablar de esto con nadie, ni siquiera con nosotros, como si no hubiera existido", le ordenó el padre. Carmen permaneció largo rato llorando. Diego se quedó sentado mirando al ventanuco, con los antebrazos sobre la mesa, los dedos de las manos entrelazados, apretando fuerte y rítmicamente las mandíbulas que trasladaban el movimiento a las sienes en un palpitar desmesurado. Aquella noche Manuel se sintió incómodo, culpable no sabía si de no haberles hablado antes de Rodolfo o de haberlo hecho ahora, pero su padre le había dado pie y Manuel no podía permitir que permaneciera con ideas equivocadas. La preocupación ahuyentó el sueño de los padres, que permanecieron en vela la mayor parte de la noche.

Hacía muy poco rato que El Jáquima había pagado el jornal de la semana y casi al tiempo de partir para el pueblo, "¡mi dinero; quién ha cogido mi dinero!", vociferaba a voz en grito El Hurguiña, un bracero de natural muy nervioso, sin que obtuviera respuesta de nadie. "¡Quién ha cogido mi dinero!", repetía una y otra vez, cada vez más alto, embargado por la rabia y la desesperación. Intervinieron El Jáquima, Diego, Juan, El Intendencia, El Nene. "Venga, que le va a dar a este hombre algo, que le devuelva el dinero quien le haya gastado la broma", rezongó con calma El Jáquima. Poco a poco se reunieron todos esperando que el autor de la broma terminara con el episodio y se pudieran marchar al pueblo. Tras repetidas peticiones de unos y otros para acabar de una vez con aquello, no apareció el autor. "¡Ya está bien!", gritó El Jáquima, "¡quién le ha cogido el dinero!". Nadie respondió. Los fue mirando uno por uno, buscando algún atisbo que le permitiera identificar al ladrón. No fue capaz de descubrir nada. "Por última vez, que le entregue el dinero el que sea", se esforzó El Jáquima en imponer su autoridad. No hubo respuesta. "¿No lo habrás perdido? A ver, regístrate los bolsillos", le ordenó El Jáquima a El Hurguiña. "Que no, Francisco, que me lo han robado", se lamentaba El Hurguiña, mientras se volvía los bolsillos del revés, "que lo puse un momento sobre el catre y cuando me volví había desaparecido en un visto y no visto y he buscado por todas partes". "Pues se ve que tenemos un ladrón. Lo siento", zanjó El Jáquima. El Hurguiña gritaba y despotricaba contra el ladrón y toda su casta y ancestros mientras los demás intentaban consolarlo. Finalmente, cuando los demás se pusieron en camino hacia el pueblo, El Hurguiña rompió en un llanto de impotencia. Entre lágrimas, juró por lo más sagrado que si descubría alguna vez al ladrón del pan de sus hijos, lo mataba. "Por mis muertos que lo mato. Hijo de puta, malnacido, cómo me presento yo en mi casa sin un céntimo".

Aquel episodio fue el comienzo de una serie de pequeños hurtos entre los braceros que fue minando la camaradería. Llegó a menudear tanto que El Jáquima ordenó que todos fueran registrados los sábados, antes de partir para el pueblo, para asegurarse de que no llevaban consigo nada robado. Los braceros se las ingeniaban para preservar sus pertenencias sin que les fueran hurtadas, desconfiaban unos de otros, el silencio se fue apoderando de ellos y la vida en la gañanía se volvió áspera y desagradable. Juan era el único que mantenía la calma y su talante tranquilo, parecía no importarle que pudieran robarle. Diego pensó que la malicia de los rufianes había alcanzado a El Manantial. Manuel se percató de que no todos los de su clase eran como Juan, o don Humberto, o Rodolfo, no debía fiarse de nadie, por dinero muchos estaban dispuestos a cualquier cosa sin arredrarse por el daño causado y se prometió que jamás confiaría a nadie sus secretos más comprometedores, como su amistad con Rodolfo, que podrían ser utilizados en su contra para desgracia suya y de sus padres.

Antes de Navidad, el señorito Félix llevó a sus hermanas, la señorita Pilar y la señorita Remedios, a El Manantial para que vieran la obra terminada de las dependencias familiares del cortijo, tomaran medidas y vieran cómo vestir las ventanas con los visillos y cortinas que ellas mismas habrían de elegir. Su madre, doña Patro, no los había acompañado, permanecía recluida en su casa, guardando el más riguroso luto a su difunto marido. La señorita Pilar y la señorita Remedios relajaron su duelo por un día y no pudieron disimular el gozo que les producía medir las ventanas, calcular la longitud de los tejidos para que el fruncido les confiriera la elegancia que requerían, discutir entre ellas qué tipo de telas y qué colores eran los más adecuados para cada estancia, excepto para la habitación de su madre, que no se tocaría, ni la del señorito Félix, de la que él mismo se encargaría de elegirlos. La señorita Pilar y la señorita Remedios llegaron al paroxismo cuando decidían cómo remodelarían sus habitaciones. Cambiarían todo el mobiliario y lámparas. Discutían cómo serían los muebles, cómo los distribuirían, dónde colocarían las lámparas, dónde los espejos, un estante aquí, un aplique allá, camas con dosel, por descontado, cómo sería la ropa de la cama y el techo y cortinas del dosel, de las ventanas. Era tal su excitación que tenían que poner una y otra vez en orden las ideas, porque cada una de ellas se preocupaba tanto de su habitación como de la de su hermana y confundían y mezclaban las decisiones que iban adoptando sobre cada una. Charlaban sin parar y de forma muy rápida, como si no le hubieran permitido hacerlo desde el día que enterraron a su padre. Terminaron tan satisfechas y contentas que hubieron de hacer un esfuerzo para recuperar la compostura, aún no se había cumplido el año de la muerte del progenitor. El señorito Félix se mostraba exultante al comprobar que todo había quedado del agrado de sus hermanas; todo menos la bodega, que no era sitio para señoritas y no consintió en que bajaran a husmear. Las hermanas del señorito abandonaron el cortijo en el faetón camino del pueblo sin parar de hablar en todo el trayecto, excepto una pausa fugaz que hicieron al paso por el cementerio.

A la mañana siguiente, pasaron por El Manantial los forasteros de Traslomas. Aquella noche en la choza, ni los padres ni Manuel hicieron comentario alguno sobre ello.

Capítulo 21 (1941) Reputación y negocios de Don Félix

Entre la recogida de la aceituna, las podas de encinas, alcornoques y olivos, y el constante y meticuloso limpiar los sembrados de malas hierbas, las cuadrillas de Diego poco pudieron trabajar en la ganadería. El Criba y su cuadrilla, terminada la obra en las estancias de los señoritos, estaban dedicados a reformar el ala izquierda para convertirla en casas de invitados del señorito Félix.

Apenas comenzó a calentar el sol de febrero y antes de que los sembrados hicieran patente la rica cosecha que dejaban entrever, secreto que le convenía mantener bien guardado, el señorito Félix invitó a visitar el edificio recién terminado a los hombres principales de Entrecerros, incluido el cura, que lo bendijo, y a otros influyentes de la capital. Acudieron todos, excepto don Fernando Miranda, que excusó su asistencia con razones no muy convincentes. Los ilustres invitados elogiaron la edificación y el gusto exquisito del señorito Félix, quien los agasajó en la acogedora bodega que a todos encandiló, sintiéndose tan a gusto que, en el sótano y sin la referencia de la luz natural, perdieron la noción del tiempo bebiendo y comiendo, animados por un cantaor y un guitarrista que contrató el señorito. A media mañana, cuando se extinguían los últimos candiles, fueron avisados los cocheros, que aguardaban el final de la fiesta, para ayudar a sus señores a subir la escalera de la bodega y acomodarlos en sus carruajes, en los que, profundamente dormidos, fueron conducidos a sus casas del pueblo. Los capitalinos descansaron a cuerpo de rey en el mesón, reservado por el señorito Félix exclusivamente para ellos, antes de partir al día siguiente de Entrecerros camino de la capital. Cuando despertaron, algunos a deshoras y los más al día siguiente, todos recordaron los buenos vinos de la bodega del señorito Félix y las espléndidas viandas con que habían sido agasajados y así se lo hicieron saber en el casino, donde volvieron a concitarse como cada día a la hora del aperitivo. El señorito Félix recibió orgulloso las palabras de todos, que alababan la categoría y el señorío que ostentaba siendo tan joven, convirtiéndolo en digno sucesor de su difunto padre, convencidos de que habría de alcanzar cuanto se propusiera.

Como cada santo tiene su octava, que suele decirse, y más vale pecar por carta de más que por carta de menos, que, aunque el señorito no lo supiera, decía don Quijote, el señorito Félix convocó a los pocos días a sus amigos, los hijos de los señores principales, igualmente a conocer el edificio remodelado de El Manantial. En realidad, agasajó a los primogénitos de cada casa, excepto en el caso de don Gabriel, cuyos dos hijos fueron invitados, ya que el primero no andaba muy allá de entendederas y todo el mundo daba por sentado que sería el segundo el que se hiciera cargo de los asuntos de don Gabriel cuando le llegara su hora, que Dios quisiera que tardara muchos años. Los hijos y el propio don Gabriel se sintieron halagados por ser la única casa de la que comparecieron todos los hijos varones y los demás, también, ya que el señorito Félix les trasladaba el mensaje de que confiaba enteramente en sus capacidades al no convocar a sus hermanos. Los invitados eran mayores que el señorito Félix, a excepción, precisamente, del hijo menor de don Gabriel, que tenía su misma edad. Cayeron como moscas al atardecer y apenas repararon en la edificación ni el señorito Félix hizo nada para remediarlo, al contrario, se apresuró a conducirlos a la bodega que encontraron con mesas repletas de platos exquisitos. Apenas habían descorchado las primeras botellas, desde arriba abrieron la puerta dando paso a una inimaginable sorpresa, un ramillete de jóvenes y atractivas señoritas de compañía, mandadas a traer de la capital por el señorito Félix, que bajaron la escalera con provocadores contoneos. Allí fue el vitorear, el aullar y el berrear de la muchachada que parecía enloquecer. "Señores", quiso llamar la atención el señorito Félix, "señores", repetía una y otra vez hasta que finalmente, "¡señores!", gritó. Se hizo un silencio súbito, acompañado por un respingo de susto de las señoritas, y todos prestaron atención, "es un placer que mis amigos disfruten en mi casa y me alegra regalarles con tan selecta compañía. Siéntanse a gusto, diviértanse y disfruten". "¡Viva Félix!", vitoreó el mayor de don Gabriel. "¡Viva!", rugieron todos como bestias en celo, perdiendo toda compostura y decoro, abalanzándose frenéticos sobre las coimas. Mientras bebían y disfrutaban de los placeres carnales, el señorito Félix ejercía de anfitrión, siempre a disposición de sus invitados, descorchando botellas y cuidando de mantener los candiles encendidos. La juerga se extendió durante toda la noche y el día y la noche siguientes; parecía que los sementales de los prohombres de Entrecerros no fueran a saciarse nunca. Carmen jamás confesaría a nadie lo que hubo de limpiar en la bodega.

El día que el señorito Félix reapareció por el casino, fue agasajado y exaltado con desmesura por los padres de los verracos. Sin duda, nunca había tenido lugar en Entrecerros una fiesta como la que el señorito Félix había ofrecido a sus hijos, a decir de estos, que hablaban maravillas y lo habían aupado a un pedestal, lo que confirmaba la categoría y la clase del señorito Félix, quien en un estudiado ten con ten se dejó adular al tiempo que se quitaba importancia, lo que nadie aceptó, exactamente como él esperaba. Todos querían invitarle y él se dejaba querer, aunque apenas probaba un sorbo de alguna copa, infundiendo seguridad, sensatez, aplomo, repartiendo amabilidad. Se sentía pletórico; en pocos días, se había ganado para el presente la confianza absoluta de los padres por el estómago y para el futuro, la de los hijos por la entrepierna. Se maravilló de lo barato que resultaba hacer buenos negocios. Pensó que iba a necesitar varios días para reponerse del cansancio que le causó la tensión por conseguir que todo saliera a pedir de boca.

En la gañanía, los braceros comentaban sobre lo poco que habían visto de las visitas de padres e hijos. Nada les hubiera parecido extraordinario, si no hubieran descubierto fugazmente la presencia de las señoritas. Algunos cándidos pensaban que eran amigas de los señoritos. "¿Amigas?", los miró con sorna El Nene, "¿en qué barrio las habéis visto?, porque desde luego por mi tienda nunca pasó ninguna ni de largo. A esas las han traído de fuera para divertir a los señoritos". "Hacen bien, yo haría lo mismo si pudiera", las palabras de El Rubio habían sorprendido enmudeciendo a la mayoría, algunos se mostraban de acuerdo con él. A El Intendencia no le agradaba que El Rubio pensara así; a Diego y a Juan, tampoco. El Rubio era buen trabajador, de los más fuertes, pero sus opiniones con frecuencia eran inquietantes, desconcertantes. Los que conocían que a su hermana la habían ultrajado varios soldados en el treinta y seis no podían entender lo que acababa de decir.

En marzo, los trigales rompieron con gran fuerza y la nueva huerta comenzó a producir con exuberancia. Las cuadrillas no daban abasto a recolectar, volver a preparar la tierra, plantar, sembrar. Unas cosechas sucedían a otras sin descanso, todas copiosas y de excelente calidad. El señorito Félix se cuidaba de no proveer a Entrecerros ni de productos que nunca había producido El Manantial ni de cantidades mayores de las que habían sido las habituales desde siempre. Que se retrataran los Miranda, ¿o no habían sido ellos quienes habían comerciado desde tiempo inmemorial? De los excedentes, salían a diario de El Manantial varios carros con destino a la capital, donde el señorito, heredado de su padre, don Máximo, tenía buenos contactos que cultivaba con tanta asiduidad como exquisitez. Contrató más braceros cuando las espigas se rindieron a su propio peso ofrendando el cuello doblado. Los arcos de las guadañas, lenta e inexorablemente, iban carcomiendo el trigal, la mies segada caía desmayada para ser acarreada a la era donde el trillo las desgarraba sin piedad para obtener el grano limpio. La actividad era frenética, El Manantial era una mina cuya producción no declarada pasaba de largo por Entrecerros camino del estraperlo. Nunca fue robado ningún carro con cargamento del señorito Félix, en cambio, continuaban siendo asaltados los carros que traían mercancía a Entrecerros, a lo que seguían indefectiblemente las visitas de los forasteros de Traslomas a El Manantial. El señorito Félix no estaba dispuesto a renunciar a nada que le reportara pingües beneficios.

Las bestias trabadas y, paciendo a sus anchas, los rebaños conducidos por Manuel daban buena cuenta de los rastrojos que quedaron en los sembrados hasta que a finales de verano la reja del arado volviera a hendir los surcos, dispuestos a recibir las lluvias de otoño que habrían de despertar de nuevo la fertilidad de la tierra. El señorito Félix renegaba por no poder disponer de los tractores del ejército para arar la tierra, como sabía de buena tinta que, prestados bajo cuerda a cambio de parvos favores a los mandos, conseguían en otros lugares más próximos a la capital.

Manuel tenía sentimientos agridulces. Se alegraba de que El Manantial respondiera con creces a las expectativas más exigentes, sentía como si la tierra jadeara en una carrera sin tregua y se ufanara orgullosa de sí misma. Por otro lado y pese a la extensión enorme de la dehesa de El Manantial, los terrenos sembrados le estaban vedados y había braceros por todas partes que invadían la intimidad de la naturaleza. Algunos descarados, como El Rubio, le daban mala espina y le producían inquietud. Todo ello lo coartaba y lo hacía un poco menos libre. Las recientes juergas de padres, primero, e hijos, después, con ruidos a horas intempestivas le resultaron particularmente desagradables, como si rompieran el sosiego de El Manantial, como si le robaran a él mismo algo que sabía que no le pertenecía. O sí.

En agosto, llegaron a la inconclusa ganadería un numeroso grupo de las recién creadas escuadras de Flechas, Cadetes y Guías del Frente de Juventudes. El señorito Félix se la había ofrecido gentilmente a don Gabriel para instalación del campamento de verano de la organización todo el tiempo que desearan y que, por él, cuanto más, mejor. "Vaya becerros que van a estrenar la ganadería", comentó sardónicamente El Nene, aun cuando desconocía que uno de los componentes era hijo de Garrote. Don Gabriel había correspondido al señorito Félix poniendo a su entera disposición el camión y el chófer de la organización, lo que aprovechó el señorito Félix para agilizar impunemente el envío de trigo ilegal a la capital con la protección añadida que le proporcionaba el transporte oficial. La admiración y buena fama que se había labrado en tan poco tiempo el señorito Félix con la inversión en fiestas daban sus frutos. Fama que se vio refrendada con la vara de Hermano Mayor de la Hermandad de la Virgen de la Gruta, con la que por primera vez presidió la romería de aquel año. El señorito Félix proporcionó el gran exorno floral de la ermita y las andas de la Virgen, la banda de música de renombre traída de la capital, los cohetes y un jolgorio como nunca antes se habían conocido. Cumplido el año de luto por don Máximo, su madre, doña Patro, y sus hermanas, las señoritas

Pilar y Remedios, acompañaron al señorito Félix a la romería, donde fueron agasajadas por todos como afortunada familia de tan celebrado Hermano Mayor.

Capítulo 22 (1941) La conquista de don Félix

Don Fernando Miranda era el único que no aprobaba los métodos del señorito Félix, permaneciendo sentado en su butaca al fondo del casino, mientras observaba con displicencia cómo el resto de correligionarios se apresuraban a saludar y halagar al señorito Félix cada vez que aparecía por allí. Ni criticaba ni le importaba ni se había parado a pensar en la moralidad de los negocios de su competidor; a don Fernando le importaba que, mientras él estaba obligado a entregar la mayor parte de la producción declarada de sus tierras al precio oficial, el señorito Félix hacía y deshacía a su antojo con la rica producción de El Manantial con total libertad y como mejor le parecía. Al señorito Félix le preocupaba tan débil crítica, de ningún modo podía permitir que se convirtiera en un resquicio por el que se abriera una brecha que mermara la alta consideración en que le tenían todos, menos don Fernando, y que tan importante resultaba ser para la buena marcha de sus negocios. Con su mejor sonrisa, se acercaba a la mesa de don Fernando Miranda tan pronto como le era posible, le saludaba con toda deferencia y aceptaba de buen grado la respuesta forzada y con gesto torcido que le devolvía don Fernando. Incluso se ofrecía a invitarlo a una copa, lo que era sistemáticamente rechazado por don Fernando con excusas de todo tipo. "Bien, don Fernando, estoy a su disposición, en otra ocasión será", simulaba resignación el señorito Félix con la mayor compostura. Don Fernando mantenía su orgullo en alto y lo defendía, muy digno, tras el valladar inexpugnable de su laconismo.

Aquella mañana de martes, el señorito Félix se presentó en el casino con un talante más serio, caminando decidido a la mesa de don Fernando, abreviando al máximo el saludo a cuantos le salían al paso, aunque sin perder la elegancia y los buenos modos en ningún momento. "Buenos días, don Fernando", expresó en tono seco, serio. Don Fernando respondió con el forzado y torcido "buenos días" habitual, fingió que recibía el mismo saludo de cada día, pero se daba perfecta cuenta de que el del señorito Félix era distinto. "Don Fernando, tengo que hablar con usted de un asunto importante y de la máxima reserva". "Desembucha", contestó don Fernando con no disimulada insolencia. "Por favor, de la máxima reserva. ¿Le importa que nos apartemos al reservado?". Don Fernando se levantó con desgana y parsimonia, encaminándose hacia una discreta sala seguido del señorito Félix, que cerró la puerta por dentro tras de sí. "Bien, ¿de qué se trata? No me imagino de qué asunto importante tengamos que hablar tú y yo", continuó cortante don Fernando. "Se trata de su hija Eloísa", comenzó el señorito Félix. Don Fernando se irguió tenso en el asiento. "¿Qué ocurre con Eloísa?", casi bramó furibundo. "Don Fernando, nada que usted no desee, tranquilícese". El señorito Félix hizo una prolongada pausa para que don Fernando se serenara. Cuando lo creyó más relajado, añadió, "quiero pedirle su consentimiento para que me permita cortejar a Eloísa". Don Fernando se puso en pie como impelido por una explosión. "¿Cómo te atreves?". "Por favor, don Fernando, le ruego que lo considere con calma, no se precipite, piense que soy persona seria y que a su hija no habría de faltarle nada conmigo". Don Fernando se volvió, dándole la espalda para que no percibiera el desconcierto en su rostro. El señorito Félix concluyó, "por favor, piénselo con tranquilidad. Háblelo con su hija si lo considera oportuno. Espero su respuesta dentro de una semana. En sus manos lo dejo", y abandonó el reservado y el casino, dejando a don Fernando en un gran aturdimiento y al resto, con la intriga, pensando en qué se traerían entre manos don Fernando y el señorito Félix.

El martes de la semana siguiente, el señorito Félix entró en el casino con la calma habitual, la sonrisa pintada en el rostro, saludando y departiendo con unos y otros, respondiendo e interesándose por todos, deteniéndose a tomar alguna copa de fino entre charlas intrascendentes. Al fondo, don Fernando se removía inquieto en su sillón, aguardando la llegada del señorito Félix que se demoraba como nunca. Cuando, por fin, llegó hasta él, "buenos días, don Fernando". "Al reservado", dijo escueto y autoritario don Fernando, que caminó hacia la sala con tanta premura como parsimonia había gastado una semana antes. "Usted dirá", el señorito Félix acababa de cerrar la puerta. "Sí, yo diré. He pensado en el asunto. Tengo que confesar que mi pensamiento era decirte que no, pero lo he hablado con mi hija y la muy tonta se me echó a llorar de ilusión, así que tienes la autorización para cortejarla; espero no tener que arrepentirme". "Muchas gracias, don Fernando, y no se preocupe que no tendrá quejas". El señorito Félix le ofreció tabaco a don Fernando y estuvieron fumando mientras el señorito Félix alababa las excelencias de la casa de los Miranda, su tradición como los mejores proveedores de cereales de Entrecerros, lo que don Fernando no sabía cómo interpretar, si como un reconocimiento sincero o como un sarcasmo de que el señorito Félix no necesitaba las supuestas bondades de esa tradición para hacer mejores negocios que él. "Don Fernando, he visto alguna que otra vez a su hija y tengo que decirle que es una criatura preciosa. Creo que lo mejor es que me invite a su casa cuando lo tenga por conveniente y nos presente". "Sí, sí, claro, claro. Sabes que las mujeres están más en estas cosas que nosotros los hombres. Mi mujer cree que mañana tarde a las seis sería buena hora para invitarte a merendar en casa y que la niña y tú os conozcáis".

La tarde del miércoles, el señorito Félix se presentó puntual en casa de los Miranda. Don Fernando lo recibió con un cierto formalismo con el que pretendía demostrar una preeminencia sobre el joven, al tiempo que su esposa, doña Concepción, no podía esconder su satisfacción, desmontando los postulados de su marido al deshacerse en atenciones hacia el señorito Félix, a quien en su mente ya consideraba como su yerno. Fueron presentados los jóvenes, que se dieron cortésmente la mano y los cuatro se sentaron a la mesa, en la que doña Concepción había ordenado disponer un apetitoso surtido de pastas y pastelitos para acompañar el café y la infusión de manzanilla que tomaba ella misma, ya que el café le producía insomnio. La señorita Eloísa se mostraba azorada, la vista baja ocultando sus preciosos ojos celestes, cayéndole sobre el rostro dos rubios tirabuzones. Don Fernando habló de las respectivas fincas, la suya y las del señorito Félix, quien a su vez elogió el buen hacer de la casa Miranda desde siempre. Doña Concepción elogió las obras que de oídas sabía que se realizaban en el cortijo de El Manantial, así como el esplendor nunca visto que el señorito Félix le había dado aquel año a la romería de la Virgen de la Gruta. El señorito Félix trató de quitarle importancia, lo que no admitió doña Concepción de ninguna manera, "por Dios, don Félix, si no lo digo yo, que está en boca de todo el pueblo". "Bien, Eloisita", terció don Fernando, "como sabes, el señorito Félix se ha fijado en tu persona y me ha pedido permiso para cortejarte, lo que tú apruebas; por tanto, os autorizo a entablar relaciones formales, que deseo y espero que sean ejemplares en todo momento, honrando a ambas familias". La señorita Eloísa ladeó ligeramente la cabeza sin levantar la vista, mostrando el rubor que enardecía sus mejillas. "Muchas gracias, don Fernando, doña Concepción, por la confianza que depositan en mí. Eloísa, si es de tu agrado, pasaré el domingo para recogerte y asistir a misa, después daremos un paseo por la calle Mayor para formalizar nuestro compromiso ante el pueblo". "Como usted diga, señorito Félix", musitó tímidamente la señorita Eloísa. "Si me disculpan, me vuelvo a mis quehaceres. Don Fernando, doña Concepción, muchas gracias por tan deliciosa merienda. Estaré aquí el domingo, a las diez y media, para asistir a la misa de once en la parroquia", se despidió con toda elegancia el señorito Félix.

Con la asistencia a misa y el paseo por la calle Mayor, Entrecerros dio por confirmados los rumores sobre el noviazgo del señorito Félix y la hija de don Fernando, quienes no tuvieron ocasión de cruzar palabra entre ellos, atentos en responder al saludo de tantos. Al paso por la puerta del casino, el señorito Félix se ocupó de que el protagonismo recayera en don Fernando, que se encontraba dentro y a quienes todos felicitaron efusivamente ante su forzada indolencia, que era la forma que tenía de darse digna importancia. Desde el casino, al que por descontado no entró la pareja porque no era sitio para mujeres, la pareja volvió sobre sus pasos a la vista de todos, despidiéndose el señorito Félix de la señorita Eloísa a la puerta de su casa, que abrió doña Concepción, anunciándoles que el próximo domingo volverían a verse antes de asistir a misa. El señorito Félix se esmeraba en que su noviazgo fuera impecable a los ojos de todos, ni siquiera tomaba de la mano a la señorita Eloísa, paseando uno junto al otro a una distancia que evidenciaba el decoro y siempre a la vista de todo el que lo deseara.

Al terminar la misa, el señorito Félix invitaba a su prometida a algún pastelito en la confitería de la calle Mayor.

Con el noviazgo del señorito Félix y la señorita Eloísa, don Fernando fue paulatinamente virando sus ácidas críticas anteriores a halagos, comedidos al principio y palmarios con el transcurso del tiempo, a las numerosas cualidades en las que destacaba sobremanera su futuro yerno. El señorito Félix se mostraba radiante y satisfecho de haber conjurado la única amenaza que hubiera podido llegar a quitarle el sueño. Ahora sí era admirado sin excepción por todos los prohombres del pueblo y nada ni nadie se interpondría en su propósito de convertir su casa en la principal de Entrecerros. Intuía con claridad que, a no tardar, el pueblo se le quedaría pequeño y ya hacía planes para desembarcar algún día no lejano en la capital.

Capítulo 23 (1941) *Risas entre penurias*

La llegada, más bien invasión, de las escuadras del Frente de Juventudes a El Manantial supuso para Manuel una nueva irrupción de desasosiego. Los más eran forasteros de la capital y otros pueblos; algunos, pocos, de Entrecerros. Para Manuel y los rebaños quedó vedado el terreno de la ganadería en el cuadrante noreste de la finca el tiempo que hubiera de durar el campamento; sentía como si aquellos advenedizos le fueran amordazando dentro de la finca en la que había nacido y crecido. Manuel se encandiló la primera semana presenciando la actividad de Flechas, Cadetes y Guías, incluso algún día madrugó más de lo habitual para contemplar a una distancia prudente la actividad desde primera hora en el campamento. Las escuadras eran solivianadas de forma estridente a toque de corneta que acallaba el piar matutino de los pájaros y los ahuyentaban asustados. Cuando vio cómo se alineaban y cubrían, extendido el brazo hasta tocar el hombro de el de delante con la punta de los dedos, lo marciales que desfilaban con sus camisas azules, cómo ejecutaban un sinfín de maniobras a las recias órdenes gritadas como si fueran sordos, los himnos que cantaban en posición envarada con el brazo en alto, formados cara a la bandera que ondeaba en un alto mástil, y cuyas letras no entendía porque no las oía bien, recordó lo que le dijo su padre sobre ellos el día que le comunicó que iba a tener de profesor a don Humberto, "van a aprender a desfilar muy bien desde pequeñitos", y, entonces, todo lo que estaba presenciando le pareció un absurdo sinsentido. Tras los rituales de la alborada, los primeros días se afanaron en preparar el campamento, organizando las tiendas, la cocina, cavando letrinas tras el vallado a campo descubierto. Más adelante, las mañanas las dedicaban a practicar los desfiles y las maniobras y a hacer ejercicios y juegos; a algunos se les veía gran agilidad, otros, en cambio, los más, se mostraban realmente torpones. Por la tarde, tras la comida, simplemente se aburrían sin saber qué hacer hasta que, al atardecer, se reunían sentados en corro para el rezo del rosario, lo que a Manuel le recordaba la sarta sin fin de rosarios del entierro de don

Máximo, momento en el que se apresuraba a volver antes de que anocheciera.

Tanto merodeó Manuel en derredor del campamento que llegó a conocer a algunos miembros por sus fisonomías inconfundibles, a otros, por los nombres a voces con que se llamaban y a los menos, por ambas cosas. Se dio cuenta de que, sobre todo, la gente de la capital tenía el oído más duro que los del campo. Uno de los identificados fue Garrote hijo, cargado de hombros, despatarrado los andares, negros el cabello hirsuto y las cejas espesas, aviesa la mirada; poco sociable, caminaba a solas con frecuencia. A Manuel no le gustaban las maneras de Garrote hijo, aunque pensó que, seguramente, estaría influenciado por los comentarios de El Nene sobre su odiado progenitor, Garrote padre. Quiso quitarse la mala sangre del pensamiento, pero no podía remediarlo. Veía cómo Garrote hijo, de pronto y sin venir a cuento, lanzaba un pedrusco contra cualquier árbol, o pateaba con saña algún retoño con el manifiesto propósito de troncharlo, o quitaba piedras del vallado y las lanzaba al interior de las letrinas; parecía que se complacía en hacer daño. Todo ello lo percibía Manuel como una agresión hacia él. Una tarde, Garrote hijo, para matar el aburrimiento, desplegó el repertorio completo, deshaciendo más vallado que nunca, antes de bajarse los pantalones y agacharse sobre los palos atravesados bajo los que se encontraba el foso de la letrina. Desde muy lejos y tras el tronco de una encina, "Peligro", indicó Manuel en voz baja con el brazo extendido señalando a las letrinas hacia donde Peligro se dirigió sigiloso sin ser detectado por Garrote hijo. Cuando se encontraba lo bastante cerca, "jiuahí", azuzó Manuel con voz audible para Peligro, que no para el concentrado Garrote hijo, que se afanaba en apreturas. Peligro ladró fuerte y bronco al tiempo que inició el ataque. El acuclillado se levantó asustado y pretendiendo iniciar la carrera, trabado de piernas como se encontraba, fue a caer al foso de bruces, embadurnándose de inmundicia más de lo que quisiera el propio Manuel, que ya había reclamado a Peligro antes de que alcanzara al caído, que no llegó a reconocer al perro, bastante tenía con debatirse en si recuperar o no el aliento en tan infecto lugar y salir del agujero para dirigirse a un regajo y, encuero, lavarse y limpiar ropa y calzado como mejor supo y pudo, lo que le llevó todo el tiempo del mundo, mientras no paraba de renegar y escupir asqueado, volviéndose, al fin, al campamento chorreando, sin ocasión de que se le secara la vestimenta y apestando y atufando a cuantos se le acercaban, a punto de comenzar el rosario. Manuel se retiró con el ganado sin parar de reír durante todo el camino e incluso en la choza, donde sus padres, no logrando saber de qué se reía, terminaron contagiados también ellos hasta las lágrimas. Tantas y con tantas ganas fueron las carcajadas que a los tres llegó a dolerles el estómago y perdieron el apetito aquella noche. Manuel le cedió su cena a Peligro, que bien se la había ganado. Ninguno recordaba los años que hacía que no reían de aquella manera. Manuel pensó que si El Nene se llegaba a enterar de lo ocurrido, lo que de ningún modo pensaba revelarle, se sentiría vengado en una mínima parte al menos.

A la mañana siguiente aún recordaban las carcajadas. Diego pensó que había visto a los señoritos reírse, pero jamás de esa manera, sus risas solían ser un tanto forzadas, tenían algo de contenidas y también de falsas, como no queriendo perder un control de no sabía muy bien de qué o quizás temerosos de ver mermada su dignidad. Cierto que también era más difícil verlos llorar.

La vida en Entrecerros continuaba estrechándose más y más al cabo ya de dos años largos que había terminado la guerra oficialmente, aunque en realidad en Entrecerros, al igual que en la mayor parte del sur, había acabado hacía más de cinco. La gente espantaba el hambre como podía. Acosada por la miseria, comía lo inimaginable, desde legumbres plagadas de gorgojos hasta cáscaras de patatas. Había hombres que rebuscaban colillas, reuniendo y deshaciendo varias para liar un maloliente cigarro. Seguía en aumento el número de borrachos de vino barato. El aspecto de la mayoría de hombres y mujeres se había deteriorado y afeado al unísono con las casas y calles del pueblo, a excepción de las casas señoriales, cuyo esplendor resaltaba aún más, y las de los adictos al régimen y protegidos por él. Paradójicamente, El Matraca y El Miralejos no solo no habían decaído, sino que parecían encontrarse con mejor aspecto que nunca, o tal vez era lo que aparentaban en comparación con los demás. Era tiempo para los buscavidas y ellos lo eran. Disponían de muy escasos recursos económicos, pero tampoco antes habían tenido más que entonces, se podía asegurar que nunca vivirían ni mejor ni peor, simplemente vivían para cada día, echando mano a cuanto trabajo indeseado por otros se les ofrecía, acostumbrados a sobrevivir con lo indispensable, conformes con la existencia que el destino les había asignado.

Manuel y sus padres continuaban visitando infaliblemente a las familias los domingos, proveyéndolos de los habituales productos del campo, también a doña María Luisa, la esposa de don Humberto. La huerta nueva y los sembrados habían atraído a más aves y conejos y, para preservar las cosechas, Manuel estaba autorizado de facto y podía permitirse cazar más piezas en beneficio de su familia y de doña María Luisa, cargando bien los serones en las angarillas del borrico, infatigable al cumplimiento de la promesa que se había jurado a sí mismo. Aquel domingo, encontraron a la abuela Josefa llorando sin consuelo posible. Habían tenido noticias de los hermanos huidos. Antonio había muerto en acción de guerra al poco de marchar de Entrecerros camino del norte; nadie supo decir dónde se encontraban sus restos. La abuela lloraba tanto por la muerte del hijo como por la impotencia y el sacrilegio de no poder enterrarlo. Manuel y José habían conseguido proseguir la huida, alcanzando a refugiarse en Francia, donde se encontraban bien, pero nada era seguro; los exiliados españoles habían ido a parar a un país de una Europa que al poco entró en otra terrible contienda. La abuela creía que iba a enloquecer, sin dejar de llorar la muerte del hijo, parecía que tenía el cristiano deber de alegrarse porque los otros dos, a pesar de su dolorosa ausencia en un país en guerra, se encontraran a salvo, al menos eran las últimas noticias que tenían y a ellas se aferraba. El abuelo Andrés la contemplaba serio y comprensivo, dejándola llorar para que las lágrimas lavaran su dolor. Carmen quiso hacerse la fuerte para consolar a su madre, pero terminó derrumbándose por su hermano muerto, abrazándose a la abuela, necesitando la protección de sus brazos como cuando era una niña. Manuel revivió los terribles días de agosto del treinta y seis. Desde ese año aciago, la vida apretaba y no daba tregua, no parecía que las desgracias no fueran a cesar nunca, qué pocas eran y qué poco duraban las alegrías de los pobres, algo fatídico las aplastaba como con una maza tan pronto asomaban. Por encima del sufrimiento, ahí radicaba el verdadero mal, la desesperanza de no poder levantar cabeza nunca. En eso consistía la historia de la humanidad, tan solo salpicada por breves e ilusorias interrupciones en las que parecía que, al fin, los desposeídos podían alcanzar las metas anheladas, volviendo a caer nuevamente hundidos en la abyecta sumisión, abandonada la fe en un futuro que nunca sería suyo, porque jamás serían otra cosa que súbditos; súbditos de la codicia y la impiedad de los poderosos.

Aquella noche Manuel volvió a sufrir pesadillas soñando con la huida de sus tíos, ahora el tío Antonio conseguía correr velozmente cayendo desplomado, abatido por un tiro implacable que restalló con saña, mientras Manuel y José volvían a correr sin lograr avanzar un paso; vio a la abuela Dolores junto al abuelo Manuel que desde el suelo lo miraba con las cuencas de los ojos vacías. Sus propios gritos lo despertaron empapado en sudor. Al amanecer, la fiebre nocturna mostró sus secuelas en el labio hinchado. "Me voy a trabajar". Sus padres no se atrevieron a insinuarle que se quedara.

Capítulo 24 (1941) *La implacable venganza de don Félix*

Las obras en El Manantial estaban muy avanzadas, terminadas las viviendas de invitados y el alto palomar, a falta solo de instalar la fuente del patio que sería alimentada perennemente por uno de los veneros de la finca, pavimentar de chino cordobés el suelo, que era lo más entretenido de realizar, y construir el cerramiento sur. La cuadrilla de El Criba había realizado un trabajo espléndido, con el que estaba más que satisfecho el señorito Félix, y calculaba que terminarían en un par de meses, excepto antojos de última hora, fuera del encargo inicial, que surgían en toda obra, más cuanto mayor era, y de los que el constructor sacaba suculentas tajadas presupuestando cada añadidura a un tanto alzado. "Todos caen como chorlitos", solía ufanarse El Criba ante su cuadrilla. Entre los arréglame esto y rectifícame lo otro, calculaba que terminarían para las Pascuas.

Don Fernando pasaba los días entre el casino y la calle Mayor, recibiendo parabienes y enorgulleciéndose del compromiso de Eloísa con Félix, del que no se cansaba de alabar las cualidades, tan excepcionales como impropias de un joven de su edad.

De miércoles a domingo de la primera semana de septiembre, en Entrecerros se celebraba la tradicional feria en una arboleda en la salida norte del pueblo, camino de El Manantial. Al atardecer del miércoles, se presentó el señorito Félix sin anunciarse en casa de don Fernando en busca de Eloísa con un regalo de un par de elegantes zapatos negros de tacón de aguja que habría de estrenar aquella noche para acompañarle a la feria. Doña Concepción y Eloísa se vieron sorprendidas. Necesitaban tiempo para que Eloísa se arreglara. "Todavía es temprano, no hay prisa", intentó calmarlas el señorito Félix. "Anda, arréglate mientras nosotros tomamos una copa", intervino don Fernando que acababa de llegar del casino. "Vosotros los jóvenes podéis coger la feria por punta, yo no estoy ya para esos trotes, solo aguanto una vueltecita algún día. Félix, ¿te apetece un fino?", le ofreció al futuro yerno. "Sí, gracias, don Fernando, es lo más apropiado en feria, así no mezclo la bebida". "Eres previsor, valoras como nadie las situaciones y siempre aciertas. Tengo que confesar que no paras de sorprenderme", lo elogió don Fernando de corazón. "Exagera, soy muy corriente y me queda mucho que aprender". "No, no, no. Sé bien lo que digo. En fin, me alegro de que seas capaz de estar y acertar en todo". Estuvieron conversando largo rato, escuchando a lo lejos los ruidos del trajín de doña Concepción y Eloísa, acuciadas por la premura. Apareció, al fin, doña Concepción con la cara arrebatada, "perdone, señorito Félix, por hacerle esperar. De haberlo sabido...". "Por favor, doña Concepción, soy yo quien debe disculparse. Ya sabe usted que los hombres somos despistados y no caemos en la cuenta de que las damas necesitan su tiempo para arreglarse". Al poco, apareció Eloísa esplendorosa con un vestido de noche muy elegante, adornada con un juego de collar y pendientes de perlas de Majórica, esbelta sobre los zapatos que le acababa de regalar el señorito Félix. "Qué preciosidad. El pueblo entero se va a rendir a tu hermosura", se atrevió a piropearla su prometido en presencia de sus padres, quienes se sintieron inmensamente halagados, al tiempo que Eloísa sentía cómo le ardían las mejillas del sonrojo. Salieron de la casa, Eloísa tomada de la cintura por su madre, y en la misma puerta subieron a la calesa del señorito Félix, en la que les aguardaba el cochero.

Se apearon al comienzo de la calle Mayor, que se encontraba muy concurrida a aquella hora de ricos endomingados y pobres que los contemplaban. Apenas habían dado unos pasos, Eloísa hubo de aferrarse al brazo del señorito Félix para no caer de bruces. A cada pocos pasos, volvía a repetirse la escena ante la expectación despertada y las risas burlonas de la concurrencia. De ese modo tan desairado recorrieron la calle Mayor y continuaron hasta llegar a la feria. Era evidente que Eloísa era la primera vez que usaba zapatos de tacones, al menos de tacones de aguja. En la caseta municipal, el señorito Félix presentó sus amigos a Eloísa que, avergonzada por el ridículo espantoso que había hecho en el paseo, solo consiguió balbucear alguna frase inconexa. Eloísa sentía cómo se hundía su autoestima, viendo que la miraban como a una tonta. La señorita Remedios, la hermana del señorito Félix, la tomó del brazo y la condujo al corro en el que se arremolinaban las féminas de los amigos del señorito Félix, en donde, por lo general, las hermanas de unos eran las novias de los otros. No atreviéndose a hablar, temerosa de decir alguna impertinencia que agravara su ya arruinada reputación, aceptó una copa de vino dulce moscatel que le ofreció la señorita Remedios. Cada vez que se veía amenazada de tener que hablar algo, lo esquivaba tomando un pequeño sorbo acompañado de una sonrisa que se esforzaba en que fuera la más amable. Interpelada por todas, los sorbos fueron tan frecuentes que pronto se terminó la copa. La novia del segundo de don Gabriel le retiró la copa vacía y le proporcionó otra llena. Eloísa continuó el ritmo con la segunda copa y las sonrisas, que a esas alturas se tornaban en muecas. Terminada la segunda copa sintió que la inestabilidad había aumentado de forma alarmante, y no por los tacones. La señorita Remedios la volvió a tomar del brazo y la acompañó a la silla que tenía reservada junto a su hermano para la cena. Aun sentada, Eloísa no encontraba la estabilidad. Su prometido le ofreció una copa de fino para acompañar a los suculentos entremeses serranos. Eloísa engulló los quesos variados, jamón serrano y embutidos con una voracidad que no respondía al hambre, sino a un intento de diluir el moscatel en el estómago y recobrar la lucidez. La media copa de fino que ingirió para no engolliparse vino a arruinar el propósito al mezclarse con el moscatel. En el último sorbo, el fino se le deslizó por las comisuras de los labios manchándole el vestido. Al dejar la copa, la derramó sobre la mesa, agachó la cabeza para mirarse la mancha del vestido al tiempo que la mezcla de alcohol y entremeses se le rebeló en el estómago y no pudo evitar el vómito sobre sus piernas. Definitivamente, Eloísa, no acostumbrada a beber, se había emborrachado. Las hermanas del señorito Félix la limpiaron lo mejor que pudieron antes de que fuera conducida a la calesa que aguardaba a la espalda de la caseta. El señorito Félix ordenó al cochero que los condujera a casa de la señorita Eloísa. Don Fernando y doña Concepción se alarmaron a su llegada, apenas había transcurrido un par de horas desde que salieron para la feria. "Don Fernando, doña Concepción, disculpen, parece que a Eloísa no le ha sentado bien una copa de vino. Creo que lo mejor es que se

135

ocupe de que descanse, doña Concepción. Mañana se encontrará bien. Si no desean nada de mí, buenas noches", el señorito Félix volvió a subir a la calesa, ordenando al cochero que lo llevara a casa.

Al día siguiente el señorito Félix no compareció en el casino. Tampoco don Fernando que, junto con su esposa, se habían enterado con todo lujo de detalle del ridículo que su hija había hecho, convirtiéndolos en el hazmerreír de Entrecerros. Al atardecer, se presentó el señorito Félix en casa de los Miranda. Fue recibido por los avergonzados padres de Eloísa. Doña Concepción le pidió disculpas y se ausentó, dejando solos a su marido y a su ahora dudoso futuro yerno. "Félix, me he enterado de lo ocurrido anoche y sé que es usted un caballero y que todo se debió a la torpeza de mi hija. Sé que hizo el mayor de los ridículos, avergonzándole a usted y entenderé y nunca le reprocharé si considera que debe terminar la relación", don Fernando era la primera vez que le hablaba de usted al señorito Félix. "Gracias por su comprensión, don Fernando. Es un asunto enojoso. Comprenda que lo hago por ella. Mi compañía en Entrecerros no haría más que alimentar las burlas que, sinceramente, creo que no merece Eloísa. Ha sido una verdadera mala suerte, qué le vamos a hacer. Sepa que siempre le desearé lo mejor a su hija. También debe saber que se la devuelvo tan absolutamente intacta como la recibí", el señorito Félix le tendió la mano a don Fernando que, apesadumbrado, se la estrechó débilmente y vió cómo salía de su casa, consciente de que para él se acababan de cerrar muchas puertas en Entrecerros; la primera, la del casino. Don Fernando abandonó aquel día Entrecerros con su familia para instalarse en la finca, huyendo del escarnio.

En Entrecerros, todo el mundo entendería y a nadie sorprendería la ruptura del fugaz noviazgo. Al señorito Félix le costó reprimir la satisfacción de recrearse en la astucia con la que se había vengado y destruido a su oponente. Los Miranda nunca podrían reprocharle nada ni tendrían ninguna credibilidad si se atrevían a criticarlo, después de haberlo halagado don Fernando hasta el empacho. No obstante, el señorito Félix debía guardar las formas y no volvió a acudir a la feria aquellos días, trasladándose a

El Manantial, donde se ocupó de la obra y las faenas del campo cara a las próximas cosechas y también recibió a los forasteros de Traslomas. Cuando volvió al casino, acabada la feria, fue recibido como siempre y sutilmente felicitado por haber roto su compromiso con Eloísa. Él era el señorito Félix, un caballero en quien todos mantenían intacta su admiración.

A finales de octubre se colocó el azulejo con la última 'L' de EL MANANTIAL, con todas las letras en mayúsculas floridas, en el arco de medio punto recién construido y que daba fin a las obras del cortijo que lucía radiante y señorial. "Qué más hay que hacer por aquí, señorito Félix", dejó caer El Criba, esperando los añadidos para los que estaba presto a ofrecer los oportunos tantos alzados. "Nada, está todo acabado y perfecto. Habéis hecho un gran trabajo. Para celebrarlo, mañana os daré un almuerzo especial a toda la cuadrilla". El Criba se quedó desconcertado; definitivamente, el señorito Félix no era ningún pardillo y él no había caído en la cuenta de que jamás lo había visto dudar en el trascurso de la obra. No todos caían como chorlitos; desde luego, no el señorito Félix.

Para entonces, don Fernando ya había convencido a Eloísa y vivía recluida como novicia, preparándose para profesar en un convento de la capital. Con los agravios y los berrinches, don Fernando sufrió un aire que le provocó parálisis facial, afectándole gravemente al habla y a la memoria.

Capítulo 25 (1941) Cacerías

"Francisco, verá..., me da cosa, pero es que he visto a El Hurguiña que guardaba un billete de peseta en la gorra. Lo digo porque no vaya a ser que salga por peteneras diciendo que le han robado otra vez", El Rubio miró a El Jáquima, que se quedó pensativo. Era un atardecer a mediados de diciembre y los braceros se mostraban inquietos, aguardando a que El Jáquima les comunicara en cualquier momento quiénes se quedaban sin trabajo hasta el comienzo de la primavera en que se recobraba la actividad plena en las labores agrícolas. "Espero que lo haya hecho para tenerlo guardado más seguro", El Jáquima no quiso pensar en cosas extrañas. "Ojalá, pero acuérdese de lo que le acabo de decir, que no se puede uno fiar ni de su sombra". Al poco, El Hurguiña daba gritos y hacía aspavientos con los brazos, "¡no, por Dios, otra vez no, que me han robado otra vez. Mi dinero, dónde está mi dinero!". Se miraban unos a otros y se compadecían de El Hurguiña, que al borde del llanto se llegó hasta El Jáquima. "A ver, ¿qué dinero es el que te falta?", le preguntó el capataz mirándolo fijamente a los ojos. "Un billete de peseta, Francisco. Lo tenía en el bolsillo desde el lunes que salí de casa". "¿Y no lo habrás cambiado de sitio?". "No, Francisco, lo llevaba en el bolsillo que es donde está más seguro... o eso pensaba yo, maldita sea mi estampa", se lamentaba amargamente el Hurguiña. "Esto ya pasa de castaño oscuro", advirtió El Jáquima, "ese dinero aparece hoy, por mis muertos que aparece. Se va a registrar a todo el mundo hasta que se encuentre, empezando por ti, Hurguiña". "Como usted diga, Francisco, pero por Dios, que aparezca, que no lo puedo perder". El Jáquima registró a El Hurguiña, haciéndole quitarse los pantalones, los calzones, el saco, la camisa, las botas y los calcetines hasta quedar completamente desnudo, solo con la gorra. "La gorra, dámela". El Hurguiña se la tendió sin dudar. El Jáquima miró por dentro, hurgó hasta encontrar un descosido en el pliegue de la visera, introdujo los dedos índice y corazón y extrajo el billete. "¿Esto qué es?", interrogó a El Hurguiña, blandiendo el billete en la punta de los dedos como lo había sacado. "¡Cómo...! ¿Quién lo ha puesto ahí?", preguntó amedrentado El Hurguiña, adivinando en los rostros que lo miraban que no le iban a creer y avergonzándose entonces de su desnudez y sintiendo el frío. "Os juro…". "Conque juras, ¿no?", le tiró el billete a la cara El Jáquima, "vístete, recoge tus cosas y vete". "Francisco, por mis hijos le juro…". "No jures por tus hijos, que no tienen culpa de que su padre sea un sinvergüenza. Fuera. Y da gracias de que no te denuncie a la guardia civil", y le volvió la espalda. El Hurguiña se sintió abatido y rompió a llorar, recogió sus cosas, que apenas las lágrimas le permitían ver, y partió como un apestado ya casi de noche.

El Rubio sabía que se había ganado la confianza del capataz y no sería de los que quedaran sin trabajo. Ya había dado muestras de no tener escrúpulos y, desde luego, no los tuvo cuando, en un descuido, le sisó el billete del pantalón a El Hurguiña, escondiéndoselo en la gorra. El Rubio se había asegurado el trabajo y era lo que le importaba. A la mañana siguiente encontraron el cuerpo exánime de El Hurguiña pendiendo de una encina, fuera de El Manantial, en el camino del cementerio.

El Jáquima advirtió a sus hombres de que no debían hacer comentarios de la muerte de El Hurguiña para no perturbar el ambiente apacible que el señorito Félix necesitaba que percibieran en El Manantial sus invitados de la capital, cuya llegada esperaban para el día siguiente.

Sobre media mañana, llegaron los invitados; don Alfredo, capitán general de la región militar del ejército de tierra, don Julio, gobernador civil de la provincia, don Fidel, presidente de la Caja de Ahorros, y don Alejandro, sacerdote, paje y secretario personal del cardenal, además de hijo de Entrecerros. El señorito Félix recibió a sus invitados, cuyos contactos heredó de su padre, agasajándolos inmediatamente en el acogedor salón principal del cortijo, calentado por la chimenea enmarcada en mármol jaspeado en la que ardían gruesos troncos de encina, mientras la servidumbre traída del pueblo se encargaba de llevar los equipajes a las casas de invitados, dispuestas igualmente con las chimeneas encendidas. "Señores, les agradezco infinitamente que hayan tenido a bien aceptar mi invitación a una jornada de caza y es para mí un honor que sean ustedes, tan altos dignatarios, los primeros visitantes tras la humilde remodelación del cortijo y quienes estrenen las casas de invitados, que confío sean de su agrado, y les invito a volver con sus familias en primavera, con el buen tiempo", el señorito Félix alzó su copa secundado por los invitados, "brindo por ustedes, por una agradable velada y una caza excelente. Salud". "Gracias por tu amabilidad y deferencia, Félix, y enhorabuena por la obra con la que le has dado tanto esplendor al cortijo", respondió el presidente de la Caja de Ahorros, don Fidel, acompañado por las muestras de asentimiento del resto de invitados, "cuenta con los servicios financieros de la entidad que represento en cuanto se te pueda ofrecer, lo que hago extensivo a todos los presentes", concluyó don Fidel, conocedor de la solvencia económica de los allí reunidos. El gobernador y el capitán general le agradecieron también al señorito Félix la atención para con ellos, ofreciéndose cada uno al resto en cuanto estuviera en sus manos proporcionarles. El padre Alejandro se congratuló de hallarse entre tan distinguida compañía y prometió interceder por todos ante el Altísimo, "dispongan de cuantos servicios puedan requerir de mi humilde persona. Qué decirles de Su Eminencia Reverendísima, el cardenal y arzobispo de la diócesis, cuya amistad profesan; saben que tienen las puertas de palacio abiertas de par en par". Al calor del fuego, degustando los excelentes caldos de la bodega, acompañados de los exquisitos y contundentes aperitivos serranos, las palabras crearon un ambiente de complicidad y seguridad recíprocos. Pronto las copas obraron el milagro infalible de soltar las lenguas, entrando en animada conversación, en la que el señorito Félix escuchaba cediendo el protagonismo a sus invitados que hablaron de lo humano y, el padre Alejandro, dando como ninguno buena cuenta de copas y viandas, de lo divino. El gobernador y el capitán general se complacían en recordar cómo el segundo había librado no pocas batallas en la guerra y, gracias al triunfo del Movimiento, se había impuesto la ley y el orden que el gobernador administraba con mano firme. Don Fidel terció para agradecer el sacrificio y el arrojo de los patriotas que habían hecho posible que la gente de bien salvaguardara sus bienes, poniéndolos al amparo de entidades como la suya y que más pronto que tarde harían resurgir la economía del país. El padre Alejandro cantaba las excelencias de los vinos y manjares con que los deleitaba el señorito Félix y que, Dios lo quisiera, algún día habrían de alcanzar a los menos favorecidos, como hijos de Dios que también eran, si bien en cantidades moderadas, que la gula era uno de los siete horrendos pecados capitales. Llegada la hora, se sentaron a la mesa donde les fue servido un suculento y exquisito ágape elogiado por tan ilustres comensales. A los postres, con el coñac, la conversación se relajó y ya, sin ningún atisbo de engolamiento, se hablaron de asuntos mundanos, incluidas las mujeres, con relatos escabrosos ante el simulado escándalo del padre Alejandro. "Padre, ya quisiéramos nosotros saber lo que debe conocer usted. Qué no habrá oído en ese confesionario", el gobernador se mostraba entre serio y jocoso. "El sacramento de la penitencia pertenece a la jurisdicción de Dios Nuestro Señor", quiso zafarse el padre Alejandro. "Sí, sí, pero la oreja que escucha es la suya", rio el gobernador, risa que acompañaron el capitán general y don Fidel. "Por Dios, qué cosas dice usted, don Julio", volvía a simular escándalo el padre Alejandro. Acabadas las risas, acusaron el sopor, más por obra de Baco que de Morfeo. El señorito Félix les ofreció si les apetecía dormir la siesta, lo que aprobaron de buen grado. Siesta larga, que les permitió bajar repuestos más tarde a la bodega y departir en una velada que se prolongó hasta muy entrada la noche.

Se levantaron muy temprano, de madrugada. El primero, el capitán general, que los años de campaña lo habían acostumbrado a no tener horario fijo de descanso. El último, el gobernador, quien con el cargo se había acomodado a una vida relajada y nunca despertaba antes de que el sol hubiera empezado a calentar el día. Ataviados con los trajes y capotes de caza, escucharon una adelantada misa de cazadores, sin sermón, que no había lugar a andarse con dilaciones, misa que ofició naturalmente el padre Alejandro en la capilla del cortijo y en la que todos comulgaron piadosamente. Terminado el cristiano cumplimiento y tras un fugaz café bien caliente, partieron a los puestos de caza en el noroeste de la finca; el capitán general, don Fidel y el señorito Félix, a caballo, seguidos del gobernador y el padre Alejandro, con sotana y manteo, en calesa, evitando el jeep del capitán general por el motivo obvio de no espantar la caza con el ruido del motor. Estuvieron preparados y dispuestos antes del alba, las escopetas cargadas a un lado, quitándose el frío con calentadores de manos. Apenas comenzó a alborear, vieron aparecer los venados. El señorito Félix se había ocupado durante semanas de que dispusieran de comederos y no fueran molestados para asegurar el éxito de la caza. El capitán general, haciendo uso de su entrenada puntería, no tardó en abatir dos de otros tantos certeros disparos. Don Fidel falló el primero, pero consiguió acertarle al segundo, un soberbio ejemplar. El padre Alejandro se inquietó porque escuchaba los tiros y no veía ninguna pieza, hasta que, por fin, aparecieron corriendo por su campo de visión y disparó impaciente a las primeras que vio, abatiendo dos ciervos jóvenes. El gobernador se sorprendió de haber atinado a dos buenos venados, consciente de su poca destreza con el arma. Conocedor de ello, el señorito Félix había encargado a El Queo, un trápala furtivo del pueblo que detentaba tanta desvergüenza como excelente puntería, que estuviera al quite para que el gobernador se fuera contento. El Queo se apostó escondido en un lugar desde el que veía al gobernador. Apenas este disparaba, El Queo, pertrechado de un rifle con silenciador, disparaba inmediatamente a la presa que el gobernador había errado. Acabada la caza y reunidas las piezas, todos se mostraron satisfechos, incluido don Fidel, que si bien solo había cazado un venado, era el mejor ejemplar logrado en la jornada. El señorito Félix se encargaría de que los trofeos despiezados llegaran a las casas de tan insignes cazadores en la capital. Don Fidel mostró gran interés en la majestuosa cabeza de su venado y el señorito Félix se ofreció para entregársela personalmente ya disecada por el taxidermista del pueblo, afamado porque conseguía darles una gran expresividad.

Conduciendo el ganado, Manuel se cruzó con los cazadores que volvían al cortijo y que ni siquiera le miraron desde sus monturas. No le importó, al contrario, agradeció que fuera así, como tampoco lamentó nunca que jamás le dirigieran la palabra los forasteros de Traslomas.

Cuando los invitados abandonaron Entrecerros, el señorito Félix, que les había recordado que quedaban invitados con sus familias para primavera, se complació en que hubieran marchado satisfechos de sus atenciones. Consideró que había realizado una exigua inversión en tiempo y dinero para agasajar a quienes a no tardar habrían de abrirle las puertas de la distinción y los negocios de la capital.

Capítulo 26 (1942) De cómo Manuel se convirtió en bracero

Al final del invierno, anticipándose a las contrataciones de primavera de El Jáquima, Manuel manifestó a su padre su deseo de dejar los rebaños y trabajar como un bracero más, lo que le reportaría un salario mayor. "Aún no has cumplido los catorce", quiso desanimarlo el padre. "Padre, puedo hacer el trabajo de cualquier hombre", Manuel habló con la seguridad y gravedad habitual que zanjaba toda controversia. El padre se quedó pensativo durante largo rato. "¿Estás seguro?", insistió. "Sí", contestó Manuel tan lacónico como firme. "Está bien, hablaré con Francisco a ver qué se puede hacer".

El Jáquima aceptó la propuesta de Diego sobre su hijo, a condición de que antes encontrara quien se hiciera cargo del ganado y que estuviera con Manuel un tiempo hasta que se soltara. Diego lo comentó con los braceros de más confianza por si tenían algún familiar o allegado a quien pudiera interesar; les pidió que lo pensaran bien y no se precipitaran hasta hablarlo con sus familias. El lunes siguiente, fueron varios los que, cada uno por un motivo, lamentaron que tal familiar o cual conocido querían y lo necesitaban pero por unos motivos u otros no podían aceptar. El Intendencia, nervioso ante una posible negativa, ofreció la disponibilidad y enormes ganas de su hijo Carmelo, de solo ocho años de edad, pero muy formal y responsable. "Con esa edad, ya salía Manuel solo con los animales. Se lo comunicaré a Francisco. Descuida, creo que le parecerá bien", intentó tranquilizarlo Diego. El Intendencia no solo no se tranquilizó, sino que se inquietó aún más, no había pensado en que la decisión estaba en manos de El Jáquima, hacia quien sentía una gran aversión desde el incidente a cuento del brazalete de luto. Después se tranquilizó, pensó que la antipatía sería mutua y estaba convencido de que El Jáquima no aceptaría el ofrecimiento de su hijo. "¿Te traes a tu hijo el próximo lunes?", la pregunta de Diego paralizó a El Intendencia. "¿Qué ha dicho Francisco?", en realidad, El Intendencia quiso saber cómo lo había dicho. "Que le parece bien, que seguro que es un chavea tan cumplidor como su padre, o sea, como tú". El Intendencia quedó sorprendido de que fuera esa la opinión que El Jáquima tenía sobre él. "¿En serio? ¿Eso es lo que piensa sobre mí?", insistió. "Por supuesto que sí", y Diego añadió para que le creyera, "mira, Francisco tiene sus cosas y sé que no le has perdonado, y con razón, el mal trago que te hizo pasar cuando lo del incidente después de la muerte de tu hermano, pero lo conozco bien, él tiene sus prontos y hace esas cosas sin pensar y enseguida las olvida. En cambio, cuando dice de alguien que es de confianza, puedes estar seguro de que lo ha pensado bien". El Intendencia enmudeció intentando entender lo que le decía Diego, pero no era fácil. "Bueno, entonces ¿te traes al chico o qué?". "Sí…, sí…". "No te veo muy convencido". "Sí, sí, que sí. Es que me ha cogido por sorpresa que haya dicho eso Francisco". Diego sonrió amigable y le dio una palmada en el hombro, "no hay mal que cien años dure".

Carmelo se mostró muy serio y cohibido ante la nueva vida que empezaba para él. "Carmelo, yo soy Manuel, dame la talega y vente conmigo". Manuel guardó la talega con la comida de Carmelo en el morral junto con la suya y ambos se fueron a los cercados, llevándose a los cochinos. Manuel le explicaba todo con el máximo detalle, cuándo sacar y por dónde conducir a los cochinos y cuándo a las cabras y ovejas juntas, cómo orientarse en El Manantial para no perderse, cómo ayudar a las cabras y ovejas que parían en el camino, cómo dar las órdenes a Luchi y Peligro, que debían permanecer con él durante el tiempo necesario para que le protegieran y le ayudaran con los animales, cómo calcular la hora para estar de vuelta antes de anochecer... Manuel se percató de la cantidad de cosas que hacía de forma rutinaria y el tiempo que le iba a llevar enseñárselas a Carmelo. Buscó hasta encontrar una buena vara derecha de acebuche, sacó la navaja que cuidaba con tanto esmero, con la hoja reluciente cortó la rama por debajo del nudo, que redondeó para que el palo terminara en porra, y le rebajó una 'C' en la corteza a la altura de la empuñadura. "Toma, que te va a hacer falta. Con los cochinos no vas a tener problemas, pero con los chivos y carneros, a la primera que veas que te quieran trompar les atizas sin contemplaciones; no te preocupes, Peligro les quitará las ganas". "¿Por qué le has quitado este trozo de corteza?". Manuel se dio cuenta de que Carmelo no sabía leer y casi se le saltaron las lágrimas al recordarse a sí mismo con esa edad y evocar al querido maestro, don Humberto, que tanto le había enseñado. "Es la inicial", se detuvo al ver la cara de incomprensión de Carmelo, "la primera letra de tu nombre, la 'C' de Carmelo". Carmelo no dijo nada, pero Manuel percibió la satisfacción y el agradecimiento por cómo miraba y tocaba la inicial de su nombre. "No sabes leer, ¿verdad?". Carmelo negó, bajando la vista y sonrojándose. "No te preocupes, yo tampoco sabía. Ya lo arreglaremos", y cambió de conversación para que Carmelo no se sintiera avergonzado.

Aquellos fueron días agridulces para Manuel. Su decisión de dejar el cuidado del ganado para convertirse en un bracero más y la llegada de Carmelo le condujeron a recapacitar sobre su vida hasta entonces, produciéndole una mezcla de nostalgia y recuerdos dolorosos. Rememoró las primeras salidas por el campo con su padre y los perros, se acordó de don Humberto, de Rodolfo el guerrillero, de las enseñanzas de Juan El Lacio, se metió la mano en el bolsillo, palpó la navaja, su talismán, y la apretó con fuerza en la palma, apreció la libertad de ir solo a su antojo por el campo con el ganado, libertad que había visto mermada primero desde que el señorito Félix decidió explotar la tierra de El Manantial como nunca antes se había hecho, libertad que, paradójicamente, iba a perder aún más ahora por decisión propia, evocó la camaradería con los descorchadores, compartiendo la comida que había preparado el padre de Carmelo. Pensó que su decisión, que había provocado la llegada de Carmelo, arrancándolo para siempre de la niñez, en cierto modo suponía una deslealtad para con su padre, El Intendencia. Se sintió mal, lleno de dudas. Quiso sobreponerse y se reprochó el momento de debilidad, achacándolo a que tenía demasiado tiempo para pensar, pero no pudo desterrar un poso de tristeza y culpa, como un sinsabor que formaba una capa ardiente que se depositaba en algún lugar del pecho, quizás en el corazón, para quedarse allí para siempre soldada sobre otras capas que le iban comiendo por dentro, como las que habían ido formando el camión de los soldados abandonando el cementerio, los disparos al amanecer en los comienzos de la guerra, los cadáveres abandonados en las calles, el llanto de la abuela Josefa, sus tíos desaparecidos, sus tías atemorizadas a punto de ser ultrajadas, la impotencia ante el escarnio de los soldados, el sufrimiento de las mujeres de los presos, la firma de don Máximo en las listas de los sentenciados, el acoso a su madre, la muerte de don Humberto, la desgracia de El Nene, golpeado salvajemente por los soldados y desposeído en favor de Garrote, la de Rodolfo, el secreto de los trapicheos del señorito Félix con los forasteros de Traslomas, la capa más reciente del triste final de El Hurguiña. Manuel pensó que se le amontonaba demasiado dolor en el pecho.

Manuel y Carmelo estuvieron juntos hasta que, ya entrada la primavera, llegó el momento de la separación y de que Manuel comenzara a trabajar como bracero. Aunque se había esforzado para que Carmelo supiera valerse por sí mismo y aunque los perros seguirían protegiéndolo, sintió una pena casi paternal por él y un sentimiento de culpa por abandonarlo. Manuel comenzó su trabajo de bracero en una cuadrilla arrancando las malas hierbas de la huerta. El primer día le resultó enormemente duro, tanto tiempo encorvado, el peso de la azada, que aumentaba con el paso de las horas, las desalentadoras hiladas de lomos y surcos a los que no se les veía el fin en la huerta interminable, las dolorosas vejigas en las manos, el cansancio en los brazos, el dolor en la cintura. Manuel se arrepintió de haber tomado la decisión de cambiar de trabajo, pero ya no había posibilidad de marcha atrás, tampoco la aceptaría si la hubiera; si se había equivocado, era él quien debía asumir las consecuencias, y las asumía, porque un hombre es consecuente consigo mismo o no es nada. Al final de la jornada se hallaba exhausto. Comprendió que así se debió sentir don Humberto al final de su primer día de trabajo en El Manantial, sintió un dolor más vívido en ese momento que en aquel ya lejano día y volvió a compadecerse profundamente de su tristemente desaparecido profesor. Cansado y dolorido como se hallaba, no pensó en otra cosa que en ir para los cercados, a donde ya llegaba Carmelo precedido del rebaño de cabras y ovejas y de los perros, para ayudarle a echarles de comer a los animales. Luchi y Peligro corrieron hacia Manuel moviendo las colas en alto, mostraban su alegría poniéndole las patas encima y lamiéndole las manos. Vio que Carmelo había sabido llegar a la hora adecuada, que había encerrado a los animales y que les echaba de comer, ayudado por él, sin mostrar cansancio y se sintió reconfortado y orgulloso.

En la choza, su madre le cosió las vejigas con aguja e hilo para que drenaran. Aquella noche, volvió a tener fiebre por el cansancio, pero no tuvo pesadillas y nadie se enteró. A la mañana siguiente, su madre le vendó las manos y Manuel, consciente de la dureza que le esperaba, se fue a la huerta sin dar muestras de lo muy dolorido que se encontraba; era un hombre, un bracero, y los braceros, ante el dolor y el cansancio producidos por el duro trabajo, aprietan los dientes y no se quejan.

Capítulo 27   (1942) Del aprendizaje de Carmelo, la relación del señorito Félix con la familia de don Fidel y el destino de un paria

En menos de un mes, Manuel se acostumbró al trabajo en la huerta y ya no le resultaba tan duro ni le dolía la cintura ni se le cansaban los brazos y hasta las manos se le iban encalleciendo. Los surcos no habían menguado, pero había aprendido a consolarse mirando lo que llevaba hecho y no lo que le quedaba por hacer. De todos modos, sí era consciente de que su fuerza distaba mucho de ser la de los otros braceros y sentía, a partes iguales, desánimo, impotencia y deseo de superarse. "Manuel, no te preocupes, eres demasiado joven y todavía tienes que crecer y terminar de desarrollarte. Después podrás con todos nosotros", le espetó El Nene como si le leyera el pensamiento. Manuel no dijo nada, esbozó una sonrisa que fue más bien una mueca y pensó que nunca tendría la fuerza de El Rubio. No pudo evitar compararse con él, a pesar de que, más que la fuerza de este, admiraba la destreza y el carácter, sobre todo el carácter, de Juan El Lacio. Los atardeceres los pasaba a la puerta de la gañanía con Juan y Carmelo. Tejió un morral y una quincana nuevos para Carmelo, se sentía responsable y no podía permitir que le faltara nada que estuviera a su alcance proporcionarle.

"Carmelo va a aprender a leer y escribir", le soltó a El Intendencia. "No sé…, lo pensaré…", respondió con no poco desconcierto. "Yo sí sé y ya lo he pensado, no le estaba preguntando, le estaba diciendo que va a aprender a leer y a escribir y a sumar y a restar y a multiplicar y a dividir y muchas cosas más. Se lo voy a enseñar yo. Empezaremos más adelante cuando los días sean más largos". El Intendencia no supo qué contestar. "Este niño habla con una contundencia que cualquiera le dice que no…", pensó, pero no se lo dijo. Tanta era la seguridad que aparentaba Manuel como la certeza de que no alcanzaría ni a una fracción de la capacidad de enseñar de don Humberto ni, por supuesto, a sus conocimientos, pero se prometió a sí mismo que Carmelo, al menos, aprendería todo lo que sabía él. Se aplicó el refrán que tanto le gustaba y recordaba con frecuencia, 'quien dice lo que sabe, da lo

149

que tiene y hace lo que puede, no está obligado a más', pero se está obligado a todo eso, añadía él de su propia cosecha. Hasta que empezaran, iba a dedicar el tiempo a refrescar la memoria recordando cómo le enseñaba don Humberto a él para intentar aplicarlo con Carmelo lo mejor que fuera capaz. Por ganas y esfuerzo no iba a quedar.

Aquella misma tarde de comienzos de la primavera, el señorito Félix se presentó de improviso en la capital en casa de don Fidel acompañado de un sirviente que portaba la cabeza del venado artísticamente disecada. Don Fidel no cabía en sí de satisfacción y se deshacía en agradecimiento al señorito Félix, quien a su vez elogiaba el mérito del magnífico trofeo logrado por don Fidel, que había obligado al taxidermista a esmerarse para que su trabajo no menoscabara el valor de la pieza. Don Fidel no sabía cómo agasajar al señorito Félix, todo le parecía poco. Mandó recado a unos amigos, todos hombres influyentes, instándoles a que acudieran para presentarle al señorito Félix, cosa que este agradeció, y mostrarles la cabeza del venado, de la que ya había presumido con antelación, para que constataran que no había exagerado un ápice. Antes de la llegada de los amigos de don Fidel, el señorito Félix se apresuró a concretar la invitación a don Fidel y la familia de pasar los primeros días de mayo en El Manantial. Don Fidel aceptó encantado y llamó a su mujer, doña Ana, e hijas, Anita y Rosario, para presentarles al señorito Félix y comunicarles la invitación, lo que agradecieron de mil amores. El señorito Félix se fijó en Anita, espigada, escueta de carnes y exigua de curvas, el pelo negro brillante como el charol, el rostro no especialmente agraciado, aunque sí proporcionado, en el que destacaban unos labios extremadamente finos que le conferían dureza a la expresión. Anita, a la que calculó dos o tres años menos que él, era ostensiblemente mayor que su hermana. Las miradas, un punto más allá de la mera cortesía, que el señorito Félix le dedicó despertaron en el interior de Anita una mezcla de sorpresa e ilusión que habrían de mantenerla en un desazonado anhelo, mezcla de miedo y esperanza, con el que habría de perder su ya escaso apetito y la conciliación del sueño mientras el señorito Félix no avanzara el siguiente paso o, no quería ni pensarlo para no enloquecer, retrocediera el que estaba segura que ya había dado y que debía ser el inicio del camino que le condujera hasta ella, que ya se sabía rendida desde aquel día. El señorito Félix sabía el efecto que había producido en ella y, para intranquilidad y congoja de Anita, la dejó que rumiara sus sentimientos, mientras atendía por igual al resto de la familia y amigos de don Fidel, que ya llegaban.

Los amigos de don Fidel se congratularon de conocer a quien tanto y tan bien les había hablado don Fidel, interesándose por saber detalles de la vida y posibles del señorito Félix. "Agradezco el interés que muestran en mi humilde persona. A decir verdad, don Fidel me adula, al fin y al cabo, solo soy un hombre de pueblo, si bien es cierto que aspiro a establecer negocios en la capital, para lo que cuento con la amistad de todos ustedes y sus valiosos consejos". Y el señorito Félix les detalló sus actividades todo lo que creyó conveniente y solo hasta donde lo estimó prudente para provocar el interés de aquellos caballeros, colocándose siempre un peldaño por debajo para evitar celos que no le interesaban y obviando cuanto no se atenía a la más estricta legalidad, que solo a él incumbía y que no era poco.

A comienzos de mayo, cuando el capitán general don Alfredo, el gobernador civil don Julio, don Fidel, con sus respectivas familias, y don Alejandro con su breviario en la mano llegaron a El Manantial, Carmelo ya conocía y sabía escribir las letras, mayúsculas y minúsculas. Manuel se había presentado en la gañanía a la primera clase muy aseado y bien peinado, no así Carmelo, que no obstante, sin que Manuel le hiciera ninguna observación al respecto, lo imitó desde el segundo día. Los dos se sintieron cómodos y comprometidos; Manuel, en enseñarle lo mejor posible, para lo que se devanaba los sesos recordando cómo lo hacía don Humberto, y Carmelo, con la preocupación de que el esfuerzo de Manuel no fuera baldío. Se enfrascaban muy serios y abstraídos. "Mira esta parejita de novios, tan juntitos siempre y tan arregladitos", calumnió El Rubio. Manuel quedó paralizado y lo miró de abajo arriba sonrojado hasta clavarle en los ojos los suyos

151

llenos de ira, que se transformó de repente en odio profundo. Carmelo estaba desconcertado mirando a Manuel y a El Rubio. "Serás animal...", intervino Juan El Lacio. "¿Cómo?, ¿qué has dicho?", amenazó El Rubio. "Animal, lo que eres", dijo Juan sin arredrarse. El Rubio le propinó un tremendo puñetazo en la sien que tiró a Juan inconsciente al suelo. Hicieron falta muchos hombres para sujetar a El Rubio, mientras otros atendían a Juan, que no volvía en sí, mojándole la frente y las muñecas. Manuel le echó el brazo por el hombro a Carmelo para tranquilizarlo y que no tuviera miedo. El Intendencia vio a su hijo con Manuel y decidió que era mejor dejarlos. Pasó toda una angustiosa eternidad hasta que, por fin, Juan empezó a dar señales de vida. Logró recobrar por completo la conciencia, aunque no el equilibrio. Tenía unos dolores tremendos en la cabeza, mareos y náuseas y entre varios lo llevaron al catre donde lo tumbaron ligeramente incorporado. El Jáquima se acercó alertado por el revuelo. "¿Qué ha pasado aquí?", preguntó sin dirigirse a nadie en particular. "Ese desgraciado que, sin venir a cuento, me ha insultado llamándome animal", tomó El Rubio la iniciativa. "Mentira, eso es mentira", se levantó Manuel soltando a Carmelo y avanzando decidido hacia El Rubio, "eres tú el que nos has insultado a Carmelo y a mí y Juan te ha dicho lo que eres, un animal". Diego que también había acudido se colocó junto a Manuel para protegerlo. "¡Yo no he insultado a nadie!", gritó El Rubio. "Mentira", respondió Manuel apretando y arrastrando las sílabas sin alzar la voz. "Nos ha dicho que somos una parejita de novios", dijo tembloroso Carmelo colocándose junto a Manuel. "Canalla", escupió Diego. "Malnacido", amenazó El Intendencia con los puños cerrados. "Quietos", ordenó El Jáquima, "Rubio, recoge tus cosas y vete a tu casa hasta que el señorito Félix disponga lo que tenga que ser", conocedor de la fuerza y el carácter de El Rubio, El Jáquima no se atrevió a despedirlo de manera fulminante como habría hecho con cualquier otro. El Rubio blasfemó, mirando con cara de asesino a Manuel, que le aguantó y le desafió sin retirarle la vista, y a Carmelo, que temblequeaba incapaz de controlar el miedo. El Rubio abandonó El Manantial aquel viernes, primero de mayo, para no volver más. "Hoy ha sido más corta la clase, el lunes tenemos que recuperar", Manuel trató de que Carmelo se tranquilizara y olvidara el incidente. Cuando los braceros llegaron al día siguiente al pueblo, supieron que El Rubio se había emborrachado nada más llegar, provocando altercados y destrozos y blasfemando e insultando a todo el que veía. La guardia civil lo llevó a su casa, primero, para que pasara la borrachera y al cuartelillo, después, donde lo encerraron en un calabozo.

Los invitados del señorito Félix pasaron tres apacibles días en El Manantial. Sus esposas e hijas, Anita y Rosario por parte de don Fidel, Victoria por parte del capitán general don Alfredo y María, Teresita e Inés por parte del gobernador civil don Julio, se maravillaron de la finca y el cortijo que lucían en todo su esplendor. La primavera, una vez más, había tapizado el campo con su alfombra multicolor. Las fachadas y el suelo del gran patio del cortijo, en el centro del cual borbotaba incansable el agua de la fuente, se encontraban adornados de multitud de macetas de plantas y flores de las más variadas especies que hicieron las delicias de madres e hijas, atendidas en todo momento por las hermanas del señorito Félix, las señoritas Pilar y Remedios, que respondían con entusiasmo a cuantas preguntas les hacían acerca del nombre de cada una y sobre la plantación y cuidado de las mismas. El señorito Félix estuvo atento a la reacción de Anita. Nada más llegar al cortijo, había abierto los ojos y la boca en un gesto ostensible de admiración que reprimió ruborizada cuando se percató de que el señorito Félix la miraba fijamente. Anita confirmó que su destino estaba por completo en manos del señorito Félix, de quien estaba segura que no retiraría el paso que había dado y, comida de impaciencia, esperaba que diera el segundo, sin darse cuenta de que el señorito Félix, antes de dar el paso que tanto ansiaba ella. se había asegurado de atraparla de manera inexorable, deslumbrándola con El Manantial.

Fueron tres días inolvidables para los invitados y sus familias. Los hombres se levantaban temprano, escuchaban la misa que oficiaba don Alejandro, a la que fueron acompañados por las familias el domingo por ser día de precepto, desayunaban y se apresuraban a salir de caza, que si bien era época de veda, en El Manantial, las leyes las dictaba el señorito Félix con la anuencia de sus ilustres invitados y la aquiescencia del comandante de puesto de la guardia civil, el capitán don Eusebio. Estaban de vuelta a mediodía, en que gozaban de la comida con sus esposas e hijas, quienes pasaban las mañanas haciendo ramos de flores que ellas mismas recogían en los alrededores del cortijo y adornando cestitos con la fruta más selecta que recolectaban en los frutales de la huerta. Por las tardes, mientras los caballeros dormían la siesta, las féminas eran paseadas en carruajes por la finca. Se reunían de nuevo poco antes de la cena, acabada la cual, ellas departían en el gran salón hasta una hora prudente, mientras los caballeros bajaban a la bodega, en la que permanecían en animada conversación hasta altas horas de la madrugada, siempre quedaba un puro que terminar.

Cuando se despidieron el domingo, por la tarde, en el pueblo, Anita mostraba una nerviosa melancolía. Le ahogaba separarse del señorito Félix, con quien apenas había cruzado en aquellos días algunas palabras dentro del más estricto formalismo. Su corazón, no obstante, latía con tanta violencia que casi se podían apreciar las palpitaciones bajo la blusa. El señorito Félix no había dado el deseado paso, pero lo sentía más cerca de ella, consciente de estar atrapada en una red sin escapatoria posible.

Apenas se hubieron marchado los invitados, El Jáquima acudió en busca del señorito Félix. Hubo de aguardar en la puerta del casino a que saliera, que ni le estaba permitido entrar ni mandar aviso, a menos que fuera por motivo de estricta necesidad y urgencia. Cuando tras la espera interminable salió el señorito Félix, El Jáquima carraspeó, "perdone, señorito, tengo que hablarle de un asunto urgente". "Tú dirás", respondió con calma el señorito Félix, que aún degustaba la satisfacción de que sus invitados le transmitieran los halagos por las espléndidas y apacibles jornadas que habían disfrutado tanto ellos como sus familias y por las que les estaban inmensamente agradecidos. "Verá, el viernes, hubo un altercado en la finca. El Rubio insultó a los chicos de El Pazguato y El Intendencia y casi mata a El Lacio que salió en defensa de los críos". El señorito Félix montó en cólera, "¿que ese desgraciado ha estado a punto de arruinarme la visita de mis invitados?, ¿dónde está ese malnacido?". "Lo mandé a su casa el mismo viernes, llegó al pueblo, se emborrachó, ha hecho todo tipo de desmanes y la guardia civil lo tiene detenido en el calabozo; creo que no debe volver a trabajar en la finca". "¡Cómo que crees!", el señorito Félix miró con ira a El Jáquima, "esas cosas no se dudan, Francisco. Vete ahora mismo al cuartel y dile de mi parte al comandante de puesto que lo eche de Entrecerros. Sin papeles". El señorito Félix acababa de sentenciar a El Rubio, al que se le retendría la documentación y sería expulsado del pueblo sin papeles, lo que lo convertía en un paria sin posibilidad de encontrar trabajo, abocado a convertirse en carne de presidio.

Capítulo 28 (1942) Boda y negocios en ciernes

Diez días fue el plazo que se dio el señorito Félix para visitar de nuevo la casa de don Fidel. Se presentó de improviso por la tarde, a la hora de la merienda. Don Fidel y toda la familia celebraron su llegada. Anita le tendió su mano desmayada sin apenas atreverse a mirarle a los ojos, mientras el corazón se aceleraba y golpeaba en el pecho contra su voluntad, como queriendo delatarla. Excepto ella, que con un nudo en la garganta se limitaba a escuchar, sobre todo, con embeleso al señorito Félix, conversaron rememorando la estancia en El Manantial. Tras largo rato de charla degustando el café y los dulces, que el señorito Félix elogió cortésmente y Anita ni siquiera probó, "don Fidel, si no importuno, desearía hablar en privado con usted de un asunto". "Faltaría más, Félix. Acompáñame, por favor". El despacho que don Fidel tenía en su casa, al que se accedía por una puerta maciza de cuarterones de roble, daba a entender, sin género de dudas, que allí se llevaban a cabo negocios de importancia; las imponentes y rotundas mesa y librería de madera noble, la lujosa escribanía colocada sobre la mesa, los altos y confortables sillones de cuero, los valiosos óleos que colgaban de las paredes, la lámpara majestuosa que pendía del techo y la no menos delicada de sobremesa, el alto zócalo de madera y las ricas alfombras así lo denotaban. El último elemento añadido era la cabeza del venado que don Fidel había dispuesto que luciera en la pared, a la derecha según se entraba. "Por favor, siéntate y ponte cómodo", le indicó don Fidel el sillón frente al suyo, al otro lado de la mesa, al tiempo que le ofrecía un habano, mientras una criada les servía sendas copas de coñac en una bandeja de plata. Encendidos los habanos y con la copa en la mano, "bien, tú dirás, Félix", le invitó don Fidel tras exhalar una bocanada de humo. "Se trata de un asunto alejado del mundo de los negocios", el señorito Félix se llevó el puro a la boca, tomando una gran bocanada de humo que exhaló con lentitud deliberada mirando la brasa, haciendo una pausa que diera tiempo a que don Fidel se deshiciera de cualquier pensamiento preconcebido, "solicito humilde y formalmente su permiso para entablar relaciones con su hija Anita".

"¡Caramba, Félix, qué sorpresa, no me esperaba algo así, cómo iba a imaginarme algo semejante!", don Fidel dejó la copa sobre la mesa y el puro, en el cenicero de cristal tallado, apoyó los antebrazos sobre la mesa y se restregaba las manos entrelazando los dedos. "Disculpe si he sido brusco". "No, no, no, de ninguna manera", don Fidel soltó las manos y las levantó abiertas con las palmas hacia el señorito Félix como haciendo retroceder la disculpa, "no sabes cómo agradezco tu franqueza, acostumbrado como estoy a tener que escudriñar las verdaderas intenciones que se esconden en la retórica del mundo de los negocios; te aseguro que son agotadoras. Pero, qué digo, esto efectivamente no tiene nada que ver con los negocios. ¿Lo sabe Anita?". "Por supuesto que no. Dada la amistad que me une a su familia, jamás se me hubiera ocurrido insinuarle lo más mínimo sin el conocimiento previo de usted", el señorito Félix también había soltado su copa y el puro, que se consumía lentamente humeando frente al de don Fidel. "Félix, realmente eres un caballero. No obstante, yo no debo pronunciarme sin antes hablar con Anita y conocer su disposición". "Por supuesto, don Fidel, las cosas deben hacerse bien y por sus pasos. Esperaré el veredicto el tiempo que usted considere necesario", el señorito Félix se expresaba con un aplomo que admiraba don Fidel. "Amigo mío, no hables de veredicto", don Fidel volvió a levantar las manos mostrando las palmas, "si así fuera y solo de mí dependiera, ya habría sido dictaminado y del modo más favorable". "Muchas gracias, don Fidel, no sabe cómo valoro su confianza". "Te prometo hablar con Anita y su madre de inmediato. Creo poder aventurar que en unos días tendrás una respuesta que deseo sea satisfactoria. ¿Tienes previsto venir pronto por la ciudad?", don Fidel sabía que se había arriesgado a destapar sus cartas como nunca lo haría en una negociación. Pero aquello no era una negociación. "Vendré el lunes si le parece oportuno". "Estupendo, pásate el lunes por la tarde a la misma hora de hoy. Confío en que los deseos de Anita concuerden plenamente con los míos", volvió a tomar la copa y levantándola, "brindo por la amistad y porque todo salga como ambos deseamos". Bebieron, fumaron y charlaron animadamente hasta que se consumieron los habanos.

Aquella misma noche, antes de la cena, poco después de que se despidiera el señorito Félix, don Fidel comentó con doña Ana el propósito que le había traído a visitarles. Doña Ana mostró su contento sin ocultar que esperaba la noticia, que como madre no había perdido puntada de las miradas con que el señorito Félix obsequiaba a Anita ni la zozobra en que esta se sumía cada vez que lo veía. "¿Entonces, crees que aceptará Anita?". Doña Ana exhibió una amplia sonrisa que le brillaba en los ojos, "qué poco os fijáis los hombres; pues claro que aceptará. Anita se bebe los vientos por Félix". Don Fidel se sintió descolocado, "está bien, si tan segura estás…". "Lo estoy. Anda, espera que voy a llamarla". "Anita", dijo el padre en tono ceremonioso, "sabes lo mucho que estima Félix a nuestra familia, un sentimiento que es recíproco. Hemos mantenido en mi despacho una conversación en la que me ha demostrado que es un señor; con toda cortesía y caballerosidad me ha solicitado autorización para entablar relaciones contigo". Anita estuvo a punto de caer al suelo fulminada. Aquello no era un paso como esperaba ella, aquello era la dicha completa que saltaba a su encuentro. "Bien, ¿qué te parece?, ¿qué piensas?". "Me parece bien, padre", casi no le salía la voz del cuerpo, el rostro encendido a parchones y lívidos los párpados. "Vendrá el lunes próximo para recibir la respuesta. Hija, me siento muy orgulloso de que un hombre de la talla de Félix haya puesto sus ojos en ti". "Gracias, papá, haré lo imposible porque sigas sintiéndote siempre igual de orgulloso", Anita se sorprendió de ella misma por haber sido capaz de expresar estas palabras en tanto que sentía que le faltaba el aire.

Las visitas del señorito Félix a la capital menudearon tanto que casi era más propio decir que lo que visitaba era Entrecerros, afincado como se encontraba en la ciudad, conociendo de la mano de su futuro suegro, don Fidel, los círculos donde se congregaban los personajes de más fuste. A Anita, su prometida, le dedicaba el tiempo que le dejaban sus muchos compromisos con mandatarios militares, eclesiásticos y económicos, a los que frecuentaba incansable para tomar el pulso de los poderes fácticos y económicos de la ciudad. Pronto aprendió que en los negocios ni era oro todo lo que relucía, como pretendían aparentar los más en público, ni había lugar a los lamentos desmesurados que los mismos mostraban en privado, actitud esta última que no le venía de nuevas, que bien acostumbrado que estaba él a lidiar con la sutil retranca de sus paisanos entrecerreños. Los había más hábiles y más torpes y a él le importaba mucho conocer a unos y otros con el firme propósito de sacar de ellos cuanto provecho pudiera. Del ámbito de los negocios agrícolas nada tenían que enseñarle sus interlocutores ni él necesitaba aprender nada que no supiera ya, más bien al contrario, podría impartir clases magistrales, aunque tal vez no muy ortodoxas. La industria era un sector que requería grandes desembolsos de capital para un retorno a muy largo plazo. Decididamente, no era lo suyo, él era hombre de resultados rápidos, no le seducía gastar dinero, tiempo y energías en producir y prefería disfrutar de lo que otros fabricaban. En el comercio había de todo, desde sectores boyantes, al menos en apariencia, a otros que solo podían aspirar a pasar de los números rojos a la quiebra sin remisión. Se reafirmó en lo que ya sabía, que era preciso estudiar a fondo los entresijos y riesgos de los negocios antes de adentrarse en ellos y caer a las primeras de cambio como un pardillo; él no había sido ni sería nunca un pardillo. Finalmente, el sector financiero era el que más le atraía. Dinero llama a dinero, pensó convencido, era un refrán tan certero que dedicó sus mayores esfuerzos a estrujarse los sesos buscando el resquicio por el que entrar en un mundo, el de las altas finanzas, que se le antojaba la antesala del paraíso, en donde se trataba de ser lo suficientemente sagaz como para que se pegaran a los dedos gran parte de las ganancias que generaba el dinero que otros arriesgaban. Para este propósito necesitaba a don Fidel, y no como futuro, sino como confirmado suegro. Vio con claridad que había llegado el momento de poner fecha a su boda con Anita y que debía darse prisa, que los muchos preparativos que requería un enlace matrimonial de postín, necesitaban un tiempo que era literalmente oro para él, que a qué negarlo, necesitaba, más que a Anita como esposa, al padre como suegro. Pensó, burlándose de sí mismo, que, en realidad, iba a casarse con su suegro. La boda quedó fijada para el último domingo de Agosto. En casa de don Fidel en la capital y en la del señorito Félix en Entrecerros, madres e hijas entraron en un atropellado trajín, ocupadas en atender que no faltara un detalle el día de la boda, incluida la preceptiva publicación de las amonestaciones durante tres semanas en la catedral de la capital y en la parroquia de Entrecerros. Anita solo vivía para que el día tan esperado fuera realmente el más feliz de su vida. Para el señorito Félix, en cambio, aquellos prolegómenos eran un fastidio, inevitable, pero un fastidio, por lo que, resignado, se volvió a Entrecerros para ocuparse de sus negocios del pueblo hasta que llegara el día en que pudiera dedicarse de lleno a los que le llamaban a gritos desde la capital.

En la recolección de primavera y verano El Manantial volvía a bullir, los forasteros de Traslomas acudían a él con mayor asiduidad, a diario salían los carros cargados camino de la capital y la ganadería fue habitada de nuevo por los del Frente de Juventudes, cuyo camión volvió a prestar su valioso servicio de transporte al señorito Félix.

Manuel trabajaba duro recolectando como cualquier hombre en la huerta y en los frutales, a los que trepaba con más agilidad que los hombres de su cuadrilla. Ya no se cansaba como al principio y al atardecer, acudía diligente a las clases con Carmelo. Uno y otro recordaban, en ocasiones, el incidente con El Rubio, pero cada uno lo guardaba para sí y nunca lo comentaban. A Manuel le satisfacía el gran interés de Carmelo que le hacía aprender con rapidez.

A final de primavera, el padre de Carmelo, El Intendencia, le regaló al hijo un perro de agua de apenas tres meses, al que alguien había bautizado como Paco. Desconocían el origen, pero era el nombre al que atendía y nadie pensó en cambiárselo. Paco acompañaba todos los días a Carmelo y aprendía de Luchi y Peligro. Carmelo se dio cuenta de que Paco era muy listo y supo que sería un buen perro pastor.

Aquella tarde de verano, después de la clase, "Juan", llamó Manuel al interior de la gañanía. Juan asomó a la puerta, "toma, Carmelo", Manuel le dio el envoltorio de papel de estraza atado con un cabo de cáñamo que le acababa de tender Juan y que Carmelo se apresuró a abrir, "se la encargué yo, pero te la ha hecho Juan", añadió mientras la ilusión y la gratitud se reflejaban en los ojos de Carmelo que miraba su navaja nueva, igual que la de Manuel, con la 'C' de Carmelo grabada en la virola. "La hoja tiene medio centímetro menos que la de Manuel, la tuya tiene siete y medio, es más que suficiente", le aseguró Juan a Carmelo y añadió sonriendo, "además que alguna diferencia tiene que haber entre el maestro y el alumno". Carmelo también sonrió mirando fugazmente a Juan y a Manuel para volver a fijar la vista en su navaja. No podía disimular su alegría y corrió a enseñársela a su padre.

Capítulo 29 (1942) La boda de Anita y el señorito Félix

El lujoso Gran Hotel Reyes Católicos, ubicado en la avenida de José Antonio y tan solo separado de la catedral por una angosta calle, se llenó con los forasteros invitados a la ceremonia del enlace matrimonial de Anita con el señorito Félix, que había contratado habitaciones para tres días, la víspera, el día de la boda y el día de después, para la flor y nata de las familias de pro de Entrecerros. Allí se dieron cita entre otros, el jefe local de Falange, don Gabriel, el señorito del abuelo Andrés y el tío Andrés, don Joaquín, el señorito del abuelo Manuel, don Julián, el capitán de la guardia civil, don Eusebio, la corporación municipal en pleno, encabezada por el señor alcalde y acompañados por el cronista de Entrecerros, cuya presencia estimaron pertinente para que el enlace matrimonial pasara a los anales de las efemérides entrecerreñas, el notario, el médico más veterano, el boticario y un largo etcétera, todos con sus familias. En nombre de don Fernando Miranda, que se encontraba postrado en estado deplorable, con el gesto torcido y la memoria ausente, y en el suyo propio, se excusó su esposa, doña Concepción, que se había abandonado desde que el aire que sufrió su marido se unió a la marcha de Eloísa hacia la reclusión del convento. La madre del señorito Félix, doña Patro, y sus hermanas, las señoritas Pilar y Remedios, fueron invitadas por el gobernador civil, don Julio, a instalarse en su casa, donde fueron obsequiosamente atendidas por su esposa, Teresa, y sus hijas, María, Teresita e Inés.

El señorito Félix invitó y compartió la cena de la víspera en el salón comedor del hotel con sus paisanos, que comprobaron una vez más cómo se reafirmaba el señorío y la clase del señorito Félix, que se dejaba querer, departiendo en cada mesa y aceptando de buen grado los numerosos brindis que se hicieron en su honor. Las féminas cuchicheaban entre sí y manifestaban abiertamente a las hermanas del señorito Félix, no sin una indisimulada envidia, la enorme suerte que tenía Anita de casarse con un hombre de una pieza. Como quiera que a la mañana siguiente el señorito Félix debía estar descansado, a una hora prudente les deseó buenas noches y feliz estancia a sus paisanos y se retiró a un hotel elegido en un lugar cercano y discreto, dejándolos en compañía de una pareja de cantantes de la capital que imitaban de manera excelente las canciones de moda de Celia Gámez, Conchita Piquer y Jorge Negrete. A las madres de tan distinguidas familias les costó no poco esfuerzo arrancar a sus respectivas huestes de la presencia de los cantantes y obligarlos a descansar para que no desdijeran como adefesios en la ceremonia para la que faltaban escasas horas. El mismo esfuerzo les costó por la mañana arrancarlos de los brazos de Morfeo, apresurándolos a acicalarse para no llegar tarde a la ceremonia fijada a las once.

El domingo había amanecido con el impertérrito sol espléndido del sur, si bien el día no amenazaba con ser de los más calurosos. La avenida, delante de la catedral, era un hervidero de gente que se apostaron pacientemente para presenciar el desfile de los próceres de la capital y los desconocidos de Entrecerros sin perderse detalle. Poco a poco se fue colmando la avenida de caballeros de frac, excepto los militares, que vestían sus uniformes de gala, y damas de mantilla, que hicieron las delicias de los curiosos, que vieron premiada su espera. Contrastaban los muchos prominentes estómagos entre los del frac y las frecuentes carnes rollizas entre las de mantilla con los cuerpos escurridos de quienes los contemplaban. La Santa Iglesia Catedral lucía esplendorosa, ricamente perfumada con la fragancia de multitud de flores que adornaban los pasillos entre las bancadas y el altar mayor. Una vez dentro los invitados, que ocuparon sus asientos asignados por riguroso protocolo, el señorito Félix entró impecablemente acicalado, vestido de un elegantísimo frac y calzado con unos zapatos que reflejaban todos los brillos, llevando del brazo a la madrina, su madre, doña Patro. Caminando parsimoniosamente y saludando a diestro y siniestro, llegaron al altar mayor, donde esperaron a la novia. A la entrada de Anita, del brazo de su padre, don Fidel, sonaron solemnes en el órgano principal de la catedral los acordes de la Marcha Nupcial de la Opera Lohengrin de Wagner, pieza soberbiamente interpretada por el organista titular que colmaba las bóvedas como si la música descendiera del firmamento y que todos admiraron extasiados. La ceremonia fue concelebrada por el cardenal y el obispo auxiliar, asistidos por don Alejandro como amigo personal de los contrayentes. No faltaron el sermón doctoral y sosegado de Su Eminencia ni la bendición urbi et orbi personalizada que había tenido la deferencia de enviar desde Roma el Santo Padre Pío XII, por muy enfrascado que anduviera el Vaticano con la guerra que asolaba al mundo. El "sí, quiero" de Anita fue como un grito contenido. El del señorito Félix, un asentimiento como entre dientes, aun cuando esbozó una sonrisa cuando miró brevemente a la novia. A Anita le temblaban nerviosamente las manos cuando puso la alianza en el dedo anular del señorito Félix. No era emoción, sino el miedo al que estuvo sometida y que le duró hasta que Su Eminencia pronunció el ansiado "lo que Dios ha unido, que no lo separe el hombre". Fue como un sortilegio fallido, ya que lejos de tranquilizarla, aumentó su inquietud no sabía por qué, quizás por la euforia que sentía por un sueño cumplido que la había mantenido en vigilia muchas noches en aquellos últimos meses. Concluida la ceremonia, el cardenal, el obispo auxiliar y, por descontado, don Alejandro se unieron a los novios para expresarles sus felicitaciones y, a continuación, firmaron primero los novios, después sus respectivos padres y un sinfín de testigos.

A la salida del templo, un carruaje tirado por cuatro caballos blancos de pura raza española, que relinchaban y bufaban inquietos por la larga espera, recogió a los novios para llevarlos al Gran Casino de Labradores, donde iba a tener lugar la celebración contratada y costeada por don Fidel. El gentío, que había ido en aumento y que ni conocía a los contrayentes ni pertenecía ni remotamente a su clase social, les vitoreaba y piropeaba como si fueran allegados. El cochero hubo de emplearse en dominar el ímpetu de los caballos, que piafaban, hasta ponerlos a paso corto para que los novios pudieran recibir los aplausos y vítores y corresponder con un saludo agitando la mano abierta a tantos desconocidos agolpados a uno y otro lado del carruaje que avanzaba como hendiendo la multitud.

La entrada de los novios en el casino, asida Anita del brazo de don Félix, una vez casado había dejado para siempre de ser el señorito Félix, fue saludada con la Marcha Nupcial de Mendelssohn, interpretada por la orquesta encargada de amenizar la celebración. En el amplio patio del casino, sombreado por toldos que lo protegían del sol, los invitados ya daban cumplida cuenta del fino y la manzanilla que diestramente servían varios venenciadores, o moscatel las más de las damas, y del jamón que los cortadores conseguían en finas lonchas del tamaño idóneo. Había además mesas dispuestas con los más variados y exquisitos platos de entremeses y canapés. Anita, de natural escasa de apetito y más aún aquel día, sostenía en la mano una copa de moscatel que le ofreció el gobernador y que no probó. Don Félix apenas tomó un sorbo de fino. Los recién casados, tomados de la mano, iban de unos invitados a otros; Anita recibía agradecida toda suerte de lindezas, mientras que don Félix se interesaba por la salud de cada familia, tanto la física como la de los negocios, por los que preguntaba sin reparos, atento tanto al estado actual de cada uno como a los proyectos futuros. Don Félix registraba en su mente el intenso trabajo que mantuvo en el patio, solo relajado cuando se reunió con las familias del capitán general, primero, y la del gobernador civil, después. La orquesta no cesaba de tocar marchas y pasodobles, siendo difícil distinguir dónde terminaba el aire militar y dónde empezaba la celebración civil o incluso la exaltación religiosa. De hecho, muchos pasodobles lo mismo podían escucharse en una corrida de toros como en un desfile militar o en una procesión. En realidad, la orquesta se convertía en banda, ataviados sus miembros con uniforme y gorra de plato y desproveyendo de sordinas a los instrumentos de viento, cuando tocaba en una procesión o en un desfile militar y en la misma banda, más reducida debido al exiguo espacio asignado en la plaza, cuando intervenía en corridas de toros; cambiaba la denominación, pero la mayoría de piezas interpretadas eran las mismas.

El banquete tuvo lugar en el gran salón del casino. Se sirvieron los más exquisitos y abundantes manjares, regados por los vinos más selectos y culminados por la cónica tarta nupcial de varios pisos, cuyo corte iniciaron los recién casados, acompañada de champán francés, con el que se brindó y vitoreó una vez más a la salud de los desposados.

En el salón contiguo, que adornaban majestuosas lámparas de cristal, los novios iniciaron el baile, aplaudido de forma entusiasta, a los sones del célebre Minueto de Boccherini. Continuaron los valses, en los que lucían más los veteranos. A medida que corrían el coñac y las bebidas de alta graduación, la música viró hacia los pasodobles, en los que la juventud descargó sus energías y en donde destacó sobremanera el mayor de don Gabriel; tan limitado como era para todo lo demás, en el baile, su desinhibición le hacía triunfar, moviéndose como pez en el agua y agarrando a sus parejas, con el beneplácito de ellas que se mostraban encantadas, por donde los demás no se atrevían. Ya caía la tarde cuando los novios se despidieron de todos y cada uno de sus invitados y fueron trasladados en el carruaje a la valiosa casa que don Fidel había regalado a su hija en la avenida, frente a la catedral.

Anita y don Félix estaban verdaderamente agotados, ella por los nervios de la boda y el temor en que vivió los últimos meses de que algún acontecimiento inesperado la truncara, y don Félix, por el esfuerzo de la mucha atención que había puesto intentando retener cuanto había querido conocer de sus invitados y sus negocios. Cuando Anita entró en el dormitorio, perfumada y radiante, don Félix se hallaba profundamente dormido.

Por la mañana, don Félix acudió al casino para supervisar la entrega de las sobras del banquete a las monjas que lo habían de repartir entre los pobres. Le convenía que se supiera quién era el donante. Los alimentos no consumidos se encontraban ya clasificados y empaquetados, listos para ser recogidos. Pronto aparecieron tres monjas. Don Félix vio una suave onda de cabello dorado que no llegaba a cubrir por completo el tocado y unos ojos celestes inconfundibles, "¡Eloísa!", casi gritó, para corregirse inmediatamente, "por favor, hermana Eloísa, ¿es tan amable de acompañarme un momento?". La condujo a una pequeña sala. Don Félix tomó un papel y escribió con su estilográfica Montblanc con plumín de oro, "tenemos que hablar de cosas importantes, toma, guárdalo, te espero mañana en esta dirección". "Pero...", quiso hablar Eloísa. "Mañana. A las doce", zanjó él.

Capítulo 30 (1942) Retorno a Eloísa y de cómo don Félix aseguró la castidad del capellán

La dirección que don Félix había proporcionado a Eloísa correspondía a la vivienda que había adquirido como inversión en la planta baja de un edificio en los límites del casco antiguo y que había usado para su estancia en las idas y venidas del pueblo a la capital.

Aún no habían sonado las doce en el reloj de la torre de la iglesia próxima, cuando la hermana Eloísa golpeó levemente la puerta con la aldaba de bronce. Nadie respondió. No se había equivocado, junto a la puerta una placa dorada anunciaba 'Don Félix García del Encinar y Urquiza'. Esperó. Volvió a llamar algo más fuerte. Esperó de nuevo. Silencio. Llamó por tercera vez, ahora enérgicamente. Tampoco recibió respuesta. Se sintió burlada y, avergonzada, decidió marcharse. Al darse la vuelta, se topó con don Félix que llegaba. "Buenos días, hermana", don Félix giró la llave en la cerradura en el momento que comenzaban a sonar las doce campanadas en el reloj de la torre.

La casa, ahora deshabitada, estaba en penumbra. Don Félix descorrió alguna cortina, manteniendo echados los visillos. La luz mostró una casa rica y confortablemente amueblada al gusto de don Félix que mantenía una criada que asistía a ventilarla y limpiarla cada viernes. En una acogedora sala de estar, don Félix apartó de la mesa rectangular una silla que ofreció a Eloísa y él se sentó en otra próximo a ella en la cara contigua de la mesa.

Eloísa no se había recuperado totalmente del ridículo que le pareció haber hecho llamando a la puerta. Desde el día en que se produjeron los acontecimientos que provocaron su confinamiento conventual, había desarrollado un exacerbado sentido del ridículo que le mortificaba y menoscababa su estima. "Háblame del convento, ¿vives bien?", don Félix le invitaba a sincerarse. "Sí, rezamos y trabajamos mucho", la hermana Eloísa se mostraba serenamente resignada. "Rezáis y trabajáis; es decir, no vives nada bien", don Félix no se andaba con tapujos, nunca lo había hecho. "No…", Eloísa quiso negar las palabras de don Félix. "Eloísa, me casé hace dos días. Sabes que esa boda tendría que haber sido la nuestra, que solo la desgraciada mala fortuna lo impidió. Sabes cuánto te respeté, nunca podrás decir que nuestra relación no fuera la más estrictamente correcta. Tu padre y yo pensamos, de mutuo acuerdo, que lo mejor para ti era no continuar la relación, ya sabes el martirio que hubiera supuesto en la estrechez del pueblo, y eso trajo, como consecuencia, tu ingreso en el convento". "Estoy casada con Dios, don Félix". "Por favor, llámame Félix, sin don. Tu matrimonio con Dios no me encela ni preocupa, puedes seguir con Él tanto como quieras". Don Félix le puso la mano en el hombro, Eloísa sintió un estremecimiento, pero no hizo nada por apartarse. Se miraron a los ojos y él pasó el dorso del índice de la otra mano por la onda del cabello que sobresalía del tocado, recorriendo a lo ancho su frente de nácar. Eloísa cerró los ojos y sintió cómo se le cortaba la respiración. "Tienes los ojos y el pelo más lindos que haya visto jamás", ante el piropo de don Félix, Eloísa enrojeció y agachó ligeramente la cabeza. Don Félix le levantó la cara, empujándole delicadamente de la barbilla, y la belleza de Eloísa resplandeció en todo su esplendor. "Quítate el tocado, quiero ver tu pelo", le ordenó don Félix. "No...", para Eloísa suponía una brusca ruptura con su mundo más reciente. "Vamos, quítatelo, no hacemos daño a nadie", y comenzó a quitárselo él lenta y torpemente. Eloísa se quitó el tocado mostrando el brillante cabello dorado, demasiado corto, sin los tirabuzones que esperaba ver don Félix. "No te lo vuelvas a cortar, quiero ver de nuevo los tirabuzones, prométemelo". Eloísa se sintió halagada y asintió sin palabras con un gesto sutil de los párpados. Don Félix miraba los cabellos y la miraba nuevamente a los ojos. Eloísa no apartaba la vista de los suyos, cada vez más cerca. Abandonada, sin temor, respondió, incapaz de resistirse, tomándole del cuello con las palmas de las manos, fundiéndose en el beso que don Félix le daba, el primero para ella, tan apasionado como inexperto. La llevó en brazos a la alcoba en penumbra donde la desvistió y la poseyó, acabando con su virginidad con la intensidad propia de la noche de boda que aún no había consumado con Anita. Permanecieron desnudos, abrazados, durante largo rato, acariciando don Félix las hermosas curvas de Eloísa. "¿Qué has contado en el convento para que te permitan salir sola?". "Que debía visitar a una persona necesitada que me reclamaba", dijo ella con un punto de picardía en sus angelicales ojos celestes. "Has dicho la pura verdad. En adelante, esa persona necesitada va a estar muy enferma si no te tiene aquí cada martes". Y volvieron a besarse y don Félix volvió a poseerla con desaforado ímpetu. "¿Está mejor el enfermo?", preguntó la hermana Eloísa cuando estuvo vestida. "Sigue convaleciente, se ha cronificado. No faltes. El martes. A las doce". Y la besó prolongadamente antes de que se marchara.

Por fin, la noche del miércoles, se consumó el matrimonio de don Félix y Anita, para lo que él, ante el cuerpo sin encanto de su esposa, hubo de valerse del recuerdo del de Eloísa para despertar el deseo. El jueves, recién levantados y con la satisfacción aún en los ojos de Anita, le comunicó don Félix que debían ir a firmar unas escrituras en la notaría, hacia donde se encaminaron tras el desayuno. Avisado por el oficial, los recibió el notario en persona, y los hizo pasar a su lujoso despacho. "Bueno, ¿cómo marchan las cosas? Ya veo que espléndidas. La norma me obliga a leer de viva voz el contenido de las escrituras previamente a su firma. Por mí no hay inconveniente, de hecho es mi trabajo y estoy más que acostumbrado, pero si aceptan mi humilde consejo y dado que somos amigos y conocemos el propósito que les trae, puedo ahorrarles tan farragoso trámite y pasar directamente a la firma", ofreció el notario, confiando ciegamente en el encargo de don Félix. "No hay inconveniente, ¿verdad querida?". "No, no, como tú dispongas, Félix". "De acuerdo, pues sin más preámbulos, pasamos a las firmas", dijo el notario y les fue señalando el lugar de cada hoja en que debía ir firmando cada uno. El notario solo se ocupó de pasar el secante tras cada rúbrica. Salieron de la notaría llevando don Félix de un brazo a Anita y portando en el otro la copia de las escrituras que guardaría bajo llave en el secreter del despacho en casa. Debido a la guerra, los tiempos no estaban para viaje de novios, que hubieran deseado, sobre todo Anita, que fuera al Vaticano, empresa que quedaba aplazada para mejor ocasión. En compensación, don Félix había decidido regalarse la casa que don Fidel había donado a Anita y cuyo cambio de titularidad acababan de firmar en la notaría, además de las capitulaciones matrimoniales de separación de bienes, sin que Anita se hubiera percatado de una cosa ni otra.

Don Félix y Eloísa se encontraban cada martes en la casa, donde se amaban apasionadamente. A veces, él sentía un atisbo de remordimiento por el final de su relación en el pueblo y lo conjuraba volcando en ella un profundo sentimiento que a él mismo le resultaba desconocido y la besaba y la poseía con un desbordado entusiasmo que hacía inmensamente feliz a Eloísa. Poco a poco fueron conversando y conociéndose. Eloísa le mostraba su alma transparente. Don Félix guardaba dos tabúes que nunca compartiría con nadie, tampoco con Eloísa, el primero de los cuales era precisamente el que más directamente atañía a ambos, la venganza contra su padre a costa de sacrificarla a ella. No se arrepentía, hizo lo que estaba seguro que debió hacer, ¿qué culpa tenía él de que las cosas ocurrieran porque tenían que ocurrir? Al fin y al cabo, el responsable era su padre por intentar inmiscuirse en asuntos que no le incumbían. El segundo, los ásperos asuntos no confesables de sus negocios, más llevadero porque eso era cosa de hombres y nunca se hablaba de ellos con las mujeres.

El tercer martes de octubre, desnudos en la cama, don Félix preguntó si nunca se había propasado ningún hombre de los pocos que tenían acceso al convento. "Alguno lo ha intentado", no bien había pronunciado Eloísa esas palabras, don Félix dio un respingo como si le hubieran pinchado, "¿quién?, ¿cuándo?, ¿cómo?", inquirió con vehemencia. "No te alteres, no ha pasado nada, al menos a mí", intentó tranquilizarlo. "Contéstame", le ordenó tajante. "Que no ha pasado nada…". "¿Que quién se ha atrevido?". "El capellán. Se insinúa con palabras, pero lo esquivamos". "Eloísa, hoy mismo cuelgas los hábitos y te instalas aquí", y ante el desconcierto que mostró ella en su rostro, "no te preocupes, nunca te faltará nada. Tendrás siempre lo mejor. Yo me encargo. ¿Quién es ese capellán?". "El padre Anselmo", contestó Eloísa aturdida. "Vamos, vístete, ve al convento, les entregas el hábito y les dices que no vuelves. No les des más explicaciones. Te quiero de vuelta antes de las dos".

Eloísa se marchó al convento y don Félix al restaurante de un hotel donde encargó que llevaran comida y bebida a la casa, lo que cumplieron puntualmente a las dos, cuando ya estaban de vuelta don Félix y una desconocida Eloísa vestida sin hábito. Comieron relajadamente en mutua complicidad. "A todos los efectos, a quien te pregunte le contestas que estás en la casa de inquilina y que te mantienen tus padres. Ve pensando en cómo quieres organizar tu vida, yo tengo que salir ahora a resolver un par de asuntos urgentes. Vendré más tarde". La besó y se marchó dejándola dueña de la casa.

Don Félix anduvo a toda prisa el camino hasta el palacio arzobispal. "Vengo a hablar con don Alejandro", anunció. "Félix, qué alegría, ¿qué le trae por aquí?, pero pase, pase", y lo condujo a una suntuosa sala de visitas. "¿Don Alejandro, qué sabe del padre Anselmo?", y ante la cara de extrañeza de don Alejandro añadió, "sí, el padre Anselmo, el capellán del convento...", "ah, Anselmo, claro, claro, el bueno de Anselmo", don Alejandro había caído en la cuenta. "¿Qué sabe de él?", repitió don Félix. "Pues ¿qué tendría que saber? Es un buen sacerdote, muy devoto y capellán del convento de las hermanas...", "¿buen sacerdote?", le interrumpió don Félix, "¿devoto? Desde luego, ustedes además de no hacer nada, no se enteran de nada. He tenido conocimiento de que el tal Anselmo es un sátiro que se insinúa a las monjas del convento que se ven obligadas a esquivar sus acometidas. Y ustedes todo lo que saben es que es un buen sacerdote. ¡Desde luego, viven ustedes en Babia!", estalló don Félix. "Exijo que lo aparten del convento de inmediato y lo destinen al pueblo más recóndito y pequeño donde lo tengan controlado". "No sé, tendré que ponerlo en conocimiento de Su Eminencia", titubeaba don Alejandro. "No me digas que no sabes, que te lo estoy diciendo, ¿o es que quieres verme echar espumarajos por la boca? ¿No te das cuenta de que lo hago por vosotros? Que lo saquéis de ahí antes de que se forme un escándalo mayúsculo", don Félix, visiblemente alterado, se atrevía por primera vez a tutear a don Alejandro. Y en el mismo palacio arzobispal.

Don Félix salió abruptamente del palacio y se encaminó a paso ligero a una casa fuera del casco antiguo. "Tengo un trabajo para ti", le dijo a su interlocutor al tiempo que le soltaba un fajo de billetes. "Recuerda, no va a morir nadie". Y se marchó.

Habían pasado unos días cuando la noticia saltó a la prensa; el uno de noviembre, día de Todos los Santos, unos rojos sanguinarios anticlericales habían abandonado en plena calle el cuerpo del bendito don Anselmo, a quien habían amordazado y amputado salvajemente los genitales. Gracias a Dios, había sido descubierto por unos vecinos que lo trasladaron al hospital y no se temía por su vida. La policía y la guardia civil buscaban sin descanso a los criminales, sobre los que habría de caer todo el peso de la justicia.

Capítulo 31 *(1942) El Manantial, oasis de Entrecerros*

Terminada la siega y la trilla del trigo, Manuel había trabajado de descorchador en los meses de verano. Los comienzos, al igual que antes le ocurriera en la huerta, le resultaron duros y extenuantes. El manejo del hacha corchera era agotador en el tórrido verano. Las hormigas, tijeretas, arañas y otros insectos que saltaban del cobijo del corcho al de la ropa hacían realmente penosa la labor. A pesar de todo, Manuel nunca se había quejado, y nunca lo haría, de la dureza ni de las incomodidades del trabajo; en el campo, un hombre no se lamenta. No obstante, a veces, un pensamiento fugaz le cruzaba la mente, ¿por qué mientras otros muchachos disfrutaban del campamento del Frente de Juventudes él, con menos edad, trabajaba duramente en las labores del campo?, esa idea le había surgido al contemplar trabajando a Carmelo con ocho años, ¿o por qué don Félix, sin realizar trabajos penosos como su padre y como todos los braceros de El Manantial, vivía a cuerpo de rey y ellos no?, por último, también pensaba en los forasteros de Traslomas, de los que presumía que, sin llevar una vida equiparable a la de don Félix, gracias a los chanchullos, vivían con desahogo, libres de trabajos tan sacrificados como el de los braceros, entre ellos él mismo. No se detenía en rumiar estos pensamientos, llegaban y se iban velozmente, aunque cada vez le volvían con más frecuencia, si bien por el momento se apresuraba a ahuyentarlos, todavía era muy joven, con mucho por aprender y tiempo tendría de plantearse esas inquietudes con más conocimiento. Sí era consciente de la flagrante distancia obscena que existía entre las comilonas de los señoritos y el hambre de las cartillas de racionamiento de la mayoría desfavorecida.

Desde que don Félix estaba al frente, El Manantial era otra finca. El remodelado cortijo señorial, la enorme huerta y los extensos frutales, además de la inconclusa y ociosa, aunque no improductiva, ganadería, junto al gran ajetreo de gente la mayor parte del año, la harían irreconocible hasta a un don Máximo redivivo que se presentara. Tan solo se semejaba a la antigua finca en que, desde que se había casado e instalado definitivamente en la

173

capital, el señorito aparecía de tarde en tarde, casi siempre acompañado de gente de la capital o para recibir a los forasteros de Traslomas. A pesar de ello, nada se le escapaba; con tan escasa presencia era capaz de controlar hasta el mínimo detalle. Manuel, al igual que El Jáquima, su padre o Juan, todos en realidad, estaba convencido de que el señorito era listísimo. Llegaban noticias de que en la capital se iba haciendo un sitio con la misma firmeza y determinación que lo había conseguido en Entrecerros. Todos confiaban en que nada ni nadie podría parar a don Félix y que llegaría adonde se lo propusiera. La finca se mantenía a pleno rendimiento y don Félix sacaba sustanciosas ganancias, aumentando muy considerablemente su patrimonio. En contraste, los braceros de El Manantial, al igual que en las demás fincas, seguían con el mismo trabajo duro e idéntico mísero jornal, que cada vez resultaba más exiguo para cubrir las necesidades más perentorias. La gran mayoría apenas tenía para algo más que la escasa comida que permitía el racionamiento de los productos más elementales. La ropa pasaba de unos hermanos a otros, recosida, remendada, remetidas primero y dadas de sí y echados los dobladillos y sisas después por la destreza de las madres, irremediablemente transformadas en diestras modistillas de los miembros de la familia. Los zapatos se adquirían en el zapatero remendón, que vendía los viejos arreglados, recompuestos con tapas y medias suelas nuevas; primero, al menos dos números mayores que el pie del niño, 'para que le duren', antes de ahormarlos más adelante, estirando el tiempo, hasta que finalmente el pie crecido entraba dificultosamente en el calzado, debiendo aguantar una buena temporada, dañándose y deformándose, en tanto la rala economía familiar no permitiera adquirir un nuevo par de zapatos viejos. Carmelo empezó a trabajar con botas que le quedaban pequeñas, las que calzaba ahora eran excesivamente holgadas, tanto que Juan le había regalado unas alpargatas de tela y suela de esparto elaboradas por él mismo. En la indumentaria, sí se hacía patente la condición de parias de El Matraca y El Miralejos, ataviados con ropa harapienta y andrajosas alpargatas. Y no todos alcanzaban a tan mínimo remedio, había familias descalzas y niños

174

desnudos hasta una edad lo suficientemente avanzada como para sufrir las burlas crueles de muchos, que avergonzaba y encerraba en sus casas a los apocados y fomentaba en otros la desvergüenza y el descaro, escuálidos unos y otros, las cabezas siempre rapadas para evitar los piojos, imposibles las plantas de los pies, renegrida la piel por la falta de jabón. A todos parecía indecente que los niños deambularan desnudos, pero nadie lo remediaba y las autoridades no podían obligar a lo imposible a los más humildes. Las reprimendas y amenazas de los señoritos para que no se mostraran en el centro del pueblo, unidas a las de los padres por su propia frustración de no poder vestir a los hijos y ante el temor a ser denunciados, habían ido confinando a estos niños, que raramente traspasaban los límites del hábitat reducido al espacio de las empinadas calles que podían avistar sus madres desde las puertas de los míseros tabucos que eran sus casas, en los barrios alejados del centro.

Una vez más, la vida en El Manantial ponía sordina a tantas privaciones, preservándola de la miseria más lacerante. Manuel y Carmelo continuaban sus clases diarias, alentados por los mayores, que les animaban a aprender lo que ellos mismos, por desgracia, no sabían. Manuel conseguía el material necesario de los estantes inagotables de la casa de la viuda de don Humberto, doña María Luisa. Carmelo se aplicaba en aprender deprisa. A veces ambos, sobre todo, en los días fríos del otoño avanzado, se levantaban de los taburetes de corcho con las piernas entumidas al finalizar la clase, tanto tiempo pasaban absortos en letras y números. Manuel se esforzaba en recordar las enseñanzas de don Humberto y, consciente de que nunca podría instruir a Carmelo como lo había hecho con él su eternamente añorado profesor, hacía lo imposible por no defraudar a Carmelo ni al difunto don Humberto ni, sobre todo, a sí mismo.

A Paco, el perro de agua de Carmelo, se le unió el regalo de Yi, un cachorro de mixtolobo perdido o abandonado que recogió en el camino don Alfredo, el capitán general, y lo llevó hasta El Manantial en su jeep del ejército, de ahí el nombre debidamente castellanizado. El Jáquima, quién se lo iba a decir a El Intendencia,

175

no dudó en ofrecerlo a Carmelo, que lo agradeció con una cara de felicidad infinita. Yi acompañaba a Carmelo con el ganado desde el primer día y, por la noche, dormía en la gañanía bajo el catre que compartía Carmelo con su padre. Manuel pensó que, con Peligro, Paco y el novel Yi, Luchi, algo avanzada en edad, podía quedarse con él y llevar una vida más plácida. Luchi miraba agradecida a Manuel, que la cuidaba, aunque cuando al atardecer llegaba de vuelta Carmelo, Luchi se sacudía la pereza y corría diligente a encerrar el ganado. Manuel pensó que Carmelo lo había sustituido a él, Paco a Luchi y, a no tardar, Yi sustituiría a Peligro, que también disfrutaría de un ganado descanso. En la naturaleza, plantas, animales y hombres se relevaban con pasmosa naturalidad, tan solo permanecían incólumes las seculares y majestuosas encinas y los centenarios olivos y alcornoques, que todo lo transcendían desde su atalaya del tiempo.

Caía la lluvia en violentos aguaceros que fecundaban la tierra y aplastaban la vida hasta esconderla soterrada y dejarla adormecida al calor del manto de hojas secas, aguardando el despertar de la primavera para surgir con firme, decidido e incontenible empuje desde lo más profundo. Tan confundido y vacilante se sentía Manuel por las inciertas calles del pueblo como seguro en esa tierra sobre la que brotaban las plantas y parían los animales y a la que unos y otros ofrendaban su ser, devolviéndole sus vidas para fertilizarla. La tierra, imperturbable, era un coloso que todo lo soportaba y todo lo podía. Acompasados por las estaciones, se sucedían inexorables e insobornables los ciclos de la naturaleza, siempre predestinada y siempre sorprendente, renaciendo y muriendo cada año. Aun sin ser consciente de ello, esa infalible certeza infundía confianza y sosiego a Manuel.

Entrecerros continuaba su declive. Las fachadas, cada vez más faltas de cal y descarnadas, oscurecían las calles. Los días se arrastraban lentos. Las noches, interminables, eternas de silencio. El futuro estaba cegado para los desnutridos entrecerreños de la inmensa clase baja, la larga desesperanza los había arrastrado a la indolencia, aislando a cada uno en su soledad, domeñado todo atisbo de la rebeldía de otros tiempos que se habían ido para siempre.

Capítulo 32 (1942) Las guerras de Ruperto

Ruperto ofreció al abuelo Andrés la petaca y el librillo de papel de fumar. El abuelo dispuso una hoja en forma acanalada entre los dedos de la mano izquierda y vertió parsimoniosamente sobre ella picadura de Caldo de gallina, inclinando la petaca y dándole golpecitos con el dedo índice para que cayera poco a poco, cuidando de que no se derramara. Cuando pasó la punta de la lengua por el filo de la hoja, Ruperto ya había terminado de liar su cigarro y prendido un cerillo que acercó al abuelo en la mano ahuecada, protegiéndolo del viento que no hacía, para que encendiera primero. El abuelo Andrés saboreó una primera calada profunda, exhalando el humo lentamente. "¿Y dices que estuviste en Rusia?", preguntó el abuelo guiñando el ojo derecho hacia el que subía en volutas la columna de humo de su cigarro. "Pues sí, ayer hizo tres meses que regresé de allí al pueblo".

Era una tarde de domingo y Manuel observaba con atención.

Ruperto había nacido en el dieciocho y era hijo único, había tenido dos hermanos que habían muerto al poco de nacer. Su padre era un gallego venido de Berrande, en Orense, muy callado y trabajador. La madre se había ocupado de que Ruperto fuera al colegio y aprendiera a leer, escribir y las cuatro reglas. Ruperto escribía muy despacio, como dibujando las letras, muy recias e iguales, cada palabra de un solo trazo, volviendo hacia atrás, al finalizar, para poner la cruz de la te y la cu, la virgulilla de la eñe, los puntos sobre íes y jotas y las tildes sobre las vocales. Con doce años trabajó de ayudante de un zapatero remendón, que le mandaba a hacer recados y enderezar puntillas, hasta que cansado de no hacer otra cosa que machacarse los dedos sin aprender gran cosa, aprovechó un día que el zapatero lo mandó a por tabaco para no volver. Entró entonces a trabajar en una finca próxima al pueblo, donde llegó a ser un precoz y reconocido calador en el secadero de jamón. Cuando entró la guerra en Entrecerros, se encontraba solo en casa con su madre, que hacía dos años que se había quedado ciega. Salió a la puerta y vio cómo corría la gente despavorida y le gritaban que corriera al monte. Ruperto dudaba y no sabía qué hacer. Finalmente, se decidió y partió, cargando con su madre a cuestas. Pronto volvió solo al pueblo y, preguntado con el cañón de una pistola en la sien "¿tú eres de los nuestros o eres un rojo de esos?", contestó con el aplomo que le daba no tener ninguna otra opción "vuestro, vuestro". Le obligaron a que anduviera identificado con un brazalete y tuvo el tiempo justo para recoger a su madre y reunirla con su padre antes de que lo alistaran en el ejército nacional, con el que estuvo en campaña hasta que terminó la guerra.

Contó Ruperto cómo estando su columna acampada a las afueras de Córdoba, otros dos soldados y él escaparon del campamento una noche y se fueron a la ciudad. El vino les calentó la boca y deambularon por las calles cantando a voz en grito. Desde un balcón les siseó una muchacha y los hizo entrar en casa. Vivía con su padre, militar partidario de los sublevados, quien les hizo comprender el peligro que corrían, una vez que la hija los espabiló con café bien cargado. Partieron sigilosamente hacia el campamento, en el que amanecieron sin ser descubiertos.

En Priego de Córdoba, Ruperto era cabo. Le encomendaron un día vigilar la cárcel, en la que se agolpaban los presos. Ruperto ordenó a la patrulla retirarse y permitir que las mujeres de los presos accedieran para estar con sus maridos. "Como se escapen, nos fusilan", protestaban atemorizados los soldados. "Qué se van a escapar", Ruperto estaba seguro de lo que hacía, "¿no veis que lo que quieren las mujeres es estar con sus maridos y traerles comida, que están muertos de hambre?". Las mujeres entraron dándole las gracias. Ningún preso escapó y Ruperto y sus soldados se libraron de ser fusilados.

Acabada la guerra, Ruperto hubo de permanecer militarizado y enrolado en el ejército, siendo destinado al cuartel de caballería, donde aprendió a montar con destreza, ganando incluso varios premios en concursos militares de saltos de obstáculos. Allí continuaba en el verano del cuarenta y uno, sin atisbo de que fueran a licenciarlo algún día, cuando una mañana de julio formaron la tropa en la explanada y un coronel, al que no conocían, los arengó pidiendo voluntarios para alistarse en un batallón que habría de partir para unirse al ejército alemán y luchar contra los comunistas. Algunos enfervorizados falangistas dieron un paso al frente. El coronel añadió que los valientes recibirían dos pagas, una del estado español y otra del alemán. Algunos más dieron entonces el paso al frente, entre ellos Ruperto, que pensó que con ese dinero socorrería a sus padres, particularmente a su madre, que podría tener quien la cuidara. Finalmente, los últimos voluntarios fueron designados a la fuerza.

Partieron de inmediato hacia Madrid y de allí, a París. Ruperto y tres más aprovecharon el tiempo de trasbordo para conocer la capital francesa. Se perdieron y cuando volvieron a la estación, el tren había partido. Se las apañaron como buenamente pudieron para tomar otro tren, llegando al campamento en Baviera, donde, en un consejo de guerra, los condenaron por desertores. "Dejadlos, que estos desgraciados van a morir todos en el frente"; con estas palabras, el general Muñoz Grandes los libró, in extremis, de ser fusilados.

Con el juramento de lealtad a Hitler, finalizó el campamento y comenzaron una larga travesía, incluido un trayecto a pie de casi mil kilómetros, hasta alcanzar Nóvgorod, donde fueron desplegados. Ruperto, dadas su cualidades para montar a caballo, fue destinado a la sección de caballería de intendencia. Su misión consistía en comunicar la vanguardia con el cuartel general, llevando y trayendo información, órdenes y provisiones. Cuando arreció el frío y la gangrena comenzó a hacer estragos en la sangre caliente de los soldados españoles, descubrieron en el coñac un buen aliado con el que combatirlo y olvidar los horrores de los cuerpos mutilados por la guerra y el frío. Libaban más de lo necesario y la patrulla de a caballo no dejaba de hacer bromas bajo los efectos del alcohol, lo que les llevó a ser conocidos con el sobrenombre de Los jinetes de la poca leche.

Una tarde, Ruperto y otro soldado se acercaron a caballo a un pueblo que creían tomado. Amarraron los animales a espaldas de una casa, en la que fueron acogidos en una celebración de la que ellos no conocieron el motivo. Bebieron y bailaron. De pronto, se vieron empujados y obligados a ocultarse en una leñera. Paró la música y oyeron voces de hombres que parecían preguntar y que eran respondidas "niet, niet", "no" en español, una y otra vez. Se reanudó la música, los sacaron del escondite y, por los aspavientos y las señales que les hacían, comprendieron que habían recibido la visita de una patrulla rusa a la que habían negado su presencia. Salieron cautelosamente por una puerta trasera, montaron en los caballos y partieron al galope. La patrulla rusa no debió quedar muy conforme y había permanecido muy próxima. Oían los disparos de los soldados rusos y las balas que les silbaban cerca. Ni ellos ni los caballos fueron alcanzados. Tuvieron mucha suerte. Nunca sabrían la que habrían corrido quienes les habían amparado.

Una mañana, Guerra, un paisano analfabeto de la capital, le invitó a acercarse a un pueblecito cercano a comprar leche. Ruperto aceptó, pero se arrepintió al tiempo de partir y se negó, no le apetecía. Si al menos fuera coñac... Ruperto contemplaba a Guerra camino del pueblo. A mitad del trayecto, una explosión lo levantó por los aires. Había pisado una mina. Ruperto corrió, sin reparar en que pudiera haber más minas, y cargó con él. Guerra había perdido ambas piernas, pero sobrevivió. "Lo vi en la capital hace tres meses, cuando volví del frente, vendiendo 'iguales' en la puerta del mercado del centro. El pobre".

Aquel día, la patrulla de Ruperto escuchó disparos. Se tiraron al suelo, sobre la nieve, los seis que eran. Los disparos no cesaban. No veían a nadie. Los soldados rusos avanzaban arrastrándose, camuflados de blanco sobre la nieve. Ruperto ordenó a tres soldados de su patrulla que corrieran al cuartel general y avisaran del ataque. Los otros dos y él reptaron hasta guarecerse detrás de una caseta. Disparaban repeliendo el ataque. Pronto, uno de sus soldados fue herido. Ruperto ordenó al otro que lo llevara a una zanja próxima, mientras él seguía disparando. Al poco tiempo, fue herido el otro soldado. Ruperto corrió a echarlo en la zanja y siguió disparando hasta que llegaron los refuerzos del cuartel general. Cuando terminó la refriega, Ruperto no había sufrido el menor rasguño, aunque tenía agujereado por las balas el vuelo del capote que el viento había dejado al descubierto en la esquina de la caseta. Ya en el cuartel, Ruperto fue avisado de que el general lo llamaba a su despacho. Se temió cualquier cosa, sin atinar a comprender en qué se había equivocado. No era el mejor momento, había tomado coñac para combatir el frío y recuperarse del trance. El general le ordenó que le narrara el ataque. Ruperto lo contó y el general le anunció que era un valiente y lo iba a proponer para que le concedieran la cruz de hierro. "La tengo guardada en casa". El abuelo Andrés, que lo miraba fijamente, relajó los músculos de la cara en un gesto de satisfacción.

En otro pueblo tomado por el ejército extranjero, Ruperto había conocido a Natasha, una muchacha alta y guapa de la que se enamoró. Ruperto sacó la fotografía de Natasha de la cartera y la mostró al abuelo Andrés. Manuel observó cómo su tía Lutgarda se envaró, mostrando su desagrado ante la visión de la foto. Ruperto no se percató y continuó con el relato. Hubiera querido traerse a Natasha, pero el pasaje del tren era estrictamente militar y no se lo permitieron ni a él ni a nadie. Lamentó no haber sido tan listo y osado como otros que se trajeron a sus novias rusas disfrazadas de militares. Algunos lo consiguieron, las más fueron descubiertas y apeadas del tren. En ese punto hizo una larga pausa, disimulada en la tarea de liar otro cigarro, en la que Ruperto recordó para sí con melancolía los días vividos con Natasha en la gélida aldea próxima a Nóvgorod, mientras de reojo contemplaba absorto y con remordimientos, abandonada sobre la mesa, la fotografía de quien irremediablemente había perdido para siempre.

"En fin, Andrés, han sido muchas las peripecias y calamidades vividas en la División Azul". Se habían fumado más de media petaca. El abuelo miraba a Ruperto con admiración. "¿Y qué harás ahora?", se interesó el abuelo. "Entrecerros está muerto, aquí no hay nada que hacer. Mañana voy a la capital. Me presentaré a un examen para entrar en la guardia civil, a ver si hay suerte". Manuel estaba seguro de que, con su experiencia, Ruperto aprobaría el examen sin ninguna duda. "Ahora me gustaría hablar con usted a solas", Ruperto se había puesto muy serio. El abuelo dirigió la mirada a cada uno enarcando las cejas y, con un único gesto con la cabeza, les señaló la puerta para que los dejaran solos. Manuel supo que Ruperto había pedido al abuelo la mano de su tía Lutgarda.

"Santa Pola, a 8 de abril de 1943.

Queridísima Lutgarda, me alegraré que al recibo de esta te encuentres bien en unión de tus padres, hermanos y sobrino; yo quedo bien, gracias a Dios, y con muchos deseos de abrazarte.

Llegué anoche a mi destino del cuartel de la guardia civil de Santa Pola, después de treinta y seis horas de un largo y penoso viaje, en el que los trenes han estado tanto tiempo parados como en marcha. El cuartel es un edificio viejo, como todos los de la guardia civil, pero amplio, y consta de cinco pabellones para familias, además de la vivienda principal del comandante de puesto. También hay un cuarto de solteros con cocina para dos personas, que por ahora ocupo solo yo. No tendré más remedio que aprender a cocinar el tiempo que tenga que estar aquí, tú sabes que yo para eso soy un negado. Por lo poco que he podido ver hoy, Santa Pola es un pueblo pequeño junto al mar. Tú no has visto el mar y no puedes imaginarte lo enorme que es. El mar nunca se detiene, siempre está en movimiento, parece como el sube y baja lento de la respiración del pecho de un gigante tumbado boca arriba. Ahora mismo, mientras te escribo, no dejo de oír el ruido de las olas, un ruido que aturde, supongo que hasta que uno se acostumbra. Gracias al mar, la temperatura es muy suave, tanto de día como de noche.

Me han nombrado mi primer servicio para mañana. La pareja recorreremos el pueblo y los alrededores desde las siete de la mañana hasta las nueve de la noche. Nos aguardan muchas horas y mucha caminata, aunque espero que sean tranquilas, que se ve que este es un pueblecito apenas con la mitad de habitantes de Entrecerros. Después de lo que tuve que vivir en la guerra de aquí y en la de Rusia, me va a resultar realmente llevadero.

Te escribiré con frecuencia.

Saluda de mi parte a tus padres, a tus hermanos, a tu sobrino, dales un abrazo a mis padres cuando los veas y tú recibe el cariño de este que nunca te olvida,

Ruperto".

La carta era impecable; los renglones, derechos; la inequívoca letra uniforme de Ruperto, sin ninguna tachadura. Cuando terminó de leerla, Manuel miró a su tía Lutgarda y vio que su rostro reflejaba una brizna de alegría y un mucho de insatisfacción por la brevedad de la misiva. "Cómo me gustaría ver el mar, ¿a ti no, Manuel?", preguntó la tía Lutgarda con la mirada perdida en ensoñaciones. "¡Ya lo creo! Está muy lejos, a lo mejor algún día podré verlo", deseó Manuel. "Anda, lee otra vez", le pidió la tía Lutgarda. "¿Lo del mar?". "No, tonto, entera". Y Manuel le volvió a leer la carta muy despacio, como pretendiendo que la tía se la aprendiera de memoria. "Me da pena que tenga que hacerse la comida, es muy torpe para eso", se compadeció la tía. "Ya aprenderá, es muy listo", la consoló Manuel. "Qué va, los hombres sois muy torpes en la cocina. Porque no os interesa, estáis acostumbrados a que os hagamos la comida nosotras". "¿Te la leo otra vez?", se ofreció Manuel. "Sí, sí, léemela otra vez. Menos mal que te tengo a ti". Y Manuel la leyó de nuevo con el mismo interés que la primera vez. "Anda, escribe lo que te digo", le ordenó en tono de súplica la tía a Manuel.

"Entrecerros, a 25 de abril de 1943.

Mi querido, coma, Ruperto, punto". Manuel estalló en carcajadas, "tita, no me digas los puntos y comas que yo sé cuándo los tengo que poner". La tía Lutgarda no se enfadó por la risa de Manuel, tan centrada estaba en lo que quería que escribiera. "Bueno, pero ten cuidado y no te equivoques", dijo muy segura de sí. "Lo que tú digas. Venga, dime".

"Escribe. Mi querido Ruperto, espero que al recibo de esta te encuentres bien, nosotros quedamos todos bien, gracias a Dios, y, por mi parte, con muchos deseos de verte y abrazarte.

Hoy he visto a tus padres. Están bien, tu madre se maneja por la casa como si tal cosa, nadie diría que no ve. Te mandan muchos besos y me encargan que te diga que te cuides mucho.

Ojalá pudiera estar ahí para hacerte la comida. Y prepararte la ropa, que aunque no me lo dices, sé que lavarla y plancharla con la destreza necesaria para dejarla tan bien como os exigen las normas del Cuerpo no es fácil para un hombre, máxime con esas guerreras tan pesadas y habiendo de sacarles las rayas tan perfectas a los pantalones, de sobra lo sé yo, no en vano es el trabajo que hago desde hace diez años. Es mejor que te informes de alguna mujer que pueda lavarte y plancharte la ropa, no te va a costar tanto.

De lo que me dices del mar, pues te digo que ni lo conozco ni me imagino cómo será, aunque me gustaría verlo algún día. Tú has ido a muchos sitios y muy lejos y yo nunca he salido de Entrecerros. También me gustaría ir alguna vez a la capital, que todos dicen y tú también que, además de ser muy grande, la vida allí es muy diferente a la del pueblo.

De lo que me dices de lo pequeño y tranquilo que es Santa Pola, pues te digo que me alegro de que así sea, que bastante has penado ya por esos mundos de Dios y gracias a Él que siempre has podido salir sano y salvo.

De lo que me dices de tantas horas de caminata, pues te digo que me preocupa que las botas te queden tan ajustadas, ya te lo dije, no vayan a hacerte vejigas en los pies y te hagan padecer sin necesidad. Tendrías que llevarlas a un zapatero para que las ahorme.

La vida en el pueblo es como siempre, nunca cambia nada. Quizás sea mejor así, que bastante cambió y para mal con la guerra.

Madre sigue llorando todos los días por mis hermanos huidos, con frecuencia se le irrita el ojo izquierdo y le causa muchos dolores de cabeza.

Padre está muy mayor y le pesa el trabajo tan duro que tiene con las bestias. No sabemos hasta cuándo aguantará, pero nos preocupa que a su edad pueda tener algún percance con los animales, que sus fuerzas no son las de hace unos años. Mi hermano Andrés procura quitarle a padre todos los golpes que puede.

Carmen, en su vida en El Manantial.

Fernanda sigue bien, trabajando en casa de sus señoritos al igual que yo en la de los míos. Ahora en primavera, el lavado de la ropa es más liviano que en invierno cuando el agua tan fría le deja a una las manos amoratadas.

Yo también te escribiré con frecuencia. Bueno, yo no, ya sabes que es Manuel quien me lee tus cartas y escribe las mías.

Cuídate mucho, piensa en mí y recibe mi cariño.

Lutgarda".

A Manuel también le quedó la escritura inmaculada, hasta creía que había redondeado la letra más de lo habitual, como intentando imprimirle un aire femenino. Le hizo mucha gracia aquellos 'de lo que me dices…, pues te digo…' que le había dictado su tía y que no osó alterar. Manuel escribió el sobre, mientras su tía Lutgarda vertía unas gotitas de colonia en las esquinas de la carta y la doblaba cuidadosamente. La introdujo en el sobre, lo cerró bien, intentando que retuviera la fragancia, la franqueó con un sello del Caudillo, le estampó dos besos a su sobrino y corrió a depositarla en la estafeta de correos. Manuel se quedó pensativo, por nada del mundo le gustaría que alguien tuviera que escribir por él sus secretos más íntimos. Y se alegraba de haber aprendido a leer y escribir y le daba las gracias a don Humberto. Su tía no tardó en estar de vuelta. "Tita, si quieres, los domingos, podemos dedicarle tiempo a que aprendas a leer y escribir", se ofreció Manuel. "¿De verdad?". "Pues claro". "Ay, cómo me gustaría. Te lo voy a agradecer con toda mi alma". "A mí no me cuesta nada, tita. A Carmelo le he enseñado yo. ¿Empezamos el domingo que viene?". "Claro, claro, cuanto antes". Y la tía Lutgarda se sintió feliz pensando en que podría leer y escribir las cartas de Ruperto por sí misma.

Capítulo 34 (1944 – 1945) Los negocios de don Félix

La lujosa remodelación de la sede de la sucursal de la Caja de Ahorros de Entrecerros, en la calle Mayor, frente al casino, ideada por don Félix y ejecutada con precisión por El Criba y su cuadrilla, fue inaugurada por su presidente, don Fidel. El mármol brillante de suelos y fachada, donde destacaba el rótulo con el nombre de la entidad, los muebles de madera noble y los confortables sillones de cuero le conferían tal distinción que ridiculizaba a las demás sucursales bancarias. Acudieron invitados todos los hombres principales de Entrecerros y algunos venidos de la capital, entre ellos, el capitán general, don Alfredo, el gobernador civil, don Julio, y el padre don Alejandro, que acompañado del cura párroco del pueblo, revestidos de roquete y estola, bendijo la oficina, aspergiendo agua bendita con el hisopo tras los rezos. Don Fidel dirigió a los allí congregados unas palabras, en las que destacó el compromiso de la entidad que presidía con el presente y el futuro de Entrecerros, mostró su confianza en que la remozada sucursal que se acababa de inaugurar fuera digna para acoger a tan distinguidos clientes y amigos y anunció que encomendaba su dirección a don Félix. Los invitados, recreándose admirados, iban y venían cruzando la calle Mayor desde la oficina al casino, en el que se ofrecieron copas y exquisitos platos. Don Félix, como era habitual en él, bebió poco y comió menos, departiendo detenidamente con todos, ya fuera en el casino, en la sucursal y hasta en la calle, atento a que todo el mundo se sintiera bien servido. Tan satisfechos y deslumbrados quedaron que a la mañana siguiente todos liquidaron sus cuentas en las sucursales bancarias, transfiriendo los capitales a la Caja de Ahorros, con la complacencia de don Félix que veía con satisfacción lo rápido que se amortizaba la inversión en el inmueble y, sobre todo, cómo crecía su cuenta gracias a la importante comisión que le reportaban las de sus amigos y convecinos. Era el tipo de operaciones de beneficio inmediato que gustaba a don Félix, tanto que no dudó en partir hacia la capital aquella misma tarde, dirigiéndose a su casa en los límites del casco antiguo para celebrar el éxito apasionadamente con Eloísa.

Tan espectacular había sido el incremento de depósitos y beneficio de la sucursal de Entrecerros que don Fidel no tardó en nombrar a su yerno director general de la entidad. Don Félix replicó a gran escala lo realizado en la sucursal de Entrecerros, remodelando con verdadera suntuosidad la sede principal de la entidad, próxima al Gran Casino de Labradores, convirtiéndola en uno de los emblemas de la capital. La inauguración se realizó con todo el boato, incluida la bendición por parte de Su Eminencia Reverendísima, el cardenal y arzobispo de la archidiócesis. En el Gran Casino de Labradores, tuvo lugar un espléndido ágape, al que fueron invitadas las autoridades y fuerzas vivas de la ciudad, entre ellos, los directores de prensa y radio, cuyos medios se desharían en halagos al día siguiente en profusos reportajes sobre la acreditada y solvente Caja de Ahorros, tan firmemente comandada por don Fidel y tan acertadamente dirigida por don Félix García del Encinar y Urquiza. La afamada orquesta contratada para tan singular ocasión interpretó elegantes y delicados valses, imprimiendo un aire de gran distinción a tan selecta reunión de personalidades. De una parte, la asistencia de los hombres importantes a tan rutilante inauguración y de otra, la difusión de la misma en periódicos y radios, fructificó en que en una semana se duplicara el número de depositantes y se triplicara el capital depositado. Don Félix percibió la celebración como una repetición de la de Entrecerros, bien es verdad que con mayor parafernalia, aunque seguía recordando la primera del pueblo. Terminó la jornada ejerciendo de esposo de Anita y fue esa precisa noche, no le cabía la menor duda, cuando engendraron a su hija.

A la remodelación de la sede principal seguirían las de las sucursales, tanto en la capital como en los pueblos de la provincia. A don Félix le enorgullecía que todo hubiera comenzado en Entrecerros. Para él, aquel año cuarenta y cuatro, gracias al enorme incremento de negocio en todas las sucursales de la Caja de Ahorros, quedaría grabado como el de su consolidación en el mundo financiero. Se le franquearon todas las puertas de la capital, con frecuencia aparecía en la prensa su nombre unido a los eventos importantes. No terminaría el año sin que antes fuera nombrado hermano mayor de la hermandad de La Santa Aflicción, a la que pertenecía desde muy temprana edad en que lo inscribió su padre, don Máximo, y cuya casa hermandad frecuentó con especial interés desde que arribó a la capital. Tras la junta en la que fue aclamado y que concluyó con el canto de la Salve, se encaminó a celebrarlo con Eloísa, con quien gozó de una nueva noche de pasión y caricias.

Con la ralentización de la actividad por las fiestas de fin del año cuarenta y cuatro y comienzo del cuarenta y cinco, don Félix alumbró una idea luminosa. Ordenó abrir una cuenta en cada sucursal a la que denominó 'Transacciones en curso'. Todas las transferencias que emitía o recibía la sucursal permanecían inmovilizadas dos días en el caso de las empresas y cuatro en el de particulares, aumentando el disponible de la entidad y rindiendo intereses en dicha cuenta antes de ser remitidas a sus destinatarios finales. Mensualmente los intereses eran traspasados a otra cuenta de 'Ingresos operacionales' en la sede principal, donde permanecían prudentemente hasta el día quince que eran a su vez traspasados a la cuenta de 'Gestión', de la que don Félix disponía a su conveniencia, ordenando el traspaso de los réditos generados a algunas de las cuentas varias que poseía en la entidad. A instancia suya, mantuvo reuniones cordiales con los directores de bancos para llegar a acuerdos de agilización de las transferencias, con lo que consiguió que los demás redujeran los trámites en algún día, enmascarando así la demora intencionada que pasaba desapercibida a sus fieles clientes.

La catastrófica cosecha del cuarenta y cinco, lejos de causar un perjuicio a los intereses de don Félix, supuso una fuente adicional de excelentes ingresos. La calamitosa sequía no hizo mella en El Manantial, cuyos veneros inagotables continuaron manando sin descanso. La escasez generalizada de productos disparó los precios, procurando pingües beneficios a don Félix, que, por una parte, hizo trabajar a destajo el camión que había adquirido para transportar los productos de El Manantial a la capital y, por otra, aumentó el número de encargos a los forasteros de Traslomas. Todos lamentaban las pérdidas por la sequía, mientras don Félix se veía obligado a mantener las formas sin dar rienda suelta a la satisfacción de que sus negocios no solo no se habían resentido, sino que habían aumentado de forma muy notable.

Don Félix adquirió La Ventolera, la finca que lindaba con el oeste de El Manantial y casi tan extensa como esta, campo adentro lejos de la carretera, donde en tiempos permanecieran escondidos Rodolfo y sus camaradas, los guerrilleros. Ajustó el precio tan a la baja como le permitió la imperiosa necesidad de vender de los dueños, caídos en desgracia por no evitar que los huidos del treinta y seis se escondieran en su finca y a quienes la sequía había acabado de arruinar. La Ventolera siguió siendo una finca independiente de El Manantial, se preservó la valla de piedra que las separaba y tan solo se habilitó un paso que comunicaba ambas fincas. No disponía del agua de El Manantial, que sí tenía suficiente para ambas y don Félix ya tenía planes para poner en producción La Ventolera.

En don Félix no cabía el pesimismo, sabía que ese estado de ánimo, desconocido en él, era una de las mayores desgracias en la que podía caer un hombre, de modo que, viendo las penurias añadidas de sus paisanos por la calamitosa cosecha del año, decidió que la celebración de la romería fuera la más esplendorosa jamás vista. Encargó pintar y limpiar la ermita de la Virgen de la Gruta y adecentar la explanada. Ordenó repartir cal y brochones entre la población para que enjalbegaran las fachadas de las casas, lo que los paisanos hicieron con entusiasmo, los más podían, por fin, blanquear sus casas. Además de las carretas de la gente principal de Entrecerros, él mismo dispuso una decena de ellas ricamente engalanadas y bien surtidas de viandas, a las que invitó a las familias de sus influyentes amigos de la capital, de donde mandó traer la banda de música de su hermandad de la Santa Aflicción. La cohetería fue inacabable en todo el recorrido desde la parroquia hasta la ermita y durante el resto de la jornada de aquel domingo romero, célebre para la posteridad. En el acto central, presidido por Su Eminencia, el cardenal arzobispo de la diócesis, brilló la coronación canónica de la Santísima Virgen de la Gruta, a la que impuso la presea con su propia imagen ya coronada. Acabada la solemne ceremonia, se dispusieron numerosas mesas corridas en la explanada de la ermita y se asaron varios cochinos y cabritos que suministró, junto con veinte garrafas de vino, el hermano mayor, don Félix, para regocijo de todos los entrecerreños, que por un día pudieron saciar el hambre de tantos años de estrechez. Todo el mundo comió, bebió, bailó y vitoreó al desprendido hermano mayor, que, dejándose querer, ni comió, ni bebió, ni mucho menos bailó. Su sobriedad y lucidez destacaron entre la ebria concurrencia, lo que avivó la admiración que todos sentían hacia él y, por extensión, hacia su madre y hermanas, que se recloqueaban recibiendo toda suerte de parabienes. Si la figura de don Félix se había ido agrandando desde la muerte de su padre, don Máximo, desde aquella romería de la coronación de la Virgen de la Gruta se agigantó sobremanera.

El cardenal había partido para la capital al poco de terminar la coronación, las autoridades y gente principal se despidieron a media tarde y don Félix hizo lo propio acompañado de su madre y hermanas, dejando en la explanada al gentío que seguía atiborrándose a la salud del hermano mayor. Don Félix partió de inmediato a la capital, llegando muy entrada la noche a disfrutar las mieles de la pasión mutua con Eloísa.

A media mañana del lunes, don Félix dio instrucciones precisas al jefe de contabilidad de la Caja de Ahorros para que reintegrase a una de sus cuentas el importe de las facturas, convenientemente infladas, de los fastos de la coronación con cargo a la cuenta 'Obra Social' bajo el concepto 'Ayuda población Entrecerros y coronación Virgen de la Gruta'. Al tiempo, aquella misma mañana, en el pueblo, el consistorio dispuso por unanimidad renombrar la calle por la que se abandonaba Entrecerros, desembocando en el camino que conducía a la ermita de la Virgen de la Gruta, como Avenida del Hermano Mayor don Félix.

Capítulo 35 (1945) La sufrida relación de Lutgarda y Ruperto

Lutgarda ya sabía leer y escribir, despacio, con muchas faltas de ortografía, con letra muy torpe y desigual, sí, pero Ruperto todo se lo disculpaba, sabía lo mucho que le había costado aprender por el escaso tiempo que había podido dedicarle, solo un día a la semana, los domingos. Para ellos significaba mucho, el derecho a la intimidad de leer y escribir con total libertad lo que tenían que decirse sin que se enterara nadie, por más que le estaban muy agradecidos a Manuel. Lutgarda le habría escrito a Ruperto a diario, pero no se podía permitir gastar tanto en papel, sobre y sello, por lo que tenía que conformarse con enviar una carta cada dos semanas, que era muy poco para sus deseos y mucho para la enclenque economía familiar. A veces, Ruperto le enviaba un sello dentro de sus cartas. Para paliar la frustración, apuraba el peso máximo que le permitía el franqueo ordinario, de modo que cada carta suya la componían cuatro cuartillas repletas por ambas caras de letra muy apretada que iba escribiendo cada noche como un diario epistolar. Cada dos domingos, ponía las gotitas de colonia en las esquinas de las cuartillas, cuidando que no alcanzaran a emborronar las letras, escribía el sobre con esmero y lo cerraba cuidadosamente, asegurándose de que la goma pegaba bien, quedando sus secretos bien guardados, y partía a la estafeta de correos. La reluciente boca dorada del buzón se hallaba embutida en la pared de la derecha, a la entrada del zaguán siempre abierto, protegido del sol y la lluvia por el amplio vuelo de una marquesina cubierta de tejas. Frente, en la pared de la izquierda, se encontraban alineados bajo llaves los casilleros, igualmente dorados, de los apartados de correos. Lutgarda depositaba su carta en el buzón, a veces creía que no había llegado a caer del todo y pretendía introducir la mano, que no cabía, para asegurarse y pensaba que si su mano no cabía, tampoco cabría la de nadie y se encomendaba a la Santísima Virgen de la Gruta para que el cartero la viera y no quedara perdida para siempre en algún recoveco del buzón. Otras veces, la empujaba con tal ímpetu que temía que sobrepasara la boca del saco que le habían dicho que estaba dispuesto en el interior del buzón y quedara igualmente

192

perdida. Y de nuevo volvía a encomendarse a la Santísima Virgen de la Gruta. También le martirizaba pensar que llegara manchada de tizne o mojada con la letra corrida, como recibía a veces ella las de Ruperto. En esta zozobra permanecía hasta que Ruperto, que sí le escribía cada semana, le confirmaba, aludiendo a comentarios de Lutgarda, que había llegado su carta.

Aquella noche del miércoles, ya tarde, Lutgarda corrió a casa de los padres de Ruperto, que se alarmaron ante tan tardía visita. "Que viene. Su hijo. Si Dios quiere, viene de permiso el martes de la semana que viene". Y Lutgarda se abrazó a sus futuros suegros. A la madre de Ruperto se le iluminaron sus ojos ciegos y una enorme alegría contenida ensanchó el rostro del padre. "Por mucho tiempo…", el tono de la madre era tanto una pregunta como una esperanzada aseveración. "Veinticinco días", casi gritó Lutgarda. "Gracias al Señor. Cuánto y, a la vez, qué poco", pensó la madre en voz alta. Los padres de Ruperto acababan de cenar y Lutgarda recogió la mesa y fregó los platos y cubiertos, el cazo de porcelana desconchada con el que se habían servido y la olla en la que habían preparado la sopa, los secó con un paño desgarrado, colocó los platos en el platero, guardó los cubiertos en el cajón de la mesa cocina y colgó la olla y el cazo en la espetera. "El domingo, vengo a limpiarles la casa". "No hija, no te molestes, que eso es mucho trabajo y tú tienes poco tiempo, ya lo voy haciendo yo poco a poco", le agradeció la madre de Ruperto. "Ni hablar, usted se cuida y no se arriesgue a sufrir un percance". Y Lutgarda se sentía con fuerzas para levantar el mundo en peso.

El martes fue un día eterno para Lutgarda. Se le cayeron no pocas cosas de las manos y a punto estuvo de quemarse con la plancha, inquieta, sabiendo que Ruperto habría llegado al pueblo y ella no veía la hora de salir de casa de los señoritos. Cuando dio de mano por fin, corrió a su casa, se aseó, se puso su vestido de domingo, se perfumó el pelo, se dio unos toquecitos de colonia en el cuello y las muñecas y partió nerviosa, muy entrada la noche, a casa de Ruperto.

Lutgarda y Ruperto se saludaron en presencia de los padres de él con un beso casto en las mejillas. Ellos ya habían cenado;

Lutgarda, no, ni ganas que tenía. Todos se sentían inmensamente felices. "Qué bien hueles, hija", la madre de Ruperto alzaba el rostro inhalando el perfume de Lutgarda. Cuando el padre de Ruperto abandonó la sala durante unos instantes, se besaron en los labios apresuradamente ante la mirada vacía de la madre de Ruperto, que supo del beso por el instante de silencio y se sonrió. El padre les contó que había oído que, finalizada la segunda guerra mundial, muchos soldados del último reemplazo de la División Azul quedaron prisioneros en Rusia. Lutgarda sufrió un gran estremecimiento, se le agitó la respiración y se le aceleraron los pulsos, asustada de pensar que Ruperto hubiera corrido esa suerte, y se asió con fuerza a su brazo. Estaba allí con ella, las guerras habían terminado y quería ilusionarse con un futuro mejor para todos, miraba a Ruperto y soñó con una vida juntos algún día. Ruperto se puso la guerrera, el cinto y el tricornio. "Voy a llevar a Lutgarda a su casa. Me llevo la llave, no tardaré". Ruperto y Lutgarda salieron a la oscuridad de la noche, apenas iluminada por alguna tenue bombilla en las esquinas de las callejas. Ruperto le entregó a Lutgarda una caracola grande y muy bonita y le enseñó a colocársela en el oído para escuchar las olas y Lutgarda las oía sorprendida con los ojos y la boca muy abiertos. Caminaron uno junto al otro, sin tocarse. La distancia disgustaba a Lutgarda y supo que siempre sería así en la calle, el reglamento de la Guardia Civil era muy estricto y un guardia lo era siempre, estuviera o no de permiso. También supo que un guardia no solo no tenía horario, sino que su disponibilidad era absoluta las veinticuatro horas del día, todos los días del año. Afortunadamente, Ruperto se encontraba ahora de permiso y muy lejos de su destino de Santa Pola como para ser llamado. Lutgarda se sentía feliz de que Ruperto tuviera una ocupación segura, pero empezó a entender que no iba a ser fácil, la guardia civil era muy estricta, exigente y sacrificada. Anduvieron muy despacio, hablando en voz baja para no ser oídos. Ruperto le contaba cómo era su vida en Santa Pola y le hablaba mucho del mar. Y Lutgarda se ponía la caracola en el oído y volvía a escuchar y soñar las olas. Hacían planes para el futuro, Ruperto pediría el traslado en cuanto hubiera cumplido el tiempo mínimo exigido en el Cuerpo, para lo que aún faltaba mucho, y se casarían. A Lutgarda le abrumaba la responsabilidad de preparar el modesto ajuar de los pobres. No le quedaba más remedio que acudir al ditero para ir reuniendo todo lo necesario con tiempo y enorme esfuerzo. Ruperto la tranquilizó, él pagaría la mayor parte. Lutgarda se sintió muy dichosa.

A Manuel le impresionó encontrar el domingo a Ruperto en casa de los abuelos vestido de guardia civil. La gruesa guerrera y el bien planchado pantalón verdes, las botas y el cinto brillantes de impoluto negro azabache, la pistola en la funda y la cartuchera, el tricornio como de charol, con un redondeado punto abultado delante en el centro y que Ruperto le explicó que era la reminiscencia que se había mantenido del tercer pico del tricornio, lo que despertó una gran curiosidad en Manuel. Ruperto extrajo el peine de la pistola, se aseguró de que estaba descargada y sin ninguna bala en la recámara y se la entregó a Manuel, que comprobó que pesaba más de lo que había imaginado, la asió por la rugosa culata fría de acero, la amartilló con esfuerzo, apuntó hacia el suelo y apretó el gatillo, comprobando la gran fuerza con que golpeaba el percutor. Se interesó por la puntería de Ruperto y este le contó cómo ejercitaban el tiro regularmente en el campo de prácticas que se había habilitado en el talud de un cerro, que en otra cosa no, pero en balas, el Cuerpo no escatimaba gastos. Ruperto aseguraba tener buena puntería, no en vano le llevaba dos guerras de ventaja a las prácticas. Le regaló a Manuel un colgante fabricado con la punta de una bala de fusil a la que había enroscado en el plomo de la parte roma de atrás un pequeño cáncamo cerrado, del que había prendido un cordón rojo. A Manuel le gustó mucho tener la pulida y puntiaguda bala y, por la mirada de Ruperto, supo que era su forma de agradecerle que les hubiera ayudado a Lutgarda y a él, leyendo y escribiendo las cartas.

Cada noche, después del trabajo, acudía Lutgarda a casa de Ruperto a encontrarse con él. Resultaba extraño que fuera la novia quien fuera a buscar al novio, pero lo preferían así, ya que el horario de Lutgarda no era estricto y siempre se prolongaba, unos días más que otros y en aquellos, una eternidad. Los domingos, era Ruperto quien acudía a casa de Lutgarda. Fueron días muy intensos en los que planificaron juntos un futuro como si fuera inminente, aunque, en realidad, desconocían por completo cuánto habrían de esperar al traslado de Ruperto.

Lutgarda mantuvo la entereza cuando, finalizado el permiso, se despidieron una y otra vez Ruperto y ella, incluso le repetía consejos de cómo cuidarse. Cuando se hubo marchado, le invadió una tristeza infinita. Pensaba en el tiempo que habría de transcurrir hasta que volvieran a verse, demasiado para no desesperar; una tortura que habría de sobrellevar de nuevo entre cartas, el único consuelo al que aferrarse.

Capítulo 36 (1945 – 1946) De El Manantial a La Ventolera

En diciembre había muerto Luchi. Hasta el último día, obedeció las órdenes, aunque le costaba un mundo caminar. Manuel la encontró al amanecer, le acarició el pelo frío. Puso a Luchi en un saco y se lo colgó al hombro, en la otra mano llevaba la azada y una espuerta con unos puñados de cal viva. Seguido de Peligro, caminó triste y cabizbajo hasta el Arroyo de las Piedras. Cavó un hoyo a la sombra de la encina de la izquierda, de las dos por entre las que pasaba don Máximo agachado al galope antes de saltar el arroyo. Depositó a Luchi con cuidado, la cubrió de cal y la tapó con la misma tierra. Peligro ladró y aulló, se diría que lloraba. Manuel pensó que Luchi había tenido una buena vida y se quedaba en El Manantial para siempre. Ese pensamiento le trajo sosiego. Desde entonces, Peligro tenía la mirada triste, apenas comía y cada día acudía al Arroyo de las Piedras. Manuel le reñía para que no escarbara la tierra de Luchi. Peligro se fue apagando y murió en enero. Era un perro viejo, pero Manuel estaba seguro de que se había dejado morir de pena. Manuel lo enterró bajo la otra encina, frente a Luchi. Se quedó largo rato sentado en una piedra, sereno, con un profundo sentimiento de orfandad. Había perdido dos fieles compañeros de la infancia y la adolescencia. Cada rincón de El Manantial guardaba la presencia de Luchi y Peligro. Se habían ido y se apenó de sí mismo. Pero Manuel, con diecisiete años, era un hombre curtido por la guerra y la durísima posguerra a la que no se le veía fin y no iba a llorar por la muerte de los perros. Y no lloró, pero cada mañana y cada tarde veía a Paco y Yi que no se separaban de Carmelo y recordaba a Luchi y Peligro con melancolía y una fuerte presión en las sienes. Durante unos días, Manuel, ya de por sí lacónico, se mostró taciturno, forzada y conscientemente absorto en el trabajo, vaciando en él todas las energías de su vigorosa juventud. Y entendió el verdadero significado de la hasta entonces gastada expresión 'pérdida irreparable'.

Aquel año del cuarenta y seis, los campos alumbraron una buena cosecha, que dio como resultado una leve mejora en la escasa calidad de los cupos asignados a las cartillas de racionamiento. El

Manantial había tenido tan buena cosecha como de costumbre. En cambio, don Félix se mostraba contrariado; el buen año agrícola había devenido en una fuerte caída de precios en el mercado del estraperlo, lo que no eran buenas noticias para él. Lejos de amilanarse, decidió que era llegado el momento de duplicar su producción con La Ventolera.

El viernes, treinta de agosto, en que Manuel cumplía dieciocho años, a la hora de la comida, don Félix mandó llamar a Francisco, Diego y Juan. "Diego, ¿dónde está tu hijo?", con esas palabras don Félix los dio por saludados. "Comiendo con la cuadrilla para celebrar su cumpleaños", el tono de la respuesta de Diego mostraba inquietud por el interés del señorito, "¿qué se le ofrece?". "¿Sabe leer y escribir y entiende de números?". "Sí, sí que sabe", el orgullo de Diego fue más fuerte que su intriga. "Está bien. Voy a poner en producción La Ventolera y necesito un hombre joven, trabajador, responsable, que entienda del campo y sepa leer, escribir y llevar las cuentas. Tu hijo...", interrogó a Diego con la mirada, "Manuel", contestó Diego, "pues tu hijo Manuel creo que es el hombre que busco, ¿cómo lo ves tú?". "Es muy joven, hoy cumple dieciocho, pero también trabajador y responsable y lo que usted pide", a Diego le gustaba pensar las cosas y no responder a la ligera, por lo que hubiera deseado tener tiempo para pensarlo y hablarlo con Manuel, pero no tuvo opción y se arrepintió nada más pronunciar las palabras, ¿acaso el señorito no era extremadamente joven para tantas responsabilidades como tenía? Temió haber sido imprudente. "Llámalo, que venga para acá". Diego se fue en busca de Manuel, aliviado porque don Félix no se hubiera tomado a mal su desafortunado comentario. La cuadrilla se hallaba muy animada, comiendo, bebiendo, gastando bromas a Manuel y porfiándole para que fumara un cigarrillo, que aquel día empezaba a ser hombre. "Buen provecho a todos. Manuel, ven, que te llama don Félix". Manuel se quedó sorprendido, "¿don Félix?, ¿a mí?". "Sí, a ti, anda que nos está esperando. Y no te preocupes que no es nada malo", y no le adelantó nada más. Manuel se limpió la boca con los puños de la camisa, se sacudió las mangas y las perneras. Acudió a su mente inoportunamente la imagen de los soldados sacudiéndose el polvo, cambiando el fusil de mano y zapateando antes de subir al camión que los esperaba en la puerta del cementerio. Ahora sabía lo que no supo entonces, que acababan de fusilar a un puñado de condenados. Se compuso el cabello con las manos lo mejor que pudo y echó a andar detrás de su padre. "Aquí lo tiene, don Félix". "Bueno, ¿qué te parece?, ¿estás dispuesto?". Manuel se mostró desconcertado. "Perdone, don Félix, pero no sabe nada. Solo le he dicho que usted quería hablar con él". Don Félix no sabía si Diego había hecho lo correcto o no, en todo caso le sorprendió una actitud tan peculiar. "Está bien. Manuel, necesito un hombre que se encargue de La Ventolera y he pensado que puedes ser tú, ¿te atreves?". El rostro de Manuel palideció al tiempo que se sonrojaba aparchonándosele la cara a rodales. "¿Y qué tendría que hacer, don Félix?". "Serías el encargado, el capataz, y te ocuparías de organizarlo todo. Quiero dedicar La Ventolera al cultivo de cereales, tanto para consumo humano como, sobre todo, para pienso y, en particular, cebada y avena para las caballerías". Para no herir susceptibilidades, se guardó de decir que por aquellos lares la cebada y avena para pienso para animales eran más rentables que el trigo para pan y harina para las personas. Don Félix estaba convencido de que poco rendimiento cabe esperar de una bestia que no come lo suficiente, en cambio, a un hombre, cuanto más hambriento está más fácil resulta exigirle. No obstante, él no era partidario de apurar hasta el límite como otros, prefería que sus obreros aportaran un mínimo de entusiasmo, lo que por fuerza había de redundar en una mayor productividad. "¿Te atreves?", repitió don Félix. Manuel pensó que si el señorito confiaba en él, por qué no habría de atreverse. "Claro que sí", se mostró decidido, "¿con qué medios puedo contar?". Diego se sorprendió con la pregunta tan correcta de Manuel. "Con los que hagan falta, ni un hombre de más ni uno de menos. Por cierto, esto es importante que lo tengáis todos presente, El Manantial es una finca y La Ventolera, otra; no quiero ninguna mezcla sin mi consentimiento previo, así que, desde este momento, perteneces a La Ventolera. Tendrás que pensar en los hombres, bestias, aperos y herramientas que vas a necesitar y contratarlos". Manuel se sintió abrumado por la responsabilidad y casi se arrepintió, pero era un hombre y lo dicho iba a misa.

Manuel se volvió adonde la cuadrilla y, desoyendo las peticiones de que terminara de comer con ellos, cogió el morral y la garrota y se encaminó a La Ventolera con paso decidido. Cruzó el Arroyo de las Piedras por el sitio donde se había desnucado don Máximo y sintió como si su fantasma pudiera atraparlo de una pierna y un escalofrío le recorrió desde las corvas a la cabeza, erizándole los vellos. Apenas atravesó la valla, se quedó plantado mirando para todas partes, quería conocer La Ventolera tan bien como conocía El Manantial. Veía al frente las encinas con las que se protegía Rodolfo cuando venía a buscarlo. A la izquierda, se alzaba un monte empinado poblado de encinas, alcornoques y descuidados matorrales. Emprendió la subida, pasando junto a las cuevas, ahora abandonadas, donde se refugiaron algunos huidos en el treinta y seis. Alcanzó la cima sin sentir cansancio. Allá arriba, una oxidada alambrada de espino delimitaba la finca por el sur. Desde aquella atalaya, aunque no alcanzaba a ver los límites, se hizo una idea de la finca, más montañosa que El Manantial. La Ventolera tenía un sobrio cortijo con la fachada desconchada y las aguas de los tejados vencidas en el centro por el peso de los años, una gañanía destartalada y una choza en ruinas. Un largo carril de tierra conectaba la entrada del cortijo por el sur y el oeste con otro más ancho que atravesaba otras fincas colindantes y desembocaba en la carretera que llevaba a Entrecerros por el noroeste. Los cercados del ganado que hubo en otro tiempo evidenciaban su abandono. Las tierras dejadas estaban cubiertas de monte y la raquítica huerta, de maleza. Estaba seguro de que habría abundante caza. Descendió por la ladera sujetándose en los matorrales y se dirigió al cortijo. Le salió al encuentro un mastín ladrándole. Manuel le habló tranquilo para calmarlo, sacó un mendrugo de pan del morral y se lo fue dando a trozos sin dejar de hablarle. Después, lo llamó chasqueando los dedos, el perro se le acercó y le olisqueó el pantalón que aún guardaba el olor de Luchi y Peligro. Manuel le acarició la enorme cabezota y echó a andar hacia el cortijo con el mastín a su lado. Estaban todas las ventanas cerradas y la puerta tenía echado el candado. La gañanía también estaba cerrada, pero sin llave. Abrió la puerta y vio algunos catres apolillados y colchones cubiertos de polvo. Volvió a cerrar la puerta para que no entraran los bichos. A la choza le faltaba la mitad de la cubierta y la puerta, el postigo de la ventana estaba descolgado y el cristal, roto; en el interior, no había nada. Manuel anduvo hasta el límite oeste de la finca, donde había un olivar junto a la valla. El mastín lo seguía a todas partes. No era viejo, Manuel le calculó unos tres años, y estaba muy flaco, los cuartos traseros como hundidos y las costillas señaladas. Sacó cuanta comida le quedaba en el morral y se la dio. El perro le lamió las manos y Manuel le quitó algunos chinchorros. Aún tuvo tiempo de llegar al extremo norte de La Ventolera a paso ligero, el mastín siempre detrás de él. Decidió darle un nombre y lo llamó Flaco, que así lo había encontrado. Cuando ya tarde emprendió la vuelta, al cruzar a El Manantial, Flaco se quedó del otro lado de la valla mirando a Manuel con su famélica cara triste. Manuel lo llamó y Flaco cruzó a El Manantial. Al llegar a la choza, tuvo que reñirles a Paco y a Yi, que amenazaban con iniciar una reyerta. Manuel cenó muy poco y Flaco, mucho. Estaba seguro de que sería un buen ayudante y se propuso cuidar de él para que se repusiera.

Manuel había recibido de don Félix un regalo inimaginable, aunque también un trabajo y una responsabilidad enormes. Apenas logró dormir aquella noche. Flaco, en cambio, bien alimentado, durmió toda la noche echado a la puerta de la choza, bajo el cobertizo.

Capítulo 37 (1946) El capataz

Cuando, al amanecer del sábado, se reunieron los braceros de El Manantial para echar mano a la faena, Manuel ya estaba en La Ventolera armado de papel y lápiz, seguido de Flaco. Pensó que debía levantar un croquis de la finca, labor para la que tan solo contaba con sus pasos para medir el terreno. Se encaminó hacia la esquina sureste y echó a andar hacia el oeste con tranco regular, contando los pasos a lo largo de la valla de alambre de espino; subió con dificultad el monte empinado, manteniendo la zancada, y lo bajó despacio para no perder la cuenta. Trazó una línea en el papel y anotó los pasos. Anduvo el vallado de piedra de las otras tres caras, anotando el número de pasos entre los vértices, así como los puntos en que la valla necesitaba ser reparada y también la abertura que conectaba con El Manantial, siempre contando fielmente los pasos. Calculó del mismo modo la ubicación y dimensiones del cortijo, la gañanía, la choza, un pozo que, de abandonado, pasaba desapercibido, la huerta y el olivar, falto de poda. El resto lo ocupaban, dejados, las encinas y los alcornoques. Cuando se vino a dar cuenta, se había pasado el día caminando, contando pasos y anotando y no había comido. Flaco lo había seguido en todo momento y Manuel percibió como si llevaran juntos mucho tiempo. Caía la tarde cuando emprendió el camino de regreso. Al pasar por el arroyo, buscó el membrillo menos verde, aun no era tiempo pero fue la única fruta que tenía a mano, lo peló con su inseparable navaja, hurgándole las botanas con la punta, y comió con apetito, muy despacio y masticando bien, como exige tan recia fruta, soportando la aspereza y acidez que insensibilizan el paladar, embotan los dientes y engrosan la lengua. Cuando llegó a la choza aún le quedaba una parte ya oxidada que arrojó a Flaco, que la atrapó en el aire y la comió con desagrado. Cenó como si no lo hubiera hecho nunca y se preocupó de que Flaco comiera bien. Buscó la regla y durante mucho tiempo estuvo a la luz de un candil pasando el croquis a limpio, calculando las proporciones todo lo fielmente que supo y pudo. A pesar de la reiterada advertencia de su madre, "anda, hijo, déjalo ya para mañana, que dice el refrán que lo que de noche se hace, de día aparece", Manuel se empeñó en terminar lo que resultó un plano que habría de serle de gran utilidad. Antes de acostarse, Manuel comunicó a sus padres, "mañana no voy al pueblo, tengo mucho que hacer en La Ventolera". "Está bien, hijo, no te preocupes, anda a lo tuyo", asintió comprensivo el padre. "¿Podréis llevar algo a doña María Luisa?", Manuel mostró gran preocupación. "Claro que sí, quédate tranquilo que no ha de faltarle", lo sosegó su madre, "y no te olvides de llevarte la comida que te dejaré sobre la mesa".

Aún era de noche cuando salió Manuel, cerrando la puerta con sigilo para no despertar a sus padres. Flaco, ya despierto, se levantó, se desperezó, se sacudió con estrépito y echó a andar precediendo a Manuel. Al pasar por el Arroyo de las Piedras, la luz aún incierta modelaba figuras fantasmagóricas, al tiempo que el hurasqueo de alguna rata o algún lagarto bajo el zarzal le sobresaltó y volvió a sentir escalofrío. Tuvo la certeza de que habría de ocurrirle siempre, como también sabía que nunca haría nada por evitar el paso por el lugar en el que murió don Máximo, no sería de hombre. Cuando llegó a los primeros alcornoques, la luz del alba iluminaba La Ventolera. A mediodía, cuando llegó al cortijo, había revisado minuciosamente las encinas y los alcornoques, realizando numerosas anotaciones. Flaco, jadeando, se echó bajo un peral, dando muestras de cansancio. Manuel se sentó a comer, echando a Flaco un buen mendrugo de pan que había guardado en el morral junto con su almuerzo. El mastín devoró su comida y se fue a beber al pilón. Manuel comió con apetito, añadiendo una pera que cogió del árbol y mondó con la navaja. Apenas terminó, se puso nuevamente en marcha, tenía mucho que hacer. Revisó la huerta y un terreno muy amplio y desarbolado que abarcaba desde el cortijo hasta la falda del cerro empinado de las cuevas y desde el paso de El Manantial hasta el extremo opuesto del olivar. Por último, escudriñó el cerro sin dejar de tomar notas. Cuando estuvo seguro de haber revisado toda la finca, emprendió el camino de vuelta. De nuevo al cruzar el Arroyo de las Piedras volvió a sentir que se le erizaban los vellos. Al llegar a la choza era noche cerrada. Su madre suspiró con alivio.

A media mañana del lunes, Manuel se encontraba en la plaza de la iglesia frente a la casa de don Félix, donde a diario se congregaban los hombres y muchachos que se encontraban sin trabajo. Se dirigió al grupo más numeroso que, fumando, esperaba pacientemente y sin esperanzas a la sombra de los naranjos. "Busco jornaleros". Lo miraron a él primero y después a El Arisco, que parecía que llevaba la voz cantante, quien con la cabeza levantada y echada hacia atrás y los ojos entornados como mostrando desconfianza, "¿cuántos?". "Bastantes; desde luego, más de los que estáis aquí". No ocultaron su sorpresa e incluso su interlocutor pareció abrir bien los ojos. "¿Para qué faena?". "Descorchar y arar, entre otras". "¿Y no es muy tarde para el descorche?". "Por eso necesito tanta gente y no tengo tiempo que perder; así que ¿quién sabe y quiere descorchar?". El desconfiado le interrumpió, "¿y de salario, qué?". "Salario de don Félix", zanjó Manuel. "¿De don Félix? ¿En El Manantial?". "No, en La Ventolera". "Está bien, cuenta conmigo para descorchar". "Y conmigo", "yo también". Y se ofrecieron un puñado de hombres con El Arisco a la cabeza. "¿Quién para arar?". Se apuntó el resto. Reunió a los demás hombres y muchachos de la plaza y contrató a un buen número para completar las cuadrillas. "¿Algún cocinero?". Y todos señalaron a El Cazuela. Por la cuenta que les traía, Manuel sabía que el cocinero era bueno. "Pasado mañana, miércoles, a las ocho en La Ventolera", les anunció.

Cuando terminó, Manuel se encontró con don Félix que salía de casa. "¿Cómo por aquí?", le saludó don Félix. "Acabo de contratar el personal para La Ventolera". "¿Y no crees que deberías contarme los planes?". "Claro que sí, don Félix. He estudiado el terreno. Más de la mitad de los alcornoques están listos para la saca y hay que darse prisa antes de que se vengan las aguas. Acabo de contratar a los descorchadores. Por otra parte, hay que preparar el terreno para arar y sembrar la cebada, así como acondicionar la huerta; también están contratados los hombres". Y Manuel le explicó qué terreno era el idóneo para sembrar, las bestias, aperos y herramientas que iba a necesitar, así como el sistema que había ideado para llevar agua de El Manantial para regar. Don Félix acogió las noticias con agrado,

204

asintiendo, y se convenció de que no se había equivocado con Manuel. "Si no dispone usted otra cosa, me marcho a contratar las bestias y el material. Y si le parece, le encargaré a Francisco que lleve el sábado el dinero de los jornales de La Ventolera al tiempo que lo hace para El Manantial". "Está bien. Me gusta cómo trabajas. Dentro de unos días, me pasaré por la finca para que me des más detalles sobre el terreno". Don Félix le dio una palmada en el hombro y se dirigió al casino.

Don Félix llegó a La Ventolera a mediados de mes por la carretera del noroeste de Entrecerros, habían pasado más días de los que Manuel había calculado. Los ladridos de Flaco anunciaron su llegada y Manuel salió al encuentro. "Veo que está todo en marcha". "Sí, don Félix, no hay tiempo que perder". "Sube". Manuel se sacudió a conciencia antes de auparse a la calesa a la izquierda de don Félix. "¿Dónde vamos a sembrar la cebada?". A Manuel le sorprendió la expresión; desde luego, don Félix iba a sembrar bien poco. Manuel sacó el plano del bolsillo, lo desplegó y se lo tendió a don Félix, explicándole pormenores de toda la finca. Don Félix disimuló su asombro, nunca hubiera imaginado tal iniciativa en un empleado suyo. En el inicio del recorrido, Manuel le mostró el extenso terreno desarbolado en el que se afanaba una numerosa cuadrilla, unos quitando piedras, otros acarreándolas en carros y otros arando una parte ya despedregada y remojada. Alcanzaron la linde con El Manantial y Manuel le explicó de qué punto había tomado el agua y cómo habían excavado algunas zanjas para buscar las pendientes del terreno y cubrir la mayor extensión posible. "Don Félix, es posible que reclamen de otras fincas porque les quitemos agua del arroyo; bien es verdad que no será de forma continua, sino solo cuando haya que regar". Don Félix no se inmutó, "haz lo que tengas que hacer, que nadie se va a quejar". La saca de corcho se encontraba en plena actividad, numerosos alcornoques mostraban sus carnes desnudas. Los quintales de corcho se apilaban perfectamente colocados, como si de un enorme cajón se tratara, entre el cortijo y la choza. "Me he permitido la licencia de tomar parte del corcho para reparar la choza". Don Félix observó la cubierta a cuatro aguas y la puerta y la ventana recubiertas de corcho. La construcción se mostraba confortable, original y agradable a la vista. A don Félix le gustó, pero no dijo nada. "¿Vives aquí?". "Sí, claro, desde que empezaron a llegar las bestias, los carros, los aperos, las herramientas, las simientes... Esto no se puede quedar solo nunca". Don Félix asintió con la cabeza mientras contemplaba el corcho, el cortijo y la choza. "Don Félix, ¿le parece que plantemos frutales en la huerta? Creo que no hay gente bastante en Entrecerros para consumir tanta verdura y la fruta aguanta más para llevarla a la capital". "Veo que estás en todo. Me parece muy acertado, planta frutales. Estás haciendo un buen trabajo y tendré que ocuparme en ampliar la cartera de clientes". Manuel se alegró de que se sintiera obligado a colocar todo lo que él tenía en mente producir, como también tomó conciencia de que de nada servía producir si no había a quien vender, y comprendió la importancia de la labor de don Félix y por qué era rico.

Don Félix quiso conocer el cortijo. Manuel fue a la choza a buscar las llaves que le había entregado El Jáquima. Entraron en el caserón en penumbra, completamente desamueblado y con algunos enseres inservibles tirados por el suelo, todo cubierto de polvo. Don Félix echó una ligera ojeada y no encontró motivos para seguir más tiempo allí dentro. "Algún día habrá que reformar esto. Algún día", salió y subió a la calesa.

Cuando se despidió don Félix, Manuel tuvo la seguridad de que tardaría en volver. Percibió que le delegaba toda la responsabilidad, lo que le enorgulleció, al tiempo que se exigió trabajar más y mejor. Entonces, se percató de que llevaba más de diez días sin ver a sus padres y sintió cierta culpabilidad por qué pensarían de él, pero debía atender a sus obligaciones y, por lo pronto, no estaba en sus manos solucionarlo. Confió en que ellos solos se bastarían para llevar provisiones al pueblo para la familia y no se olvidarían de doña María Luisa. Se convenció de que así lo harían, lo que le sirvió para despreocuparse. Contempló cómo dos hombres encaramados sobre la pila de corcho colocaban las planchas que les lanzaban otros dos desde el carro y se dirigió resuelto a examinar los trabajos en el terreno de la futura, ya próxima, siembra.

Capítulo 38 (1946 – 1947) Primavera fértil

Debido al abandono en que estuvo postrada, no había nada en La Ventolera que no requiriera de profusos cuidados. Manuel no se daba tregua. Aún había tenido que contratar otra cuadrilla para recoger la aceituna de verdeo en el pasado mes de septiembre. Para más adelante, cuando declinara el otoño, quedaba la aceituna de molino, la poda de olivos, encinas y alcornoques, tan faltos de ella que a buen seguro darían muchos quintales de leña, y entre unas labores y otras debía ir entremetiendo la limpieza de monte. La maleza le quitaba el sueño, cualquier descuido podía desatar un incendio y arruinar La Ventolera. Se malhumoraba solo de pensarlo, se le ponía la piel de gallina y se le agitaba la respiración. Había de ganarle tiempo al tiempo y se propuso tener la finca acondicionada antes de la primavera, como si la nueva vida que habría de traer hubiera de ser acogida en una casa recién ordenada. Para mediados de octubre, se terminó de arar la tierra que arropó la semilla de cebada en su esponjoso lecho mullido y la sumió en el sueño del que habría de despertarla el sol de marzo. Manuel no tenía tiempo de recrearse en las labores terminadas, pendiente siempre de las que quedaban por hacer. Y la maleza, sobre todo, la maleza, que no se le iba del pensamiento.

Hacia finales de ese mismo octubre, Eloísa no pudo guardar el secreto por más tiempo. Aquella noche, después de la cena, se decidió, "Félix, tengo que comunicarte una noticia importante; ojalá sea de tu agrado". "Sabes de sobra que si es buena para ti, también lo será para mí". Eloísa aún dudó. Don Félix la tomó de una mano, le acarició los rubios tirabuzones con la otra y, mirándola a sus celestes ojos, la besó en los labios. "Dime, qué te preocupa". "Tú. Me preocupas tú. Bueno, no tú, lo que puedas pensar de mí". Don Félix, seguro de ella y de sí mismo, la observó con mirada burlona, volvió a besarla tiernamente, "venga, dímelo". "Estoy embarazada", y bajó la vista para esquivar la de don Félix, que le alzó el rostro. Eloísa vio la ilusión en los ojos de don Félix como no la había conocido nunca y sintió que se le ensanchaba el alma. "¿Desde cuándo?". "Cuatro meses; nacerá para el comienzo de la primavera". Don Félix la abrazó y la besó como queriendo preservarla de todo peligro. "Te vas a cuidar más que nunca. Nada de hacer ninguna faena en la casa. Te lo prohíbo. Desde mañana mismo, tendrás aquí a una mujer que las haga y te ayude en cuanto necesites". "Félix, no exageres, voy a darte un hijo, estoy perfectamente, no estoy enferma". "Ni lo vas a estar porque no voy a consentirlo. No me discutas, desde mañana hay aquí una mujer contigo. Yo me ocuparé de que sea la mejor, porque nada hay lo suficientemente bueno para ti". Eloísa lo vio tan feliz y se sintió tan querida que desistió de convencerlo, se reprochó haber albergado tantas dudas sobre cómo habría de acoger don Félix la noticia y fue inmensamente feliz. Eloísa sabía que su embarazo y el de Anita eran del mismo tiempo, con días o a lo sumo alguna semana de diferencia, pero no quiso recordárselo a don Félix, ese momento era suyo y ni siquiera el recuerdo de Anita podría arrebatárselo. "García del Encinar Miranda, suena bien; suena pero que muy bien", pensaba don Félix en voz alta. Abrazado a ella, le estaba dando su apellido sin reservas, lo que la colmó de felicidad, "ojalá sea niño y tenga el temperamento de su padre", deseó Eloísa vehementemente. "No me importaría que fuera niña si se parece a su madre", las palabras de don Félix eran tan cariñosas como sinceras.

Manuel llevaba más de dos meses sin saber de don Félix. Finalizaba noviembre cuando decidió visitar a sus padres. Llegó de improviso a mediodía, a la hora de la comida. A la madre se le iluminaron los ojos contemplando con orgullo al hombre en que se había convertido su hijo, capataz de una finca tan grande como El Manantial, y puso la mesa para los tres como si lo estuviera esperando. Manuel supo por su padre de la marcha de El Manantial y por su madre, de la familia en el pueblo. Encargó a su padre que solicitara cita para él a don Félix cuando apareciera por El Manantial. "Hace mucho que no viene y ni Francisco sabe cuándo lo hará". Manuel no ocultó su contrariedad, le producía intranquilidad ausentarse de La Ventolera, pero se veía obligado a marchar al pueblo para tener noticias de don Félix.

Era la primera vez que entraba Manuel en el zaguán de la casa de don Félix y llamaba en la puerta interior, golpeando con el rotundo llamador de bronce bruñido. Le abrió una criada. "Soy Manuel, el capataz de La Ventolera", casi se sonrojó al anunciarse a sí mismo, "necesito hablar con don Félix". "El señorito no está". "¿Y sabes cuándo vendrá?". "Espera, que le pregunto a la señora", y se marchó hacia adentro dejando entornada la puerta por la que salía un tibio sol oblicuo, recortado por los tejados del patio, que venía a morir a sus pies. Manuel contempló el patio de columnas de alabastro que delimitaban el corredor, con el pavimento en mármol blanco salpicado de olambrillas negras, adornado por multitud de macetas bien cuidadas, muy sanas y con las hojas muy verdes, en derredor de la fuente, que lucía en el centro; en las esquinas, las enredaderas trepaban perezosas abrazadas a las columnas. "Dice la señora que pases". Entró hasta una sala en penumbra, en la que se encontraba la señora sentada en una mecedora próxima a la ventana que daba a la plaza, cubriéndose con las enagüillas de la mesa camilla, al calor del brasero que olía a sahumerio de alhucema, tras el visillo de encaje que la preservaba de miradas indiscretas. Sobre la mesa, había un rosario con las cuentas de nácar, una jarra de cristal con agua, tapada con un pañito de croché, y un vaso. En el regazo, un bastidor con un avanzado bordado infantil. "Buenos días, doña Patro". "Conque tú eres el capataz de La Ventolera. Qué le gusta a este hijo mío dar responsabilidades a gente tan joven. ¿Qué quieres?". "Tengo que hablar con don Félix de asuntos de la finca". "Pues tendrás que esperar, ahora tiene asuntos más importantes que atender en la capital y viene poco, demasiado poco para el gusto de esta vieja que tanto lo echa en falta", doña Patro se interrumpió, apartó ligeramente el visillo y miró por la ventana como absorta en sus pensamientos, "ojalá cuando nazca lo que están esperando les dé por venir y traerlo para que vea a su abuela", y volvió a callar y a mirar por la ventana como si fuera a verlo venir. "¿Entonces, señora…?", Manuel no quería interrumpir. "Está bien, se lo diré cuando venga". "Gracias, señora", y salió con la incertidumbre de no saber cuánto tardaría en hablar con don Félix, ni siquiera si doña Patro se acordaría.

La señora sí se acordó. Esa misma semana se presentó don Félix en La Ventolera. Manuel lo agradeció infinito, no le agradaba dejar a todo el personal trabajando en la finca y ausentarse él por importante que fuera lo que le reclamara. "Los trabajos van bien y en tiempo, solo me preocupa, por el riesgo de incendio, lo que todavía tardaremos en terminar de arrancar el monte. De todos modos tengo más que advertido al personal que pongan el máximo cuidado con el fuego, tanto de las candelas como de las colillas. Por si acaso, como se habrá dado usted cuenta, limpiamos el monte haciendo cortafuegos, para minimizar el daño si, Dios no lo quiera, ocurre un accidente. Don Félix, quería consultarle dos cosas. Primero, si le parece bien arreglar con tiempo el granero para cuando llegue la época de recoger la cebada. Y en segundo lugar, creo que deberíamos reparar los cercados y el cobertizo y tener ovejas, cabras y cochinos para aprovechar las bellotas, los rastrojos de los sembrados y los pastos de la dehesa". Una vez más a don Félix le gustó la manera de obrar de Manuel. "Vamos a ver ese granero". Adosado al cortijo, con las paredes desconchadas, el tejado casi derruido y los huecos de puerta y ventanas desprovistos de hojas, el granero mostraba un aspecto deplorable. "Te mandaré los albañiles. Que arreglen el tejado, enluzcan los muros, reparen la puerta y las ventanas y encalen por dentro y por fuera. Hay que preservar la cosecha. En cuanto al ganado, compra las hembras y machos que hagan falta y encárgate de todo lo necesario. Voy a venir poco en los próximos tiempos, confío en ti y lo que hagas, bien hecho estará, procura no equivocarte". Manuel se sintió recompensado con la confianza de don Félix, quien le transmitía sentimientos contradictorios. Por una parte estaba convencido de la inteligencia natural que ostentaba y que lo había encumbrado a la posición de la que gozaba; por otra, sabía de su falta de escrúpulos, si bien nunca hacía daño de forma gratuita, todo en él parecía obedecer a un fin perfectamente planeado que hacía olvidar los medios de los que se valía para conseguirlo. Y esa persona con tanto poder, tanta inteligencia y tan dudosa moral confiaba plenamente en Manuel, que no podía evitar un sentimiento de cierta indulgencia y verdadera simpatía hacia su señorito.

Anita sufrió viendo cómo se le adelantaba el parto casi un mes, temerosa de perder a la criatura que resultó ser una niña con muy poco peso, pero sana y que lloraba con chilliditos como de ratita. Su madre, doña Ana, y su hermana, Remedios, no se apartaban de Anita y la niña, a la que don Félix accedió a que le llamaran Inocencia, el nombre de la madre de don Fidel, quien se sintió feliz y abrió su mejor coñac y la caja de habanos más cara y brindó y fumó con su yerno hasta que el alcohol desembocó en lágrimas y palabras de gratitud hacia don Félix. "Fidel, sé que estará de acuerdo conmigo en la conveniencia de abrir una cuenta bancaria a nombre de la niña con un capital que sea garantía de un futuro de tranquilidad para Inocencia y Anita, ante, Dios nos libre, cualquier desgracia que pudiéramos sufrir cualquiera de nosotros". Don Fidel agradeció a su yerno el desvelo por su nieta e hija y se comprometió a abrir al día siguiente una cuenta con un millón de pesetas que iría engrosando periódicamente, "no se me olvidará, pero recuérdamelo mañana sin falta", la voz de don Fidel era estropajosa. Y brindaron una y otra vez hasta que don Fidel se quedó profundamente dormido en el sillón, retirándole don Félix la copa a punto de caérsele de la mano y apagando el puro que se consumía lentamente en el cenicero.

El embarazo de Eloísa se desarrollaba con toda normalidad, hasta tenía el guapo subido. Conforme se iba acercando el momento del parto, don Félix prolongaba sus visitas a Eloísa, tanto que al final se pasaba casi el día entero en casa con ella, hasta el punto que no les resultó extraño que se encontraran juntos cuando la nueva madre rompió aguas el primer día de primavera. Don Félix mandó llamar a un médico y a la comadrona, quienes atendieron a Eloísa, que parió un precioso niño rollizo de ojos celestes como un querubín. La madre de Eloísa, doña Concepción, que había sido traída del campo días antes, se encargó de lavar y cuidar al niño junto con Vicenta, la solícita asistenta que atendió a Eloísa desde que don Félix tuvo conocimiento del embarazo. Eloísa se lo reclamó y se lo puso sobre el pecho. Don Félix solo tenía ojos para Eloísa y su hijo; la miró a ella, miró a su madre y anunció, "quiero que el niño se llame Fernando, como su abuelo". Doña Concepción rompió a llorar de gratitud. Eloísa, de amor sincero. Don Félix se sintió redimido con el padre de Eloísa, que permanecía en el campo, ausente en su enajenación.

La primavera había encontrado a La Ventolera acicalada como una novia ante el altar. La cebada brotó con fuerza, asomaron los brotes en los frutales nuevos aún apuntalados, la dehesa se vistió con un manto florido, todo en medio de la calma que proporcionaba la reducida presencia de braceros, ya que el grueso debía aguardar a ser contratado para la recolección de la cosecha. Manuel se sintió aliviado desde que se terminó de limpiar el monte y se desvaneció el peligro de incendio; sintió una inmensa paz. Su esfuerzo y sus desvelos habían alumbrado una primavera pletórica para La Ventolera, al igual que doña Anita había alumbrado, no sin dificultades, a la hija de don Félix. Era lo que se conocía en Entrecerros; nada se sabía de Eloísa. A don Félix no le importaba, la primavera había eclosionado generosa para él.

Capítulo 39 (1947) La cosecha

Aquella mañana de domingo de mediados de junio del cuarenta y siete, despojado de matorrales a los que asirse, tan solo las encinas y alcornoques y un ralo manto de hierba de primavera que comenzaba a secarse, Manuel subió dificultosamente al cerro de las cuevas, entonces se dio cuenta cabal del gran trabajo de limpieza de monte realizado por sus cuadrillas en La Ventolera. Se sentó en una piedra de la cima y, con Flaco a su lado, estuvo contemplando la finca largo rato. Hizo memoria de la primera vez que la examinó desde aquel mismo lugar y se sintió orgulloso de cómo había cambiado. Él mismo se había encargado de encalar el cortijo en desuso para proteger los muros y que luciera blanco y no desdijera. El remozado granero se mostraba como nuevo, como si, tras años de olvido, fuera a acoger una cosecha por primera vez. La gañanía, la choza que él habitaba, los cercados, el cobertizo, el pozo, los abrevaderos, aunque sin pretensiones, todo lucía decente, ordenado, limpio, definido. Las hojas de las encinas y alcornoques, bien podados, anclados como colosos arraigados en las profundidades de la tierra, tremolaban en saludo verde y plata a la leve brisa fresca que soplaba del suroeste; un viento que con mayor o menor intensidad, pero incesante, nunca faltaba y que daba nombre a la finca. La brisa ondeaba el inmenso mar de cebada que trepaba en áureas olas lomas arriba y corría ondulado y siseante como una culebra dorada junto a las piedras de la valla de la linde de El Manantial hasta perderse de vista. Los andrajosos espantapájaros, aturdidos por el viento que agitaba sus grotescos cabellos y manos de rastrojos, vigilaban impertérritos la cosecha. Todo estaba en paz y sosiego, también el espíritu de Manuel, que, por primera vez, contemplaba la obra como admirado de sus hombres y, por qué no, de sí mismo. Miró a Flaco que, inmóvil junto a él, apoyaba la cabezota sobre las manos estirando el hocico hacia adelante. Flaco le devolvió perezoso la mirada moviendo solo los ojos. Manuel se inclinó y le acarició el robusto cuello; en su poderoso cuerpo, todo músculo, había desaparecido cualquier señal del hambre de cuando se encontraron. Flaco permaneció muy quieto, temeroso de que el menor movimiento hiciera desistir a Manuel de sus placenteras caricias. Cuando cesó Manuel, Flaco se levantó, se acercó a él y se derrumbó de nuevo recostándose en su pierna. Manuel volvió a acariciarlo y le agradeció su compañía incondicional, hablándole con voz queda como a un confidente. Consciente de que era la última vez que podría hacerlo aquel año, se recreó de nuevo contemplando la cebada y los espantapájaros, al día siguiente las implacables guadañas comenzarían a abatir sin piedad la mies, a la que ya aguardaba una era redonda y limpia, retirada del otro lado del cortijo. Resbalando, descendieron del cerro con más dificultad y peligro de los que afrontaron en la subida.

El sonido amenazante de las piedras de afilar de los segadores amolando guadañas y hoces produjeron en Manuel un sentimiento encontrado, por una parte, del triunfo que suponía el fin de tanto trabajo y zozobra y, por otra, de congoja por las espigas que iban a ser cortadas, cambiando la fisonomía del sembrado; en un sentimiento de melancolía que le traicionó, imaginó las espigas desangradas y el sembrado arrasado.

El canto de los segadores era la nana que adormecía a las espigas antes de rendirse a los arqueados susurros del corte de las guadañas. Los bieldos recogían en haces la mies caída, llenando los carros. En la era, azuzados por el restallido del látigo, los mulos tiraban con brío del trillo, deshaciendo las espigas y soltando el grano de la cáscara. Los aventadores lanzaban al cielo la parva, el grano caía a plomo mientras el viento apartaba la paja y los escobajos de las espigas desgranadas. Las cribas, finalmente, separaban el grano limpio, que era acarreado al granero.

Al término de la jornada, Manuel observó las horrendas mellas que afeaban el terreno ya cortado y calculó que la siega se prolongaría durante otros veinte días. Fue al granero y se alarmó al ver que era totalmente insuficiente para acoger tan enorme producción de cebada. No sabía cómo solucionar el problema y la preocupación no le dejó pegar ojo en toda la noche. Por fin, resolvió que, cuando se colmara el granero, mandaría limpiar la vivienda del cortijo deshabitado y la usaría también de granero, una idea que seguro que don Félix no acogería con desagrado. Ese descubrimiento le tranquilizó, aunque no podía dejar de reprocharse la torpeza de no haber previsto el contratiempo. No era un cualquiera, él era el capataz, el único responsable en quien don Félix había depositado su máxima confianza y no podía cometer un error tan burdo. ¿Cómo había sido tan torpe? Y se mortificaba, mientras nadie, excepto él, parecía haberse percatado del problema.

El sábado, cuando los jornaleros se marcharon al remudo, el terreno segado rondaba la tercera parte y el granero estaba más que mediado. Decidió que el lunes, sin falta, dedicaría algunos hombres a la limpieza del cortijo para convertirlo en improvisado granero. Entonces, Flaco ladró, advirtiendo de la llegada de la calesa de don Félix. "Bueno, ¿cómo va esto?". Manuel lo puso al día, llevaban una semana de siega y aún les faltaba medio mes. Don Félix quiso ver el granero y hacia él se encaminaron. Tomó un puñado de cebada en una mano, la observó cuidadosamente apretándola con los dedos de la otra mano y concluyó que era de una calidad excelente. "Don Alfredo, el capitán general, se va a sentir más que satisfecho". Manuel lo miró con extrañeza. "Esta cebada y paja van destinadas a alimentar a las caballerías del ejército de tierra de la región militar. Pagan bien y seguro. El lunes, desde primera hora, está aquí el camión para transportarlas al cuartel de caballería de la capital. Lo cargamos nosotros aquí. La descarga en el cuartel corre por cuenta de los soldados. Ocúpate de que nadie se duerma, hay que dar dos viajes cada día". Manuel desbarató de inmediato en su mente el plan de usar el cortijo; el granero no se colmaría nunca, lo que le sirvió de gran alivio, aunque permanecía implacable consigo mismo y no cejaba en reprocharse su error, ni siquiera cuando don Félix, mirándolo de frente, "sabía que no me defraudarías; no lo hagas nunca". Manuel se sintió azorado y como para librarse del sonrojo, "¿cómo está su niña, don Félix?". "Bien, están muy bien, están muy bien" repitió. Manuel no entendió a quiénes se refería, pero calló. Como don Félix no preguntó, Manuel tampoco le confesó su error de cálculo sobre la capacidad del granero. No le hubiera importado, pero decidió que era mejor dejarlo estar, a fin de cuentas, para qué preocupar a don Félix con un problema que solo había existido en su mente; había secretos más graves que guardaba Manuel para sí, que ni podía imaginar don Félix, y que tampoco le confesaría nunca.

Liberado del problema que tan preocupado le había tenido en los últimos días, Manuel recuperó la calma. La siega seguía su curso de dentelladas, el camión iba y venía puntual de la capital dos veces cada día, las pacas de paja se apilaban formando muros gigantescos más allá de la era, aguardando su turno para cuando se terminara de transportar la cebada. El Cantiña, uno de los aventadores, entonaba cantes de siega jaleado por los de la era. El Arisco, conduciendo el trillo, echaba ojeadas a El Cantiña y su paradójica torva mirada de complacencia imponía respeto a todo el grupo. Uno de los segadores, El Seguío, no se arredraba, derrochando un portentoso torrente de voz bien afinado a la par que segaba tan deprisa como cualquiera. Un cantaor y otro se retaban en la distancia, nadie osaba interrumpirlos, admirados de las cualidades para el canto de sus compañeros. Cuando, por fin, callaban, no pocos braceros se atrevían a entonarse por lo bajini. El cante, al menos mientras duraba, les levantaba el espíritu y desataba un sincero afán de camaradería. Al final de la jornada, se arremolinaban alrededor del pozo con el torso al aire para lavarse y eliminar los picores del polvo de las espigas. Entonces eran momentos de chascarrillos, risas y bromas. El Cantiña y El Seguío enmudecían, como si el agua purificadora les secara amores, desamores, alegrías y penas en que se sumergía el cante, para no volver a rebrotar hasta por la mañana cuando volvían al tajo.

Cuando partió el camión con la última carga de pacas de paja, el campo quedó en silencio. Solo se oía el sonido de las esquilas del rebaño de ovejas y cabras que pastaban en el terreno segado. La brisa incansable soplaba la paja suelta no recogida. En ocasiones, los remolinos levantaban una vorágine enloquecida de polvo y paja que corría sobre los rastrojos. A lo lejos, se oían apagadas las voces de los descorchadores. Terminada la cosecha y sintiendo que lo tenía todo por la mano, Manuel se mostraba pletórico, confiado de sí mismo, con fuerzas sobradas para conducir cuanto le demandara La Ventolera. Aquella tarde se dirigió a El Arisco y le ofreció, "quiero que seas el jefe de la cuadrilla de descorchadores". "Gracias, muchacho, pero no. Yo no sirvo para eso, a mí me gusta ir a mi aire sin decirle a nadie lo que tiene que hacer o no". Manuel quedó desconcertado, cómo iba a imaginar esa respuesta. "Pero si todos te respetan y confían en lo que haces y hasta diría que esperan a que tú les digas lo que tienen que hacer", insistió. "Ellos sabrán por qué, nunca en mi vida les he pedido ni mucho menos ordenado nada, quién soy yo. Gracias, de verdad, pero yo estoy bien así y no me gusta mandar". "Como quieras, pero si cambias de opinión, dímelo". Manuel se quedó pensativo, ¿acaso le gustaba mandar a él?, ¿realmente mandaba? Tenía la responsabilidad que le había confiado don Félix, pero trabajaba como el que más, no era como El Jáquima, que sí que mandaba; Manuel ni quería ni sería nunca como El Jáquima.

Capítulo 40 (1947) Amor súbito

El primer domingo de septiembre, Manuel fue al pueblo a visitar a la familia; desde que era capataz, esa obligación la había delegado en sus padres muy a su pesar; no consentía que nadie hiciera lo que le correspondía a él, pero su responsabilidad y dedicación a La Ventolera le exigían sobre cualquier otro deber. Al abuelo Andrés se le habían ido consumiendo las palabras y apenas decía nada, como absorto en sus pensamientos, solo las carantoñas de la tía Fernanda conseguían despertarle la sonrisa. La abuela Josefa vivía como a rastras, sin ganas, lo mismo le daba que fuera de día que de noche, invierno que verano, siempre taciturna, ni gozaba ni sufría, como si se le hubieran agostado la fuente de la risa y el pozo de las lágrimas. Mientras la tía Fernanda le sacaba la sonrisa al abuelo, la tía Lutgarda se afanaba en limpiar la casa para aliviarle la vida a la abuela. Manuel supo que su tía seguía con el calvario de vivir a Ruperto solo por carta. "Bueno, ¿y tú, qué?", le espetó la tía Lutgarda a Manuel. "¿Que yo qué, qué?", Manuel no entendía a su tía. "Sí, hombre, que si ya le tienes echado el ojo a alguna pollita". Manuel enrojeció y se sintió arder las mejillas y las orejas, "qué va, si no conozco a nadie siquiera", trató de zafarse sin perder la dignidad. "Pues tú no conocerás, pero a ti bien que te conocen", intrigó su tía. "Ah, ¿sí?", se mostró entre perplejo y escéptico. "Ya lo creo. Y tanto que sí. Más de una se bebe los vientos por ti; vamos, que tienes donde elegir". A Manuel se le agudizó el sonrojo y pensó que debía estar ya de color púrpura, al tiempo que sintió cómo se le aceleraba el pulso. "Ahora, que yo, que soy tu tía, tengo que decirte que como Rosa La Apañá, ninguna. Bonita, cariñosa, pizpireta, hacendosa... una mujer, Manuel. ¿La conoces?". Manuel hubiera preferido no responder, pero no podía escapar a la encerrona, "bueno, la he visto de lejos alguna vez". "Pues para haberla visto de lejos, bien que te acuerdas", le zahirió su tía. "Tita...", quiso protestar. La tía reía burlona. Al fin, muy seria, lo comprometió, "ven el domingo que viene". "No sé si podré", Manuel pretendía escapar una vez más. "Sí sabes y sí podrás. Más adelante, con el arado y la siembra, será cuando no puedas, así que te quiero ver aquí el domingo próximo".

Aquella semana, Manuel vivió días extraños, no podía quitarse del pensamiento las palabras de su tía Lutgarda ni la imagen de Rosa. Sí, la había visto alguna vez. Y no tan de lejos. Se habían cruzado en la calle Mayor en otro tiempo cuando, al atardecer, emprendía con sus padres la vuelta a El Manantial. Y le pareció recordar que Rosa le miraba… o no, o quizás solo fueran ahora figuraciones suyas; pero creía que sí. Aquellos pensamientos eran como un veneno que se había apoderado de él de sopetón y lo tenía ensimismado. Aunque cuando se lo propuso su tía pensó que de ninguna manera volvería el domingo siguiente, según pasaban los días una fuerza irresistible lo empujaba a ir, tanto que los días se le hacían eternos, como si no fuera a llegar nunca el domingo.

Llegó a casa de los abuelos después de la hora de comer. Encontró solas a la abuela, que estaba como ausente, y a la tía Lutgarda. El abuelo no había ido aquel fin de semana, en su lugar lo había hecho el tío Andrés, que andaba divirtiéndose por el pueblo con los amigos. La tía Fernanda se había esfumado a instancias de Lutgarda. Sus padres se encontraban ya en casa de los padres de Diego, aún los vería antes de volverse cada cual para su finca. "Hombre, por fin, llegas; ya creía que no vendrías", lo saludó aliviada la tía Lutgarda. "Ya te advertí que no sabía si podría venir", casi se disculpó Manuel. "Sí, eso le he dicho a tus padres para que no se preocupen, pero has venido, aunque tarde", se vengó la tía Lutgarda sintiéndose victoriosa, "¿qué te ha entretenido?". "Se puso de parto una yegua y venía difícil, ni siquiera he comido ni ganas que tengo", confesó Manuel. Lutgarda lo miró burlona, "vaya, ya te quita las ganas de comer y todavía no la conoces". Manuel no supo qué responder y se enojó consigo mismo al sentir cómo se sonrojaba otra vez delante de su tía. "Anda, te voy a preparar algo". "No, tita, no tengo hambre". "Ah, eso sí que no, tienes que comer, no vaya a ser que ella te encuentre maganto". Lutgarda habló con tal determinación que Manuel ni se atrevió a discutirle, era un territorio en el que se movía con tanta torpeza que siempre llevaría las de perder. La tía Lutgarda tenía planeado algo que ni él sabía de qué se trataba ni se atrevía a preguntarlo. Cuando hubo terminado de comer Manuel, Lutgarda salió dejándolo con el café que le había preparado; "vuelvo enseguida", y desapareció. La abuela dormitaba en una mecedora en su habitación. Manuel, solo, sentado a la mesa con la taza entre las manos, permanecía en estado catatónico, rígido y con una gran inquietud interior, con Rosa instalada en el pensamiento como a todas horas desde hacía una semana. "Ya estamos aquí", Lutgarda entraba acompañada de Rosa, a la que sujetaba del brazo. Manuel sintió una enorme presión en ambas sienes y notó un traqueteo en el corazón, que había olvidado algunos latidos. Rosa llevaba un austero vestido muy limpio y planchado, con el pelo castaño recogido hacia atrás mostraba todo el esplendor de su precioso rostro en el que brillaban los ojos color miel. Era más hermosa de lo que Manuel había sido capaz de recordar. "Mira, Manuel, esta es Rosa", los presentó Lutgarda. "Buenas tardes", dijo Rosa con una voz que era como una caricia y, recatada, bajó la vista. "Cómo estás, Rosa", le correspondió Manuel, "mucho gusto en conocerte". "Ella es hija de Antonio, El Apañao", aclaró Lutgarda, "tú lo conoces, ¿no?". El Apañao era un hombre serio, entrado en años, buen trabajador, que había aceptado el cargo de jefe de los descorchadores que Manuel le había ofrecido tras la negativa de El Arisco. "Sí, claro que lo conozco, trabaja conmigo en La Ventolera; es el jefe de los descorchadores". "Ah, pues siendo así, seguro que tenéis cosas de las que hablar; os dejo, que voy a echar una carta y a otros asuntos". Se quedaron solos, sin atreverse a mirarse. Rosa se decidió a romper el hielo, y con voz queda, "dice mi padre que eres muy trabajador y que tratas muy bien a los jornaleros". "Bueno…", Manuel se sentía avergonzado, "tu padre es un hombre muy trabajador y muy formal, me alegro de que opine eso de mí". Y volvieron a caer en un silencio embarazoso. "Rosa, ¿te parecería bien si le pido a tu padre permiso para salir contigo? Bueno, si es que a ti te parece bien, claro". "Como tú dispongas Manuel", Rosa medía sus palabras para no perder el recato en ningún momento. Manuel interpretó que era un sí a poder hablar con El Apañao y un sí a que a ella le parecía bien. "Soy el capataz de La Ventolera", le informó Manuel. "Sí, lo sé, mi padre dice que eres un capataz muy joven y de los mejores con los que él ha trabajado". Manuel se sintió a la par orgulloso y ruborizado, y para sobreponerse, "¿y tú qué haces, Rosa?". "Soy costurera; coso las prendas que me manda doña Angustias". Manuel se interesó por el trabajo de Rosa. Ella habló de su costura, animada por Manuel, que le prestaba mucha atención; no entendía de nada de lo que le hablaba, pero se embelesaba escuchando su voz, tanto que le costaba enterarse de lo que le contaba por más interés que él ponía. Y la miraba; era tan guapa, tan sensata y tenía una voz tan aterciopelada que pensó que había merecido la pena la zozobra en que había vivido toda la semana. Hablaría con El Apañao; claro que hablaría. Y de pronto sintió miedo de ser rechazado. Cuando volvió Lutgarda al cabo de mucho rato, para ellos el tiempo había transcurrido en un suspiro.

Aquella semana aún fue peor que la anterior; Manuel no podía dejar de pensar en Rosa, pero no acababa de decidirse a hablar con su padre. Pasaban los días y su miedo a ser rechazado iba en aumento. Sabía que le correspondía a él dar el paso y se preparaba una y mil veces las palabras que debía pronunciar, pero solo pensar en una negativa y perder a Rosa le producían un desasosiego y un abatimiento infinitos; prefería vivir con esa congoja eternamente a perder toda posibilidad de conseguirla. El viernes, cuando dieron de mano, decidió poner fin a su insoportable tortura y, como resignado, se dirigió a El Apañao como el condenado al patíbulo. Consiguió desatar el nudo de la garganta, "Antonio, ¿podemos hablar?". "Como usted mande". Que El Apañao le hablara de usted, lejos de infundirle confianza le aumentó los pesares; ¿acaso ya tenía decidido responderle que no y estaba marcando las distancias? Pensó que ya no podía volverse atrás y que lo siguiente era un salto arriesgado sin red. "Antonio, verá…, el domingo conocí a su hija Rosa; nos presentó mi tía Lutgarda. Hablamos y tengo su autorización para pedirle a usted permiso para salir con ella cuando vaya al pueblo; si a usted le parece bien…". No eran las palabras que tanto había preparado, pero dicho estaba. El Apañao calló y durante unos segundos eternos Manuel vivió un infierno. Seguro que no sabía cómo decirle que no. ¿Pero por qué no hablaba?

Manuel se esforzaba en aparentar entereza, pero estaba derrumbado. Sintió que Rosa se alejaba hasta casi desaparecer y se arrepintió de todo. "¿Está usted enamorado de mi hija?". Rosa no se acercó, pero se detuvo en su huida. Manuel notó que el corazón volvía a olvidar latidos. "Sí, Antonio, creo que sí. Daría lo que fuera por Rosa". "Está bien, Manuel. Confío en que cuidará usted mi honra". Manuel le tendió la mano y El Apañao se la estrechó, "Antonio, le juro que cuidaré de Rosa como nadie". Rosa se había acercado, tanto que casi podía tocarla. El corazón de Manuel le botaba en el pecho, recuperando a trompicones los latidos perdidos. Se sintió fuerte, poderoso, seguro; ahora sí era el capataz dispuesto a comerse el mundo. Se encerró en su choza y se desahogó llorando la alegría con lágrimas que eran espejos desde donde le miraban los ojos de miel de Rosa. Fuera, Flaco aullaba.

Capítulo 41 (1947 – 1948) Las tribulaciones de Manuel

Dos días después, el domingo, Rosa y Manuel se confiaban sus vidas en voz baja. Rosa, siendo muy niña, quedó huérfana de madre, que murió de fiebres tifoideas antes de la guerra. Una tía, hermana de su madre, la tuvo bajo su custodia hasta que alcanzó una edad como para encargarse ella misma del cuidado de su padre y de la casa, al tiempo que empezó a ganar algunas exiguas perras cosiendo para doña Angustias. Manuel se congratuló especialmente de que Rosa supiera leer y escribir. Le contó cuanto ella quiso saber, aunque se guardó de hablar de Rodolfo, el guerrillero, por la promesa hecha a su padre, y de los abusos de don Máximo, por las súplicas de su madre. Manuel también calló su gran secreto; no le atribulaba, pero hasta él mismo querría no conocerlo. A Rosa le gustó que Manuel leyera y supiera tanto, aunque él le respondía que se equivocaba, que qué más quisiera él que saber lo que ella le atribuía. Manuel le contó cómo el día anterior se había encontrado con Carmelo junto al vallado entre las dos fincas. Lo vio leyendo sentado en una piedra mientras Paco y Yi se ocupaban del rebaño; se sentía muy orgulloso de haber enseñado a Carmelo. A Rosa le encantó que Carmelo y la tía Lutgarda supieran leer y escribir gracias a él, dijo que era una buena muestra de la nobleza de Manuel. Y él se sintió incómodamente satisfecho por la alabanza de Rosa, "no exageres". "No exagero, me gusta que tengas tan buen corazón". Manuel dudaba de que pensara lo mismo si conociera su secreto mejor guardado; le dolía no compartirlo con ella, sintió como si la traicionara, pero decidió que era mejor que no lo supiera, al fin y al cabo, era algo que ya no tenía remedio… ni él lo hubiera deseado. Pasearon una y otra vez el camino de ida y vuelta desde la Plaza de los Mártires, antes de los Reyes Católicos, a través de la calle Larga, hasta la salida del pueblo por el sur, casi hasta la casuca donde Garrote almacenaba sus mercancías. No se percataron de cuánta gente los observaba ni tampoco de la hora que era. Cuando vinieron a darse cuenta era noche cerrada. Manuel acompañó a Rosa a su casa y partió hacia La Ventolera. La noche era oscura, sin luna, pero a Manuel no le importó, iluminado como iba con el

223

pensamiento puesto en Rosa. Flaco salió a recibirle a la entrada de la finca, muy bajados la cabezota y el rabo que agitaba contento. Manuel estaba seguro de que lo había olido desde lejos.

El martes, por la tarde, recibió la visita inesperada de su padre. La pareja de la guardia civil había pasado por El Manantial y le había entregado una citación para Manuel. La abrió y leyó cómo le instaban a presentarse en el ayuntamiento en un plazo máximo de diez días para ser tallado, lo que suponía el inicio de la futura incorporación al servicio militar. A Manuel le afloró un gesto de fastidio, rebeldía e impotencia. Había procurado no pensar nunca en ese paréntesis de dos años de sus vidas que perdían los quintos, pero allí tenía en su mano la fatídica y fría disposición oficial por la que era reclamado por el ejército y para lo que no había escapatoria posible. ¿Cómo se iba a ir, ¡dos años!, dejando La Ventolera sola? Se reconcomía sin saber cómo hacer ver al ejército que él tenía cosas muy importantes que hacer durante esos dos años como para perderlos en algo que le desagradaba en lo más profundo de su ser. Ni él había desfilado nunca ni falta que le hacía. Claro, pensó, que eso mismo dirían todos los quintos y no tenían más remedio que prestar el servicio militar. Bueno, tal vez fuera un aliciente para los del Frente de Juventudes, pensó, y se imaginaba al botarate de Garrote hijo vestido de militar. El servicio a la patria; ¿pero qué servicio? Manuel solo había conocido la locura de un ejército haciendo la guerra a sus propios compatriotas. Dobló el papel y lo guardó resignado. "Padre, tengo relaciones con Rosa, la hija de Antonio; quería decíroslo a madre y a usted cuanto antes para que no se tengan que enterar por ahí". El padre no sabía de quién le hablaba, "¿Antonio? ¿qué Antonio?". "Arias, Antonio Arias". "Manuel, no conozco a ningún Antonio Arias". "Sí, padre, El Apañao", Manuel había intentado infructuosamente soslayar el apodo. "Ajá...", exclamó el padre sin que Manuel supiera si lo aprobaba o guardaba alguna reserva. Permanecieron un rato callados. Manuel se sentía incómodo. "Se lo diré a tu madre", rompió, por fin, el padre, "pero procura verla pronto y contárselo tú mismo". "Sí, padre, en la primera ocasión que tenga".

El domingo, Rosa lo encontró contrariado, tenso, lacónico, abstraído, como distante; temió que el amor se le hubiera desvanecido a Manuel con la misma rapidez que había llegado y sintió una gran congoja. "¿Qué te pasa, Manuel?", se atrevió a preguntar con voz apagada, temerosa de la respuesta. Manuel percibió el miedo de Rosa, le pasó el brazo por el hombro y la estrechó contra sí. "Perdóname, estoy que me subo por las paredes. Esta semana he recibido la notificación para alistarme para la mili. Como si no tuviera nada mejor que hacer… Soy el capataz, ¡cómo voy a dejar sola La Ventolera nada más y nada menos que dos años!", se paró y mirándola a los ojos color miel, "además, ¡cómo voy a estar dos años sin ti!". Rosa sintió un inmenso alivio, casi se alegró de las tribulaciones de Manuel porque le habían empujado a confesarle que necesitaba de su presencia, inclinó la cabeza apoyándola en su hombro y se sintió protegida. Manuel le contó cómo la notificación le hizo recordar a los soldados que los humillaron delante de la cárcel y la enorme aversión que crearon en él hacia el ejército, por nada del mundo querría ser como ellos. Habían llegado a las afueras del pueblo. Rosa levantó ligeramente la vista buscando los ojos de Manuel, que la miraban, y se dieron un fugaz primer beso furtivo; Manuel descubrió qué tiernos y cálidos eran los labios de Rosa. Continuaron paseando lentamente con la cabeza de Rosa descansando en el hombro de Manuel, al tiempo que sus corazones desbocados marchaban muy por delante de ellos.

A Manuel le midieron la estatura y el perímetro torácico y lo pesaron. Perfectamente apto para el servicio militar, fue preguntado si tenía algo que alegar. Manuel hubiera querido decir, "sí, desgana", y hasta se rio para sus adentros, "no, nada", respondió como la resignada aceptación de una condena. Cuando abandonaba el ayuntamiento, dejando dentro una parte de su libertad arrancada, Manuel se encontró con don Félix. "¿Cómo tú por aquí?". "Buenos días, don Félix, me acaban de alistar para la mili". A don Félix se le descolgó el rostro y no disimuló una enorme contrariedad. Tras unos breves instantes en los que el movimiento inquieto de los ojos en todas direcciones sin parpadear denotaba que pensaba a gran velocidad, "no tendrías que haber venido, me lo deberías haber dicho primero". Manuel se sintió culpable, "no se me había ocurrido, don Félix, me dieron diez días de plazo". "No importa, ¿cuándo se incorpora tu reemplazo?". "Todavía me faltan dos años para los veintiuno". "Está bien, veremos cómo solucionamos el problema de La Ventolera para entonces". Manuel se volvió para el campo descorazonado, para don Félix solo existía el problema de la finca; para él, además, la pérdida absurda de dos años de su vida en una dedicación que tantos y tan amargos recuerdos le traían y el alejamiento de Rosa, que adivinaba insoportable. Camino de La Ventolera decidió que debía centrarse en su vida y olvidar el servicio militar, ya llegaría el tiempo de preocuparse por él, era estúpido anteponer ahora dos años de preocupación a los dos de mili. Cuando alcanzó la entrada de la finca, se encontraba tranquilo, hasta hubiera querido regresar y disculparse con Rosa por haberla preocupado sin necesidad antes de tiempo. Viviría su vida, entregado en cuerpo y alma a sus obligaciones con La Ventolera y, los domingos, a gozar de la compañía de Rosa.

"Abuela", le había dicho Manuel a la abuela Josefa, "me voy que tengo que ver a Rosa". "Ya lo sé", respondió ella muy segura. "¿Que sabe usted qué?", intervino Lutgarda casi riendo. "¿Qué va a ser?, que son novios". "¡Anda!, ¿y cómo lo sabe usted?", Lutgarda quería dejarla en evidencia. "Pues porque se le declaró estando yo en el asomatraspón del sueño; bueno, se declaró de una manera... le preguntó si podía pedirle permiso al padre. ¡Y cómo no iba a aceptar El Apañao a mi nieto!", Manuel se sonrojó hasta la raíz del cabello, "esta vieja no está tan chocha y todavía tiene el oído fino", concluyó la abuela. "Anda, vete ya", la tía Lutgarda lo empujó para sacarlo del apuro. El noviazgo de Manuel fue bien acogido por la familia del pueblo; gracias a él, Manuel los visitaba ahora cada domingo, él mismo les llevaba la caza y la fruta del tiempo, se interesaba por todos y partía enseguida a encontrarse con Rosa.

El otoño se presentó metido en agua, anunciando un buen año agrícola. Los aguaceros sorprendían no pocos domingos a Manuel camino del pueblo a ver a Rosa o a la vuelta. Las inclemencias del tiempo en otoño e invierno obligaban a Rosa y Manuel a permanecer en casa al calor del brasero. Antonio nunca salía si no

226

era de casa al trabajo, los lunes, y del trabajo a casa, los sábados. Se acostumbraron a pasar las tardes de domingo los tres en casa de Antonio. Manuel lo conocía ahora como no lo había conocido cuando le ofreció el cargo de jefe de los descorchadores, aunque seguía siendo el mismo hombre serio, formal, parco en palabras, que lo era en La Ventolera. Antonio y Manuel hablaban del campo, del trabajo, de cómo cuidar de esto o componer aquello, siempre de cosas útiles, jamás criticaban a nadie ni discutían de cosas que les eran ajenas, ya fueran del pueblo o, menos aún, de fuera de él. Se entendían bien y tratar de asuntos prácticos contribuyó en gran medida a estrechar su relación. Manuel le hablaba de usted porque lo hacía con todas las personas mayores que él, como era costumbre. Antonio también le hablaba de usted a Manuel porque era su jefe. A Rosa le hacía mucha gracia que ambos se trataran de usted, le parecía tan ceremonioso… y se reía, pero nunca conseguiría que fuera de otra manera. Rosa vivía sola durante la semana pero, desde que eran novios, la tía Lutgarda, por encargo de Manuel, pasaba a verla cada noche antes de llegar a casa.

Al final del invierno, don Félix llegó a La Ventolera, "tengo noticias para ti", le dijo a Manuel, que no pudo disimular su sorpresa, "buenos días, don Félix, usted dirá". "He hablado con el capitán general, don Alfredo, que sabes que es amigo mío. En tu situación, hay una posibilidad para que te libres de la mili, solo una", y calló para que Manuel digiriera la noticia. Por su cabeza pasaron en un instante un sinfín de pensamientos; el primero, de alegría porque existiera una posibilidad de evitar el servicio militar, después, de inquietud, ¿qué tenía que hacer él? ¿o nada dependía de él? ¿y si tenía que hacer algo, sería lícito o no? Claro, que si era una iniciativa del capitán general, por fuerza debía ser legal. "¿De qué se trata, don Félix?", le embargaba una mezcla de impaciencia e inquietud. "No puedes aducir ninguna merma física ni que tengas familiares que dependan de ti, por tanto, en tu caso, solo te vale hacerte cabeza de familia. Cásate". Las palabras de don Félix explotaron como una bomba en las sienes de Manuel, que quiso hablar y no pudo, sintió vahídos como si estuviera al borde de un precipicio, en su mente se hizo el caos absoluto, los pensamientos se atropellaban unos a otros y ninguno tenía sentido. "Tienes tiempo hasta que se incorpore tu reemplazo, pero no apures hasta el final, no hay necesidad de complicar las cosas. Búscate una novia y prepara la casa del capataz, ya es hora de que la ocupes". "Tengo novia, don Félix", acertó a responder Manuel, que no sabía si hacía bien o se equivocaba, pero, por alguna razón, le urgía aclarar ese punto. "Pues tanto mejor, eso abrevia los trámites". Manuel tenía la cabeza y los sentidos embotados, incapaz de pensar con algo de coherencia. En aquel instante, recordó las palabras que le dirigió don Félix durante la recolección de la primera cosecha, "sabía que no me defraudarías; no lo hagas nunca"; no le había defraudado y pensó que don Félix se lo estaba recompensando. Manuel pensó que debía estarle agradecido por haberse ocupado de él, tanto para librarlo del servicio militar como por ofrecerle la casa del capataz, al tiempo que se sentía obligado para con don Félix. "Necesito pensar y consultarlo, don Félix, no sabe cuánto se lo agradezco". Entonces cayó en la cuenta de que don Félix era muy listo y, aunque no había mencionado La Ventolera, su interés verdadero era la finca. ¿O estaba siendo Manuel un malpensado y, por añadidura, desagradecido? ¿Y Rosa? ¿Estaría anteponiendo el interés de La Ventolera, la mili y la casa del capataz al amor entre Rosa y él? Se sentía como amordazado e impelido por fuerzas que no controlaba. Todo era confusión en su cabeza a punto de estallar.

Capítulo 42 (1948) El Compromiso

Manuel vivió días inquietos. Sabía que debía pensar en las palabras de don Félix y tomar decisiones, pero enseguida se bloqueaba, orillaba esas cavilaciones y se centraba en las faenas de La Ventolera. Cada día miraba desde lejos la casa del capataz. Las fachadas encaladas destacaban tan blancas como las del cortijo, las de la choza o el brocal del pozo. Los reducidos vanos de las aguas del tejado se habían mantenido firmes sin combarse como los del cortijo. El sábado, por la tarde, cuando se hubieron ido los jornaleros al remudo, buscó entre el manojo de llaves y entró en la casa que habría de ser suya tan pronto como él así lo decidiera. Abrió de par en par puertas y ventanas. El polvo lo invadía todo; achicaban las estancias el vacío de muebles y enseres y las telarañas, que redondeaban esquinas y rincones, ocultaban vigas y alfajías y bajaban los techos cubiertos por su bruma blanquecina. En las paredes desnudas, solo quedaba el vestigio de algunas alcayatas herrumbrosas. Tomó una escoba y se apresuró a quitar las telarañas de las tres piezas, una cocina comedor y dos dormitorios, que componían la casa. El sol mortecino del atardecer que entraba por la ventana del lado del cortijo delataba el movimiento de las partículas de la nube de polvo en suspensión. En el cuarto del fondo, encontró el esqueleto intacto y dos camisas de diferentes tamaños de una culebra como de una vara de larga la más grande. Roció el suelo con agua y lo barrió. Cuando terminó, ya de noche, sabía que aún quedaba mucho para que pudiera considerarse limpia la casa, pero, al menos, había quitado lo más grueso. Preparó el baño de cinc, al que añadió una olla de agua caliente, se sumergió un largo rato y se frotó con estropajo y jabón hasta enrojecerse la piel; se sintió limpio y a gusto consigo mismo. Cenó frugalmente, salió de la choza y se recostó mirando a la inmensa bóveda celeste repleta de estrellas de luna nueva, recorriendo con la vista, hacia el noroeste primero y virando después hacia el norte, el lechoso Camino de Santiago, al suroeste brillaba fulgurante e inmóvil, como estampada, la constelación de Orión. "Mañana sin falta", pensó, "tengo que hablar con Rosa". Flaco resoplaba a su lado.

Al día siguiente, en el azul límpido del firmamento, lucía un espléndido sol de marzo sobre la atmósfera impoluta de Entrecerros. Manuel llegó más temprano que de costumbre y decidió dirigirse antes que nada a casa de Rosa. Antonio, de espaldas en el corral, reparcheaba un salidero en el fondo de un cubo de hierro. "¿Antonio, puedo echarle una mano?". "No hace falta, es poca cosa y ya casi está; andad a lo vuestro", El Apañao en ningún momento había apartado la vista del agujero del cubo que intentaba cubrir. "Padre, nos vamos entonces a dar una vuelta, estaremos aquí para la hora de la comida, porque hoy comerás con nosotros, ¿verdad, Manuel?". "Pues...", los tiempos eran muy difíciles y a Manuel le daba apuro. "Véngase, donde comen dos comen tres", Antonio se había girado, dirigiendo a Manuel una mirada franca, "meta el mulo aquí en el corral". "Está bien, voy a por él". Manuel desató el cabestro de la reja de la ventana, dio la vuelta a la calle por el callejón de al lado, metió el mulo y lo amarró al tronco del ciruelo junto a la puerta del corral. Rosa obligó a Manuel a sacudirse, le hizo quitarse las botas y se las limpió todo lo bien que pudo, por último le recolocó el cuello y las mangas de la camisa remangadas hasta el codo; aún le realizó una última inspección antes de salir de la casa. Ella se había puesto el mismo vestido del día que conoció a Manuel; en realidad, era el único vestido de domingo que tenía.

Cuando alcanzaron el centro del pueblo, casi no había nadie por la calle; dedujeron que la gente estaría en la parroquia en misa. Rosa no llevaba velo ni una rebeca que le cubriera los brazos por completo, por lo que ni pensaron en entrar en la iglesia. Echaron a andar por la calle Mayor hasta llegar a la salida de Entrecerros por el norte, donde arrancaba la carretera que conducía al cementerio y El Manantial. Ya de vuelta, se encontraron de frente con la gente que salía de misa; ellos eran los únicos que caminaban en dirección contraria. Se entretuvieron en mirar el escaparate de un comercio de ropa, haciendo tiempo hasta ser engullidos y confundidos entre el no muy numeroso gentío, desde luego, muy inferior al de antes de la guerra, tanto que se diría que la calle le venía grande. Transcurrían los años en un tiempo detenido. Rosa presentó a

Manuel a algunos conocidos, él apenas se relacionaba con nadie. Con los extraños conversó lo justo que impone la cortesía. Algunos jornaleros a sus órdenes tampoco le dieron pie a extenderse más, tal vez por cierta desconfianza por parte de ellos y un atisbo de incomodidad de hallarse en el pueblo ante el jefe. La tía Lutgarda, una vez más, salió al paso dándole conversación para que no se sintiera extraño. Manuel se convenció de que aquellas charlas banales no eran territorio en el que se encontrara cómodo, ni él tenía la habilidad ni el arrojo para comenzar algún tema que fuera de interés común, pero comprendió que era una obligación social que debía afrontar con el mejor ánimo posible, que no era mucho. Don Félix, pensó, sí que se movía a sus anchas en esas aguas. Se sintió liberado cuando la tía Lutgarda, tomándolo del codo, le propuso llevárselo a casa a ver a la abuela Josefa. "Qué sosito eres, hijo", le recriminó la tía Lutgarda cuando ya no le oían más que Manuel y Rosa. "No seas así, Lutgarda, ¿no has visto que se cohibían ante él porque es su jefe?", Rosa, del brazo de Manuel, pronunció las últimas palabras poniendo en él, orgullosa, sus ojos de miel. "Sí que va a ser verdad que el amor es ciego", pensó la tía Lutgarda, aunque no dijo nada; los envidió y sintió una añoranza infinita de Ruperto.

Por la tarde, Rosa y Manuel volvieron a pasear hacia el sur por la calle Larga hasta cerca de la casuca de Garrote. Manuel le contó a Rosa que don Félix le había invitado a ocupar la casa del capataz y cómo estuvo limpiándola la tarde anterior. Aún le faltaba mucho por hacer para que fuera una casa habitable y la puso al corriente de sus planes. Debía terminar de limpiarla bien a fondo y encalarla por dentro. También había pensado en pintar de color guinda las vigas y alfajías, así como puertas y ventanas. Imaginaba el día en el que vería la casa luminosa, acogedora y oliendo a limpio. "Necesito tiempo y solo dispongo de los domingos. He pensado en dedicarle un domingo sí y otro no, así que tendremos que vernos cada dos semanas". Rosa se encogió agarrándose ambas manos sobre el regazo al tiempo que se ensombreció su rostro. Aunque no dijo nada, o quizás precisamente por el silencio en que se sumió, Manuel adivinó su contrariedad, le alzó el rostro y contempló una gran tristeza en sus ojos de miel. "No estés triste. Quisiera preparar la casa, pero no corre prisa; si te vas a sentir mal porque venga menos a verte, me olvido de ella". "Claro que prefiero que vivas en la casa, no me hagas caso", se reprochó a sí misma sintiéndose egoísta. "No está bien que el capataz viva en una choza", añadió. "Nada va a cambiar por eso", rio él, "yo siempre he vivido así". Para tranquilizarla, viendo que no se le iba la tristeza por más que lo intentaba, "quiero encargarte que compres lo que creas que voy a necesitar para limpiar. También pintura de color guinda. Después te dejo el dinero. Me lo llevaré todo el próximo domingo". A Rosa se le disipó la tristeza al saber que Manuel también estaría con ella el domingo siguiente. "Me gustaría ir contigo para ayudarte", pensó ella en voz alta. "Bastante tienes con ocuparte de la costura de doña Angustias, de tu casa y de arreglarle las cosas a tu padre", Manuel intentó que no se preocupara por él. "Me sobra tiempo; me sobra todo el tiempo que me falta contigo", reclamó Rosa apretándose contra el brazo de Manuel. A él le colmaron esas palabras, se vio importante y se sintió su protector.

Cuando al anochecer llegaba a La Ventolera, Manuel se percató de que, sin darse cuenta, tarareaba una de las canciones de amor y soledad que tan bien entonaba El Seguío; mientras, en su cabeza, se repetían una y otra vez las palabras de Rosa que tan hermosas le parecían, "me sobra todo el tiempo que me falta contigo". No, no se había atrevido a hablar con Rosa lo que quería decirle. Se lo reprochó entonces y durante todos los días de aquella semana interminable.

En el alféizar de la ventana junto a la cocina, como si de una sentencia de condena periódica cada dos semanas se tratase, estaban los encargos de Manuel y las monedas sobrantes que Rosa había colocado. Su sola visión generaba en ella gran pesadumbre. También Manuel sintió como si hubiera adquirido un alejamiento de tortura. Caminaron mucho rato de la mano en silencio. "Rosa…", casi se arrepintió pero se decidió, "¿te casarías conmigo de aquí a un año?". Rosa sintió un ligero mareo, notó que palidecía y que se le paralizaba el pulso sorprendido; el corazón de Manuel era un desbocado redoble de tambor. "¿Tú quieres?", fue lo que atinó a decir ella mirándolo con ojos inquietos de esperanza. "Sí, más que nada en el mundo", Manuel sintió que era la primera vez que le declaraba su amor. "Yo, también", respondió Rosa aferrándose a él. Volvieron a caminar largo rato en silencio, apretados el uno al otro. "Te ayudaré a preparar la casa", el tono de Rosa mostraba una firme determinación. "Primero tenemos que hablar con tu padre. Bueno…", se corrigió Manuel, "tengo que hablar con tu padre", convencido de que iba a ser muy difícil para él. Envidió la despreocupada naturalidad con que alguna gente era capaz de afrontar semejantes trances. "Hablaré pronto con él, esta semana o la otra". Rosa era feliz. Con ojos burlones, "mi padre no se come a nadie; menos aún a su jefe". "Ríete lo que quieras, pero es un trago que tengo que pasar". Y Rosa rio. Manuel le contó entonces que casándose se libraba de la mili. Se lo había asegurado don Félix. "No pienses que lo hago por eso; quiero que vivas conmigo". "Y yo no quiero vivir un solo día sin ti", Rosa, al tiempo, le rodeaba el cuello con los brazos. Había oscurecido y, ocultos de la vista de todos, Rosa se dejó besar tiernamente.

Capítulo 43 (1948) Duelo infantil

Aquella del cuarenta y ocho volvió a ser una primavera espléndida. La Ventolera había borrado todo rastro de abandono para convertirse en una finca tan próspera como El Manantial. El incipiente mar de cebada, los frutales firmes, ya desapuntalados, y las verduras y hortalizas exuberantes de la huerta germinaron de nuevo con fuerza contenida de siglos. La dehesa se cubría con el espléndido manto multicolor de las floridas plantas silvestres. Agitados por la sempiterna brisa de La Ventolera, los nuevos brotes saludaban a la vida. La apatía indolente de las vacas negras y retintas que Manuel se había procurado acentuaba la quietud ancestral del campo. Doblegadas bajo el peso de la testuz, deambulaban lentas a su antojo por la dehesa hasta el atardecer en que Flaco las conducía parsimoniosas, repletas las ubres, al tinado. Las cántaras de leche de excelente calidad eran recogidas cada mañana por el camión y llevadas a tiendas de ultramarinos de Entrecerros. Aquella mañana neblinosa, El Chato bajó del camión y buscó apresurado a Manuel, "Miguelín, el niño de El Seguío. Tan solo cuatro años. Será usted quien se lo tenga que decir al padre", las palabras eran como una sentencia para Manuel que quedó paralizado, sintió un inmenso pesar, se apiadó de la tragedia que le quedaba por vivir al padre y lamentó ser él quien tuviera que infligirle tan abominable daño. Recordó que El Seguío había referido que tenía al hijo maluscón, pero nadie le prestó mayor atención. "Eso no es nada, ojalá nos restableciéramos nosotros con la misma facilidad que los críos", le había quitado importancia El Cantiña. "¿De qué ha sido?", a Manuel le costó preguntar porque le dolía saber. "De una meningitis fulminante", sentenció El Chato con una seguridad como si Manuel y él mismo fueran hombres doctos en la materia. "Carga las cántaras y espérame; no te vayas", ordenó Manuel y echó a andar en busca de El Seguío. Lo oyó cantar desde lejos a pleno pulmón una canción serrana que versaba sobre amor y contrabando. Lo vio como al desprevenido pájaro lleno de vida antes de ser abatido por sorpresa. Se llegó hasta él, "vente conmigo" y se volvieron los dos por donde había llegado Manuel. "¿Qué se ofrece, Manuel?", El Seguío no disimulaba una inquieta suspicacia. Manuel se paró sujetando del hombro a El Seguío. Tuvo que hacerse dolorosamente el fuerte, lo miró con compasión infinita, "tu hijo". El Seguío se estremeció y con un movimiento brusco de todo el cuerpo se sacudió el brazo de Manuel. "¡Qué pasa con mi hijo!". Manuel no pudo contestar, tan solo lo miró apesadumbrado, con un brillo de misericordia en los ojos. "No puede ser, no puede ser, dígame que no es verdad", gritó con desesperación y arrancó en llanto que rompía el alma. "Vamos, voy contigo", se ofreció Manuel tomándolo del brazo. El Seguío se había derrumbado arrasado en lágrimas y se dejó llevar. Manuel lo ayudó a subir desmadejado al camión y detrás subió él, cerrando la puerta. "Derecho a casa de él", ordenó a El Chato. Cuando arrancó el camión, El Seguío, fuera de sí y colmado de desesperación e impotencia, se mordía los nudillos y se abalanzaba de cabeza dándose golpes contra el parabrisas. Manuel tuvo que sujetarlo con fuerza para que no se destrozara, incluso tuvo que ordenarle enérgicamente a gritos para contenerlo. El trayecto fue un continuo alternar El Seguío entre un estado de abatimiento en el que permanecía laxo, sin fuerzas, como de trapo, y otro en el que resurgía como un titán, queriendo romper el mundo y a sí mismo en mil pedazos y que Manuel sujetaba a duras penas. No se distinguía qué realizaba con más energía, si el llanto o el grito desgarrado. Dos pronunciadas venas, una a cada lado del cuello, parecían a punto de estallar. La portentosa voz de El Seguío se prolongaba hasta exhalar el último hálito para llamar con gritos y sollozos al hijo que se le acababa de ir.

La puerta de la casa estaba colmada de gente. Las mujeres arreciaron en su llanto cuando vieron llegar al padre. Los hombres se descubrieron, mostrando la mitad de sus frentes blanquecinas, que contrastaban con la otra mitad y el rostro renegridos del sol. Manuel también se quitó el sombrero con la mano izquierda mientras con la derecha sujetaba con firmeza el brazo de El Seguío, que marchaba hacia su casa como a rastras, como el reo que camina hacia el cadalso. Una campana de la parroquia doblaba a duelo. En el interior de la casa, los lloros se elevaron ensordecedores. El Seguío estaba aturdido, embotado el pensamiento. "¡Miguel!", le aulló su esposa al tiempo que se abalanzó a refugiarse en su pecho, llorando incontenible con ostensibles hipidos. "Se nos ha ido, Miguel, se nos ha ido; se lo han llevado las fiebres y los vómitos", gemía, mientras el marido permanecía inmóvil con los brazos caídos, como ausente. Entró en la habitación, miró al hijo muerto y lloró un río en silencio. Manuel no lo soltaba del brazo y se hizo el fuerte para que la visión del cuerpecito inerte de la criatura sobre la cama de sus padres no le abatiera el espíritu. El padre se sentó en el filo de la cama sin retirar del hijo los ojos en lágrimas. Sin que nadie le importunara, lloró largo rato hasta que, al fin, rompió en un grito aterrador que estremeció toda la casa hasta los cimientos y, destrozado, continuó llorando sin consuelo posible. Manuel preguntó en voz casi inaudible por el ataúd. Le negaron con la cabeza. Pidió que se hicieran cargo de El Seguío y salió.

"Rosa", dijo desde la puerta de la casa, "acompáñame". Rosa salió sorprendida. "¿Qué ocurre?". "Miguelín, el hijo de El Seguío, ha muerto". "¡Angelito!", se apiadó Rosa. "Acompáñame, tienes que ayudarme", pidió Manuel. A paso ligero, llegaron a la salida del pueblo, al final de la calle Mayor, y entraron en la funeraria. "Elige el que creas que deba ser", le delegó Manuel a Rosa. "Aquel", contestó ella de inmediato. Era un pequeño féretro blanco, como de nácar, con un crucifijo con talla de marfil sobre la tapa, acompañado de dos bajorrelieves de las cabezas de otros tantos angelitos. "Llévenlo a casa de El Seguío", pidió Manuel al impasible empleado de pelo negro y ralo, aplastado en el cráneo de tan repeinado, y bigotito franquista. Y ante la mirada que mostró de desconfianza, "yo lo pago". Le iba a suponer un buen dinero pero, con las manos en los bolsillos, palpó la navaja en el fondo del derecho y recordó que Juan se la había hecho con todo esmero y se la había regalado y sintió la necesidad ineludible, el deseo y el deber de que el hijo de su empleado tuviera un entierro digno y a Rosa le pareció bien y se sintió muy orgullosa de Manuel. "Te dejo en casa y me vuelvo a la de Miguel", no quería perder de vista a su empleado deshecho.

Manuel aguantó estoicamente el día y la noche sin separarse de El Seguío, reconfortándolo en lo que podía. "¿Quién ha mandado traer el ataúd? Nosotros no podemos pagarlo", esa preocupación y

236

la impotencia hundían aún más a El Seguío. "Miguel, no te preocupes, no tienes que pagarlo; tu hijo lo merece", Manuel le tenía el brazo por los hombros y lo zarandeó despacio y amigablemente. Rosa se había percatado de que Manuel había llegado al pueblo con lo puesto y, al anochecer, le acercó una pelliza de su padre para que se abrigara. "Ven a casa a cenar, que no has comido en todo el día". "No, Rosa, no tengo ganas; y no voy a dejar solo a este hombre". Por la mañana volvió a tañer la campana de la parroquia. A su reclamo, todo el vecindario se congregó a la puerta de la casa de El Seguío. Cuando apareció el pequeño ataúd portado a hombros por cuatro hombres muy juntos, la gente se admiró de lo bonito que era, como el de un niño rico. El séquito inició la marcha hacia la parroquia, encabezado por el féretro, al que seguían la familia y Manuel, que no soltaba el brazo del padre, que caminaba como alma en pena. Detrás, las mujeres plañían con estrépito. Por último, el resto de vecinos, incluidos los niños, que miraban asustados.

Estaban abiertas las puertas de la parroquia, aunque nadie salió al encuentro. Colocaron el pequeño ataúd como una alhaja sobre el catafalco sin más adorno que el paño negro que lo cubría y un cirio. Cuando se hubieron colocado todos repartidos por los bancos de la iglesia, apareció el cura que se encaminó displicente hacia el altar sin mirar a nadie. Ofició una ceremonia escueta, a palo seco, sin música. Con los gordezuelos dedos entrelazados, apoyando las manos sobre la barriga, pronunció con desgana una homilía breve y de trámite, como repetida mil veces. Ni siquiera se preocupó de aprender el nombre del niño, que se lo tenían que apuntar cada vez que la liturgia lo requería. Manuel recordó que en el entierro de don Máximo no se cansaba de ensalzarlo una y otra vez. En cambio, ahora no mostraba ni un ápice de compasión con el niño de El Seguío. También recordó que el funeral de don Humberto lo había oficiado el cura con la misma desgana que ahora. Y lo odió. Se mordió por dentro para domeñarse y, en consideración a la familia, depositó una moneda en la bandeja del acólito que realizaba la colecta. Camino del cementerio, El Seguío iba como ausente, caminando como un autómata. Dieron sepultura al niño en el nicho de la familia, del que habían extraído los huesos de los antepasados de El Seguío y los habían vuelto a introducir al fondo, dentro de un saco, antes de colocar el pequeño féretro. Los ladrillos y la mezcla con que el sepulturero selló el nicho fueron para Manuel un muro tras el que abandonaban a Miguelín, que quedaba para siempre en aquel lóbrego y frío encierro. Rosa percibió el estremecimiento de Manuel y sintió una pena infinita del niño y de Manuel.

De vuelta al pueblo, Manuel partió de inmediato para La Ventolera. Se le hizo el camino largo como nunca. Cuando entró en la finca, seguido de Flaco que había acudido a recibirlo, contempló el sembrado y los brotes nuevos de cebada le trajeron a la memoria a Miguelín. Aquellos brotes crecerían y darían buenas espigas que serían segadas cuando alcanzaran la plenitud de su madurez. Miguelín había sido un brote que el destino había quebrado antes de crecer.

Buscó al padre de Rosa. "Antonio, sé que no es buen momento, pero tengo que decirle que Rosa y yo queremos casarnos el año que viene, en primavera", Manuel soltó lo que llevaba días rumiando. Había hablado muy seguro y calmado porque, junto al cansancio y la enorme tristeza y conmoción de aquellos dos días, no podía ni quería guardar por más tiempo en su cabeza aquel asunto pendiente. El Apañao lo miró a los ojos, bajó la vista, asintió con la cabeza y no dijo nada.

Capítulo 44 (1948) El final de un patibulario

Manuel había vencido la resistencia de El Apañao para que no tuviera reparo en llevarse el mulo algunos sábados, de modo que Rosa hiciera el camino de La Ventolera sobre él los domingos que dedicaban a la preparación de la casa del capataz. Aprovechando el buen tiempo, padre e hija se presentaban muy temprano, recién amanecido. Los futuros suegro y yerno se empleaban en reparar y encalar la casa. Arrancaron los jaramagos que habían crecido en el tejado, limpiaron las canales de tierra y musgo para que corriera libre el agua de lluvia, cambiaron algunas tejas rotas y retomaron con mezcla los caballetes de las cumbreras y los desconchones de las paredes. Más adelante, encalaron la casa por dentro y por fuera. Rosa, entretanto, les lavaba la ropa de la semana y la tendía en el alambre, izándola muy alta con el horcón para solearla y que la secara bien la infalible brisa de La Ventolera. A mediodía, tenía dispuesta la mesa en la choza para los tres con la comida que había cocinado. Al atardecer, antes de que se les echara la noche en el camino, Rosa y Manuel partían hacia el pueblo. Manuel caminaba delante, llevando del ronzal el mulo sobre el que cabalgaba Rosa, decorosamente sentada de lado. Después de dejarla a la puerta de su casa para no levantar la menor sombra de duda sobre su honra, Manuel montaba en el mulo y emprendía el camino de vuelta.

Aquella fue una semana de mucho trabajo con el inicio de la siega. El domingo, Rosa se afanó en restregar los suelos de la casa ya encalada y con las maderas pintadas en color guinda. Para impedir que se extenuara, Manuel decidió interrumpirla en el trabajo y llevarla al pueblo más temprano, con el beneplácito del padre y ante las protestas de Rosa, "déjame que termine, que nos va a durar más la limpieza de la casa que la obra de la catedral". "¿Pero qué prisa hay? No voy a consentir que te agotes sin necesidad", Manuel no iba a dar su brazo a torcer y a Rosa no le quedó más remedio que aceptar. No lejos de la entrada de la finca, se toparon de frente con un hombre alto, fuerte, con un modo de caminar un punto incierto. Manuel, deslumbrado con el sol de cara, no lo reconoció hasta que lo tuvo muy cerca. El Rubio miraba amenazante a Manuel con un atisbo de locura en los ojos turbios. La mirada cambiaba a otra de lujuria cuando la dirigía a Rosa, esbozando una sonrisa como una mueca lasciva. Tenía una cicatriz en un pómulo y otra profunda, como de un corte, recorría los labios de arriba abajo. "A ti te quería ver yo. Eres el hijo de puta que me ha arruinado la vida", lanzó El Rubio insultante, "te voy a capar como capé al cura de la capital, conque despídete de esta zorra", añadió. Antes de que tuviera tiempo de responder, Manuel, cegado por el sol, no vio venir el violento puñetazo que le golpeó en el pómulo izquierdo. En una fracción de tiempo, revivió la agresión y los abusos de don Máximo a su madre. Inyectado en ira, no tanto por el golpe recibido como por el insulto a Rosa, y apreciando cierta torpeza en los movimientos de El Rubio, que apestaba a vino, Manuel mantuvo la consciencia y se abalanzó sobre él con furia, acometiendo decidido al pecho con la cabeza y a la entrepierna con una rodilla tan fuerte como pudo. Un dolor intenso dobló a El Rubio provocándole el vómito. Manuel lo golpeó una y otra vez en el cráneo con los puños hasta quitarle el sentido. Se contuvo cuando El Rubio cayó de bruces inconsciente. Se apresuró a quitar el ronzal del mulo espantado. Abrió la navaja, cortó un trozo de soga y maniató las manazas de El Rubio; con otro trozo lo ató de pies. Entonces miró a Rosa y la vio que lloraba y temblaba aterrada. "Cálmate Rosa, ya no puede hacernos nada". Silbó fuerte. Atravesó a El Rubio boca abajo sobre el mulo y, con la soga que quedaba, unió las ataduras de manos y pies por debajo de la barriga del animal. Flaco había acudido a la llamada de Manuel. "Rosa, ¡ya está!", le gritó para sacarla del estupor. "Vete con Flaco a buscar a tu padre; traeos algunas cuerdas". Rosa se recobró con el grito. Sacó un pañuelo y le limpiaba a Manuel el corte del pómulo que le sangraba. "Venga, ve, esto es poca cosa", la urgió él.

El Apañao llegó alterado, alzó de los pelos la cabeza de El Rubio, "¡malnacido, así te mueras!", lo maldijo. Con una de la cuerdas, rehicieron el ronzal y emprendieron los tres el camino del pueblo a buen paso portando a El Rubio. "¿Por qué lo ha hecho?", quiso saber El Apañao. Manuel les puso al corriente de quién era El Rubio y del altercado que tuvo con Carmelo y él mismo, siendo niños, y del que salió malparado El Lacio. La noticia había corrido pronto por el pueblo y cuando llegaron al cuartel de la guardia civil, ya los estaban esperando. Tarrida encerró a El Rubio semiinconsciente en el calabozo. Hubieron de esperar mucho tiempo a que se levantara el atestado, que recogió pormenorizadamente el relato que Manuel y Rosa hicieron de los hechos. Tarrida escribía cuidadosamente con pluma en el pliego de papel de barba, ocupando los dos tercios de la derecha y dejando libre el de la izquierda. Cuando hubo terminado, firmó, pasó el secante y, con destreza, cosió con hilo rojo el papel en el tercio izquierdo. Después se lo dio a firmar a ambos, "si no sabéis escribir, ponéis una cruz, tú aquí y tú aquí", les señaló, pero ellos sí sabían escribir y firmaron la declaración.

Cuando abandonaron el cuartel, Manuel sintió el pómulo hinchado y dolorido. Ya en casa de El Apañao, Rosa le lavó la herida y se la cubrió con mercurocromo, administrado con sumo cuidado con el gotero. Manuel se despidió, El Apañao hizo ademán de seguirle, pero Manuel lo detuvo, "no, Antonio, quédese esta noche con su hija. Ha pasado mucho miedo". Cuando se vino a dar cuenta, abstraído como iba en sus pensamientos, el instinto lo había encaminado, sin querer, hacia El Manantial. A punto estuvo de desandar el camino, pero decidió que era mejor seguir para que sus padres lo vieran antes de que se enteraran del percance y pensó en cómo relatarles los acontecimientos sin asustarlos.

En el casino, don Félix se encontró con el capitán de la guardia civil, don Eusebio. En realidad, aquella era ya una hora poco habitual para él, pero se había hecho el remolón, haciendo tiempo para conversar a solas con el capitán sobre el enfrentamiento que había tenido Manuel con El Rubio. Sabía que su capataz había sufrido alguna herida menor, pero que el rival llevó la peor parte y estaba detenido en el cuartel y se alegró por Manuel. Don Félix ofreció una copa al capitán. "Don Eusebio, ¿cómo es posible que ande El Rubio por aquí? Creí que se había expulsado de Entrecerros a ese delincuente para que no volviera nunca más". "Así es, don Félix, no sé cómo se ha atrevido ese loco". "¿Qué sabe de él?", quiso conocer don Félix. "Cuando lo echamos de aquí, recaló en la capital.

241

Sin la documentación que le retuvimos, entró en el hampa, realizando los encargos más turbios de conocidos malhechores. Se acordará usted, bien que vino en la prensa, del cura al que castraron; don Anselmo, creo que se llamaba. Fue El Rubio quien ejecutó el encargo, no se sabe por parte de quién". Don Félix tuvo que hacer un gran esfuerzo para que nada alterara su semblante por las palabras que acababa de oír del capitán. "Vaya, vaya, conque así se las gasta este cafre...". "Así es, ya usted ve". "Don Eusebio, ese criminal me lleva causados demasiados quebraderos de cabeza. Ya había agredido antes a uno de mis mejores hombres en El Manantial, se rumorea que fue el culpable del suicidio de otro y hoy mismo ha podido dejarme sin el capataz de La Ventolera. Parece que todo lo hiciera a propósito contra mis intereses. Se lo diré muy claramente, asegúrese en esta ocasión de que nunca más vuelva. Sin miramientos". Las palabras de don Félix sonaron como una sentencia y el capitán se sintió turbado. "Vamos a ver qué se puede hacer", el capitán, desconcertado, trataba de ganar tiempo. "¿Todavía no lo sabe? Pues yo creo que está bien claro; vamos, don Eusebio, usted sabe perfectamente lo que tiene que hacer". El capitán se sentía impelido por don Félix, que no le dejaba escapatoria. "Está bien, descuide, que no le volverá a molestar", aseguró bajo presión, como si sus palabras no le pertenecieran. "No, don Eusebio, no se trata de que no moleste, sino de que no pueda volver. Nunca". Don Félix, seguro de que el capitán había comprendido y actuaría en consecuencia, le sirvió otra copa para sosegarlo. Cambió de conversación y alabó la gran labor que, gracias a los desvelos de don Eusebio, realizaba el benemérito cuerpo en Entrecerros y que era garantía de tranquilidad y seguridad para todos. "Por cierto, don Eusebio, mándeme la pareja a El Manantial el miércoles".

El lunes, salió El Rubio escoltado, camino a la prisión de la capital. El martes, la prensa reseñaba que el depravado rojo sanguinario que había mutilado al bueno de don Anselmo había sido identificado y apresado y, en su intento de huida cuando era conducido al penal, había sido abatido por las fuerzas de seguridad en aplicación de la ley de fugas.

El viernes, visitaron El Manantial los forasteros de Traslomas.

Manuel supo del final de El Rubio el miércoles, cuando llegó El Chato con el camión a la recogida de la leche. Se sintió en cierto modo responsable de su muerte. Aunque estaba seguro de haber hecho lo que debía, no podía evitar pensar en los muertos que periódicamente se cruzaban en su vida, empezando por don Máximo. Y le asaltó de nuevo la idea de ser la causa de la mala suerte de no pocas personas con las que había tratado, como don Humberto, o Rodolfo. Y también recordó con hondo pesar a El Hurguiña y a Miguelín. Corría un tiempo en que la muerte era insaciable. Y de nuevo alejó ese pensamiento que parecía querer culparlo. El domingo, Rosa le confesó que esa semana, sola en la casa, había pasado mucho miedo. No se le iban del pensamiento los terribles ojos de loco de El Rubio; por las noches, horribles pesadillas la despertaban atemorizada y lloraba sin tener a quien acudir. Manuel intentó calmarla de todas las formas posibles, pero no estaba seguro de haberlo conseguido. Visitaron la casa de los abuelos Andrés y Josefa. Manuel le pidió a su tía Lutgarda que acompañara a la atemorizada Rosa todo el tiempo que le fuera posible. "Hija, no te estés sola en tu casa, tráete la costura y me haces compañía", le pidió la abuela. "¡Claro!", exclamó Lutgarda, "pero criatura, ¿cómo has estado tan asustada y no me habías dicho nada? De día, te vienes aquí y yo pasaré las noches contigo en tu casa, mientras Fernanda se queda con la abuela. Todo arreglado". A Manuel le gustó la idea y la facilidad y rapidez con que la tía Lutgarda resolvía los problemas y le agradeció su ofrecimiento, porque presagiaba que el altercado y la muerte de El Rubio, lejos de aplacar los temores, habría de aumentarlos, al menos hasta que el inexorable paso del tiempo mitigara su recuerdo, desvaneciéndolo bajo una bruma de olvido.

Capítulo 45   (1948 – 1949) Las desgracias de El Arisco y El Cachopán. Boda y media

Nadie cantó en aquella siega; el brazalete negro en la manga de El Seguío imponía un permanente silencio de respeto. El Cantiña cambió el bieldo por la guadaña y segó junto a El Seguío, animándolo sin palabras, solo con la cercanía de su presencia.

En la era, el Arisco batallaba con denuedo sobre el trillo, maldiciendo para sus adentros a quien quiera que se hubiera llevado a Miguelín para siempre y, con él, la alegría y el canto de los segadores de aquel verano. El Arisco había forjado en el infortunio su personalidad retraída y distante. De niño, la muerte prematura de su madre le hizo sentirse en un áspero desamparo. En su juventud, la pérdida del amor de su vida, su novia María, la hija del guardia civil Martínez, a quien el benemérito cuerpo destinó con urgencia muy lejos, a otra provincia, volvió a dejarlo huérfano. Cuando, un sábado, llegó al pueblo al remudo, María ya no estaba; ni siquiera tuvo ocasión de despedirse y nunca más la vio ni supo de ella. Fue el doloroso aldabonazo en su vida que lo convirtió en el hombre desabrido que era. La guerra que tuvo que hacer en el frente contra su voluntad y en la que presenció tanto horror y la penuria de la interminable posguerra en que aún se encontraban sumidos, vinieron a ahondar su carácter huraño. Todavía, al cabo de diez años, las cartillas de racionamiento delataban la estrechez del presente y la desesperanza en un futuro imposible. El Arisco se defendía con la distancia. La pérdida de Miguelín y el dolor de El Seguío le provocaron un íntimo pesar, que ocultó tras el parapeto de su coraza de descreimiento. Rememoró con desoladora nostalgia la otra pérdida, la de María, cuya imagen el tiempo había ido emborronando en su memoria. ¿Cómo era? ¿de qué color eran sus ojos? María se había ido convirtiendo en un bello recuerdo sin rostro.

Nunca sabría nadie cuánto había llorado El Arisco, a escondidas, la muerte de Miguelín y el dolor del padre, como hacía años había llorado la ausencia de María.

El otoño fue seco, las nubes pasaban de prisa, como huyendo, sin derramar ni una gota de agua, como si el llanto por Miguelín hubiera secado los lagrimales del cielo. La tierra apelmazada del verano se había resquebrajado de tristeza. El frío de acero del invierno endureció los terrones, erizando el campo arado. A mediados de enero, Manuel dispuso que se trabajaran las madres e hijuelas para conducir el agua inagotable traída de El Manantial que habría de regar el sembrado cuando empezara a levantar el tiempo. La cosecha del cuarenta y nueve sería más laboriosa, pero abundante, como siempre, si las heladas y el granizo la respetaban.

Lutgarda no veía el día en que retornara Ruperto y así se lo manifestaba en sus cartas. En la última suya, Ruperto le había abierto de par en par la puerta de la ilusión. Se había enterado de buena tinta de la posibilidad más que cierta de acelerar su vuelta, escalando puestos en la lista de traslados, en la que tenían preferencia los casados sobre los solteros. Ruperto había pensado en que una pronta boda los ayudaría, si a ella le parecía bien. Había hablado con su comandante de puesto, que se había ofrecido a extenderle el documento que le facultaba para casarse por poderes. "Una boda por poderes quiere decir, Lutgarda, que a uno de los contrayentes, en nuestro caso a mí, lo puede representar la persona en quien delegue. Sé que no es la boda con la que siempre has soñado y, aunque los hombres somos menos mirados para estas cosas, también a mí me disgusta que sea así, pero no tenemos otra forma de acortar mi vuelta. Si lo apruebas, deberás proporcionarme los datos completos de la persona que habría de representarme", le había escrito Ruperto con su letra tan uniforme. Lutgarda lloró de alegría y de amargura. Para lograr la anhelada vuelta de Ruperto, se veía sola y ridícula en el altar, como una solterona a la que engañaran con un casamiento de mentira. Y esa imagen no se le iba del pensamiento y estaba segura de que se le reavivaría el día de la boda, quizás hasta convertirse en un dolor insoportable. Supo que lloraría de día en la iglesia ante todos y de noche, a solas, en su cuarto.

"¡Manuel, Manuel!", gritó El Cazuela, el cocinero de los braceros de La Ventolera, "¡un accidente, El Cachopán!". Manuel corrió hasta la encina bajo la que atendían al accidentado, "¿qué ha pasado?", miró a El Cachopán que, sentado en el suelo, le devolvía la mirada con la vista extraviada y una mueca en el rostro. Manuel miró a los que le atendían. "Estaba podando y se ha caído desde aquella rama más alta. Yo creo que en la caída se ha golpeado en la parte de atrás de la cabeza con la rama de abajo", El Cantiña, desconcertado, en cuclillas junto al accidentado, intentaba entender qué le ocurría. El Cachopán había enmudecido y su rostro mantenía, como dibujada, una expresión distraída. Lo pusieron en pie, mantenía el equilibrio pero daba muestras de que le era indiferente caminar o permanecer quieto, la misma mueca siempre en el rostro. Manuel y El Cazuela se ocuparon de llevarlo a su casa. Transcurrían los días y El Cachopán no experimentaba progreso alguno; pasaba las horas muertas sin levantarse de la silla, mirando a ninguna parte, o echaba a andar sin parar y había que acompañarlo para que no se extraviara. Su mujer se alarmó, no en vano, Lino, un tío de su marido, hacía pocos años que había desaparecido un día de tantos en que echó a andar; nadie lo encontró jamás. El médico había confirmado que El Cachopán había sufrido un golpe en la cabeza que le debió producir alguna hemorragia interna y no cabía esperar una mejoría notable. El Cachopán había quedado trastornado para siempre. La mujer le había pedido a Manuel que los socorriera y Manuel se llevó al hijo, Joseíto, un niño aún, de porquero a la finca. La hermana de Joseíto entró a servir en casa de don Joaquín, el señorito del abuelo y el tío Andrés. A las exiguas ganancias de ambos niños y de una tía solterona que vivía con ellos, sirvienta también, se encomendó la mujer de El Cachopán para que llevaran un bocado a la casa, mientras ella se ocupaba día y noche del cuidado del marido alelado.

Lutgarda, en representación suya y de Ruperto, y Rosa y Manuel se habían tomado de dichos en la parroquia, donde se publicaron las amonestaciones las tres semanas anteriores a la boda doble.

El domingo amaneció con desgana, envuelto en una densa niebla que no habría de levantar en toda la mañana, como si quisiera ocultar las bodas. Aún era temprano cuando pasó el trapero, Quimé, pregonando con la musiquilla conocida por todos,

"Pellejos y pieles Quiméee..., hule,
lana vieja, colchones.
Llevo pellejo, pellica conejo y liebre,
el hierro viejooo..., el metal viejo".

Quimé era un trapero harapiento, huraño, una rala barba negra desigual le oscurecía el rostro, tocado de una gastada boina negra, un saco medio vacío colgado al hombro, sujeto de la boca con una mano y una garrota en la otra. Los niños lo contemplaban asustados y escondidos para que no los viera; para ellos, Quimé era el tío del saco con el que los asustaban los mayores, seguro que llevaba algún niño a la espalda dentro del saco. Nadie hablaba con él ni él hablaba con nadie, hasta El Matraca y El Miralejos sentían repeluco y le volvían la cara. Al trapero se le veía siempre que había niebla o lloviznaba, paradójicamente, como si pretendiera pasar inadvertido. Desapareció revolviendo la esquina de la parroquia, al tiempo que llegaban los contrayentes. Allí se encontraron estrictamente los familiares en primer grado de Manuel, de Rosa, de Lutgarda y los padres de Ruperto. Vistieron lo mejor que pudieron, que era poco. Lutgarda y Rosa lucían unos modestos vestidos nuevos que había cortado doña Angustias y Rosa había cosido con esmero. Manuel vestía una chaqueta nueva comprada para la ocasión. Rosa se agarró del brazo de Lutgarda para mitigar su dolor y que no se distinguiera quién de las dos era la novia solitaria. Lutgarda agradeció la presencia de la niebla protectora. El Apañao ejerció de padrino de su hija Rosa y de representante del ausente Ruperto. Lutgarda intentaba hacerse la fuerte y se tragaba las lágrimas. Para Manuel no era plato de gusto volver a vérselas con el cura, que impertérrito en sus maneras para con las clases bajas, despachó la doble ceremonia en la mitad del tiempo de una. Manuel agradeció que les hubiera abreviado su presencia y se hubiera ahorrado el sermón. También Lutgarda, por motivos diferentes. Salieron a la calle desierta, casi borrada por la misma niebla espesa, y se encaminaron a casa de los abuelos Andrés y Josefa en consideración a Lutgarda, para que no estuviera sola el día de su boda por poderes. Festejaron con un guiso de carne de conejo que había traído Manuel y vino barato. De postre tomaron unos roscos de azúcar que había elaborado Lutgarda el día anterior para ocupar el pensamiento. A media tarde, con un sol brillante en el cielo azul, Manuel y Rosa se despidieron, de Lutgarda con especial cariño, y se encaminaron hacia La Ventolera; Manuel, con el ronzal de la mano, delante del mulo que llevaba a Rosa. En la última calle, de entre un grupo de hombres reunidos alguien dijo con sorna "mira qué prisa tienen" y los demás rieron. Manuel les dirigió una mirada poco amistosa, pero no dijo nada y siguieron su camino, mientras las risas continuaban a sus espaldas. Manuel se sintió corrido y malhumorado y maldijo la publicación de las amonestaciones, ¿a quién, sino a ellos solos, tenía que importar su boda? Ni el recibimiento de Flaco aplacó su rabia, que le duraba cuando llegaron a la casa del capataz. Manuel tomó a Rosa del talle para ayudarle a descabalgar, le tendió la llave de la puerta, "toma, es tu casa, desde ahora te encargas tú de tenerla. Abre, yo voy a echarles de comer a los animales". Necesitaba emplearse en sus acostumbrados quehaceres para ahuyentar las burlas de los del pueblo, que parecían haberle seguido hasta allí. Cuando terminó, sintió que debía limpiarse. Rosa puso al fuego la olla de agua y Manuel se bañó, restregándose tan a conciencia como el día anterior. El agua lo relajó y le limpió el pensamiento de la gente del pueblo. Tomó a Rosa de los hombros, se miraron, "mujercita", se oyó decir a sí mismo como un extraño. Rosa cerró sus ojos de miel, la visión de su rostro de felicidad sosegada hinchió el corazón de Manuel. Suavemente la atrajo hacia sí y la besó con delicadeza, como temiendo romperla. Rosa olía a jazmín. Había rodeado el cuello de Manuel y él la tomó en brazos y la llevó al dormitorio sin dejar de besarla. Gozaron arrebatados dando rienda suelta, en una locura sin fin, al deseo tanto tiempo contenido. Manuel se sintió plenamente hombre. Se amaron y hablaron hasta que los rindió el

248

sueño. "Pobre Lutgarda, se ha casado y todavía sigue soltera", se había compadecido Rosa antes de quedarse dormidos.

Capítulo 46 (1949) Amores que crecen y amores que mueren

Manuel se despertó aún de noche y notó por primera vez a su lado la suave calidez del cuerpo de Rosa. La acarició tenuemente creyéndola dormida y ella le tomó la mano, estaba despierta desde hacía rato, se sentía tan dichosa que había dormido muy poco en su noche de bodas. Se volvieron el uno hacia el otro, se acariciaron y besaron en el silencio de la oscuridad y de nuevo gozaron con pasión de las cimas del éxtasis. Manuel había descubierto la felicidad y se prometió preservarla como un tesoro que no podía perder por nada del mundo. Abrazó a su mujer con fuerza, como protegiéndola del mundo y de sí mismo y la besó con una entrega sin límite. Rosa percibió el amor de Manuel y se sintió inmensamente feliz, al tiempo que le apenaba el recuerdo de la soledad de su amiga Lutgarda.

Ya habían desayunado cuando llegaron los braceros. Manuel besó a Rosa antes de salir. Llegó a la gañanía, confiado, seguro, atento y afable con sus hombres como nunca; el amor de Rosa le había infundido un aplomo y una fortaleza desconocidos para él. Cuando volvió a mediodía para comer, saludó a su esposa con un beso, al igual que al despedirse más tarde y al regresar al final de la jornada. Se propuso hacerlo siempre así, en la intimidad y nunca a la vista de nadie, hasta convertirlo en una costumbre cómplice.

Al igual que el otoño y el invierno, la primavera discurría seca. Las nubes parecían burlarse de los hombres y los campos. En el pueblo, se oía la voz engolada del locutor del parte de la radio que insistía en la pertinaz sequía, como si no hubiera llovido nunca ni hubiera de hacerlo en adelante para mortificar al Caudillo. Manuel disponía cuándo debían regar la cebada, los frutales y, con mayor frecuencia, la huerta. La tierra lo agradecía retoñando con vigor y anunciando unas cosechas excelentes. La sequía volvía a ser una gran aliada de don Félix.

Don Fidel había estado reunido durante horas en el despacho de su casa con los hombres que se acababan de marchar. Doña Ana vio cómo su marido los había acompañado a la puerta y se volvía al despacho con paso cansino y signos de contrariedad o de fatiga, no sabía si era lo uno o lo otro. No era la primera vez que lo veía así, le ocurría con frecuencia tras reuniones largas y complicadas, según él le confiaba más tarde. Doña Ana, como hacía habitualmente en tales circunstancias, se dispuso a prepararle una infusión de manzanilla. La sirvió en una jarrita metálica que colocó en una bandeja junto a una taza, el azucarero y una servilleta sobre la que puso una cucharilla. Abrió sin llamar la puerta maciza de cuarterones del despacho. "Fidel", se quedó petrificada al ver a su marido en el sillón, el cuerpo volcado hacia el lado derecho, la cabeza exangüe sobre el hombro del mismo lado, del que pendía a todo lo largo el lánguido brazo inmóvil. A doña Ana se le retiró la sangre de la cabeza y los miembros, cubriéndose de una palidez cadavérica y, como pudo, mecánicamente, depositó temblorosa la bandeja sobre el escritorio y acudió a reanimar a su marido. "¡Fidel!, ¡Fidel!", clamó en vano. Llamó a alaridos hasta que acudió la criada. "¡Corre, llama al médico, que venga ahora mismo, rápido!", gritó entre lágrimas y suspiros y la criada se apresuró, tropezando en la puerta con Rosario, la hija menor de don Fidel y doña Ana, que, sobrecogida, corrió a abrazarse a su madre uniéndose a su duelo. El médico llegó jadeante y solo pudo certificar la defunción por apoplejía severa, según dedujo de la expresión torcida en el rostro del finado.

Los periódicos daban la noticia en lugar destacado, colmando cuatro páginas las numerosas esquelas. Don Félix se encargó de que se celebraran con todo el boato las exequias, a las que, oficiadas por el cardenal arzobispo, asistido por don Alejandro, acudieron de luto riguroso un sinnúmero de personalidades civiles, militares, eclesiásticas y representantes de hermandades. Innumerables coronas se amontonaban alrededor del féretro dispuesto sobre el catafalco, al pie de la escalinata del altar mayor. A un lado de las bancadas, los dolientes, acompañados de sus amistades más allegadas, entre ellas, el gobernador civil, don Julio, con su esposa e hijas y don Alfredo, el capitán general, asimismo con su esposa e hija. Al otro lado, las autoridades civiles y militares en estricto orden de protocolo. En lugar destacado, los directivos de bancos y cajas de ahorros, colegas del difunto. Don Félix, sereno, observaba a Rosario y Anita que se arrebujaban buscando la protección de su madre, las tres en un mar de lágrimas.

Dos semanas pasaron don Félix y la familia de doña Ana asistiendo, cada tarde en una iglesia, a las misas de difunto que, por encargo de distintas hermandades, se oficiaron por el alma de don Fidel.

Transcurridos aquellos primeros días de duelo, respetado por todos, el consejo de administración designó al nuevo presidente de la entidad, recayendo el nombramiento, por compromiso, en don Damián, el consejero más veterano, próximo a los ochenta años, que, no estando ya para trotes, habría de ejercer, en verdad, de presidente honorario. El consejo reforzaba la confianza de la dirección ejecutiva en la juventud, entusiasmo y buen hacer de don Félix, otorgándole poderes omnímodos para firmar por sí mismo cuantos contratos y documentos requiriera la actividad de la entidad.

Don Félix se asignó unos emolumentos muy superiores a los percibidos hasta entonces y adquirió, con cargo a los fondos sociales de la Caja de Ahorros, un palacete en la plaza Mayor, donde se instaló con Eloísa y su hijo Fernando, que acababa de cumplir los dos años y que, con su media lengua, era la alegría de sus padres. Contrató otras dos sirvientas además de Vicenta, que seguía con ellos como persona de su total confianza. Al edificio señorial, de estilo mudéjar, rodeado de un jardín muy cuidado, no le faltaba detalle. "Por fin, este palacio tiene su reina", piropeó don Félix a Eloísa. Era el primer día que lo habitaban. Don Félix y Eloísa, perdidamente enamorados, gozaron de una larga velada íntima, iniciada en el salón, en el que cenaron a solas, y continuada en el dormitorio. Hablaron de su hijo, de ellos, de proyectos de futuro. Eran felices y se amaron con pasión hasta que los rindió la madrugada.

"Félix, ¿dónde pasas las noches, que no vienes a casa?", se arriesgó, al fin, a preguntar su esposa. "Anita, tengo muchas obligaciones. ¿Os falta algo a Inocencia o a ti? ¿Acaso a tu madre o a tu hermana?". "Sí, me faltas tú, cada día más". "Ya te he dicho que estoy muy ocupado, tengo muchas responsabilidades". "Dime la verdad", se atrevió Anita, sorprendida de sí misma. "¿Qué verdad?", don Félix no se sentía con ánimos de discutir. "¿Quién es ella?", Anita se sintió extrañamente valerosa y empujada a seguir adelante. "Anita, esas son cosas mías". "Tuyas o vuestras; desde luego, nuestras, no. ¿Qué te falta que no pueda darte yo?", Anita se sentía muy dolida. "Anita, nunca te he reprochado nada, no lo hagas tú conmigo". "No te reprocho, te reclamo. Te quiero conmigo, para mí. Y para nuestra hija. Me duele la distancia que ha crecido entre nosotros", Anita se sentía al borde de un precipicio. "Nunca os faltará nada ni a ti ni a nuestra hija. No me exijas más. No puedo renunciar a Eloísa, no podría ni aunque quisiera, es algo superior a mí, me da vida. Y me ha dado un hijo", don Félix había sido más sincero de lo que hubiera querido. Anita se sintió abatida y fuera de sí, las ideas se agolpaban confusas en su mente. "¿Quién es Eloísa?", no sabía si lo quería preguntar, si quería saberlo o no. "Ya te he dicho todo lo que tienes que saber de ella; lo demás es cosa mía. Anita, desgraciadamente, tu padre se ha ido, pero, gracias a Dios, tu familia y tú habéis quedado a mi cargo. Quiero que estés tranquila, porque te aseguro que nunca os faltará nada. Tengo que irme". Anita lo vio alejarse, supo que nunca más le hablaría de la tal Eloísa que la postergaba a ella a un lugar que aún no era capaz de ver cuál era, pero intuyó que muy alejado de él. Se arrepintió de haber preguntado. Estaba muy confusa, no odió a Eloísa ni a su marido, se odió a sí misma y se dio lástima. Era una esposa fiel y entregada a su marido, a quien admiraba desde la primera vez que lo vio en su casa, cuando el entonces señorito Félix los invitó a visitar El Manantial. Recordaba con todo detalle cómo con la mirada la había cautivado para siempre. Para Anita no había existido ningún otro hombre más que el marido que se resistía a creer que estuviera perdiendo, aunque siguieran juntos... mientras lo permitiera Eloísa. Se sintió inmensamente sola, desamparada por la reciente muerte de su padre y abandonada por su esposo.

A don Félix le resultaba embarazosa la relación con Anita. No era su intención causarle daño alguno, pero era a Eloísa a quien amaba, llevaban una eternidad de amor clandestino y era hora de vivir a cielo descubierto. De ahí, la decisión de adquirir el palacete de la plaza Mayor para Eloísa en el centro mismo de la ciudad. Nunca más se esconderían, Eloísa era una mujer maravillosa y bellísima a la que quería con locura y él sabría cómo vencer cuanta resistencia amagara con turbar el amor que se profesaban.

"Don Alejandro, por favor", requirió don Félix al asistente. Tras dejar a Anita en casa, don Félix se había dirigido sin titubear al palacio arzobispal. "Querido Félix, qué alegría verle de nuevo por aquí", saludó efusivo don Alejandro, "pero pase, por favor" y lo condujo a la misma suntuosa sala de visitas donde don Félix le exigiera el traslado del sátiro de don Anselmo. Aquel recuerdo le imprimió más confianza aún, aunque don Félix no necesitaba de argucias para revestirse de aplomo y alcanzar sus propósitos. "Bueno, mi querido amigo, ¿en qué puedo servirle?". "Verá, padre Alejandro, es un asunto delicado y de la máxima reserva, por lo que debo contar con la total discreción y prudencia, suya y de Su Eminencia, el cardenal", a don Félix le interesaba dejar claro que bajo ningún concepto se debía filtrar ni un ápice de su visita. "Por Dios, Félix, faltaría más. Cuente con que, sea lo que fuere lo que le trae a esta casa, nada traspasará los muros de la misma. Si algo hacemos bien en la iglesia es guardar secretos, puede estar absolutamente tranquilo". "Bien, en ese caso, le confesaré sin más preámbulos el motivo de mi visita. Consígame la anulación de mi matrimonio". Don Alejandro quedó atónito, no podía imaginar algo semejante en don Félix. Carraspeó, se removió en el sillón, "la Iglesia no tiene potestad para anular un matrimonio válido…". Don Félix no daba crédito, "pero…", se interrumpió a punto de montar en cólera. "Lo que sí puede la Iglesia es declarar la nulidad de un matrimonio", se apresuró a añadir don Alejandro. "¡Padre, déjese de retruécanos que solo ustedes entienden!", estalló don Félix. "Amigo mío", don Alejandro se había rehecho y se expresaba con pasmosa tranquilidad, "la Iglesia distingue muy bien entre el volver a casa y el no haber salido de ella". Don Félix rompió en una carcajada. "De acuerdo, usted gana. Ustedes siempre ganan. Consígamelo".

Capítulo 47 (1949) Que el casado, casa quiere y cada oveja, con su pareja

Don Félix tomó la solicitud de nulidad de matrimonio que le extendió don Alejandro y que sería dirigida al Tribunal de la Rota. No le apetecía leer los motivos aducidos, pero no pudo evitarlo, acostumbrado como estaba a no firmar jamás un documento sin haberlo leído. 'Imploro la nulidad de mi matrimonio, al que accedí por razones de interés social, obviando en la bisoñez irreflexiva de mi juventud el significado esencial del mismo, requisito requerido por la Santa Madre Iglesia'. En ese párrafo, perdido en un marasmo de formalismos, se expresaba el fundamento de la petición. "Padre, ¿no es demasiado explícita mi inculpación?", a don Félix le desagradaba sobremanera acusarse de aquella forma. "Amigo, créame que nos hemos devanado los sesos Su Eminencia y yo mismo para dar con una redacción lo más atildada y aséptica posible, a la par que contundente, que permita abreviar los trámites en bien suyo". "Me disgusta enormemente la expresión 'bisoñez irreflexiva', déjelo en 'bisoñez' y mucho transijo con ello", don Félix le devolvía el escrito a don Alejandro. "Usted decide; no obstante, creo que se arriesga en exceso a que no sea concedida la nulidad en primera instancia, en cuyo caso se acrecentarán las dificultades y los plazos. Piense que este documento solo será conocido por el Tribunal, Su Eminencia y yo. Aseguremos la concesión de la nulidad, que usted será muy libre de divulgar la interpretación que quiera darle en el futuro", don Alejandro no había recogido la solicitud que mantuvo en el aire don Félix, quien firmó con enorme desagrado, casi como si rubricara su sentencia de muerte, y, acto seguido, extendió, a nombre del obispado, un cheque con una cifra considerable, importe que sería debidamente contabilizado en la Caja de Ahorros bajo el concepto 'Contribución al sostenimiento de la Santa Iglesia Catedral'.

No tardó en llegar la resolución del Tribunal de la Rota, que daba por nulo de pleno derecho el matrimonio de don Félix y Anita, a quien él se lo notificó mediante la entrega de una copia. Mientras hacía recoger sus últimas pertenencias y ante el mutismo de Anita, "te dije que ni tú, ni Inocencia, ni tu madre, ni tu hermana tenéis nada de qué preocuparos; tendréis siempre lo necesario, una asignación generosa que os haré llegar periódica y puntualmente para vivir con holgura, de acuerdo a nuestra condición social. Inocencia tiene unos ahorros nada despreciables que hemos ido acrecentando tu padre, que en paz descanse, y yo mismo. Mantendré la contribución en el futuro y la veré con frecuencia, la niña debe permanecer unida a sus padres; a los dos. Por último, te dejo esta casa a tu entera disposición". "¡Cómo!", se revolvió Anita como una fiera, sacando fuerzas desde el hundimiento en el que se hallaba, "¡no tienes que dejármela, esta casa es mía!". "Querida", don Félix se arrepintió de haber pronunciado esa palabra, "es mía, así lo dicen las escrituras que tú misma firmaste ante el notario, pero no te preocupes, habítala mientras quieras". Anita lo odió como no imaginaba que nadie pudiera hacerlo, "la charranada que me habéis hecho un cateto de pueblo como tú y tu querida, la monja...", le espetó con toda la inquina acumulada y rompió a llorar de impotencia y abandono. "Es la primera vez que me has hablado así. No vuelvas a hacerlo. Nunca", el tono de don Félix era amenazante. La sirvienta había recogido cuanto le había ordenado. Don Félix le hizo una carantoña a su hija, la besó y abandonó aquella casa no sabía si para siempre.

El primer domingo de junio, Manuel y Rosa supieron de boca de Lutgarda que a Ruperto lo habían destinado a un pueblecito próximo a la capital, casi un barrio de ella, y llegaría esa misma semana. Hablaba atropelladamente sin parar. Estaba feliz y muy nerviosa, agobiada, sin apenas tiempo para hacer los preparativos; el lunes, veinte, debía incorporarse Ruperto a su puesto. Lutgarda se iría con él a comenzar, por fin, su vida juntos. Desconocían por completo cómo sería ni en qué estado se hallaría la vivienda del cuartel que les sería adjudicada. Su inminente nueva vida suponía una partida con rumbo desconocido a la aventura y, si bien Ruperto no le concedía la menor importancia, a Lutgarda, que nunca había salido de Entrecerros, se le hacía un mundo, aunque era plenamente consciente de que vivir cerca de la capital era un sueño y una oportunidad. Rosa no se separó de ella en todo el día. Al atardecer, decidió que se quedaría con Lutgarda el tiempo necesario, que Fernanda debía acudir a su trabajo y ella podía traerse la costura a casa de Lutgarda. Había sufrido mucho desde el día de su triste boda y había llorado a diario, se le notaba en los ojos, que ahora empezaban a recobrar vida, y Rosa debía y quería ofrecerle su compañía; a su amiga, a quien tanto le debía, no le iba a faltar su ayuda. Manuel no solo estuvo de acuerdo, sino que agradeció a Rosa su generosidad; no se lo habían declarado mutuamente, pero ambos sabían que debían su unión a la tía Lutgarda.

El día de la llegada de Ruperto, Rosa se marchó a su casa para evitar encontrárselo, le parecía una traición que pudiera verlo antes que ella. Al atardecer se fue a esperar a Lutgarda a la salida del trabajo. Aguardó a su amiga una eternidad, vigilando desde una distancia prudente la puerta de la casa de los señoritos de Lutgarda. Ojalá pudiera entrar y echarle una mano para que terminara cuanto antes, aunque pensó de inmediato que una criada, en todo caso, debía cumplir su horario, a menos que no hubiera terminado sus tareas que, entonces sí, debía quedarse hasta concluirlas. Cuando, por fin, apareció Lutgarda, Rosa corrió a su encuentro. Le revisó el pelo, el cuello del vestido, le pasó la mano para quitarle cualquier arruga y le aplicó unos toques de colonia. "¿Lo has visto?", a Lutgarda le temblaba un punto la voz. "No, no he visto a tu marido", Rosa pronunció a propósito la palabra 'marido' para transmitir seguridad y normalidad a Lutgarda, "hoy no he estado en tu casa". Anduvieron deprisa en dirección a la casa de Lutgarda. Ya cerca, "Lutgarda, vuelvo a mi casa, dentro de un rato voy a la tuya". Lutgarda encontró a su marido guapísimo y se abrazó a él, rompiendo a llorar, de amor, pero también de desahogo del fin de la pesadilla de aquellos meses. Los brazos de Ruperto la estrechaban contra su pecho y se sintió protegida; nunca más se separaría de él. Entre el llanto, se reprochaba no haberlo acompañado a Santa Pola. Cierto que su estrecha economía no daba para gastar en viajes y menos para montar una casa tan lejos y desmontarla en meses, pero aun así, la soledad había sido una tortura insoportable. Cuando Rosa volvió, ya habían cenado. Saludó cariñosa a Ruperto y se alegró de la felicidad de su amiga. "Rosa, te voy a poner la cena", se dispuso Lutgarda. "Ni se te ocurra. Ya he cenado. Toma, Ruperto, esta es la llave de mi casa. Yo me quedo con la abuela y Fernanda. Venga, marchaos los dos ya", los apremió y ante el desconcierto de Lutgarda, "no te preocupes, tienes allí todo lo que necesitas", le susurró al oído. Lutgarda sintió que se le enrojecían las mejillas. Encontraron la casa limpia y ordenada. Rosa no había olvidado ningún detalle de cuanto pudieran necesitar para su noche de bodas, incluido el camisón planchado y perfumado de Lutgarda, dispuesto sobre la cama, y un frasquito de colonia en la mesita de noche.

El sábado, dieciocho, la abuela Josefa se quedó en casa, había amanecido con un dolor, como de clavo, en un ojo. Llevaban dos maletas grandes de loneta, reforzadas con dos correas con hebillas y protectores metálicos en las esquinas, que había comprado Ruperto, y un bulto grande en un lío atado con cuerda de cáñamo; el grueso del escaso ajuar de que disponían lo habían remitido con el cosario dos días antes. "Ruperto, todo es nuevo para ella. Cuídala mucho", le pidió Rosa. Él asintió con la cabeza, al tiempo que miraba a su mujer y la apretaba del hombro contra sí. Ruperto y Lutgarda partieron en la tartana que iba a la estación de ferrocarril, a algo más de tres leguas de Entrecerros.

La boda de don Félix y Eloísa quedó fijada para el primer domingo de octubre. Aquel verano, don Félix se prodigó en cuantas celebraciones de relumbrón se celebraron, acompañado en todo momento de su prometida, Eloísa, cuya arrebatadora belleza despertaba la admiración tanto de los caballeros como de las damas, siempre elegantísima, sus tirabuzones rubios, los ojos celestes, la figura esbelta alzada sobre los zapatos de tacón de aguja con los que caminaba con singular donaire. Desde el fiasco del paseo, camino de la feria, siendo novia del entonces señorito Félix, y hasta que su padre, don Fernando, decidió que cambiara la reclusión de casa por la del convento, Eloísa había practicado todas las horas de aquellos días con los zapatos de tacón culpables de su oprobio y desgracia. Y a fe que consiguió caminar con total naturalidad sobre ellos como si nunca lo hubiera hecho sobre otros. A nadie se le ocultaba la disolución del matrimonio de don Félix y Anita que, no obstante, la deslumbrante nueva pareja minimizaba hasta el punto de hacerlo olvidar.

Coincidiendo con la recolección de la cosecha de cebada, don Félix rompió abruptamente su relación con los forasteros de Traslomas. Los beneficios que le reportaban los trapicheos de los cargamentos, comparados con los ingresos de sus negocios en la capital, eran a la sazón una minucia por la que no merecía la pena correr el riesgo. "Aquí tenéis, íntegra para vosotros, toda la recaudación de este trabajo. Es la última vez que nos vemos. Nunca más volveréis ni a El Manantial ni a Entrecerros. Y nunca me habéis conocido", y don Félix les señaló la salida. Subió a la calesa y se dirigió a la finca de don Fernando, donde se hallaban Eloísa y su hijo. Doña Concepción disfrutó aquellos días de la compañía de la hija y del nieto, al tiempo que se deshacía en atenciones hacia don Félix, a quien nunca había dejado de considerar y admirar. El abuelo don Fernando parecía retornar por un momento de su mundo para fruncir levemente el ceño ante la presencia de don Félix y volver a ausentarse, perdiéndose en algún lugar oscuro de su mente.

Doña Patro montó en cólera cuando tuvo conocimiento de la relación silenciada de su hijo con Eloísa y la existencia de un nieto. Aplacada la conmoción que le había producido la noticia, rezongó y no ahorró ninguna pulla, a oídos de todos los de la casa, contra su hijo por haber disuelto su matrimonio y haber permanecido tanto tiempo en pecado de concubinato. Y, por encima de todo, no le perdonaba que le hubiera ocultado a su precioso nieto. "Qué disparate, qué contradiós, tener un nieto y no saberlo; desde luego que esto no te lo perdonaré en la vida, canalla", y embelesada, no le perdía ojo a Fernandito. "En el pecado vas a llevar la penitencia; prométeme que vas a traer con frecuencia a Fernandito y a Inocencia para que disfrute de ellos su abuela". "No se preocupe, madre, que los traeré tantas veces como quiera". Y doña Patro parecía perdonarlo todo, al fin y al cabo, sabía que su hijo siempre había campado por sus respetos y no iba a cambiar ahora de mayor y, más aún, habiéndose convertido en el personaje que sabía ella que era.

Capítulo 48 (1949 – 1950) Cultivando relaciones

La boda de don Félix y Eloísa tuvo lugar ante el retablo barroco de la abarrotada iglesia de la Hermandad de la Santa Aflicción. Don Félix había descartado la catedral para no recordar su anterior enlace más allá de lo necesario y, de paso, ahorrarle a Anita el agravio de celebrarla frente a su casa; no era él hombre, a pesar de todo, de hurgar en las heridas. Para eludir habladurías, Eloísa había elegido un vestido en tono pastel, evitando el blanco que los más recalcitrantes, sin duda, habrían tomado como una afrenta, sabido como era que tenía un hijo, a quien discretamente habían dejado en casa a cargo de Vicenta. Lejos de echar en falta el blanco, el color elegido realzaba aún más el corte romántico del vestido, que elevaba a categoría de sublime la radiante belleza de Eloísa. El banquete sí tuvo lugar en el mismo sitio que la celebración del anterior de don Félix y Anita, el Gran Casino de Labradores, por ser el recinto más distinguido. Enlace y banquete fueron objeto de comentarios admirados durante semanas, sobre todo, por parte de las clases que no habían disfrutado de ellos; las mujeres, en las chácharas de sus casas de vecinos y los hombres, en las tabernas.

El feliz matrimonio emprendió viaje de novios a Madrid. A pesar de la exasperante lentitud del tren, dulcificada por la comodidad de su lujoso departamento en vagón de primera, habrían de recordar para siempre aquellos días en que visitaron el corazón de la gran ciudad, alojándose en un hotel de gran lujo, disfrutando de los mejores restaurantes y asistiendo a los más afamados teatros en los que Eloísa, incansable, se deleitaba con las obras. Don Félix también disfrutaba de ellas, si bien en el estreno por aquellos días en el Teatro Español de 'Historia de una escalera', del dramaturgo Buero Vallejo, apenas un muchacho todavía, según pudo comprobar al final de la obra cuando el autor hizo acto de presencia en el escenario, percibió un ataque velado a la posición social que él mismo ocupaba, y por extensión a Eloísa, en contraposición a la mayoría de la población pobre y desesperanzada de aquella España condenada a no tener aspiraciones de un futuro mejor, que no fue de su agrado.

Como director general con poderes omnímodos en la Caja de Ahorros, don Félix se preocupó de entablar relaciones personales con los más altos representantes bancarios de la capital, con los que venía manteniendo asidua correspondencia profesional desde hacía tiempo. Invitó al espléndido restaurante de cinco tenedores del hotel a don Carlos María Capitán, presidente del Banco Iberoamericano, el principal banco del país, y a don Raimundo Argüeso, presidente de la poderosa Caja de Ahorros Peninsular, acompañados de sus respectivas esposas. "Caramba Félix, de qué forma y con qué acento tan peculiares se expresan ustedes en el sur", lanzó sin preámbulos don Carlos María apenas encendieron un cigarro los caballeros, mientras las damas departían entre sí. "Cierto, cierto", corroboró don Raimundo con abierta sonrisa. Eloísa había escuchado nítidamente las palabras de los colegas de don Félix y miró de reojo a su marido, esperando una reacción que no se produjo. Don Félix ignoró las observaciones de sus invitados, quitándoles importancia con una leve sonrisa, "¿qué tal van las cosas, caballeros? Por su aspecto relajado, se nota que marchan a pedir de boca", don Félix había evitado la réplica y en su lugar los hacía entrar en materia, que, al fin y al cabo, era lo que le interesaba. Don Carlos María y don Raimundo hablaron de sus respectivas entidades con una satisfacción que no podían disimular, orgullosos y seguros de sí mismos por las excelentes cuentas de resultados. "¿Y qué tal por el sur?", se interesó don Raimundo. "Pues, como pueden imaginar, en provincias no es lo mismo que en Madrid. Hay negocio, no lo negaré, pero infinitamente más modesto, estamos a años luz de ustedes; la capital es y será siempre la capital", don Félix percibió que sus interlocutores se sentían halagados. A la mesa, contrastaban de forma llamativa las parejas sesentonas de los capitalinos con el porte y la juventud insultante de los sureños que, como buenos anfitriones, se deshicieron en halagos hacia sus invitados y les cedieron el protagonismo de la conversación. Obviados los asuntos de negocios por deferencia hacia las damas, las conversaciones hueras saltaban de un asunto a otro, según las esposas de don Carlos María y don Raimundo iban cambiando de tema sin orden ni concierto, que fueron ellas quienes tomaron la palabra para no soltarla en toda la comida. Durante el café y copa de sobremesa, Don Félix invitó a unas jornadas de caza a su finca de El Manantial a los caballeros, quienes aceptaron gustosos. "Por descontado, la invitación es tanto para ustedes como para sus esposas", añadió don Félix. "Quite, quite", intervino la esposa de don Raimundo, "eso es cosa de ustedes, los hombres". "Como gusten", concedió don Félix, "en ese caso, quedan invitadas a nuestra ciudad para Semana Santa o para nuestras fiestas de primavera, como prefieran". "Le tomamos la palabra", la esposa de don Raimundo se interrumpió, "yo soy más de Semana Santa, pero mi amiga es más de fiestas; tendremos que decidirnos entre ambas opciones". "Tienen abiertas las puertas de casa para cuando quieran", ofreció Eloísa.

Cuando, al fin, se quedaron solos, "¿por qué has consentido que critiquen nuestra forma de hablar sin responderles? Deberías haberles contestado que en el sur no pronunciaremos tan bien como ellos, pero tuvo que ser de allí quien escribiera la primera gramática de la lengua española", Eloísa se sentía ofendida. "No le des mayor importancia, en los negocios no cuentan las victorias de palabra, sino las de los hechos", don Félix se mostraba muy relajado y sonreía ligeramente. "Además, esas señoronas tienen temas de conversación de lo más aburrido y un estilo espantoso; no sé cómo hemos podido soportarlos", Eloísa no cejaba. "Querida, hace mucho que aprendí que mi gusto es mi diversión; el de los demás, mi negocio. Por desgracia, no siempre coinciden". Eloísa intuyó que la tolerancia de su marido para con aquellos presuntuosos invitados habría de reportarle sus frutos.

Don Carlos María y don Raimundo fueron agasajados con todo tipo de atenciones en su visita a Entrecerros. En El Manantial gozaron de la caza, donde se prodigó con tanta dedicación como pericia El Queo, el cazador furtivo, para que los señores cobraran más y mejores piezas de las que hubieran conseguido jamás en ninguna otra cacería. De noche, disfrutaban de los buenos caldos de la bodega de don Félix en las veladas amenizadas por un cantaor de fuste y su guitarrista. La primera noche, en las casas de invitados les esperaban señoritas de compañía de postín, mandadas traer de la capital para atender la sugerencia que le habían deslizado, "Félix, esperamos encontrar todo tipo de excelentes piezas en su finca"; "caza mayor, descuiden", había respondido don Félix, dándoles a entender que había comprendido su mensaje. Grandes aficionados a los toros, don Félix los condujo a la ganadería de don Joaquín, quien se sintió muy honrado de mostrar su finca a señores tan distinguidos y exhibir ante ellos toda suerte de faenas con las reses bravas. Toros, caza, cante y carne joven, los invitados partieron hacia la capital plenamente satisfechos. Don Félix estaba seguro de haber realizado una buena siembra.

En Semana Santa, fue en la capital donde don Félix y Eloísa recibieron a don Carlos María y don Raimundo y sus respectivas esposas. "Mi amiga ha accedido a que viniéramos en Semana Santa para presenciar sus tan afamadas procesiones", la esposa de don Raimundo miraba a su amiga, "en otra ocasión vendremos a sus no menos famosas fiestas". Eloísa se esmeró para que sus invitados asistieran a las procesiones desde los lugares más privilegiados de los recorridos, accedieran a los más reservados, como los camerinos de los titulares de las cofradías, a donde solo entraba una selecta minoría, como si de un acto familiar íntimo se tratara, y todo ello meticulosamente programado para que les resultara descansado y placentero. El fulgor y las mecidas de los pasos, más aún, resaltadas por el vaivén acompasado de los varales y bambalinas de los palios, la música, el olor de las nubes de incienso, el bullicio del enjambre de la muchedumbre entre la que avanzaban los pasos, firmes, inexorables, engullidos, el silencio hecho como por ensalmo que rasgaban las saetas y finalmente roto por las palmas de la multitud que aclamaba a los saeteros, todo un improvisado mundo real levantado sobre una espontánea fantasía colectiva embargaba el ánimo de propios y extraños, encogía los corazones y arrancaba lágrimas, confundidas las mentes. En la madrugada del Viernes Santo, Eloísa vio cómo don Carlos María y don Raimundo no podían evitar que la emoción brillara en sus ojos, al tiempo que hacía llorar a sus esposas sin recatarse. "Caramba, Eloísa, qué sensación tan extraña, hemos disfrutado muchísimo al tiempo que era difícil que no se saltaran las lágrimas", don Raimundo se mostraba maravillado y confundido. "Así es la Semana Santa en el sur, don Raimundo, y así la vive todo el mundo, los muy creyentes y...", Eloísa bajó mucho el tono de voz, "los no creyentes, que también los hay aunque lo oculten". "Desde luego, tengo que reconocer que ha sido un acierto haber venido a la Semana Santa", le decía la esposa de don Carlos María a su amiga, ambas aún con los ojos enrojecidos. Eloísa se sentía muy orgullosa y complacida de las lágrimas de las forasteras; don Félix, de haber hecho disfrutar a sus esposos tanto con putas como con santos, y no sabría decir con cuál de ellos más.

Capítulo 49 (1950 – 1951) Década nueva, viejos dolores

El dolor continuo en el ojo martirizaba a la abuela Josefa; ni los lavados con infusión de manzanilla amarga le aliviaban, aunque no los abandonaba por temor a que se le infectara y se agravara aún más su padecimiento. La abuela rezaba a la Virgen del Perpetuo Socorro y a San Judas Tadeo, patrón de las causas desesperadas, y ante el dolor insoportable que no cesaba, terminaba perdiendo la paciencia y despotricando de los mismos santos y toda la corte celestial. El abuelo Andrés creía que tanto sufrimiento y tantas lágrimas derramadas por la maldita guerra, que se había llevado a tres de sus hijos, uno muerto y los otros dos perdidos en el exilio, y la posguerra, que ya era eterna, habían provocado la enfermedad de la abuela y aún se extrañaba de que no hubieran enloquecido ninguno de los dos, claro que más papeletas tenía la abuela que él, porque son las madres quienes más sufren por los hijos, infinitamente más. Por si fuera poco, Lutgarda se había marchado y la verían muy de tarde en tarde, una vez al año, si acaso.

Ruperto y Lutgarda habían llegado al cuartel cargados con las dos pesadas maletas y el bulto atado con cuerda de cáñamo. El guardia de puertas los condujo solícito al patio en el que se encontraba el pabellón libre que tenían asignado, una vivienda de dos piezas, una sala y un dormitorio, en los que el cosario había dejado los enseres que les encomendaron; la cocina y el aseo comunitarios estaban al otro lado del patio. Encontraron las dependencias cochambrosas y las paredes renegridas. Lutgarda tragó saliva y parpadeó varias veces para contener las lágrimas. "¿Quién habrá dejado esto como una zahúrda?", se preguntó Ruperto enojado y soltó gruesos improperios. Ruperto tenía aguante, pero cuando se enfadaba profería gruesas palabrotas sin importarle quien lo escuchara. Lutgarda apretó los dientes, se hizo la fuerte, pidió prestados una escoba, un cubo, una aljofifa y jabón y, frenética, empezó por limpiar el dormitorio. Deshollinó las vigas y alfajías de los techos y las paredes, barrió el suelo y con la aljofifa lo fregó todo con agua y jabón. Trasladó los enseres al dormitorio e hizo lo mismo con la sala antes de encontrarse extenuada. Las

266

estancias estaban desempolvadas y limpias, aunque no lo aparentaran por la falta de cal de las paredes. A última hora, trajeron una cama, borra para el colchón y la almohada, una mesa y cuatro sillas de segunda mano que Ruperto había encontrado a buen precio y que pagaría a dita en los próximos meses. Lutgarda sacó fuerzas de donde no le quedaban y fregó los muebles, desató el bulto y sacó un juego de sábanas, una funda para el colchón y otra de almohada, rellenó ambos, removió el colchón y la almohada para distribuir la borra, hizo la cama y se sintió agotada. Aún tenía que cocinar la cena, que a mediodía habían comido las viandas que llevaron del pueblo. Atravesó el patio y al llegar a la exigua cocina que compartían varias familias, Paca, la misma que le había prestado los útiles de limpieza, una mujer regordeta y bonachona, "hija, vaya tute que se ha dado con la limpieza, estará destrozada. Tome, le he preparado esto para que cenen usted y su marido". Lutgarda se sorprendió, "no sabe cómo se lo agradezco". "Todas hemos pasado por algo parecido, nos llevamos bien y procuramos ayudarnos. Ande, no se le vaya a enfriar", Paca hablaba muy pausada. A Lutgarda le llamó la atención que las mujeres no se tutearan, se trataban siempre de usted. El lunes, se incorporó oficialmente Ruperto al cuartel, por lo que estuvo libre hasta la noche en que el comandante de puesto, un sargento, asignaba los servicios. Para entonces, ya había blanqueado Lutgarda el dormitorio y la sala y había perfilado de almagre un filo muy derecho como de dos dedos de ancho en el suelo de losas de barro junto a las paredes. Esa misma noche salía Ruperto de servicio y no volvería hasta por la mañana. Lutgarda se quedó sola, se echó a dormir y sintió miedo. Intentaba convencerse de que en ninguna parte estaría más segura que en el cuartel, pero el temor no desaparecía. Se levantó, giró a tientas la llave de lazo de porcelana y encendió la bombilla que pendía del cordón trenzado del techo del dormitorio, hizo otro tanto con la de la sala y se dedicó a organizar los escasos enseres que poseían, cuidando de no hacer ruido para no despertar a las familias del patio. Lutgarda supo que pasaría sola muchas noches en las que dormiría muy poco, angustiada por el recuerdo imborrable de la lejanía de Ruperto en Santa Pola, y le torturaban las horas de espera hasta que, terminado el servicio, volvía Ruperto. Pensaba que ahora era ella quien se había alejado de su familia. Aunque escaso, Ruperto tenía un sueldo asegurado, gracias al cual el ditero le había fiado enseguida, a costa de vivir donde quiera que lo destinaran, alejado de su familia y sus amistades como un paria. Al menos, pensó Lutgarda, los gitanos, con quienes tantas trifulcas tenían, podían elegir adonde ir. Envidió que la fortuna de las familias ricas incluyera el privilegio de permanecer unidas, mientras los pobres deben buscarse la vida allá donde la encuentren. Ellos siempre serían pobres; lo sabía y lo aceptaba resignada. Por añadidura, el padecimiento de su madre en las cartas que le dictaba a Manuel le hacía sufrir. Sospechaba que estaría peor de lo que decía, segura de que su madre dulcificaba las palabras para no afligirla.

Manuel dirigía La Ventolera con desahogo. Rosa se ocupaba de la casa y cosía la ropa que llevaba periódicamente a doña Angustias. Manuel había intentado que su suegro, Antonio El Apañao, se trasladara a vivir con ellos a la casa del capataz, pero Antonio no consintió, "que el casado, casa quiere", les decía, "y la casa del capataz es del capataz y no conviene convertirla en casa de vecinos". A Manuel le daba achare que su suegro habitara en la choza, a la que había consentido trasladarse, dejando la gañanía, mientras él vivía en la casa, por mucho que fuera el jefe, pero El Apañao se mostraba intransigente y no hubo manera de convencerlo. Seguían yendo al pueblo los domingos para llevar la ropa a doña Angustias y ver a la familia. Los abuelos paternos de Manuel, los padres de Diego, estaban bien, mimetizados con la decrepitud de Entrecerros, pero bien. En la otra casa, la abuela Josefa continuaba con el calvario del dolor del ojo que le estaba agriando el carácter. Rosa se ocupaba de que no le faltara la manzanilla amarga para los lavados, aunque estaba convencida de que era inútil, al igual que las cataplasmas que se aplicaba; tan solo el calor del verano parecía aliviarle levemente.

Manuel y Rosa vivían modestamente pero sin grandes aprietos; los ingresos extras que conseguía Rosa con la costura se sumaban al modesto salario de Manuel. Gracias al campo, conseguían suficiente comida, el principal problema del país, con que complementar con creces la asignación de la cartilla de racionamiento. Rosa se pasaba casi todo el día sola y echaba de menos las conversaciones con las amigas y vecinas del pueblo, también la luz eléctrica, que no la había en el campo ni creía que fuera a haberla nunca. No obstante, Rosa era feliz con su matrimonio y trataba de ver las ventajas, que las había, como el poco ahorro que conseguían gracias a vivir en La Ventolera, que en el pueblo parecía obligado gastar en vestidos y adornos lo que no se tenía y la gente vivía por adelantado hasta el día en que recibía la inexorable visita mensual del ditero para cobrar la cuota de su préstamo. Rosa se alegró de tener con qué obsequiar a la criatura que acababan de saber que esperaban Lutgarda y Ruperto. Imaginaba la felicidad de Lutgarda y le escribía cartas con frecuencia, instándola a que le contara todos los pormenores del embarazo.

Aquel día gélido de otoño, el abuelo Andrés transportaba una pesada carga de aceitunas en el carro tirado por bueyes camino de la almazara. El vaho del resuello de los animales se confundía con la niebla espesa y húmeda. Al final de la curva de la cuesta, no lejos de la entrada al pueblo, resbaló uno de los animales que cayó hincado de rodillas. La fuerza del otro animal no bastaba para sujetar el peso de la carga del carro que tiraba hacia atrás, amenazando con despeñarse por el Barranco del Lobo, a escasas varas de ellos. El abuelo bajó de un brinco, intentó calzar una rueda con la porra de su garrota, lo único que tenía a mano, y empujó desde atrás con todas sus fuerzas, que resultaron inútiles, a riesgo de ser aplastado. El carro continuaba deslizándose hacia atrás. La angustia provocó en el abuelo un sudor profuso que la niebla enfriaba en la ropa. Viendo lo inútil de su enorme esfuerzo, corrió hacia adelante y tiró de la testuz del buey caído al tiempo que le gritaba hasta que, a duras penas, el animal consiguió ponerse en pie, colaborando a detener el retroceso del carro. El abuelo se asió al yugo y jaleó y tiró hasta que el carro estuvo fuera de peligro y aún continuó delante del mismo, sin soltarlo, hasta que llegaron al molino. Entregada la carga, el abuelo se sintió mal, algo le oprimía el pecho como un puño y le faltaba la respiración. Lo llevaron a casa tumbado en el carro sobre unos sacos vacíos, que lo preservaban del alpechín, y lo depositaron en la cama. A la abuela, ante la gran preocupación, se le ahuyentó el dolor del ojo. Quería saber qué le pasaba al abuelo, pero él no podía hablar, con los ojos cerrados hacía gestos con una mano como para que lo dejaran descansar. Se quedó dormido y nunca más despertó. La abuela lo lloró a gritos y le volvió el dolor del ojo con más saña que nunca.

Rosa quería dividirse, se sintió obligada a viajar a casa de Ruperto y Lutgarda, que estaba a punto de cumplir. Comprobó por sí misma con satisfacción cómo las vecinas se volcaban en atenciones hacia Lutgarda y ayudó a la matrona a traer al mundo a María, una niña sana, para la que había llevado una cadenita de oro con una medalla de la Virgen de Fátima.

Entre tanto, la tía Fernanda lloraba inconsolable la muerte de su padre. Ya la misma noche del entierro, se había echado a andar hasta el cementerio, saltó la tapia trepando como pudo y permaneció junto a la tumba del abuelo hasta el amanecer. Fernanda parecía haber perdido la razón, cada día iba al cementerio a estar con su padre. Le hablaba sin parar y estaba segura de que él le respondía, le hacía las gracietas que tanto gustaban al abuelo y hasta creía ver cómo se movía la tierra de la tumba con la risa. Con las noches que pasó a la intemperie en el comienzo del invierno, contrajo una pesada tos y un fuerte dolor en el pecho y fiebre alta, de los que ni ella se quejó ni nadie se percató, y persistió en sus idas al cementerio. A primeros de febrero, la pulmonía acabó con la vida de Fernanda. La abuela ni lloró ni sabía si le dolía el ojo, tan solo se deseaba la muerte, lo único que le cabía ya en la cabeza.

Capítulo 50 (1951) A la capital, solo por asuntos de males

La abuela no podía soportar por más tiempo el dolor del ojo, se encontraba a punto de enloquecer. Hacía tiempo que había dejado de ver por él, pero no se lo dijo a nadie. Como había terminado la siega y reinaba la calma en La Ventolera, Rosa se ofreció a acompañarla al hospital. Iba a ser la primera vez que una y otra subieran a un tren y viajaran a la capital; el abuelo había muerto sin conocerla, tampoco Manuel había ido nunca. El traqueteo de la tartana camino de la estación, aún de noche, provocó en la abuela mareos y vómitos de bilis que vinieron a empeorar su estado lamentable. La abuela creía arrepentirse de haber emprendido el viaje. La larga espera del tren y el aire de la mañana le ayudaron a recuperarse de las fatigas. Por la lejana última curva antes de enfilar la recta de la estación, apareció la locomotora expeliendo un insolente surtidor de humo negro que el viento de cara precipitaba sobre los vagones. Se fue acercando ruidosa, amenazante, implacable, sin que pareciera aminorar la marcha. El jefe de estación, uniformado y con gorra de plato, había salido al andén; Rosa y la abuela vieron en él a la más alta autoridad. Pasaron un sinfín de vagones de mercancías, unos cerrados, otros, simples bateas, unos cargados, muchos vacíos. Con un banderín enrollado que portaba en su mano derecha y el silbato que sujetaba en la izquierda, el jefe de estación hacía indicaciones al maquinista hasta que el tren se detuvo cuando los vagones de pasajeros se hallaron a lo largo del andén, la puerta de uno de ellos justo delante de las únicas dos personas que habían de tomarlo. Rosa ayudó a subir a la abuela. Dieron los buenos días a cuantas personas iban encontrando a su paso, siendo gustosamente correspondidas. Consiguieron sitio a la izquierda, en sentido de la marcha del tren, en aquel vagón de tercera. La abuela tomó asiento junto a la ventanilla. Debía permanecer muy derecha para no aplastar contra el respaldo el rodete que primorosamente le había recogido Rosa. El banco corrido de madera resultaba verdaderamente incómodo. El tren inició la marcha con un golpe brusco que las empujó primero hacia atrás y después hacia el frente. La abuela no pudo evitar que el rodete topara con la tabla del respaldo. Cada unión de la vía provocaba un golpetazo en los bajos del tren. En cada curva, los pasajeros se deslizaban y se inclinaban a uno u otro lado del asiento. La abuela era empujada ya contra el hombro de Rosa ya contra la pared del vagón; Rosa, contra la abuela y contra el vacío a su derecha. Un sol deslumbrador entraba por la ventanilla, al tiempo que el humo negro de la locomotora se introducía por la amplia rendija que dejaba el cristal descolgado. Rosa se esforzó por cerrarlo, pero estaba atascado y no hubo manera, a punto estuvo de caer desequilibrada por los bandazos del tren que obligaban a la abuela a sujetarse, desprotegiendo el ojo que el cegador sol horizontal mortificaba. Comprendieron entonces por qué aquel asiento se encontraba libre. Rosa se afanaba en atender a la abuela para aliviarle de las incomodidades, pero parecía como si la violenta marcha del tren pugnara por impedírselo. El revisor les pidió los billetes. Mientras se los picaba, Rosa se sorprendió de la habilidad que tenía aquel hombre para guardar el equilibrio plantado de pie, abierto el compás, sin sujetarse. La abuela sintió un insoportable dolor punzante en el ojo; algo le había entrado en él. Rosa porfió para que le permitiera vérselo. El dolor irresistible impedía que pudiera abrir el ojo ni permanecer quieta. Le lloró copiosamente y las lágrimas parecieron calmarle. Por fin, Rosa pudo ver la pizca de carbonilla causante del daño y la extrajo cuidadosamente con una punta del pañuelo. Para entonces, la abuela estaba más que convencida de que la idea de aquel viaje había sido una locura. El tren se detenía en cada estación y apeadero que se encontraba a su paso, lo que ella agradecía; sin importarle ya el tiempo que tardaran, prefería la paz de aquella quietud a la agresión continua de la marcha. A las puertas de la capital, el tren convulsionó repetidamente hacia adelante y hacia atrás; vieron cómo la máquina partía desviada con los vagones de mercancías y sintieron el golpe brusco de la que engancharon para llevar los vagones de pasajeros a la estación término.

Salieron de la terminal y se sorprendieron al ver a varios pordioseros pidiendo limosna; en el pueblo, había muchos pobres, pero ninguno pedía por las calles. Rosa repartió entre ellos algunas monedas por indicación de la abuela. Se sobrecogieron ante la grandiosidad y el bullicio de la capital. Los edificios eran muy altos y señoriales; a su lado, los de Entrecerros casi rayaban el ridículo. La gente andaba deprisa y nadie saludaba ni devolvía el saludo que les hacían ellas, lo que disgustó particularmente a la abuela. Preguntando, tardaron un buen rato en llegar al hospital de beneficencia. La larguísima fachada era imponente de alta y majestuosa. A la entrada, junto a una de las columnas de mármol de la puerta, les esperaban Lutgarda con la niña en brazos y Paca, que se había ofrecido a acompañarla. Rosa había tenido la idea de mandarle razón con el cosario, que no se fiaba de que una carta le llegara a tiempo ni incluso de que le llegara. La abuela vio a su hija y a su nieta y lloró de alegría por primera vez desde antes del treinta y seis. Tomó en brazos a María y la apretó y la besó hasta que la niña rompió a llorar. Rosa se dirigió al mostrador de la entrada, "señorita, traigo a la abuela, bueno…, quiero decir la abuela de mi marido, que tiene un dolor insoportable en el ojo". La señorita la escuchó mientras hacía un gesto de inclinar ligeramente la cabeza para levantarla después sacando la barbilla, tragando saliva y cerrando los ojos como si necesitara deglutir las palabras sencillas de Rosa. "¿Cómo se llama?". "Josefa". "Ahora le avisamos". Rosa se volvió confiada. No tardaron en llamar a la abuela y una monja, que no permitió que nadie la acompañara, se la llevó para adentro, asida del brazo. Se sentaron las tres a esperar en uno de los escasos bancos dispuestos para los acompañantes y que caballerosamente les cedieron unos hombres que lo ocupaban. Los más jóvenes se repartían sentados en los escalones y por los suelos. Lutgarda le dio la teta a María, que chupó con apetito, mientras Rosa le apartaba de la cara el humo del cigarro de alguien que fumaba cerca sin percatarse de que le iba hacia la criatura. La monja condujo por un laberinto de largos pasillos a la abuela, que comenzaba a perder la presencia de ánimo ante la visión de los enfermos transportados en camillas, tantas batas blancas y el fuerte olor a éter. La monja indicó a la abuela un banco oscuro de madera maciza junto a una puerta, "espere aquí, que el doctor no tardará en verla", abrió la puerta y desapareció tras ella. La abuela se sentía sola y perdida. La gente pasaba para uno y otro lado del pasillo y nadie la saludaba, incluso había quienes apartaban la vista; a la abuela le dio mucha tristeza. Cuando oyó abrirse la puerta, se le encogió el corazón. La monja volvió a tomarla del brazo, "vamos, Josefa" y la condujo al interior de la sala, cerrando la puerta tras ellas. El doctor era un hombre de mediana estatura, rondando los cincuenta, con el típico delgado bigotito franquista. La abuela se sentó en una silla a instancias de la monja. Se volvió a preparar las palabras que debía decirle al médico. El doctor se sentó frente a ella en un sillón de respaldo alto, tomó unas cuartillas en blanco y una estilográfica y sin mirarla, "nombre y apellidos", eran las primeras palabras que pronunciaba. La abuela se los dio. "Dirección", también se la dio la abuela, que pensó que para qué querría saberlo el doctor, ¿acaso iba a ir él a Entrecerros? Después de darle todas sus señas, el doctor le preguntó qué le pasaba. "Este ojo, doctor", la abuela le indicó el ojo izquierdo, "me duele muchísimo". "¿Qué tiempo hace que le duele?", el doctor preguntó de forma mecánica. "Pues verá usted, doctor, este ojo lo he tenido fulastre desde hace muchos años, por lo menos desde el cuarenta y tres en que me dolió una barbaridad en una ocasión. He sufrido mucho por la guerra, ¿sabe usted? Y yo creo que el padecimiento ha roto…". El doctor se envaró incómodo, "señora, ¿desde cuándo le duele ahora?", la interrumpió de forma brusca, cosa que sorprendió y desagradó a la abuela. "Hace dos años", herida en su orgullo, se ahorró añadir el "doctor" de cortesía. El doctor miró el ojo que se encontraba en un estado deplorable. "Cierre el ojo derecho". La abuela obedeció. El doctor acercó la punta del dedo índice al ojo enfermo hasta casi tocar la pupila, la abuela no pestañeó, por lo que el doctor coligió que había perdido la visión de aquel ojo. "Hermana, que preparen para la intervención, avise al anestesista". La monja la tomó una vez más del brazo y la condujo pasillo adelante hasta un extremo, en donde la dejó sentada en otro banco junto a una puerta que tenía un letrero. "Quirófano", rezaba, pero la abuela no sabía leer y no se enteró. Se volvió a sentir muy sola. Se habría marchado de allí si hubiera sabido cómo salir. El dolor del ojo le volvió con gran intensidad. Enfrente tenía las puertas de una capilla abiertas de par en par. Se dirigió a ella, se arrodilló en el reclinatorio del último banco, próximo a la puerta, y rezó cuanto sabía por toda su familia, por el alma del abuelo y de Fernanda y de Antonio, aunque su hijo no había sido creyente, porque el Señor cuidara de Manuel y de José huidos, a pesar de que tampoco creían en él, por sus hijas Carmen y Lutgarda, por sus yernos y por sus nietos, Manuel y María. "Virgen mía del Perpetuo Socorro", suplicó al ver la imagen inconfundible del retablo, "ya he sufrido mucho; guárdamelos, no me hagas sufrir más". La monja la encontró arrodillada en la capilla, "vamos, Josefa, nos esperan", se levantó y entró por la puerta del letrero acompañada de la monja. "No se preocupe por nada, el doctor la va a operar, será poco tiempo". "Como usted disponga, hermana", soportando el intenso dolor, se abandonaba a lo que el médico decidiera. La monja le ayudó a tenderse en la camilla, le recogió la manga del brazo derecho y le ató una goma apretada. Un médico, debía ser el anestesista, pensó, le palpó por debajo de la goma, le refregó una amplia zona con algodón impregnado en alcohol y le pinchó con una aguja, retiró la goma y poco a poco la abuela fue perdiendo el sentido hasta quedar inconsciente.

Fuera, mientras esperaban en la entrada, Lutgarda y Rosa estaban inquietas, preocupadas no tanto por lo que fueran a hacerle a la abuela, sino por lo sola que estaba sin la compañía de ninguna de ellas. Hablaron, como para consolarse, de todos los males de las familias, incluida la de Paca. La monja preguntó por la familia de la abuela. Rosa se levantó y corrió hacia ella. "¿Hermana, cómo está la abuela?", Rosa no disimulaba su impaciencia. "Bien, muy bien, hija. Está en la sala del despertar. Saldrá dentro de poco. Acompáñame". "¿Despertar?", se alarmó Rosa. "Sí, hija, no quedaba otra solución que operarla, pero no te preocupes, está bien". Rosa la acompañó al mostrador. "¿Familiar de Josefa, verdad?", la pregunta de la señorita sonó como una muletilla. "Sí, soy la esposa de su nieto", a la señorita quizás no le interesara la precisión del parentesco, pero a Rosa, sí. "Es un duro". Rosa no se preocupó de pensar si era mucho o poco, lo que le importaba era tener el dinero suficiente para pagarle. Sacó del escote una taleguita muy pequeña que contenía un fajito de billetes, entregó a la señorita cinco de a peseta y volvió a guardar el resto en el escote.

La abuela, acompañada por la monja, salió un poco mareada todavía, con un aparatoso parche de gasas sujeto con esparadrapo sobre el ojo. "Que se tome estas pastillas cada ocho horas, al menos durante tres días. Son calmantes. Que empiece esta noche. Y que no se quite el apósito hasta dentro de cuarenta y ocho horas que se lo cure el practicante. Entréguenle este papel de la intervención", la letra del papel era ininteligible, "ya se pueden marchar", fueron las instrucciones de la monja.

Llegaron en tranvía al pueblecito cercano a la capital. Rosa y la abuela pasaron la noche en el cuartel, en casa de Lutgarda, que las acomodó en la sala lo mejor que pudo. A la mañana siguiente, emprendieron el regreso a Entrecerros.

La abuela había notado una gran mejoría, ya no le dolía el ojo. Al practicante le costó despegar el esparadrapo de tela. Cuando retiró el apósito, Rosa no daba crédito, palideció horrorizada, ahogó un grito llevándose ambas manos a la boca, pero no pudo evitar las lágrimas; a la abuela le faltaba el ojo.

Capítulo 51 (1951 – 1952) Cólera y pesar de Manuel y el renuevo de la vida

"¡¿Cómo habéis permitido mi tía y tú que le hayan hecho eso a la abuela?!", Manuel estaba furioso. "¡Y sin preguntarle ni siquiera a ella! ¿Era un caso urgente de vida o muerte? ¡Cómo lo habéis consentido! ¡Quién nos dice que no había otro remedio! ¡Entonces para qué estabais allí! Y ahora qué, ¡¿así ya para toda la vida?!", Manuel, indignado de impotencia, había ido elevando el tono de voz hasta terminar gritando colérico, mientras miraba a su esposa. Rosa no lo había visto nunca así y se sintió agredida, tampoco Manuel se reconocía. "¡Pues hubieras ido tú!", Rosa se contuvo de añadir 'que eres su nieto' y se echó a llorar. Manuel se sintió ruin ante su esposa y ante sus padres, que también habían acudido a ver a la abuela ese sábado y permanecían en silencio para no inmiscuirse en las cosas del hijo y la nuera. Con la mente confundida, el corazón desbocado y un temblor nervioso en su interior, "perdona", le echó un brazo por el hombro mientras le dolía cada suspiro, cada lágrima de Rosa, que no podía dejar de llorar. Rosa se sacudió el brazo de Manuel y lo miró con los ojos llenos de lágrimas, "si supieras lo mal que lo hemos pasado en el hospital esperando sin saber cómo estaba la abuela; no nos permitieron entrar y tu tía Lutgarda y yo sabíamos lo amedrentada que estaría de verse sola. Y en aquel tren tan incómodo y en el coche de la estación en el que se mareó en los dos trayectos. Tú no sabes lo que yo he sufrido", no añadió 'por ella' para no hacer que se sintiera mal la abuela, y no cesaba en el llanto. Manuel se arrepentía de haber perdido los estribos, le hería cada palabra de Rosa y le dolía ver sus ojos color de miel en lágrimas, "tranquilízate, Rosa", y volvió a ponerle el brazo sobre los hombros, "perdóname, la culpa es mía", y Rosa, ahora sí, aceptó el contacto de su marido, se sentó en una silla y, poco a poco, dejó de llorar, entristecida, la cabeza gacha, la frente apoyada en una mano, los ojos enrojecidos y la mirada perdida en las baldosas de barro. Manuel le acarició los hombros, le dio unas palmaditas y, sin apartarse de ella, se dirigió a la abuela, "¿cómo está usted?". "¿Pues no lo ves?, muy fea", el tono de burla de sí misma sorprendió a Manuel. Todos esbozaron una media sonrisa, todos menos Rosa. "¿Le duele?". "Cómo me va a doler lo que no tengo", la abuela seguía de buen humor o, más bien, quería que lo tuvieran los demás y no ser causa de disputas entre ellos, "para que os quedéis tranquilos, os diré que hace tiempo que no veía por ese ojo, así que perder no he perdido nada. Con el ojo se han ido los dolores y ha vuelto la salud, que se ha traído la fealdad para que nada me falte". Todos, hasta Rosa en esta ocasión, rieron sin disimulo las ocurrencias de la abuela. "Abuela, buscaremos donde le pongan un ojo de cristal", se ofreció Manuel. "¿Un ojo de cristal que no se mueva para que encima me haga parecer bizca? ¡Ni se os ocurra! A mí dejadme así que estoy bien. Soy vieja, muy vieja, y no tengo edad de presumir, me conformo con un poco de tranquilidad". Manuel se hizo a la idea de que la abuela siempre exhibiría la cicatriz del ojo y le volvió la rabia de la impotencia, aunque nada cabía hacer ya, el médico había decidido lo que creía más adecuado y si no fuera así, ¿a quién podía reclamar? Y aunque pudiera ¿quién le iba a prestar atención? ¿acaso sus razones, las de un patán, las de un cateto de pueblo, cómo le hería que los tildaran de esa manera, podían contender con las de un doctor? Eran pobres y no le importaba tanto eso como que no fueran nadie ante los poderosos. Recordó las charlas con Rodolfo, el guerrillero, y algo se rebelaba en su interior demandando justicia. ¿Pero qué iba a hacer? Él no era un Alonso Quijano ni un Rodolfo, tenía familia y esposa y una finca que atender con muchos trabajadores a su cargo. Se compadeció de sí mismo, era burro de carga, o tal vez caballo, pero de carga, y se daba cuenta de que no gozaba de verdadera libertad, de que no podía tenerla. Envidió a Rodolfo, que había muerto por sus ideas, pero había vivido libre. Él, en cambio, moriría más viejo o más joven, pero atado al yugo de responsabilidades de cortos vuelos que no le proporcionaban libertad alguna. Para colmo, le había dado a su mujer su primer disgusto, y grande. Se sintió verdaderamente mal, airado consigo mismo. En su mente dispersa, se amontonaban un cúmulo de ideas que se resistían a ser ordenadas.

Acordaron que los padres de Manuel permanecerían cuidando de la abuela hasta la tarde del día siguiente, domingo, en que se volvería Rosa para quedarse con ella hasta que estuviera completamente restablecida. Camino de La Ventolera, Manuel le confesó a Rosa que estaba muy avergonzado de sí mismo, que había sido injusto, que la rabia le había empujado a decir todo lo que ella no se merecía y de lo que él se arrepentía infinitamente, y no sabía cómo pedirle perdón. Habló mucho rato, se repitió una y otra vez, esperando el perdón de su esposa, pero Rosa permaneció muda y lejana todo el camino. Manuel comprendía su dolor, se sentía culpable y desgraciado, pensó que Don Humberto y Rodolfo se habrían avergonzado de él, también Juan El Lacio, y nada anhelaba tanto como que su mujer pudiera perdonarlo. Cuando Antonio se marchó a la choza después de la cena, Rosa se aferró al brazo de Manuel al tiempo que le murmuró muy bajito un "te quiero". A Manuel se le quitó un peso inmenso de encima, abrazó y besó a su esposa, "dime que me perdonas, venga, dímelo". "Tonto", fue la forma que tuvo Rosa de decirle que lo perdonaba y que lo amaba. Se esmeró como nunca antes para hacerla feliz aquella noche. Hablaron hasta perder la noción del tiempo, sin prisas, porque al día siguiente era domingo. "Deberías conocer la ciudad, a mí me ha desconcertado mucho. Tanta gente, tantas casas señoriales, los edificios tan altos, el bullicio, las prisas, el tranvía lleno a rebosar. Aquello es otro mundo, no sé si sería capaz de habituarme a vivir en esa vorágine. Es muy diferente a la vida en el pueblo, nadie se conoce, las tiendas, comercios y negocios tienen letreros para que la gente sepan qué son y dónde están, nadie se saluda, en cambio, mucha gente hablaba sola y me daba miedo. Es difícil que nosotros podamos entenderlo. Además, nos miran a los de pueblo con desprecio. Oí que le decía un hombre a otro en el tranvía 'un cateto de pueblo', no sé a quién se referiría, a nosotras, no, porque las tres éramos mujeres, bueno, las cuatro con María. Está muy linda y pizpireta. Tiene carita de sabionda. Pobrecita mía, mucha gente ni la mirará, porque allí cada cual va a lo suyo. Yo creo que en la ciudad hay mucha gente que pasa más necesidad que en Entrecerros. Aquí, al fin y al cabo, nos conocemos y la gente encuentra quien le socorra. Y tenemos campo donde buscar productos que la gente de la capital ni conoce. Lo que te digo, otro mundo". Manuel se sintió ignorante, "tienes suerte de haber conocido la ciudad, aunque solo haya sido un poco". "Bueno, apenas pude ver nada, con el agobio que tenía por el estado de la abuela. Pero, de todos modos, aunque no quiera, una se fija en cosas que le llaman la atención". "Pues yo, como no la he visto nunca, ni eso. Tampoco conozco el mar y también me gustaría verlo alguna vez. Querría conocer muchos lugares, pero eso es para los ricos, que los pobres bastante tenemos con ganarnos el jornal para poder vivir", esta resignación sumía a Manuel en una mezcla de tristeza e impotencia, aunque no tan vivas como la que sintió ante la pérdida del ojo de la abuela, que a él le resultaba tan inaceptable como irritante.

La cicatriz no tardó en sanar, sellando el ojo de la abuela, que dejó de mirarse al espejo para los restos por no verse. Al principio, la familia y los vecinos que la trataban con asiduidad aceptaron y se compadecieron de su desgracia, después se acostumbraron a verla con normalidad.

A finales de noviembre, el abuelo Manuel murió de repente. Había llegado el sábado por la tarde a casa y el domingo no se despertó. La abuela Dolores lo encontró muerto en la cama cuando entró a llamarlo, extrañada de lo tarde que se le hacía para lo que era habitual en él. Unas vecinas escucharon el llanto de la abuela, trataron de consolarla y se hicieron cargo de amortajarlo. Lo lloró como no lo habría hecho ni por el peor de los males que pudiera sufrir ella misma y cayó postrada en amargura y abandono. Diego aceptó el fallecimiento de su padre, acostumbrado, como todos, a las reiteradas visitas de la muerte. A Manuel le dolió de una forma callada e intensa; le habían puesto el nombre del abuelo y era como si eso le hiciera perder más que los demás. Como la mayoría de los vecinos, el abuelo había trabajado sin descanso desde niño, primero, en su Soria natal y después, en Entrecerros, y había muerto de forma súbita, sin haber conocido jamás el descanso. Estos pensamientos volvieron a producir en Manuel sentimientos de impotencia, al tiempo que pensó que esa era la vida que le esperaba a él mismo, como si el abuelo le hubiera cedido el testigo de su propia existencia y de su destino; trabajar para don Félix, ajeno de sí mismo. Deseaba poder cambiar el curso de las cosas y ofrecer una vida mejor a su mujer y a sus hijos, si es que alguna vez los tenían, pero le abatía un sentimiento fatalista que le llevaba al convencimiento de que la vida era así para la mayoría de la gente, también para él.

La abuela Dolores no se recuperó de la muerte del abuelo. Sumida en una tristeza sin retorno, se fue consumiendo como la llama mortecina de un candil y murió recién estrenado el año cincuenta y dos, a escasos dos meses del abuelo. En poco más de un año, la corta familia de Manuel había llorado y enterrado a cuatro de sus miembros. Manuel recordó a Luchi y a Peligro y le pareció que las personas morían por oleadas, como los animales, como las plantas. Sin duda, debía ser cosa de la naturaleza. Observó que también nacían muchos niños, había un buen número de ellos ya volantones, más que todavía no habían salido de culero y más aún en mantilla. Un instinto colectivo, sin distinción de clases, se afanaba en repoblar Entrecerros, como si una fuerza superior se atreviera a desafiar la miseria de la posguerra y las cartillas de racionamiento y ganarle la partida a la muerte.

Capítulo 52 (1952) Avatares en la capital

Aquella mañana de invierno de principios de marzo con más apariencia de primavera, Joaquina, una mujer de negro, escuálida y prematuramente encanecida, pidió permiso al guardia de puertas y se dirigió a la casa de Lutgarda, que estaba sola; Ruperto había salido muy temprano de servicio y no volvería hasta la hora de comer. "Lutgarda, por lo que más quieras, tienes que hacerme un favor muy grande". La voz angustiada de su amiga alarmó a Lutgarda. Como Joaquina no era civila, que así llamaban a las esposas de los guardias civiles, se tuteaba con Lutgarda. "Qué cara traes, hija. Siéntate", retiró una silla de anea de la mesa y se la ofreció casi obligándola a sentarse. "¿Qué ocurre?". Joaquina solo se apoyaba en el filo delantero de la silla, "mi marido, Lutgarda, mi marido, que lo han detenido y lo han metido preso". "¿Detenido? ¿preso? ¿y eso por qué?". "Tú sabes lo estrechos que andamos, apenas tengo qué darle a los niños, menos mal que tú me ayudas, al igual que otras personas, y sabes cuánto te lo agradezco; quiera Dios que un día pueda pagarte los favores que me llevas hechos. Anoche, Emilio y el compadre vieron unas gallinas y las metieron en el saco que llevaban". "Joaquina, si llevaban un saco no es que las vieran, es que fueron a por ellas". "Sí, claro, eso quiero decir. Ya tú ves, cuatro o cinco gallinas, que no eran más. Tuvieron la mala suerte de que el escándalo del cacareo lo oyera la pareja de la guardia civil que pasaba cerca y los detuvieron". Lutgarda dio gracias a Dios de que Ruperto hubiera dormido esa noche en casa y no hubiera sido de la pareja nocturna. "Yo no los he visto, pero sí me he enterado de que habían traído detenidos a dos hombres, cómo iba a imaginarme que uno era tu marido. Se los llevaron pronto para la capital". "Por Dios te lo pido, Lutgarda, ayúdame; por favor, haz lo que puedas porque lo suelten". "Hija, ¿y qué puedo hacer yo? La verdad, así de sopetón no se me ocurre cómo puedo ayudarte. No sé, hablaré con Ruperto a ver si él ve alguna posibilidad, pero no te prometo nada, estas cosas no están en nuestras manos". "Gracias, Lutgarda, eres mi amiga y sé que procurarás ayudarme, también en esto; me da apuro abusar de ti. Me voy ya". Lutgarda tomó a María y acompañó a Joaquina hasta la puerta del cuartel. "¿Tú eres la mujer de Emilio?", el teniente la había abordado cuando pasaban por la puerta de la sala de armas. "Sí, señor", Joaquina se encogió, atemorizada. "¿Y qué haces en el cuartel? ¡Fuera y que no vuelva a verte por aquí!". Joaquina salió asustada; cuando se encontró a una distancia prudente se quedó inmóvil mirando hacia el cuartel, a cuya puerta había quedado impotente Lutgarda con María en el cuadril.

Ruperto llegó a casa y se enteró por Lutgarda de lo ocurrido. "Voy a ver a este", y antes de que alcanzara la puerta, Lutgarda le rogó "por Dios, Ruperto, no te busques un disgusto". A Ruperto no le gustaban las formas del teniente para con los pobres desgraciados a los que amedrentaba. También tenía pruebas de que extorsionaba a no pocos comerciantes que, por miedo, accedían a sus deseos. Entró en la sala de armas y antes de que tuviera tiempo ni de saludar, "aquí no tiene que entrar la mujer de ningún presidiario, ¿está claro?", le amonestó el teniente. "¿Y eso quien lo dice?", Ruperto se manifestaba con mucha calma. "Yo, que soy el comandante de puesto", el teniente se mostraba firme y autoritario. "En mi casa entra quien a mí me dé la gana", Ruperto seguía con toda la calma; se acordó de las guerras, la de aquí y la de Rusia, y a esas alturas no se iba a arredrar por un tenientito de pueblo. "¡En el cuartel entra quien yo diga, que te repito que soy el comandante de puesto!", el teniente alzaba cada vez más la voz. "Un chisme es lo que eres tú", Ruperto no sabría qué zahirió más al teniente, si el insulto, el atrevimiento de tutearlo o el tono tranquilo. "¡Te voy a detener!", gritó el teniente. "¿Tú y cuántos más?", Ruperto se había ido acercando con calma al teniente, que era más bajo y se sintió amenazado. "¡Eres un insurrecto, un desgraciado!", el teniente se mostraba tembloroso con Ruperto muy cerca de él, casi encima. "Y tú, un mierda", le lanzó Ruperto. "¡Fuera de aquí!". "Desde luego, por no verte; pero que sepas que no tienes ni media hostia" y se marchó con la misma calma mientras el teniente quedaba pálido y con taquicardia.

Lutgarda advirtió cómo las esposas de los otros guardias civiles, incluida Paca, la trataban más distantes aquella tarde. Por la noche, a Ruperto no le asignaron ningún servicio. Al día siguiente, desde la comandancia llegó la orden de detención de Ruperto con la instrucción de que fuera escoltado sin dilación por dos números hasta el edificio de la comandancia donde quedaría arrestado.

La acusación era grave y la expulsión de Ruperto del cuerpo, segura. Así se lo comunicó el coronel que se había hecho cargo del caso. "Mi coronel, usted debe saber qué tipo de persona es el teniente. Mande a alguien que mire qué tiene en su casa; lo que no es robado, lo ha conseguido bajo amenazas a los dueños de los comercios del pueblo. Pero si soy yo a quien tienen que expulsar, ustedes allá". Ruperto quedó recluido en el calabozo en espera de la decisión final del coronel.

A Lutgarda se le vino el mundo encima; su marido preso y ella sola con la niña en aquel pueblo. Tomó el tranvía hasta la capital y se dirigió al palacio arzobispal. La puerta estaba abierta, entró sin saber adónde dirigirse. Tuvo la sensación de estar profanando el palacio al pisar el suelo de mármol. Encontró una salita a la derecha, en la que vio a un sacerdote del otro lado de una mesa frente a la puerta. "Buenos días, padre". El sacerdote levantó la vista del libro que estaba leyendo, lo dejó abierto sobre la mesa y la miró por encima de las gafas. "¿Qué desea, señora?", a Lutgarda la voz le pareció más bien despectiva. Tragó saliva y con la mayor dignidad que pudo, "padre, necesito ver a don Alejandro". "¿A don Alejandro? ¿Para qué asunto?". "Es un favor muy grande que tengo que pedirle". "Señora, si tenemos que atender uno a uno a todos los que quieren algún favor, apañados estaríamos", el sacerdote volvió a poner la vista en el libro que había vuelto a tomar en las manos. "Don Alejandro me conoce desde que era una niña, seguro que querrá verme". "¿Y cómo sé yo que la conoce?". "Somos del mismo pueblo, Entrecerros". El sacerdote mostró cierta sorpresa. "De todas formas, don Alejandro no está". "¿Y sabe usted cuándo vendrá?". "No, no lo sé". "¿Pero vendrá hoy?". "Seguramente". "Entonces esperaré". "Aquí dentro no puede". "No se preocupe, me espero en la calle". Lutgarda salió con María y se sentó en un banco a la sombra de un naranjo en la plaza del palacio arzobispal. No le quitaba ojo a la puerta. Cuando sonó la hora en el reloj de la catedral, le dio la teta a María, tapándose pudorosamente el pecho con un pañuelo. La niña comió con buen apetito, como siempre. Cuando terminó, le colocó un pañal limpio y guardó el sucio en una talega para lavarlo en casa. Pasaban las horas interminables. Por fin, poco después de las cinco, don Alejandro entraba en el palacio. María acababa de dormirse en brazos poco antes. Lutgarda se apresuró y desde la misma puerta, "¡don Alejandro!". El paje del cardenal volvió la cara con desagrado y pensó que se trataba de alguna pordiosera. "¡Don Alejandro!", insistió Lutgarda. "¿Qué quieres?", el tono era de hastío. "Soy Lutgarda". "Bueno, ¿y qué?". "De Entrecerros, hija de Andrés El Poquito". "¡Ah, sí, sí, sí…!", don Alejandro parecía recordarla, lo que animó sobremanera a Lutgarda. "¿Cómo tú por aquí?". "Vivo en La Aldea, a las afueras de la capital y vengo a suplicarle un favor, es usted la única persona que puede socorrerme". "Pasa, pasa por aquí". La suntuosidad de la sala de visitas apabulló a Lutgarda. "A ver, dime, qué puedo hacer por ti". "Verá, don Alejandro, mi esposo, Ruperto, el hijo de la ciega, es guardia civil", a don Alejandro le agradó conocer ese detalle y le puso cara inmediatamente a Ruperto, "ha tenido un enfrentamiento con el comandante de puesto y temo que lo expulsen del cuerpo y nos veamos con la niña en la calle sin medios para vivir". "Feo asunto, nadie es quien para levantarse contra la jerarquía". "Intenté que no se enfrentara, don Alejandro, pero mi marido se vio obligado a salir en defensa de una pobre amiga mía que fue a visitarme y a la que el teniente expulsó del cuartel". Lutgarda se guardó mucho de hacer la menor referencia a la condición de Emilio. Don Alejandro calló pensativo. "Está detenido en los calabozos de la comandancia", Lutgarda intentaba ayudarle en sus reflexiones, "y el teniente, el comandante de puesto, es mala persona, don Alejandro, créame". "Bueno, bueno, anda, vete a tu casa". "¿Me va a ayudar usted?". "Haré lo que pueda". En las últimas cuatro palabras del paje del cardenal, confió Lutgarda su salvación. "Muchas gracias, don Alejandro, muchas gracias, Dios se lo pagará".

"Coronel, en la medida que no violente su criterio, le estaría muy agradecido que tuviera en consideración el porvenir del guardia detenido. Su esposa y él son paisanos míos, de mi mismo pueblo, y conozco la condición de ambos. Son de familias sencillas, trabajadoras. No he creído necesario importunar a Su Eminencia". Don Alejandro se había desplazado a la comandancia y eso le concedía cierta deuda de deferencia hacia él. "Le sugiero que investigue a su teniente, tengo entendido que no es trigo limpio". "Creo que podré resolver el problema sin denostar la jerarquía", el coronel parecía pensar en voz alta, "sé que el teniente se valió de subterfugios para librarse de ser enrolado en las milicias en el Movimiento, en cambio, el guardia Ruperto no solo combatió en el bando nacional, sino que también lo hizo en Rusia en la División Azul". "Veo que está en ello, coronel, en sus manos lo dejo". Don Alejandro abandonó la comandancia, seguro de que el asunto quedaba bien encauzado y con la tranquilidad de que el caso de su paisano Ruperto no comprometería el buen nombre de su pueblo que en nada le beneficiaría particularmente a él mismo.

Ruperto abandonó el calabozo. Se apeó del tranvía, camino de casa, ante un corro de gente que reía a carcajadas. Escuchó a alguien que gritaba órdenes. Se asomó y vio cómo en el centro del corro un hombre golpeaba a otro obligándolo a realizar cuanto le ordenaba bajo amenazas. Ruperto se abrió paso, "¿qué está pasando aquí?, ¿quién es este hombre y quién eres tú?" le preguntó al que daba las órdenes. "Soy secreta". "Enséñame la documentación". "No la llevo encima". "Conque secreta, ¿verdad?". Ruperto le soltó un bofetón. "Perdón, guardia, perdón, no me mate". Ruperto le soltó otra bofetada al asustado impostor, "¡vete de aquí!", y le dio un fuerte puntapié en el trasero cuando echaba a correr. "Bien hecho, guardia", alababan los del corro. "Pero vosotros bien que le reíais las gracias, ¿no os da vergüenza?", Ruperto dejó de mirar a los del corro. El que había sido objeto de las mofas le dio las gracias una y mil veces.

Llegó al cuartel y se dirigió a su casa sin mirar hacia la sala de armas, sabía que se enfrentaría de nuevo al teniente tan solo con que este lo mirara. A Lutgarda le dio un vuelco el corazón al verlo. Se abrazó a él y rompió a llorar como para ahuyentar todos los fantasmas. Habían sido muchos días aislada, sola con su niña, únicamente Paca buscaba las ocasiones que no le comprometieran para ayudarla en lo que podía, y había rememorado la peor de las pesadillas de la ausencia de Ruperto en Santa Pola. Ruperto la mantuvo abrazada aguardando a que se calmara. María echó a llorar, Lutgarda se limpió las lágrimas y corrió a tomar en brazos a su hija, meciéndola para acallarla. "Lutgarda, me han liberado, pero nos tenemos que ir. No, no te preocupes, no me han echado del cuerpo, me destinan a Traslomas, tenemos que estar allí dentro de cuatro días".

Capítulo 53 (1952) Buenas noticias, alguna no para todos

Llevaban muy poco tiempo levantados aquella mañana de un sábado de mayo cuando Rosa, al tiempo que vertía el café en el colador sobre el tazón de Manuel, miró a su esposo, que le devolvió la mirada extrañado de que se hubiera interrumpido mediada la taza, "Manuel, creo que he esperado demasiado tiempo y es hora de que te lo diga ya". "¿Qué ocurre?", Manuel se mostraba confundido, sin idea de qué tenía que decirle su mujer que se había guardado durante tiempo. Intentó recordar en un instante qué podía haber hecho que la hubiera molestado y no halló nada. ¿Sería que no le había perdonado la cólera de cuando lo del ojo de la abuela? Rosa permaneció aún callada unos eternos segundos, lo miró muy seria al tiempo que aumentaba el desconcierto de Manuel, que ya era alarma, "creo, bueno, es casi seguro, que estoy embarazada". Manuel sintió como si el corazón se le hubiera dado la vuelta en el pecho, se levantó de un respingo, sujetó con ambas manos la cabeza de Rosa y le dio una lluvia de besos en ambas mejillas. "Loco, que me vas a tirar el café y nos vamos a quemar", Rosa reía, puso el colador sobre el pucherete de barro, que dejó sobre la mesa, y se abrazó a su marido. "¿Desde cuándo lo sabes?". "Desde primero de mes, estaba convencida pero mejor era esperar unos días para estar segura". "¿Y has podido aguantar sin decírmelo? Canalla". Y le descargó otra lluvia de besos. Le acarició el vientre, "siéntate, ahora tienes que cuidarte mucho. Y no te aprietes tanto el lazo del delantal". "No seas tonto, estoy perfectamente, vamos, qué te has creído, ni que estuviera inválida", y rio divertida por la ocurrencia del lazo. Manuel insistió en que tenía que cuidarse y no hacer locuras, "¿me vas a hacer caso?". "Sí, para que te calles" y Rosa volvía a reír al ver la preocupación de su marido. "¿No se lo has dicho a nadie?". "¡Por supuesto que no!", Rosa se mostró casi enfadada ante la duda. "Espera", y Manuel salió deprisa. Al poco volvió con su suegro casi corriendo ambos. "Rosa, díselo a tu padre". Antonio se mostraba perplejo sin saber a qué venían aquellas carreras. "Qué alarmista eres". "Sí, pero díselo", insistió él. "Está bien, hay que ver cómo eres. Padre, que estoy embarazada".

Antonio se abrazó a su hija con las lágrimas saltadas y después a su yerno. "Hija, cuídate, no hagas esfuerzos". "Vaya, hombre, otro que tal baila, mira que sois exagerados". Antonio miró a su yerno, "cuando se quedan embarazadas todas se hacen las fuertes. Ni caso. Que se cuide". "Andad si vais a desayunar, que es tarde", Rosa se zafaba de aquella conversación por no discutir.

Manuel anduvo muy pensativo todo el día. Un hijo era una responsabilidad muy grande. No quería que se criara en el campo como él, pensó que lo mejor sería que Rosa y la criatura vivieran en el pueblo, aunque él tuviera que ir y venir de La Ventolera cada día. Faltaban muchos meses, sí, pero el tiempo se pasa volando y tenían que ir planeando el futuro. Esa última palabra vino a turbarlo, ¿qué futuro podía ofrecerle él a su hijo? Recordó su niñez en El Manantial, solo con sus padres, sin contacto con ningún niño, ni de su edad ni de ninguna. Se dio cuenta de que nunca había jugado porque no había tenido con quién. Y eso no lo quería para su hijo. Evocó su vida desde niño, años trabajando con la única compañía de Luchi y Peligro. Y eso tampoco lo quería para su hijo. Rememoró las imágenes, los sonidos, los olores de la guerra, los disparos en el cementerio al amanecer, el hedor de los cadáveres en las calles de Entrecerros, la tragedia en los ojos de las mujeres de los presos, sus tíos huidos, las amenazas a sus tías, todos los horrores de aquella guerra que ya había pasado y no podía volver, pensó, más con anhelo que con convencimiento, no podía, nunca. También le volvió a la mente el ultraje de don Máximo a su madre. Eso no había ocurrido con Rosa ni, se juró a sí mismo, ocurriría mientras él estuviera vivo. ¿Y si viviera don Máximo? Un escalofrío le subió por el centro de la espalda hasta llegarle al cuello y erizarle los cabellos. Recordó a don Humberto y a Rodolfo, lo mucho que le enseñaron y lo pronto y dolorosamente que se le fueron; en cambio, pensó que su hijo aprendería en el colegio con los demás niños. Sus circunstancias habían sido tan excepcionales como el tiempo que le había tocado vivir y, gracias a aquellos maestros, también a Juan El Lacio, tuvo la oportunidad de aprender desde muy pequeño a observar y a reflexionar sobre lo que aprendía y vivía, lo que le servía para desentrañar el origen y el sentido de las cosas, pero también para descubrir la maldad, la injusticia, el destino de los que como él trabajaban para los amos, que eran realmente los hombres libres. Manuel era tan joven como consciente de su futuro, no atisbaba otro que el del servicio a don Félix y si es que no se torcían las cosas alguna vez, por lo que pensó que trabajaría con denuedo para que el de su hijo fuera muy distinto, para que estudiara y cuando fuera mayor pudiera pagarle en la capital los estudios de perito o quizás, se atrevió a soñar, de ingeniero. Y comparó su salario con el precio que tendrían la vida y los estudios en la capital, lo que le provocó un silente ataque de pánico, temiendo que, llegado el día, no pudiera proporcionárselos a su hijo. Sería un enorme fracaso que tenía que evitar a toda costa. Desde ese mismo momento, esa sería su principal dedicación. Y entonces, cayó en la cuenta, ¿y si era niña? Las niñas, y no todas, aprendían lo básico; leer, escribir y, si acaso, las cuatro reglas. Desde luego, las niñas no eran peritos, ni ingenieros, ni médicos, ni… Si fuera niña, no tendría la preocupación por el dinero de sus imposibles estudios en la capital, pero sí el desasosiego de qué condición sería el hombre que habría de pretenderla. Manuel no sabía qué opción era preferible y decidió que, fuera cual fuese, la afrontaría con todas sus fuerzas para que su hijo o hija gozara de cuanto estuviera en su mano conseguirle. Quiso ser optimista y vislumbrar un futuro prometedor, al fin y al cabo, era capataz, no un jornalero cualquiera. Entonces se reprochó no haber reclamado nunca a don Félix, contentándose con el parco salario que le asignaba. Tan seguro estaba de que el de El Jáquima era muy superior al suyo como de que su trabajo en La Ventolera era mucho mejor que el del capataz de El Manantial. Hablaría con don Félix para que le subiera el salario, si bien sabía que le costaría trabajo reclamar para sí lo que sin duda era de justicia, o precisamente por ello, porque pensaba que debía obtenerlo sin pedirlo, le resultaba enojoso hasta el punto de causarle abatimiento. ¿Por qué si él mismo valoraba y remuneraba los merecimientos de sus trabajadores, no hacía don Félix otro tanto con él? Don Félix no era tonto, ni nada le pasaba desapercibido, como demostraba cada vez que visitaba la finca, de la que había delegado en él toda la responsabilidad. Se sentía orgulloso de que confiara plenamente en él y se lo manifestara expresamente, ¿pero de qué le servía si no se lo remuneraba? ¿Esperaba don Félix que él lo pidiera o sería que procuraba pagar lo menos posible y por eso lo halagaba? Desde luego, no olvidaba que, gracias a don Félix, se había ahorrado dos años de mili, que habían significado para él dos años de salario, que no era poco; claro, que nadie se los había regalado, que bien que los había trabajado. De todas formas, hablaría con él, se humillaría a pedir aumento de salario, lo haría por el hijo que esperaban.

Hacia el final de la primavera, corrió la noticia de que el régimen ponía fin a las cartillas de racionamiento. Abundaron las conjeturas de si habría de ser para bien o para mal, siendo el temor y la inquietud los que terminaron por apoderarse de los vecinos de Entrecerros, temerosos de una subida de precios que no les permitiera alcanzar ni los paupérrimos alimentos a los precios establecidos que hasta entonces podían adquirir. Una honda preocupación se apoderó de Manuel, que no pudo dormir aquella noche, desvelado por el temor de que llegara un día en que no tuviera dinero ni para comprarle la comida a su hijo. Con las tiendas cerradas, el mismo domingo en que se produjo la noticia, Garrote recibió ofertas para comprar una cantidad inusitada de alimentos básicos a los precios habituales de los estraperlistas. Pensó que el fino olfato que estaba convencido poseer para los negocios le indicaba que se encontraba ante la oportunidad de su vida para hacer fortuna. Realizó tratos como un poseso e hizo acopio de cuanta mercancía pudo, abarrotando la tienda, la casucha a la salida del pueblo y, no siendo suficiente el espacio, colmó hasta las estancias de su propia vivienda, además de establecer compromisos por el quíntuple de los alimentos almacenados, que iría recibiendo tan pronto como fuera vaciando las estancias atestadas, lo que sin duda habría de ocurrir sin dilación alguna. Los primeros días hubo conatos de dispararse los precios y los de Garrote, como ninguno. La gente se retrajo y no acudió a las tiendas, no tanto por esperar a mejor ocasión cuanto porque aquellos precios no estaban a su alcance. Eliminada la restricción de las cartillas de racionamiento, los estraperlistas, a los que la abolición del racionamiento pilló desprevenidos, se apresuraron a deshacerse de las mercancías. Pronto, los alimentos básicos llegaron abundantes a las tiendas de ultramarinos a precios muy inferiores a los del racionamiento y con calidades muy superiores para contento de los entrecerreños, también para Manuel, que respiró aliviado y pensó que su hijo, como suele decirse, venía con un pan debajo del brazo. Garrote, en cambio, no podía mostrarse alegre, había hecho un mal negocio, tanto que había acumulado una gran deuda que no estaba seguro de poder pagar, ya que a su apuesta fallida había que añadir que el intento de subir desaforadamente los precios ahuyentó a su clientela, que no daba signos de querer volver. Garrote no veía salida y blasfemaba cada vez que tropezaba con los sacos y paquetes que invadían la casa, sobre todo, cuando se levantaba en la oscuridad de la noche. "¿Desde cuándo has tenido tú buen olfato para nada si no hueles ni los arenques?", le imprecaba su esposa airada. "Mujer, no te pongas así, ya saldremos adelante". "No, si de comer no nos hará falta, que garbanzos, arroz y lentejas tenemos para alimentar a toda la comarca. Otra cosa es dónde te los vayas a comer tú, ¿o cómo los vas a pagar?, ¿acaso crees que te van a perdonar las deudas tus amigos los estraperlistas?", la voz de la mujer de Garrote era de natural un torrente. "Baja la voz, mujer, y no digas esas cosas que me vas a buscar un lío". "¿Para qué más líos que el que te has buscado tú solito, alma de cántaro?, ¿has pensado ya cómo vamos a salir de esta?". Garrote se devanaba los sesos, "a los que aún les debo no me pueden denunciar por no pagarles; tendrían que reconocer que retenían alimentos y el precio al que me lo han vendido, lo que los delataría como estraperlistas". "Eso es precisamente lo que me da miedo, que no puedan denunciarte", las palabras de su mujer retumbaron en la cabeza de Garrote como una siniestra sentencia de muerte.

Capítulo 54 (1952) Desquite de don Félix y los fantasmas que nunca se fueron

"La otra mitad, al terminar la 'faena'; asegúrese de que el diestro lo entiende bien", don Félix soltó al periodista un fajo de billetes y volvió sobre sus pasos al habitual hotel de lujo de Madrid donde le esperaba Eloísa. Habían decidido viajar de nuevo a la capital a finales de primavera, dejando a Fernandito bajo el cuidado de Vicenta. El segundo día de aquella visita, ya descansados y restablecidos del largo viaje, habían compartido velada con sus amigos los banqueros, don Carlos María Capitán y don Raimundo Argüeso, y sus respectivas esposas. De nuevo, como la primera vez, don Carlos María, con el cómplice beneplácito de don Raimundo, realizó comentarios jocosos, un punto hirientes y, en todo caso, impertinentes sobre el acento sureño de la joven pareja. Don Félix los esquivó desviando la atención hacia temas que inflaban el ego de sus interlocutores. Eloísa se sintió incómoda, pero enseguida recordó las palabras de su marido 'en los negocios no cuentan las victorias de palabra, sino las de los hechos', lo que le sirvió para calmarse, su marido sabría qué debía hacer.

Don Carlos María asistió al festejo acompañado no de buen grado de su esposa, quien en absoluto compartía los gustos de su esposo no solo por la caza, sino tampoco por los toros, que aborrecía aun no habiendo asistido jamás a ninguna corrida, pero no pudo declinar una invitación que alguien se había atrevido a anunciar en prensa. La señora del banquero estaba espantada de hallarse en barrera tan cerca del ruedo. Percibía, horrorizada, el olor espeso de la sangre del animal brotando a borbotones cuando el diestro, armado de muleta y estoque, se dirigió hacia ellos y con un fuerte acento del sur le brindó la muerte del toro a la señora de don Carlos María, con permiso de su esposo, por su gentileza y gran elegancia. Le arrojó la montera y ella, sin saber qué debía hacer, se la colocó en la cabeza y con el rostro desencajado se volvió hacia el público que aplaudía y así permaneció hasta que su marido abochornado, tomándola del codo, la hizo sentarse y quitarse la montera. Al día siguiente, durante el desayuno en el hotel, don Félix dejó con desdén los periódicos sobre la mesa. A Eloísa le sorprendió que en todos se repitiera una grotesca fotografía de la esposa de don Carlos María tocada con la montera y la cara descolgada, en cuyo pie podía leerse 'brindis del primero de la tarde a la esposa de don Carlos María Capitán, presidente del Banco Iberoamericano' y en cuya crónica se entrecomillaba el texto del brindis, haciendo hincapié en las incorrecciones e incluso, con tipografía en cursiva, exagerando el habla del torero del sur. De las mesas próximas, llegaban comentarios jocosos de la imagen de la señora del banquero. Eloísa apenas podía desayunar, incapaz de contener la risa. En voz baja, "Félix, ¿esto es cosa tuya?". Él no respondió, limitándose a sonreírse socarronamente. Un camarero le trajo una nota en una bandejita de plata. "Disculpa, querida, tengo que salir. Será solo un momento, enseguida vuelvo". Don Félix encontró al reportero en el vestíbulo. "Buen trabajo", manifestó satisfecho mientras le daba otro fajo de billetes como el de la vez anterior. "Es un placer trabajar con personas como usted", le agradeció el periodista. Don Félix volvió a tomar asiento en el comedor junto a su esposa, "estás autorizada a hablar de toros en la próxima reunión que tengamos con nuestros amigos los banqueros y con cuanto más deje del sur, mejor". Eloísa, divertida, lo miró con una sonrisa pícara, "desde luego, cómo eres". Ella no le hizo caso en un último encuentro que aún tuvieron con los banqueros y sus esposas cuando finalizaba su estancia en la capital, tampoco fue necesario, tanto los maridos como las esposas se mostraron muy comedidos y correctos con ellos sin osar efectuar alusión alguna a su acento. Sin duda, habían quedado vacunados para una buena temporada.

Eloísa había acudido a diario al teatro que tanto echaba en falta en el sur, donde había comprobado que llegaban escasísimas obras, rara vez las mejores y con un nivel de representación muy inferior al de la capital, incluso no era infrecuente que los actores de relumbrón fueran sustituidos por otros de segundo nivel en las giras fuera de Madrid, como si hubiera que agradecerles a las compañías el hecho de que se desplazaran a provincias, como han llamado desde siempre al resto del país. Decididamente, el buen teatro había que verlo en Madrid.

De vuelta a casa, acusaron el calor del tórrido verano de la ciudad. Don Félix solo necesitó un par de días para revisar los asuntos pendientes y tomar cuantas decisiones aguardaban su dictamen, tras lo que partieron de inmediato con Fernandito hacia Entrecerros buscando el fresco de la sierra. Don Fernando envejecía lenta, casi imperceptiblemente, en su mundo, al que había marchado para no volver; solo se observaba algún fugaz atisbo de excitación, diríase de rebeldía, cada vez que hacía acto de presencia don Félix. Aislada en el campo y sin necesidad de componerse para el esposo abstraído, doña Concepción había abandonado los cuidados de su persona, aunque, diligente, se atusó el cabello, se quitó el delantal, se bajó las mangas y se atildó presurosa cuando llegaron su hija, su yerno y, sobre todo, su nieto, a quien quería con locura, esforzándose para no ser vista por él como una vieja desaliñada y tal vez, quién podía saberlo, loca. En presencia de ellos, debía esmerarse y no bajar la guardia, que la competencia de su consuegra era muy fuerte. Doña Patro vivía tranquila en su casa de toda la vida en el centro de Entrecerros desde que enviudó hacía tantos años, en cambio, a ella, recluida en el campo, le vivía el marido, si bien, dado su lastimoso estado, no sabía qué era mejor y que Dios Nuestro Señor y la Santísima Virgen de la Gruta la perdonaran.

Manuel se extrañó de la llegada intempestiva de don Félix a La Ventolera. Hacía mucho que se había terminado la cosecha, apenas quedaban braceros, despedidos hasta que llegara la época de arar y preparar la tierra, tan solo los descorchadores hacían la saca en los alcornoques, la tierra descansaba bajo el sol abrasador del verano y las pezuñas de los rebaños, que deambulaban calmosos chascando los rastrojos. Manuel se mostró más lacónico que de costumbre, le daba vueltas en la cabeza a la petición de aumento de salario y cómo y en qué momento exponérsela a don Félix. "Además de La Ventolera, quiero que te encargues también de organizar El Molinillo, por más que los tiempos han cambiado y el campo no ha dado este año lo que antes ni creo que vuelva a darlo nunca, tanto que estoy convencido de que me va a costar el dinero, no me gusta ni el aspecto de abandono que tiene ni que la tierra esté ociosa. Mira qué se puede hacer allí. Si hace falta, lleva los rebaños de La Ventolera y también de El Manantial. Lógicamente te lo retribuiré acorde con el rendimiento de la finca". Manuel sabía que los precios del grano habían bajado mucho y la tierra ya no reportaba el beneficio de los años del recién abolido racionamiento, que había dado lugar al tan inmoral e ilegal como sustancioso negocio del estraperlo; por otra parte, desconocía El Molinillo y la capacidad de producción de la finca. A pesar de todo, quiso imaginar que su retribución, por fuerza, habría de verse incrementada de forma importante, aunque le producía decepción y desasosiego que su salario permaneciera en una ambigüedad que solo don Félix habría de concretar a su antojo cuando a bien lo tuviera.

Nada más partir hacia El Molinillo, Manuel se olvidó de la preocupación por su salario. En el camino, anticipó una y mil conjeturas sobre cómo podría sacarle mejor provecho a la finca. Se percató de su estado de excitación, al fin y al cabo, ahora era tan capataz de ella como de La Ventolera. A la verja de entrada a la finca se llegaba a través de un carril sombreado por dos encinas que la separaba de la carretera unas diez varas. Cuando se halló ante la cancela, acudió a su mente el recuerdo de los forasteros de Traslomas y los imaginó allí mismo en otros tiempos a punto de poner a buen recaudo las mercancías robadas que aumentaban el hambre de los pobres de Entrecerros, la inmensa mayoría de sus habitantes. Notó escalofríos y se sintió culpable y traidor a la memoria de Rodolfo, incriminado por aquellos robos junto a sus compañeros, acusación que contribuyó a su persecución y muerte. Sintió cómo se le aceleraba el pulso martilleándole las sienes. Tuvo miedo y dejó la verja entreabierta, sin atreverse a echarle el candado. Anduvo el carril borrado por la maleza hasta llegar al reducido y abandonado cortijo. Examinó las piezas de la casa como buscando algún indicio que le permitiera conocer qué secretos guardaban de aquellos años. Encontró utensilios de cocina sobre la hornilla y algunos platos, vasos y cubiertos sucios sobre una mesa. En una habitación había tres jergones que aparentaban haber sido abandonados con prisas. Pensó que el estado de la vivienda, sin duda, se correspondía con la de oscuros criminales. Cuando cerró la puerta con llave, se percató de que tenía los vellos erizados. Intentó centrarse en el objeto principal de su responsabilidad en la finca. Los olivos le disputaban aquella tierra pedregosa y albariza a la maleza que la cubría. En la linde norte, no lejos del cortijo, porque nada allí estaba lejos, un arroyo con poca agua, que realizaba una corta incursión en El Molinillo, pasaba junto a una ruinosa casucha de tejados hundidos que debió ser en otro tiempo el molino que diera nombre a la finca. Calculó que no era mayor que la cuarta parte de El Manantial. Entonces cayó en la cuenta de que seguía usando El Manantial como referencia para comparar extensiones y años, evocar personas, animales, plantas, acontecimientos... A pesar de vivir en La Ventolera, en realidad, su vida no había salido de El Manantial. Convencido de que no era mucho lo que se podía hacer en El Molinillo, decidió que Carmelo trasladara las cabras de las dos fincas para que pacieran durante lo que restaba del verano, en otoño terminarían de desmontar la finca y en invierno, tras la recogida de la rala cosecha de aceituna que se anunciaba, podarían y sulfatarían los olivos descuidados, confiando en que el año próximo dieran mejor cosecha, aunque no se hacía excesivas ilusiones, dado lo pobre del terreno. No pudo evitar en todo el tiempo que permaneció en la finca la sensación de llevar siempre algún fantasma tras de sí, con frecuencia se había dado la vuelta, otras veces se había tocado la espalda. No los veía ni los tocaba, pero estaba seguro de que lo acechaban. Mientras cerraba el candado herrumbroso de la verja, tuvo el convencimiento de que allí dejaba encerrada la ignominia. Las copas de las encinas parecían a punto de abalanzarse sobre él. Partió con presteza y no evitó el sentimiento de persecución hasta que se cruzó con gente en Entrecerros. Volvió a recordar el aumento de salario que habría de reportarle El Molinillo como si se tratara de un vergonzante mercenario en aquel lugar maldito al que habría de dedicar parte de su vida como una ominosa condena.

Capítulo 55 (1952) El que la hace, la paga... a veces

Antes de las primeras luces del amanecer de aquella noche encapotada de octubre, Garrote trasteaba en la tienda recolocando y maldiciendo una vez más la misma mercancía que no lograba vender. Acudió raudo a abrir la puerta a la que acababan de llamar; aunque un tanto intempestiva la hora, por fin, iba a recibir a un cliente. Encontró a tres desconocidos que aguardaban bajo la fina llovizna. "Buenos días", Garrote intentaba reconocerlos en la penumbra. Como respuesta, recibió un empellón que lo arrojó al interior de espaldas contra el filo del mostrador. Uno de los desconocidos permaneció apostado en el umbral, otro corrió a cerrar la puerta que comunicaba la tienda con la vivienda, uniéndose a continuación al tercero, que golpeaba brutalmente a Garrote. "Paga", le decían y repetían entre golpe y golpe, ensañándose en el rostro y en la cabeza hasta herirse los nudillos, incluso después de que la víctima perdiera la consciencia, dejándola hecha un eccehomo. Cuando la mujer de Garrote lo encontró inmóvil en el suelo con la cara ensangrentada y desfigurada, hacía mucho que los desconocidos se habían marchado. El torrente de alaridos de la mujer no consiguió que el marido recobrara el sentido, pero sí que el vecindario alarmado se congregara a la puerta de la tienda. Alguien corrió al dispensario a avisar al médico, quien hubo de curar y suturar múltiples heridas, recomponer los huesos rotos de la nariz taponándola, y vendar desde el mentón a la nuca y desde la sotabarba al cráneo, inmovilizando la mandíbula rota. Cuando Garrote dio en sí, tan solo consiguió abrir una rendija en los amoratados párpados tumefactos y unos dolores atroces le atormentaban la cabeza y el rostro. La guardia civil le preguntaba quién o quiénes lo habían destrozado. No sabía. "¿Dijeron algo?". Garrote, con voz imperceptible y entre dientes, repetía "paga, paga". "Señora, parece un ajuste de cuentas. ¿Debía su marido dinero a alguien?". "A quién no", rompió a llorar ella; sus peores presagios se habían cumplido.

Cuando tuvo noticia de lo ocurrido, El Nene no pudo disimular su regocijo, una alegría amarga porque a Garrote se le había hecho justicia, pensó, pero no a él, que nunca recuperaría su negocio. Contempló con rencor cómo la desgracia de Garrote hizo que los vecinos se compadecieran y buena parte de ellos, para ayudar a la familia a salir del pozo en el que se encontraba, volvieran a comprar en su tienda, aunque poca cosa, que miseria y misericordia caminaban parejas. El Nene rememoró los años buenos de su negocio, la vida apacible de su familia, el abrupto final de ambos con la paliza, primero, que recibió de los soldados que, por desgracia, revivió, no acabó con su vida y la incautación después de su tienda, que terminó en manos de Garrote, todo irremisiblemente perdido en la confusión de aquella guerra que, como a tantos, lo condenó de por vida. El Nene recobró un carácter agrio, taciturno, contemplaba la estrechez de su familia, se sentía impotente y odiaba a Entrecerros, donde las garras de la iniquidad habían hecho presa en los pobres y en los desposeídos. Por lo poco que conocía, quizás no fuera muy distinto en otros lugares.

Lutgarda se había aclimatado a Traslomas de inmediato, al fin y al cabo, una forma de vida de la sierra tan idéntica a la de Entrecerros y tan diferente a la del pueblo, casi barrio, de la capital. La cercanía, poco menos que hermandad, con las familias de los otros guardias se repetía en el cuartel de Traslomas. Le producía un gran sosiego poder contar con que su hija y ella estuvieran siempre acompañadas y ayudadas en cuanto necesitaran. La camaradería que tanto unía a las familias del cuartel, junto a que eran forasteras y estaban de paso, las aislaba del resto del pueblo, donde tenían escasas amistades. También había sus roces y hasta riñas que enemistaban a unas familias con otras, pero dónde no.

Ruperto se había acostumbrado a vivir sin echar raíces en ningún sitio, lo que le permitía adaptarse a cualquiera como si siempre hubiera vivido allá adonde llegaba. En las guerras, desarrolló un olfato especial para detectar de lejos a los enemigos, pericia que había adaptado a los delincuentes en tiempos de paz. Del lema oficioso por todos conocido, 'paso corto, vista larga y mala leche', Ruperto se había aplicado las dos primeras partes, ahorrándose la última para la que ni valía ni estaba dispuesto, tenía tanto sentido de la justicia como hombría para no abusar de los débiles. Era mediodía cuando de servicio por la dehesa al sur de Traslomas le pareció ver al menos a dos personas esconderse a lo lejos. Se agachó y conminó al compañero Gutiérrez a que hiciera lo propio. "En el regajo de allá enfrente", le señaló, "bajo los árboles me ha parecido que se escondía alguien, por lo menos dos. Vamos a dejar el camino, da tú un rodeo por ese lado y yo por este otro a ver qué nos encontramos". Retrocedieron, bajando una loma, para no ser vistos por aquellos a quienes pretendían identificar y partieron diligentes cada uno por su lado. Los desconocidos, cegados por el sol que se colaba en rodales entre los árboles, se toparon de bruces con Ruperto, que se había apostado esperando que huirían en su dirección cuando vieran acercarse a Gutiérrez. Eran tres. "¿A dónde vamos tan deprisa?", Ruperto se dirigió a ellos con el brazo izquierdo extendido, mostrándoles la palma de la mano en señal de darles el alto, mientras en la derecha sostenía el fusil apuntando al suelo. "No, nada...". "nosotros...", "nosotros vamos...", balbuceaban sin aclarar nada. Gutiérrez llegaba hasta ellos. A Ruperto le desconcertó que pudieran ser delincuentes, ya que no iban precisamente mal vestidos. "Gutiérrez, ve registrándolos uno a uno, mira bien a ver qué llevan". Gutiérrez les registró a conciencia anotando en un cuaderno el nombre de cada uno y lo que llevaba. "En total, ocho mil seiscientas treinta y siete pesetas con cuarenta y tres céntimos". "No está mal para ir de compras por el campo", les espetó Ruperto. "Guardia, es dinero nuestro", el que habló por los tres tartamudeaba por los nervios. "Claro, claro, y por eso huíais. Gutiérrez, espósalos". El guardia le puso las esposas a dos y, como no llevaban para todos, al tercero le amarró las manos a la espalda con una cuerda de cáñamo. "Espérate aquí con ellos, que voy a ver qué han tirado en aquellos matojos", Ruperto había visto cómo se desprendían de un bulto cuando huían de Gutiérrez. Volvió con una talega, "vamos a ver qué tenemos aquí. Cinco cadenas con medallas de oro", Ruperto iba desenredando cada pieza, "tres de plata, un rosario de oro con cuentas de nácar, otro de plata y cuentas parece que de amatista, un reloj de oro de señora, seis juegos de pendientes, cinco pulseras, cuatro pares de gemelos y pisacorbatas a juego, una Montblanc de oro, tres navajas, dos de ellas automáticas". Ruperto y Gutiérrez los miraron, los detenidos se mostraban muy inquietos y temerosos. "Bueno, no estamos por andar más de la cuenta. Vamos a ir a donde habéis robado todo esto, si intentáis volver a engañarnos os acordaréis, así que andad por delante de nosotros"; los detenidos obedecieron a Ruperto inmediatamente, echando a andar en dirección al cortijo. La puerta estaba cerrada sin llave. En el interior encontraron al guarda en el suelo, amordazado y atado de pies y manos, se sintió aliviado al ver a un guardia civil y parecía que se le fueran a salir los ojos de las órbitas cuando vio a los tres que le habían asaltado. Mientras Gutiérrez vigilaba a los detenidos, cuando estuvo libre de la mordaza y mientras Ruperto le desataba las manos y los pies, profirió todo tipo de insultos hacia los malhechores. Una vez suelto, quiso ir hacia ellos para vengarse. Ruperto lo sujetó; lo hubiera dejado con agrado si se hubiera contentado con darle un bofetón a cada uno, pero se había arrancado con tal indignación y rabia que Ruperto temió que las cosas fueran a mayores y no era plan de que se complicara la vida ni de que se las complicaran a Gutiérrez y a él mismo. "Tranquilo. Vamos a ver, cuéntenos qué ha ocurrido", Ruperto tenía asido al guarda de un brazo. "Entraron en la finca y me pillaron desprevenido allí en el olivar", el guarda señalaba a una pared en la dirección que Ruperto dio por buena que debía ser la del olivar, "me pidieron fuego para encender los cigarros y cuando metí la mano en el bolsillo me atraparon, me tiraron al suelo, me ataron las manos y me taparon la boca con ese trapo que me ha quitado usted para que no gritara". "¿Le agredieron?". "No", "no", "no", se apresuraron a contestar los detenidos. Ruperto se fue hacia ellos y le dio una bofetada a cada uno, "¿os he preguntado algo?; vosotros ya habéis dicho todo lo que teníais que decir, así que a callar, que no vuelva a escucharos". "No me pegaron, pero me tiraron y di con la cara en tierra, me apretaron el cuello que casi me ahogan, me tiraron del pelo mientras me ataban el pañuelo y casi me dislocan un hombro". "¿Qué más pasó?". "Me trajeron al cortijo, me sacaron la llave del bolsillo, abrieron y, amenazándome con navajas, me obligaron a decirles dónde guarda el señorito el dinero y los objetos de valor. Se han llevado ocho mil quinientas pesetas que tenía el señorito reservadas para pagar ganado que ha comprado y que llega mañana". "No", lo interrumpió Ruperto, "han sido ocho mil seiscientas treinta y siete con cuarenta y tres". "No, guardia, eran ocho mil quinientas, que bien lo sé yo". "Esas son las del señorito, pero además, ciento treinta y siete con cuarenta y tres suyas". "No, guardia, mío no se han llevado nada". "Hágame caso, se han llevado también ese dinero suyo", Ruperto miró a los malhechores que no se atrevían a hablar, "así que es suyo y no se hable más. ¿Qué más se han llevado?". "Joyas que guardaba aquí la señora, porque esto siempre está vigilado y le daba más seguridad que tenerlas en el pueblo, pero no sé cuáles ni cuántas". "Está bien, ya las identificarán los dueños en el cuartel. Nosotros nos marchamos con estos cernícalos, usted también tiene que ir a declarar, allí haremos el atestado". "Si no les importa, para no dejar esto solo, iré un poco más tarde cuando venga el capataz, que tiene que estar al caer". "Muy bien, pero no falte".

Los detenidos fueron identificados como vecinos de Traslomas de los que poco se conocía, no se sabía que hubieran trabajado en el pueblo desde hacía muchos años, se mostraban huraños y apenas se relacionaban con nadie, pasaban por ser tratantes de ganado que hacían negocios fuera del pueblo, aunque ahora se sospechaba que quizás eran simples delincuentes. Por este robo con violencia y por no haber sabido dar cuenta de forma convincente del origen de sus bienes, que les confiscaron, fueron conducidos a la cárcel de la capital, donde les esperaban unos buenos años de reclusión. Tuvieron suerte de que nadie, ni siquiera Gutiérrez al esposarlos, se percatara de las heridas que dos de ellos tenían en los nudillos.

La señora de don Jaime se mostró extremadamente agradecida y contenta de que se hubieran recuperado todas sus joyas. Don Jaime escribió personalmente de su puño y letra con la Montblanc una misiva a la comandancia para manifestar su agradecimiento por la gran labor y profesionalidad de la pareja de la guardia civil, asimismo envió un giro de quinientas pesetas en señal de agradecimiento para que los mandos lo repartieran a su criterio entre los números. Don Jaime se aseguraba una vigilancia especial a su finca y Gutiérrez y Ruperto recibieron doscientas cincuenta pesetas cada uno, que nunca eran de despreciar y menos en aquellos tiempos. Lutgarda se dio el capricho de comprar una pitillera de plata para Ruperto y para María, una cadenita de oro en la que ensartó una medalla bendecida de la Virgen de la Gruta.

Capítulo 56 (1952) De asuntos humanos y divinos

Don Félix había accedido de buen grado a la petición que le cursó la jefatura de Falange para que la Caja de Ahorros se encargara de la construcción de viviendas sociales para familias necesitadas en los pueblos de su provincia y provincias limítrofes. El beneficio era escaso, pero a la entidad le convenía mantener las mejores relaciones con el partido y el Movimiento y, al mismo tiempo, iniciar una expansión decidida por otras capitales de provincia y poblaciones importantes. La primera promoción se proyectó en Entrecerros, donde multitud de casas deshabitadas desde la guerra habían sucumbido devoradas por el abandono, hundidos los tejados bajo el peso del manto de maleza que había crecido sobre las canales cegadas. En terrenos cedidos por el ayuntamiento, se edificarían veinticinco viviendas con las que don Gabriel, como jefe de la Falange local, se pavoneaba presumiendo de magnanimidad, aspirando al honor de ser reconocido algún día como benefactor del pueblo. El anuncio de las obras había causado gran revuelo entre la gente humilde que ansiaba entrar en el sorteo para adquirir una vivienda digna a un precio que se prometía irrisorio a pagar en plazos dilatados, por lo que resultaba mucho más asequible adquirir estas casas de dos plantas y amplio corral que alquilar otras de inferior calidad y superficie. Pronto se vio que aquellas viviendas se habían proyectado con dueños ya escogidos, que no eran sino vecinos militantes de Falange, y no necesariamente los más necesitados, y el sorteo lo era tan solo para decidir el orden de elección de las casas. Don Félix había encargado la construcción a un contratista de la capital, con quien llegó a un acuerdo que a ambos beneficiaba. "Aprobado el proyecto, confío en que su buen hacer sabrá minorar el coste real de las obras de modo que, a título particular, ambos veamos recompensados sustancialmente nuestros desvelos", don Félix conocía al interlocutor y sabía que no era necesario que fuera más explícito. "Por supuesto, don Félix, déjelo en mis manos". "En ellas está, espero resultados acordes a lo que ambos esperamos". El contratista había convencido a golpe de billetes a arquitecto y aparejador para que amoldaran a su conveniencia la ejecución del proyecto. Hizo correr la noticia de que las viviendas se levantarían con materiales y técnicas de vanguardia; en lugar de tejas, se instalarían planchas de uralita, material más moderno y funcional, citaras en lugar de gruesos muros que tanto espacio robaban, pintura al aceite en lugar de azulejos y así un largo etcétera que la gente creyó a pies juntillas y que sirvió para reducir sustancialmente el coste, repartiéndose el ahorro entre don Félix y él mismo, según lo acordado de antemano entre ambos, un setenta por ciento para don Félix y un treinta para él.

El día de Todos los Santos, en un acto solemne, Su Eminencia bendijo las casas y don Gabriel cortó la cinta roja y gualda, tomando un trozo para sí como recuerdo. Antes de Navidad, los falangistas habían recibido las llaves de sus flamantes casas y se afanaron en ocuparlas con prontitud. El crudo invierno de la sierra vino a poner en cuestión las presuntas bondades de uralita, citaras y demás modernismos con los que los nuevos propietarios se las prometían felices, pero de los que acabaron dudando y despotricaban contra el tan cacareado progreso. En cualquier caso, nada había que temer por parte de promotor y contratista, ¿acaso sabían más los vecinos que los arquitectos? ¿Que las casas eran frías? Tampoco era tan caro un brasero eléctrico y el recibo se pagaba por puntos de luz, que no por número de enchufes, con lo que era un método más eficiente, rápido y limpio para calentar el hogar que no las anticuadas chimeneas, por no hablar del insuficiente brasero de cisco. Falange había hecho un esfuerzo titánico y los nuevos propietarios debían mostrarse agradecidos a su organización y considerarse muy afortunados.

Entre tanto se desarrollaba el proyecto en Entrecerros, don Félix cerró acuerdos para la construcción de viviendas en la capital, así como en las capitales de las provincias colindantes y numerosos pueblos. La colosal envergadura de tantos encargos llevó a don Félix a solicitar ayuda financiera a sus amigos banqueros de Madrid. Al coste de construcción sobre los proyectos no ajustados a la minoración que habrían de experimentar en la ejecución, don Félix le unió un alza de precios hasta equipararlos a los habituales en la capital del estado, así como el de unos costes inexistentes de los terrenos generosamente cedidos por los ayuntamientos a Falange, de modo que la exorbitante cifra en nada sorprendió a don Carlos María Capitán y don Raimundo Argüeso cuando recibieron las misivas de don Félix, en las que acompañaba las memorias descriptivas así como una carta del jefe regional de Falange que avalaba la operación. No olvidó don Félix deslizarles la conveniencia de que las autoridades verían con buenos ojos que consideraran un préstamo en óptimas condiciones, deseo que no dudaba que sería atendido, del mismo modo que, les aseguró para disipar cualquier sombra de duda, lo haría su Caja de Ahorros. Los banqueros de Madrid no tardaron en responder favorablemente a las demandas de don Félix, aprobando compartir a partes iguales entre las dos entidades bancarias un préstamo por el monto total del coste de los proyectos a veinte años, a un interés dos puntos inferior al interbancario y con un año de carencia. Gracias a la amistad que se profesaban, no fue necesario desplazarse para la firma de los documentos oficiales, bastó con remitirlos por la valija oficial de la Caja de Ahorros, ofreciéndose don Félix a viajar a Madrid a visitarlos en la primera ocasión que tuviera cuando hiciera mejor tiempo. La operación había supuesto para don Félix uno de los mejores negocios que había conseguido jamás, incrementando su magro capital, que había subido como la espuma desde que recalara en la capital hacía una decena de años hasta convertirse en una de las más abultadas fortunas, que continuaba creciendo incesantemente.

Para el día de la Inmaculada, Eloísa dio a luz a una preciosa niña tan blanca y tan rubia como Fernandito, entonces ya alto y espigado a sus cinco años. Don Félix celebró el nacimiento de su hija. Eloísa estaba radiante; como ocurriera con Fernandito, la preñez había realzado la belleza de su rostro. "Quiero que se llame Patro, como tu madre. ¿Por qué me miras tanto?", Eloísa advertía que su marido no le quitaba ojo de encima, "porque estás guapísima, más que nunca; no conozco a ninguna mujer a quien el embarazo y el parto la pongan tan guapa como a ti, te ocurrió en el de Fernandito y también en este. He mandado llamar al fotógrafo para que te retrate y guardar esta imagen para siempre". "Qué loco, no estoy para recibir visitas y menos de extraños". "No molestará, te lo aseguro". No era el momento adecuado y don Félix decidió que ya le comunicaría más adelante a su esposa que no tendrían más hijos; una pareja era suficiente, detestaba que su mujer pudiera ser como tantas otras, ricas y pobres, pariendo como conejas con prisas por repoblar el país. Con los hijos que tenía, incluida Inocencia, a quien veía con asiduidad, interesándose y siguiendo muy de cerca su crianza y educación, creía haber cumplido con el mundo. Era rico, inmensamente rico, tenía una mujer de bandera, unos hijos sanos con un futuro asegurado de largo por su patrimonio y se sentía muy feliz y orgulloso por todo ello; la vida le trataba bien y todo le iba a pedir de boca, no podía ser de otra forma porque él sabía hacer las cosas, pensaba, seguro de sí mismo.

El mismo lunes del día de la Inmaculada en que Eloísa dio a luz, Rosa en muy avanzado estado de gestación se quedó en el pueblo en casa de la abuela Josefa en espera del parto. Que la abuela, tan mayor, estuviera acompañada supuso una noticia tranquilizadora para Carmen, Andrés y Lutgarda, que le manifestó su agradecimiento por carta. Manuel le dio atribuciones a su suegro Antonio sobre La Ventolera, mientras él pernoctaba con su mujer en casa de la abuela y madrugaba para acudir a sus responsabilidades, que desempeñaba con total libertad de movimientos, tanto en La Ventolera como en El Molinillo, que, poco a poco, había ido quedando limpio y arado y donde una nutrida cuadrilla recogía la escasa cosecha de aceitunas antes de proceder a podar y sulfatar los olivos. Manuel sabía que ni le gustaba ni le gustaría nunca El Molinillo, le traía recuerdos imborrables de las fechorías de los forasteros de Traslomas y del fin trágico de Rodolfo.

Aquella mañana, Rosa fue a casa de doña Angustias, quería confeccionar un juego de sábanas de cuna para cuando naciera su hijo. "¿Cómo las quieres?". "Pues no sé, doña Angustias, precisamente lo que quiero es que usted me aconseje". "Mira, ven, que tengo en el cuarto unos juegos a ver si te gusta alguno". Rosa había estado infinidad de veces en aquella casa, pero jamás había entrado en el dormitorio de la señora, que siempre permanecía con la puerta cerrada. Entró primero doña Angustias que se movió por la penumbra sorteando la cómoda hasta llegar a la ventana. Descorrió las cortinas, dejando que la luz se filtrara a través del visillo. Entre la cómoda y la cortina, próxima al rincón, a Rosa le sorprendió descubrir la imagen tan grande de una virgen. "¿Quién es Ella, doña Angustias?". "Pues quién va a ser, la Virgen". "Sí, claro, ¿pero qué Virgen? Es que nunca había visto una tan grande así, en una casa". "¿Cuál va a ser? Virgen solo hay una". "Sí, doña Angustias, pero con muchos nombres; ¿cómo se llama esta?". Doña Angustias se mostraba muy nerviosa y Rosa decidió que no insistiría más, "¿me prometes guardar el secreto?". "Descuide". "¿Me lo prometes?". "Sí, claro". "¿Por tu hijo?". "Eso sí que no, doña Angustias, por nada del mundo juraría por mi hijo". "Te lo diré, confío en ti". "No es necesario, doña Angustias, era solo curiosidad, pero no tiene por qué decirme nada". "Creo que es mejor que te lo diga a que te quedes rumiando la intriga; es la Virgen de la Gruta". "¡Cómo!". Rosa no podía creerlo. "La Virgen se quemó en la guerra". "Y se convirtió en luz divina y no quedó ni rastro de cenizas, ¿verdad?". "¡Eso es!". Doña Angustias se sonrió. "Ni la Virgen de la Gruta se quemó ni se convirtió en luz divina. Mi padre se jugó la vida trayéndola de la ermita a casa liada en un bulto sobre una bestia cuando estalló la guerra para preservarla de los rojos y después se negó a devolverla a quienes no habían cuidado de Ella, los mismos que hicieron correr el bulo de que había sido quemada, ascendiendo a los cielos, y encargaron una nueva talla al imaginero de la capital. Pero la Virgen de la Gruta de verdad es esta y está en este cuarto desde entonces y de aquí no se moverá mientras yo viva". Por la convicción con que pronunció las palabras y por la expresión decidida que manifestaba en los ojos, Rosa comprendió que nada ni nadie podría arrebatarle la auténtica Virgen de la Gruta a doña Angustias; se sintió en peligro, como si estuviera encubriendo un delito, y se arrepintió de haber entrado en aquel dormitorio. Tan impresionada estaba que no dejaba de contemplar la imagen y más tarde no pudo recordar qué modelo de sábanas había elegido; afortunadamente, doña Angustias se había ofrecido a confeccionarlas ella misma como regalo para el niño.

Capítulo 57 (1953) Alumbramiento de Rosa, venturas y desventuras de enemigos irreconciliables

Al amanecer de aquel día frío de invierno de finales de enero, cuando Manuel estaba a punto de marcharse al trabajo, Rosa sintió los primeros dolores. La abuela apremió a Manuel, "anda, vete a avisar a la comadrona". Ante la indecisión que mostró Manuel, "yo me ocupo de ella, que tú no sabes de esto". Echó a correr. Llamó impaciente dos veces seguidas a la puerta de la casa de la comadrona. "Ya va, ya va, quién tiene tanta prisa", pero nadie aparecía. Por fin, tras unos segundos que a Manuel le parecieron horas, "pero bueno, ¿qué bulla es esta?". Una mujer mayor, con cara soñolienta y desaliñada, arropada con una toquilla, abrió la puerta. "Mi mujer está de parto. Venga usted para casa". "¿Es primeriza?". "Sí". "¿Ha roto aguas?". Manuel dudó, "no... creo que no...". "Cree que no", se sonrió con desgana la comadrona. "Ande, dígame la dirección y váyase para allá, que ya iré yo", mientras tomaba un cuaderno y un lápiz que tenía a mano sobre un mueble de la entrada. Manuel le dio la dirección que ella apuntó tras pasar las páginas del cuaderno de forma parsimoniosa hasta hallar una en blanco. Se marchó para casa con la contrariedad de que la comadrona no fuera con él y la zozobra de no saber cuánto tardaría. "Dice que vendrá y me ha preguntado si ha roto aguas, le he dicho que creía que no", Manuel se dirigía a la abuela. "No, no ha roto todavía, no tardará". Al cabo de un rato, Rosa rompió aguas y la abuela le ayudó a limpiarse y la tranquilizó. Las contracciones comenzaron a ser más frecuentes cuando llegó la comadrona. La examinó, se dirigió a la abuela, "todavía le queda, usted sabe de sobra cómo es esto. Volveré más tarde". Y se marchó ante la impotencia de Manuel. "¿Cómo es que no se queda?", se quejó Manuel a la abuela. "Tranquilízate, que ella sabrá cuándo tiene que venir", intentó serenarlo Rosa. Él no se calmó, pero se mordió las palabras para no trasladarle su agobio. La abuela atendía a Rosa y le aconsejaba, mientras Manuel se sentía inútil. Cuando volvió la comadrona, era casi media mañana y las contracciones se habían acelerado, "a ver, ¿cómo va esto?". Volvió a examinarla, "bueno, queda todavía un ratito, pero no mucho". Al poco se aceleraron más aún, "espérese ahí fuera", ordenó la comadrona a Manuel. Salió al comedor y entornaron la puerta de la habitación. Escuchaba los quejidos de su mujer, las palabras cariñosas de la abuela, las órdenes resueltas de la comadrona. Aquello era una agonía interminable. Se hizo un inquietante silencio espeso. El reloj de la iglesia daba las doce del mediodía cuando oyó el llanto del niño. La abuela salió, "un machote. Voy a llevar agua para lavarlo y después lo ves". Manuel sintió un olvidado cosquilleo nervioso en los antebrazos y en las corvas y se reprochó el pensamiento que le vino de que fuera lo mismo que de niño le producía el miedo a los alicantes y a las víboras. Había permanecido todo el tiempo de pie. Sintió un cansancio infinito, se sentó en el filo de una silla, incorporado hacia delante, la vista fija en la puerta del dormitorio, los antebrazos apoyados en los muslos, las manos colgando inermes entre las piernas, respirando por la boca entreabierta, como alelado. "Entra", la abuela había abierto la puerta de par en par. Dio un brinco y se apresuró, a punto estuvo de chocar con la comadrona que salía. Rosa tenía dibujada la felicidad en el rostro, como si no hubiera sufrido los dolores, acunaba al niño sobre ella entre el brazo izquierdo y el pecho. Manuel besó a su hijo en la cabecita, tomó la mano de Rosa y la besó en la frente. "El niño es pintado al padre", la abuela no ocultaba su satisfacción, "¿qué nombre le vais a poner? Al niño hay que llamarlo ya por su nombre". Manuel miró a Rosa. "Jesús", dijo Rosa buscando con la mirada la aprobación de su marido. "Jesús", repitió Manuel, y volvió a besar a su hijo y a su esposa.

Aquella noche, Manuel se sintió agotado, sin duda, pensó, por la tensión de la espera. A punto de caer dormido, le vino a la mente la imagen de tantos niños y jóvenes de Entrecerros, criados en los años recientes del hambre, que padecían raquitismo. No pudo conciliar el sueño, miró a su hijo dormido en la cuna del lado de Rosa y se juró que el niño y su mujer nunca pasarían hambre. Permaneció en un duermevela que le provocó dolor de cabeza. Anduvo intranquilo unos días hasta que a Rosa le vino la subida de la leche. Sus pechos se llenaron a rebosar y el niño mamaba hasta saciarse; a Manuel le proporcionó un gran sosiego.

Una mañana que cruzaba por la plaza de la iglesia camino de La Ventolera, después de haber estado en El Molinillo, se encontró con don Félix. "Hombre, Manuel, ¿cómo andan las cosas por el campo?". "Bien, don Félix. Vengo de El Molinillo, que se está terminando de podar, a ver si, sulfatando y abonando el olivar con estiércol, somos capaces de meterlo en vereda; el terreno es muy pobre". Don Félix, asintió con la cabeza. "Por cierto, enhorabuena por su hija, don Félix". "Muchas gracias, hombre". "También yo acabo de ser padre". "¿Niño o niña?". "Un niño", Manuel no ocultaba su satisfacción. "Me alegro, Manuel, felicidades", calló un momento, recordó a sus hijos y añadió "eso hay que celebrarlo; este mes tendrás paga doble". A Manuel le pilló por sorpresa, "muchas gracias, don Félix, no sabe usted lo bien que nos viene; es una alegría". A don Félix le infundía confianza Manuel y por un momento percibió un infrecuente sentimiento de benevolencia, enseguida dudó si no habría sufrido un ataque de debilidad.

Cuando Manuel pasó por delante de la tienda de Garrote, vio cómo este, subido a una escalera de mano, ayudado por el hijo, clavaba unas alcayatas por encima de la puerta como para colgar un letrero. "Tal para cual", se dijo Manuel viendo lo iguales que eran padre e hijo. Garrote había acudido a don Gabriel. "Tiene que hacerme un favor, don Gabriel, estoy en la ruina y no encuentro la forma de levantar cabeza. No gano dinero y lo poco que entra es para pagar las deudas que me tienen asfixiado". Hablaba con un punto de inmovilidad en la mandíbula, que había soldado con dificultad. "Mira, Garrote, te conseguí una tienda, un negocio saneado que por tu avaricia arruinaste, entrampándote con buenos amigos míos a los que no les pagas". "Porque no puedo, don Gabriel, ya le digo que estoy en la miseria. Si no fuera por mi familia, ya me habría pegado un tiro. Muchas veces me he arrepentido de no habérmelo dado antes de que me destrozaran aquellos canallas. Yo le juro que quiero pagarle a sus amigos, necesito tener ingresos para salir del pozo". "¿Y qué puedo hacer yo? Los tiempos no son fáciles". "Francisquita, la del estanco, está mala. Dicen que es cosa de días, que está en las últimas. Es viuda, sin hijos. Si me concedieran el estanco...". Don Gabriel lo miraba con desconfianza, "yo le juro...", a don Gabriel empezaba a cargarle tanto juramento, "le juro que me quedaré estrictamente con lo imprescindible para vivir hasta que devuelva a sus amigos lo que les debo". "Veré qué se puede hacer", Garrote vio el cielo abierto, "pero si no devuelves el dinero, no te arriendo la ganancia", y a Garrote se le abrió la tierra al mismo tiempo. Francisquita murió de puro vieja a los tres días. A la semana siguiente, el letrero 'Tabacos' de la expendeduría de Francisquita lucía en la fachada de Garrote. Rehízo las estanterías para hacer sitio a tabaco, mecheros, papel de carta y sobres, blancos y de luto, sellos, pólizas, timbres... Comprobó que el nuevo negocio le proporcionaba el beneficio que nunca había obtenido con los ultramarinos, le faltaba sitio para el estanco y le sobraban alimentos, por lo que decidió bajar los precios hasta venderlos muy por debajo del coste de mercado para librarse de ellos antes de que se terminaran de echar a perder. Fueron días de mucho ajetreo en la tienda estanco, los comestibles desaparecían de los estantes con más rapidez de lo que se tardaba en reponerlos con los que permanecían en el interior de la casa. En menos de un mes, no quedó ni rastro de ultramarinos, los artículos del estanco ocupaban todos los anaqueles, la casa se agrandó cuando dejó de ser almacén, Garrote se ahorró tropezar y blasfemar por las noches, comprobó los excelentes beneficios de la expendeduría y devolvió una buena cantidad de la deuda, lo que le procuró la tranquilidad que tanto necesitaba, a pesar de que aún tuvo que aceptar que sus acreedores le demandaran un diez por ciento adicional de intereses. Garrote se rebrincó, ¿y quién pagaba la paliza que había recibido? Naturalmente, él. ¿Cómo podía demostrar quién o por cuenta de quién había sufrido aquella brutal agresión? Garrote bufaba y volvió a blasfemar emprendiéndola a puntapiés con las paredes, no sabía qué ni cómo, pero ya se le ocurriría algo para vengarse. Por de pronto, solo le quedaba seguir pagando, si bien calculó que en un tiempo más corto del que había imaginado se vería libre de aquella losa.

A El Nene se le hizo mala sangre cuando supo de la concesión del estanco a Garrote, recordó con rabia que a él le dieron una paliza y después le quitaron el negocio, lo que había supuesto la penuria para su familia desde hacía ya más de dieciséis años, una eternidad; en cambio, Garrote recibió su tienda, a saber por qué razones inconfesables, y ahora contemplaba cómo las heridas le habían valido un segundo negocio más suculento. Para colmo, la necesidad le había obligado a comprar artículos a precio de saldo en la tienda de Garrote, le dolía la expresión. Ni él ni nadie de su familia iban a humillarse a entrar en la que fue su tienda; su mujer encargó la compra a una vecina y, el domingo, dispuso la mesa con los alimentos adquiridos a Garrote. El Nene comió poco, con desgana, y al poco lo vomitó todo mientras renegaba de toda la corte celestial y maldecía su suerte y a Garrote.

Capítulo 58 (1953) Con la casa a cuestas

Aunque se había adaptado pronto a Traslomas, gracias a la forma de vida del cuartel y la acogida de las mujeres de los otros civiles, Lutgarda echaba de menos la proximidad a la capital porque valoraba las oportunidades que ello representaba para el futuro de María y del nuevo hijo que esperaban, del que se encontraba en el octavo mes de embarazo. Ruperto, como era habitual en él, se había integrado desde el primer día en su nuevo destino como si tal cosa. La detención de los ladrones que había llevado a cabo en el cortijo había sido el episodio más reseñable que hubiera ocurrido en mucho tiempo en aquel pueblo de la sierra de apenas dos mil almas, perdido tras la infinidad de curvas y cuestas de una atormentada carretera retorcida como un berbiquí, donde la vida discurría tranquila y el miedo disuadía del asalto de lo ajeno a los necesitados, que soportaban las estrecheces con resignación. Alguna que otra pelea entre borrachos de vino barato, con más escándalo que daño, venía a turbar raras veces la paz de las calles solitarias. De tarde en tarde, la desesperación se cobraba algún ahorcado, las más de las veces en alguna encina a las afueras del pueblo; los más inconscientes, en una viga de su casa, para mayor consternación y horror de sus familias cuando los descubrían. Sin futuro, sin esperanzas, sin escapatoria posible, para muchos el suicidio se antojaba la única salida posible y, por el número de ellos, diríase que fácil y al alcance de cualquiera por pusilánime que fuera, y es que se necesitaba más valor para seguir viviendo que para abandonar una batalla perdida de antemano.

El comandante de puesto entregó a Ruperto, que regresaba de servicio, un oficio de la comandancia por el que se le comunicaba su traslado inmediato a Sierrabella, donde se necesitaba un guardia civil de caballería. Sin duda, su pasado como jinete y el hallarse redimido ante los mandos de la trifulca con el teniente, gracias a la carta que don Jaime envió a la comandancia, habían propiciado el cambio de destino a un pueblo notoriamente más importante. Lutgarda lloró inconsolable cuando conoció la noticia, no tanto por la pérdida de tan entrañables compañeras y por verse obligada a abandonar aquella casa en la que tan poco tiempo hacía que se habían instalado, cuanto porque aquel era el peor momento posible para un traslado, pesada y agotada como se encontraba por el embarazo a punto de cumplir. Ruperto no encontraba la manera de consolarla, por lo que decidió acortar el tiempo para terminar cuanto antes con su sufrimiento. Convino un precio asequible para ellos y esa misma semana Lutgarda con María en el regazo, tras despedirse de tan efímeras amistades con lágrimas en los ojos, subió una mañana temprano a la cabina de aquella camioneta, mientras Ruperto se acomodaba como mejor podía en la caja con la carga de enseres de la familia. La carretera desierta era un vaivén continuo que nunca se enderezaba, en las cuestas arriba parecía que el motor en cualquier momento podía reventar en un estruendoso ronquido, mientras en las bajadas parecía enloquecer como si fuera a despeñarse por aquellos barrancos, rechinando con el chirriar agudo de los frenos. María vomitó mareada y Lutgarda, prevenida, acudió a tiempo con un trapo para impedir que se mancharan ellas y el asiento. María lloró con la carita pálida, que se fue sonrosando cuando se quedó dormida con la boca abierta en brazos de su madre. Lutgarda arrojó el trapo por la ventanilla para librar a la cabina del fuerte olor agrio y perfumó a la niña y a sí misma con unas gotas del frasquito de colonia que sacó del bolso. El conductor observó de reojo los movimientos de los labios de Lutgarda, que rezaba el rosario, y continuó girando trabajosamente con ambos brazos a uno y otro lado el volante horizontal, trazando las curvas y sorteando los baches. Al final de aquel agónico viaje, Lutgarda tenía los ojos hundidos y las cuencas oscurecidas por la fatiga.

Sierrabella, asentada sobre suaves lomas, era tan grande como Entrecerros. Sobre las tejas viejas de las casas de paredes que fueron más blancas en otros tiempos, destacaba la descomunal mole de ladrillo de su iglesia parroquial, erigida en medio de la que fuera una fortaleza árabe. Delante, una gran plaza de tierra con dos farolas, la Plaza de los Mártires; enfrente, a la derecha, un caserón hacía las veces de cuartel. Por fin, se detuvo el motor de la camioneta para descanso de los oídos aturdidos de los viajeros. Apenas dos escuetas piezas formaban la vivienda destinada a la familia de Ruperto; la cocina y los aseos se hallaban fuera en un angosto y largo corredor que desembocaba en la cuadra. El edificio entero padecía de un evidente deterioro, grandes desconchones en las paredes, tejas caídas de los aleros que no se reponían, todo carcomido por el abandono a que abocaba el inminente traslado del cuartel a un edificio nuevo en construcción en la salida norte, frente a la barriada de viviendas sociales que se levantaba al mismo tiempo. Los guardias que vieron llegar a la familia se ofrecieron a descargar los enseres. Viendo el avanzado estado de Lutgarda, las mujeres, unas motu proprio y otras avisadas por sus maridos, la relegaron de la faena de acarrear chismes. "Usted se va a sentar aquí con su niña, como una reina, y nos va a ir diciendo dónde quiere que vayamos colocando las cosas. Ni se le ocurra hacer ningún esfuerzo. Dejad las cosas a lo largo del pasillo hasta que hayamos limpiado la casa", ordenó firme aquella mujer resuelta a los guardias que acarreaban muebles y cachivaches, y ella misma con otras dos se puso a barrer y fregar suelos y paredes. "Vamos, primero, con la habitación para que esta chiquilla pueda descansar, angelito, que mira qué carita tiene la pobre, ¿le parece bien?". "Sí, muchas gracias, Julia, no sabe cómo le agradezco lo que están haciendo por nosotros", Lutgarda con María en brazos se sintió protegida. "Ni hablar, qué tontería, para qué estamos entonces las compañeras".

Al anochecer del cuarto día de su llegada a Sierrabella, Lutgarda se puso de parto. Ruperto había salido de correría a caballo y no regresaría hasta cuatro días más tarde. Las mismas mujeres, capitaneadas por Julia, que le habían limpiado y ordenado la casa se hicieron cargo. Una se llevó a María a su casa, donde la acostó, dejándola al cuidado de su hija mayor, otra fue a buscar a la comadrona, mientras Julia alentaba a Lutgarda y no se separaba de ella. La noche se hizo muy larga. A media mañana, las contracciones eran muy frecuentes y el parto parecía inminente. La comadrona no llegaba y la misma mujer fue de nuevo a avisarle; no se encontraba en casa, estaba atendiendo el parto de otra mujer, una primeriza, hija de uno de los señoritos ricos del pueblo. Lutgarda parió un niño con la única ayuda de las compañeras. Cuando, al fin, se presentó la comadrona, el niño estaba limpio y vestido en brazos de su madre, por lo que poco tuvo que hacer. Rodeada de aquellas mujeres que tanto le habían ayudado desde que llegaron al pueblo, Lutgarda se sintió sola sin su marido y sin su hija y pidió que le trajeran a María para que conociera a su hermano. Se tranquilizó al verse con sus dos hijos, aun a falta del marido. Cuando llegó Ruperto al cuarto día, Lutgarda lo esperaba ilusionada; impaciente porque viera a su hijo, mostró el niño a su marido a través de la reja de la ventana. Julia y su marido, Benito, fueron los padrinos del niño, al que bautizaron con el nombre de Ángel antes de cumplir la cuarentena.

Aunque no era su cometido ni mucho menos estaba obligado a ello, el capitán gustaba de salir de servicio a caballo. Advirtió el conocimiento y la pericia de Ruperto con los animales y no tardó en nombrarlo su ordenanza. Ruperto se sintió halagado, si bien se veía obligado a servicios más estrictos, cuidando de mantener la distancia que la jerarquía imponía, lo que los hacían más incómodos que cuando salía con un igual. Por añadidura, el cargo de ordenanza no reportaba a Ruperto ningún beneficio adicional distinto al del reconocimiento de un superior. Pasados unos meses, a la vuelta de un servicio a caballo, el capitán ofreció a Ruperto ascenderlo a guardia primera, "piénsatelo y decide si te interesa". El guardia primera llevaba un distintivo rojo en la manga de la guerrera y disponía de un sueldo algo mayor al del guardia segunda. Se arrepintió de consultarlo con Lutgarda, que le conminaba y le apremiaba a que aceptara, que no fuera cobarde, que no debía despreciar un sueldo mayor por poco que fuera. Ruperto no contestó. ¿Cobarde él, que había luchado en dos guerras tan distintas, tan crueles y tan alejadas una de otra? Cada vez que había fantaseado con un ascenso, recordaba cómo, aunque acertó en las decisiones que había adoptado precipitadamente cuando la escaramuza del ataque a su patrulla en Rusia, bien pudo haberse equivocado y provocar la muerte de sus compañeros, por lo que, de sobrevivir, se habría culpado de por vida, convirtiéndola tal vez en un infierno. Hacía su trabajo lo más honradamente que podía y no se sentía capaz de mandar sobre nadie, además, seguramente, tendría que dar órdenes contra su conciencia. Consciente de que él solo se limitaba y nunca ascendería ni prosperaría económicamente, por más que le doliera por Lutgarda y por sus hijos, le agradeció al capitán el ofrecimiento, declinando aceptarlo, "mi capitán, yo estoy bien así". Solo él conocía las secuelas que las guerras le habían dejado para siempre.

En pocos meses, comenzaron a trasladarse los guardias al cuartel nuevo. Faltaba por construirse la cuadra, por lo que los caballos debían permanecer en el viejo edificio y con ellos permaneció la familia de Ruperto. Lutgarda se sentía muy sola y temerosa en aquel caserón desierto, sobre todo, las noches en que faltaba Ruperto. Cuando, al fin, en diciembre, poco antes de Navidad, se trasladaron al cuartel nuevo, Lutgarda no podía creer que su vivienda nueva dispusiera de salón comedor, cocina, alacena, tres dormitorios, y cuarto de baño con bañera y agua corriente, además de una amplia carbonera en un patio; no se ocultó de llorar de emoción. Aquello era un sueño que ojalá, se deseó, les durara muchos años. Cuando estuvieron instalados, pensó que la casa lo merecía y compró un aparato Radiodina que colocaron en el centro de una pared del salón comedor, sobre una repisa con paño de croché, como si se tratara del oráculo. Subía hasta el techo y se prolongaba varios metros por el ángulo con la pared la larga antena de muelle, gracias a la cual Ruperto podía escuchar incluso, de forma clandestina, con el volumen al mínimo y el oído pegado al altavoz, Radio Moscú.

Capítulo 59 (1954) Acorralado

El goteo de la emigración, que iba en aumento, había truncado el crecimiento de la población de Entrecerros. La posibilidad de emigrar al norte supuso un rayo de luz que iluminó el espíritu taciturno de El Nene, incapaz de superar el rencor y el odio al pueblo. Cuando llegó el sábado al remudo, se dirigió a casa de El Arisco, que a pesar de no haber trabajado juntos, sí lo habían hecho para el mismo dueño, don Félix, El Arisco en La Ventolera y él en El Manantial, pero, sobre todo, se conocían bien por haber compartido vino muchos domingos en la taberna. El Arisco había marchado a probar suerte y empezar una nueva vida que le arrancara del pensamiento a María, a quien no había conseguido olvidar después de tantos años. Nada lo retenía y se había propuesto emigrar a otro país, a Francia o a Bélgica o a Alemania… En el camino le ofrecieron trabajo en Hospitalet y decidió quedarse, al fin y al cabo, pensó, ya estaba lo bastante lejos. La madre le mostró una carta reciente del hijo y El Nene copió la dirección del remite del sobre.

"Entrecerros, a 7 de marzo de 1954.

Estimado Arisco,

he conocido tus señas por medio de tu madre, que me las ha facilitado de la última carta tuya que ha recibido. La he encontrado estupendamente y te echa mucho de menos.

Me cuenta que tu estancia en esas tierras te ha servido para conseguir un trabajo que te proporciona mayores ingresos; aquí, como sin duda sabes, todo continúa igual y no hay forma de levantar cabeza. He pensado si no debería hacer yo lo mismo, liarme la manta a la cabeza, como suele decirse, y buscar mejor vida como has hecho tú, aunque a decir verdad, me da reparo porque ¿quién me iba a asegurar la misma suerte que tuviste tú para encontrar trabajo tan pronto? No obstante, si tuvieras oportunidad de enterarte de algo para mí, no dejes de comunicármelo; te estaré muy agradecido.

Recibe un abrazo de tu amigo,

Nene".

Encargó a su mujer que llevara la carta a correos, aunque tenía el convencimiento de que la posibilidad de emigrar era remota para él y enseguida se olvidó de ella. A las dos semanas recibió respuesta de El Arisco.

"Hospitalet de Llobregat, a 16 de marzo de 1954.
Querido amigo,
me alegra que estés decidido a cambiar de aires, a mí me ha ido bien, sin duda, mucho mejor que en el pueblo, y al igual que tú, tampoco soy un chiquillo. Trabajo en la construcción y por ahora vivo en una barraca con otros compañeros de por allí abajo, aunque creo que pronto podré alquilar un piso, si bien es verdad que aquí la vivienda se ha puesto muy cara porque no deja de llegar gente y no resulta fácil. El jefe ha comentado que necesita más personal. Le he hablado de ti, que no va a encontrar a nadie mejor que tú, y me ha dicho que te vengas cuanto antes, así que yo que tú no lo pensaba y sacaba el billete. Si te decides, dime qué día vienes y te esperas en la estación de Francia de Barcelona a que yo llegue a recogerte cuando dé de mano en el tajo.
Espero que hayan sido buenas noticias para ti estas que te doy y quedo al aguardo de tu respuesta.
Dale un abrazo a mi madre y tú recibe otro de tu amigo,
Arisco".

A El Nene le temblaba la carta en las manos. La noticia con que se le abría la posibilidad que tanto había anhelado, aunque, en verdad, más hacía un tiempo que entonces en que se sentía con menos fuerzas, se mezclaba con todo tipo de dudas que le abrumaron; la sorpresa de la rapidez con que se había producido, la perspectiva de un largo viaje a una tierra lejana y desconocida, viviendo solo en una barraca alejado de su esposa… ¿y qué era una barraca? Todo se le hizo un mundo y se arrepintió y se reprochó su obstinación. Incapaz de decir nada, con las ideas atragantadas, les daba vueltas una y otra vez, lo que aumentaba su confusión. Tras una noche en blanco, amaneció con un fuerte dolor de cabeza que le demandaba no pensar, pero no podía. Tomó una Okal y esperó en vano a que la medicina obrara sobre un mal que no padecía. Con los sentidos embotados por el cansancio, recobró la tranquilidad para ver las cosas, al fin y al cabo, nadie le obligaba a tomar una decisión que solo a él correspondía. Pensó en su vida en el pueblo desde que fue brutalmente agredido en el treinta y seis, en su tienda confiscada, en Garrote, en El Arisco, cuya amistad le ofrecía una salida, "me voy y que sea lo que Dios quiera", decidió. Su mujer lloró y nunca supo si porque la dejaba sola, porque salía a la aventura o por ambas cosas. Escribió a El Arisco para darle gracias infinitas y hacerle saber que se daba unos días para asegurarse que le llegaba su carta antes de viajar a Barcelona, a donde llegaría el último día del mes, por lo que le rogaba que le comunicara al jefe que estaría a su disposición desde el uno de abril. "Acuérdate de ir a la estación de Francia el treinta y uno", le recordaba en su carta para que su amigo no lo olvidara. A El Nene le cambió el carácter la última semana que estuvo en El Manantial y trabajó con un optimismo y una fuerza como nunca antes.

El viaje en el asiento de madera del vagón de tercera estaba resultando eterno, llevaba una fiambrera con comida y pan en una talega que le había preparado su mujer, pero El Nene no tenía apetito, atento a no perder de vista la maleta de cartón con una de las hebillas estropeada que había remediado sujetándola por aquel lado con una correa de cuero; en ella, colocada sobre el estante de redecilla, iban todas las pertenencias que podía acarrear, ¿y si desaparecía en un descuido?; tampoco podía quitarse de la cabeza la preocupación de si su amigo habría recibido su última carta y, en todo caso, si no se olvidaría de acudir a la estación, aunque intentaba descartar el último pensamiento, que de sobra sabía él que El Arisco era muy formal y era su amigo.

La vía terminaba bruscamente en el andén de la estación término, frente a un inmenso paredón. Era ya de noche y dejó que saliera la gente, él tendría que esperar a que llegara su amigo. Bajó del tren con la maleta en una mano, en la otra, la talega, "vaya por Dios, la policía", escuchó decir a alguien contrariado. Se sentó en un banco solitario, lejos de la salida. En un extremo del paredón, la policía controlaba la puerta de salida colmada de pasajeros, pedía la documentación y unos pasaban y otros eran desviados al interior de una sala donde eran retenidos. Cuando terminó la identificación de los pasajeros, pensó si no estaría El Arisco afuera, en la sala de espera. Se dirigió a la salida. "Policía, documentación", le pidió un secreta de paisano. El Nene le entregó su carné de identidad recién expedido. "¿De dónde vienes?". "Del sur". "¿Y qué te trae por aquí?". "Vengo a trabajar". "¿Para quién?". "No conozco el nombre". "Enséñame el contrato". "No lo tengo todavía". "Pasa ahí", y El Nene fue conducido a la sala de los retenidos. "¡En marcha!", salieron en fila por una puerta y supo que los conducían detenidos. A El Nene se le vino el mundo encima, no le consoló que los demás, hombres y mujeres, se encontraran en idéntica situación a la suya. Atravesaron escoltados el puerto oscuro, escuchó el desconocido ruido de las olas de un mar que no podía ver. Tras una larga caminata, los introdujeron en un barracón en penumbra donde había más detenidos. Fueron informados que dormirían allí y, a la noche siguiente, serían deportados nuevamente a sus lugares de origen, no estaban autorizados a permanecer en la ciudad. Cuando despertó, la maleta estaba vacía.

El Nene llegó a casa desaliñado, desgreñado, con barba de varios días, derrotado. La desdicha se había cebado en él, no solo no encontró la tierra prometida, sino que había perdido lo poco que llevaba. Se sintió perseguido, fracasado, nuevamente encerrado en el pueblo que odiaba. El espíritu taciturno volvió a adueñarse de él. Se veía obligado a pedirle a El Jáquima que lo contratara de nuevo en El Manantial; sabía que sería aceptado porque, con la desbandada de la migración, la mano de obra comenzaba a escasear en Entrecerros y al capataz no le quedaba mucho donde elegir. El Nene había sido de los pocos del pueblo a los que había devuelto a sus casas la policía, a la que los gobiernos civiles, presionados por poderosos y terratenientes, habían dado órdenes estrictas para frenar los asentamientos insalubres de barracas hacinadas en las grandes ciudades del norte, incapaces de albergar la llegada masiva de inmigrantes, que dejaban tras de sí poblaciones que mermaban de forma alarmante, causando en ellas el encarecimiento de la mano de obra.

En la madrugada del Lunes Santo, se despidió de su mujer. A la salida del pueblo, tomó en dirección a la estación de ferrocarril. Caminaba decidido, a buen paso, para recorrer las más de tres leguas de distancia. Un silencio oscuro lo aplastaba todo. Con la primera claridad del alba, los pájaros piaron y aletearon sacudiéndose la noche. Se apartó de la carretera, parapetándose tras una encina, para no ser visto por el chófer de la tartana sin viajeros. Llegó cuando el sol, ya alto, calentaba el día en la sierra. Aguardó la llegada del tren a la salida de la curva que enfilaba la larga recta de la estación. Contempló las vías de hierro que refulgían duras con el sol de la mañana, las traviesas cubiertas del gris plomizo de la gravilla suelta. Pensó en sus hijas ya casadas, con humildes jornaleros del campo, pero casadas, y que no dudarían en amparar a su madre. Se oyó el traqueteo del tren a lo lejos. No quedaba lugar para el arrepentimiento ni a El Nene se le pasaba por su mente ofuscada, al contrario, ¿por qué tardaba tanto? El tren se aproximaba veloz. Aún no lo veía. Cuando el chorro de humo negro asomó por la curva, se preparó y, a pocos metros, sobre el largo silbido, se tumbó resuelto boca abajo atravesado sobre la vía en el lecho de grava, apoyada la garganta sobre un raíl. Escuchó el rugido estridente de los frenos bloqueando las ruedas que, arrastrando regueros de fulgor de fragua, no lograron detener la marcha de la locomotora, que pasó incontenible.

Capítulo 60 (1955 – 1956) Unos se van, otros llegan, la vida continúa

Jesús se criaba fuerte y sano, había dejado hacía poco el pecho de su madre y comía con buen apetito. Cuando Manuel regresó a casa, su hijo, acostumbrado a que el padre le trajera algo del campo, corrió a rebuscarle en los bolsillos y encontró agallas que llevó a la abuela, quien uniéndolas con palitos y colocándoles otros a modo de patas, picos, colas, rabos y cuernos, conformaba figuritas que pretendían representar ovejas, cochinos, toros, pollitos... Jesús jugaba hasta que se cansaba y terminaba por romperlas, pisoteándolas. La madre le reñía y se esforzaba en que comprendiera que ya no podría jugar con ellas y tendría que esperar a que su padre tuviera ocasión de traerle más. Manuel hubiera querido llevar otras muchas cosas, pero Rosa, adivinándole las intenciones, le había advertido que no diera al niño nueces, castañas, bellotas... que aún era muy pequeño y se podía atragantar. La madre todo el día y el padre cuando llegaba a la caída de la tarde disfrutaban viendo cómo crecía Jesús y cuánto sabía. Apenas se le retiró la leche a Rosa, volvió a quedar embarazada en primavera. Manuel se alegró, se sintió orgulloso y se le despertaron unas ansias renovadas de besar y proteger a su esposa. "Abuela, ¿se ha enterado de que voy a ser padre otra vez?, para enero", Manuel se mostraba contento, tranquilo y confiado. "¿Cómo me voy a enterar si no me lo decís? Se comprende que el ojo clínico debía ser el que me quitaron", la abuela no perdía ocasión de reírse de su tortedad, "ay, qué alegría, hija" y abrazó y besó a Rosa. "Vigílela usted para que no bregue más de la cuenta". "No le haga usted caso", protestó Rosa, "no sé qué les pasa a los hombres que se ponen tan pejigueras cuando estamos embarazadas". "Abuela, usted hágame caso a mí", habló como si no importara lo que decía su esposa. "Y tú, pórtate bien y no le des guerra a tu madre", Manuel subió a Jesús sobre sus rodillas. "¿Quieres que venga un hermanito?", Manuel lo miró fijamente esperando el sí, "o hermanita", puntualizó Rosa, "no", respondió el niño como distraído, sin darle importancia. Manuel soltó una carcajada. "No te rías, que después vienen los celos", le recriminó Rosa mientras Manuel no paraba de reír. "Sí quieres un hermanito, ¿a que sí?", trataba de convencerlo la madre. "No", repitió Jesús con el mismo aplomo y Manuel redobló la risa, se sentía feliz con su familia, la vida transcurría plácida, sin dificultades importantes, pensaba que había logrado lo máximo a que podía aspirar.

Nada turbaba a Manuel, que se desenvolvía con holgura como siempre en su trabajo; hasta El Molinillo había dado buenas cosechas de aceituna verdial en los dos últimos años, desde que organizó la preparación de los árboles y el terreno, y don Félix le había subido el salario más de lo que habría esperado. Aunque gracias a él vivían con más desahogo, Manuel odiaba El Molinillo y lo odiaría siempre, no olvidaba el pasado que le revolvía tan agrios recuerdos. Su única preocupación residía en el goteo incesante de trabajadores que perdía por la emigración, a ese paso solo iban a quedar en el pueblo los braceros más bisoños y los de baja estofa, entre ellos El Matraca y El Miralejos, meros supervivientes para quienes la vida tenía su propia razón de ser, o quizás ninguna, quizás no necesitaban ningún motivo, tampoco ninguna finalidad. Hasta los más jóvenes se marchaban, como Carmelo, el hijo de El Intendencia, que se fue a Suiza reclamado por un tío y Joseíto, el hijo de El Cachopán, que partió hacia Madrid con su madre tras la muerte de su padre, de quien Dios se había apiadado llevándoselo con Él. Manuel se alegró por ellos, sabían leer y escribir, eran jóvenes, trabajadores y despiertos y estaba seguro de que se labrarían un futuro impensable en Entrecerros. Y lo deseó para ambos con todas sus fuerzas.

Aquella primavera se fue Flaco, Manuel lo encontró ya frío al pie del cerro de las cuevas de La Ventolera. Cargó con él, una espuerta de cal viva y una azada y subió trabajosamente a la cima del cerro. Cavó un hoyo y lo enterró en el lugar donde se echaba a su lado, junto a la piedra donde Manuel solía sentarse a contemplar la finca desde arriba. El cansancio por el esfuerzo de subir cargado y el trabajo de cavar le desahogaron y le consolaron de la tristeza por la pérdida de aquel compañero fiel.

Rosa escribió a Lutgarda para comunicarle que esperaba el segundo hijo, "ojalá sea niña y así tenga la parejita como tú, aunque lo importante es que la criatura venga bien, fuerte y sana".

La noticia de la muerte del padre de Ruperto se adelantó a la respuesta de Lutgarda. Ruperto se dispuso a viajar solo a Entrecerros para hacerse cargo de la situación, no era posible que se desplazara la familia al completo con los dos niños pequeños ni tampoco Lutgarda podía dejarlos a cargo de nadie, Ángel seguía tomando el pecho. "Tráete a tu madre", Ruperto no contestó, "esta casa es grande y podemos permitirnos dedicar una habitación para que esté a gusto; pobrecita, ciega y solo nos tiene a nosotros para ocuparnos de ella". Ruperto enterró a su padre, Manuel se ofreció a vender los enseres y la casa lo mejor que pudiera y Ruperto se lo agradeció y se sintió aliviado. Llevaba a su madre del brazo, cuidando evitarle tropiezos, y recordó casi veinte años atrás cuando cargó con ella a cuestas hacia el monte, huyendo de la guerra; se sintió orgulloso de haberlo conseguido. Y recordó que su madre lo había malcriado llevándolo a cuestas al colegio hasta casi la adolescencia cuando se quedó ciega, qué desatino, pensaba ahora. Habían cargado el uno con el otro cuando había hecho falta y ahora que su madre era tan mayor y se había quedado sola no iba a ser menos. Ruperto meditaba sobre la vida de su padre llena de sinsabores. Un hombre adusto y abnegado, trabajador incansable; parco en palabras y en muestras de afecto, parecía tragarse sus emociones. Vino a sufrir la guerra en Entrecerros, emigrado de su lugar de origen gallego en busca de una vida mejor; qué ironía la de aquellos tiempos en que el sur fue tierra de promisión para gallegos y castellanoleoneses. Trabajo duro, pobreza, guerra; más le hubiera valido no haber dejado su tierra. Recordó cómo cuando estuvo en Rusia, las pagas que le daban, el Estado una y Alemania otra, se las ingresaban en la única cuenta obligada que jamás tuvo en el banco, indistinta a nombre suyo y de su padre, quien nunca consintió tomar ni un céntimo por más que Ruperto había decidido enrolarse en la División Azul como la única forma que encontró de socorrerlos, particularmente a su madre ciega, que necesitaba ayuda. Cuando regresó se había enfadado con sus padres porque no habían usado el dinero que puso a su disposición. El padre no dijo nada, pero estaba seguro de haber hecho lo que tenía que hacer, ¡cómo iba a usar el dinero que podía costarle la vida a su hijo! Ellos, pensaba, necesitaban poco, imbuido de que para los pobres la vida discurre sin pretensiones, lenta, indolente, siempre idéntica como grabada en piedra, los años se arrastran uno tras otro, una generación sigue a otra, ni la muerte previsible de los viejos la altera un ápice. Y del mismo modo que había transcurrido su existencia, de incógnito, murió en el campo, encogido al pie de un olivo donde lo encontraron, sin saberse qué mal había acabado con su vida.

Cuando llegaron a su casa de Sierrabella, Lutgarda ya tenía preparada la habitación de la abuela, una confortable cama de forja al fondo junto a la ventana, mesa camilla con tarima y brasero de cisco en un rincón, silla de anea, jarra y jofaina, peinador de encaje y peine de carey con el que la abuela se arreglaría el cabello varias veces al día, recogiéndolo a tientas en un moño.

Manuel se ocupó de reparar el tejado, recoger los desconchados y blanquear y pintar la modestísima casa de Ruperto antes de ponerla a la venta para que su estado no desdijera y sacarle el máximo partido posible. Cuando Ruperto le comunicó su aprobación del precio que había apalabrado, Manuel cerró el trato y se sintió muy satisfecho y a gusto consigo mismo cuando desde Correos le envió a Ruperto el dinero en un giro postal. Le caía bien Ruperto y se sentía en deuda con su tía Lutgarda, por quien había conocido a Rosa.

Manuel había consumido todo el tiempo y las energías durante años atendiendo a sus responsabilidades de capataz y de padre de familia, más de lo primero que de lo segundo. Echaba de menos la lectura y buscó y halló tiempo para volver a gozar del placer de los libros y de aprender tantas cosas como encerraban. Retomó los Episodios nacionales porque le gustaban y porque no había olvidado la recomendación de Rodolfo y se sentía obligado. Leyéndolos, rememoró sus conversaciones con el guerrillero o maquis, como se conoció desde la segunda guerra mundial a los correligionarios del, para entonces, ya fallecido Rodolfo, un apelativo que, para otros, el paso de los años y la propaganda del régimen habían convertido en un insulto o una acusación y que para él era motivo de orgullo y admiración, e imaginó las opiniones que Rodolfo habría vertido sobre cada personaje ficticio y cada acontecimiento histórico. Leía con fruición cada día al anochecer durante un buen rato, despacio como siempre, paladeando las palabras; pronto terminaría con la colección de cuarenta y seis novelas. En la última visita a casa de doña María Luisa, que se conservaba divinamente a pesar de su edad y a quien Manuel no había dejado de frecuentar, le insinuó que su difunto esposo era un admirador de La Regenta. Le mostró el voluminoso libro, Manuel lo hojeó, se convenció de que sería el siguiente en leer y lo volvió a su sitio, conservaba la costumbre de mantener en su poder solo el que estuviera leyendo; doña María Luisa hacía mucho tiempo que se había dado por vencida y terminó por alegrarse de que así fuera porque Manuel la visitaba con más frecuencia y hablaban de literatura. Manuel se había percatado de que doña María Luisa conocía muchas obras y hablaba con propiedad y pensaba que, sin duda, había leído todas las que su esposo había conseguido reunir durante tantos años. Se dio cuenta de que era muy culta y, a su lado, se consideró un ignorante.

Caía una gélida lluvia fina aquel atardecer de enero cuando Manuel llegó a casa y se encontró con que Rosa se hallaba de parto. Una vecina se había hecho cargo de Jesús, otras, con la abuela, ayudaban a Rosa. "¿La comadrona?", Manuel denotaba impaciencia. "Ya la ha visto, se fue hace rato y debe estar al volver de un momento a otro", la abuela se encomendaba a la Virgen de la Gruta para que no hubiera ningún contratiempo. "No te preocupes, estoy bien y todo va a salir bien", Rosa intentaba tranquilizar a Manuel, que la miraba sin saber qué hacer ni atreverse, como hubiera querido, a expresar muestras de cariño ante extraños. Llegó la comadrona, que invitó a Manuel a salir de la habitación. "Esto ya está aquí", oyó Manuel que decía la comadrona. Le pareció que Rosa había sufrido dolores más intensos y durante más tiempo en el primer parto; sin duda, pensó, será la diferencia entre ser o no primeriza. Por lo que escuchaba del otro lado de la puerta, iba rápido. Al poco lo confirmó el llanto de la criatura. "Otro machote", la abuela se mostraba contenta. Manuel se sintió importante. Cuando, por fin, pudo entrar, besó a su nuevo hijo y a su esposa. "Sí, ya sé, abuela", Manuel la interrumpió antes de que dijera nada, miró a Rosa y se reprochó no haberse recreado en los ojos de miel desde hacía mucho tiempo, "¿Diego?". "Diego", asintió Rosa. Trajeron a Jesús, Rosa lo tomó de una mano, "mira, tu hermanito, ¿estás contento?". "No". Manuel miró para otro lado y contuvo la risa.

Capítulo 61 (1957) Conquista de El Manantial

A media mañana de aquel día de sol frío de principios de febrero, El Apañao avisó a su yerno Manuel de que venía don Félix; se acercaba a caballo al paso por El Manantial, acababa de pasar el Arroyo de las Piedras. Manuel continuó con su labor, ayudando a descargar un carro en los rimeros de leña de las podas que se estaban realizando desde finales del mes anterior; no iba a permanecer como un pasmarote hasta que él llegara, no lo hacía nunca, cuando además sabía que a don Félix le gustaba ver al personal dedicado a su trabajo. "Buenos días, don Félix", se adelantó Manuel, era un subordinado y no debía esperar a que el dueño saludara primero. "¿Cómo va la faena?". "Bien, ya queda poco para terminar la poda, cinco días con hoy; para el sábado, la habremos finiquitado". A don Félix le gustaba que Manuel le hablara con la precisión y seguridad que lo hacía siempre. "Ven, que tengo que hablar contigo". Se apartaron alejándose hacia el cortijo. "¿Sabes conducir?". Manuel se vio sorprendido y como avergonzado, "no, don Félix, no tengo ni la más mínima idea". "Pues aprende y saca el carnet cuanto antes porque te va a ser imprescindible; los tiempos caminan hacia la mecanización de las labores del campo. El dinero que te cueste lo pasas como un gasto más de la finca". Manuel se sintió abrumado, ¿sería capaz de sacar el carnet?, sabía que el mayor de don Gabriel lo había logrado tras innumerables intentos, había algún otro que llevaba el mismo camino y aún no lo había conseguido, se conocía y eran la comidilla del hazmerreír, él no podría soportar semejantes burlas. Y una vez obtenido, mal que bien quería creer que se desenvolvería por el campo, pero ¿sabría manejarse con un vehículo por carreteras desconocidas? Esa mecanización de la que hablaba don Félix se le antojó un enemigo que lo desafiaba poniendo en entredicho su capacidad como capataz. Se hallaba sumido en tales cavilaciones, "acabo de jubilar a Francisco; desde mañana eres también capataz de El Manantial". Manuel se sintió desbordado por tantas nuevas y con sentimientos encontrados hacia El Manantial; era su niñez, su adolescencia y parte de su juventud, en realidad, nunca había dejado de pertenecer a la que consideraba su tierra, donde había nacido y se había criado, ser capataz de ella era lo máximo a que podría haber aspirado en su vida, tanto que nunca se había atrevido a imaginarlo; por otra parte, era una responsabilidad muy distinta, enorme, le causaba pavor fallarle a aquella tierra que le había dado todo lo que era. "Gracias por la confianza, don Félix". "Así es, se trata de un puesto de confianza y yo confío en ti. Nunca me has defraudado y nunca lo harás". La última frase le sonó a Manuel como la prueba más firme del aprecio en que lo tenía don Félix, si bien recordándola más tarde pensó que también podía entenderse como una amenaza. Descartó este pensamiento y se reprochó haber sido desconfiado y desagradecido.

Aquella misma tarde, Manuel compró el libro del código de circulación y acordó recibir las clases de El Quinto, quien además de reparar vehículos, motocicletas, bicicletas y toda suerte de maquinaria en su taller, impartía clases de conducción a los escasos alumnos que había en Entrecerros. Llegó tarde a casa, los niños estaban dormidos, puso a su mujer al corriente y, sin darle tiempo a contestar porque no tenía tiempo que perder, comenzó la lectura del código de circulación. Cenó mecánicamente, en silencio, sin apartar los ojos del libro. Cuando lo dejó le faltaba una cuarta parte para terminarlo, lo había encontrado asequible y claro y las normas le parecieron razonables. Se fue a la cama seguro de dormir a pierna suelta, con la tranquilidad de que era capaz de entender y aprender las normas sin esfuerzo. Se acababa de despreocupar del permiso de circulación cuando la mente se le llenó de responsabilidad, faenas y proyectos para El Manantial, a donde iría a primera hora de la mañana.

Su padre lo abrazó y su madre lo besó, ambos mostraban lo satisfechos y orgullosos que estaban del hijo. "¿Francisco?", se interesó Manuel dirigiéndose a su padre. "No está ya, se despidió ayer", su padre habló como tranquilizándolo. "Bien, quizás sea mejor así; entre Juan y ustedes me podrán poner al día", y se dirigió a la gañanía en busca de El Lacio. Juan lo saludó con un abrazo como el que le había dado su padre y se mostró igual de contento y satisfecho; Manuel era para él casi como el hijo que no había tenido.

Se volvieron juntos y se sentaron con sus padres a la puerta de la choza. Diego puso al hijo al corriente de la dehesa y los animales, Juan hizo lo propio con los sembrados, los frutales y la huerta, Carmen se limitó a decirle que el cortijo estaba en orden. Para Manuel fue más que suficiente, nada tenía que añadir por su parte, por lo que todo seguiría como siempre, pero con él en lugar de El Jáquima.

Cuando comenzó las clases de conducción, ya se sabía perfectamente el código de circulación y se fijaba en la habilidad en el manejo y en el cumplimiento de las normas por parte de los conductores de los escasos vehículos que se encontraba. El automóvil se le rebelaba el primer día y terminó en un mar de dudas de si sería capaz de aprender a conducir, después pensó que hasta el mayor de don Gabriel lo hacía y se animó pensando que él no iba a ser menos. Al cabo de tres semanas, comprobó que había aprendido lo suficiente y se encontraba animado y dispuesto para el examen en la capital.

Besó a sus hijos, se despidió de su mujer y se encaminó a tomar la tartana que lo llevaría a la estación. A aquel coche grande, feo y de asientos incómodos no se le podía pedir más, marchaba calmosamente sorteando los baches que el conductor evitaba moviendo con destreza aquel volante desmesurado de grande y delgado, horizontal. En el edificio de la estación, detrás del mostrador, le vendió el billete de tren un empleado a quien daban conversación otros dos hombres, que parecían estar allí entreteniendo el tiempo; el guardagujas fumaba repantingado en una silla inclinada que apoyaba el respaldo en la pared; una mujer, arrodillada, aljofifaba el suelo; el jefe de estación, apartado en su despacho separado por una pared de cristales, leía un periódico inclinado sobre la mesa; el chófer de la tartana conversaba con familiaridad con el empleado, sus dos acompañantes y el guardagujas y recibió un saludo displicente con la mano del jefe de estación que volvió a agachar la vista, sumiéndose de nuevo en la lectura apenas interrumpida. Manuel contó hasta siete personas para un único viajero, él. Salió al andén y miró a su izquierda hacia la larga recta por donde habría de entrar el tren. "A la altura de aquel eucalipto grande, allí se mató El Nene", la información del chófer lo cogió por sorpresa, produciéndole una tristeza enorme y un escalofrío que lo recorrió de arriba abajo. Cuando el tren, que llegaba, pasó por el eucalipto, Manuel se estremeció.

Subió al tren aparentando absoluta naturalidad, como quien lo toma a menudo, cuando era la primera vez que salía de Entrecerros. Buscó un asiento a su derecha, haciendo caso a la recomendación de su esposa para no ser deslumbrado por el sol que entraba por el este. Puso a su lado sobre el asiento la talega con la comida que le había preparado Rosa. Miraba por la ventanilla pasar los árboles inagotables, interrumpidos de tanto en tanto por algún farallón que parecía tragarse el tren, que redoblaba el ruido de la marcha como para zafarse del averno. El revisor le picó el exiguo y grueso billete de cartón prieto antes de que el tren terminara de bajar alcanzando la campiña. Manuel se maravilló de aquella tierra oscura y rica, tan llana y de una extensión que se perdía a lo lejos en el verdor de las cosechas de cereales. Salpicados y distantes, se veían los pueblos blancos rodeando la torre de la iglesia. El tren aminoró la marcha rodeado de casucas destartaladas, montones de grava, traviesas apiladas, oxidados tramos de raíles sueltos, vías que se multiplicaban bifurcándose a uno y otro lado del tren, algún vagón varado sobre una vía de maleza, aguardando la locomotora que lo rescatara del olvido, chirriaron las ruedas antes de que el tren quedara parado, habían llegado a término.

Cuando salió de la estación, por delante de la locomotora, a través de una puerta que se antojaba diminuta en la colosal pared que culminaba en un majestuoso arco de vidrieras, quedó asombrado de la grandiosidad de los edificios que veía, del bullir de la gente que se movía en todas direcciones, sintiéndose perdido. Preguntó por la dirección del lugar donde habían de examinarlo, "toda esta calle seguida y, cuando llegue a aquel edificio más alto del fondo, a la izquierda y ya pregunta por allí; hay un paseo", le informó, al tiempo que le advertía, aquel hombre que vendía pipas y altramuces en un tenderete. Echó a andar por una acera, cruzó una bocacalle dejando pasar primero a un coche y a una bicicleta y se alegró de haber estudiado el código de circulación, empezaba a serle útil. Se maravilló de ver tantos rótulos en los edificios anunciando los negocios y se sentía en la obligación de leerlos todos, en Entrecerros nada indicaba que una casa era una tienda ni falta que hacía, todo el mundo conocía dónde estaba cada cosa. Bueno, no, recordó, los bancos y la Caja de Ahorros sí tenían rótulos luminosos, eran los únicos que se anunciaban y muy pomposamente, pensó. El edificio alto del fondo estaba bastante más lejos de lo que había estimado, se percató de que en la ciudad no tenía el mismo cálculo para las distancias que en el campo, como si las medidas hubieran sido alteradas. Llegó al lugar céntrico donde se realizaban los exámenes. Se quitó la gorra, mostrando la parte superior blanquecina de la frente. Antes de ser llamados al interior de una sala, alguien comentó a otro en voz que muchos pudieron oír, entre ellos Manuel, "anda que no hay hoy aquí garrulos de pueblo…". Manuel hizo como si no hubiera oído para no darse por aludido, miró disimuladamente al que había proferido aquella impertinencia, un hombrecillo debilucho, sin musculatura, volvió a mirarlo con descaro con los párpados entornados, dedicándole media sonrisa torcida y deseando, por el bien del otro, que no pasara a mayores. El hombrecillo le retiró la vista, se dio la vuelta y se cambió de sitio para quitarse de en medio como un conejo asustado. El examen teórico le resultó fácil. Mientras aguardaba el resultado, buscó al socio de El Quinto, con cuyo vehículo realizaría el examen práctico, caso de que hubiera pasado el teórico. Alguien leyó la lista de los aprobados por orden alfabético de primer apellido. Manuel aguardó impaciente hasta que escuchó el suyo y respiró tranquilo. Realizó las maniobras con el vehículo sin cometer errores. Por último, se sometió tenso a la prueba de conducción, 'la prueba real', por las calles céntricas de aquella alocada ciudad y aún hubo de esperar un buen rato a que finalizaran todos los examinandos. Se sentó en un banco de hierro forjado, abrió la talega, cortó un trozo de queso con la navaja, partió pan y comió, más que por hambre, que no tenía, por aplacar el cosquilleo de los nervios en el estómago. Cuando supo que estaba aprobado, se le despertó un gran apetito y dio buena cuenta de cuanto llevaba hasta terminar con todo y guardar la talega doblada en un bolsillo. Desanduvo los pasos y llegó a la estación cuando aún faltaban dos horas para que partiera el tren. Entró en la cantina y pidió café. Se dio cuenta de que se había equivocado por su desconocimiento cuando le cobraron un precio que estimó desorbitado.

Descargaron el tractor nuevo, reluciente. Manuel subió a la cabina, se sentó al volante, giró la llave, el motor respondió arrancando de inmediato, condujo hacia el cortijo sintiéndose poderoso al mando de aquella máquina maravillosa en su primera rodada por El Manantial.

Capítulo 62 (1958 – 1959) Revancha

Anita arrastraba una vida desengañada y anodina, como trasminada de su porte seco y su figura escurrida. El que fuera su marido, cumpliendo cabalmente con su palabra, se preocupaba de estar al tanto de la educación de su hija Inocencia y las mantenía a ellas, a su madre y a su hermana, lo que les permitía vivir con desahogo y dignidad y relacionarse con numerosas amistades de su clase, lo que no había bastado para que Anita hubiera sido capaz de desprenderse en tantos años de un doloroso y profundo sentimiento de fracaso. Había contraído matrimonio con el hombre más deseado y lo había perdido irremisiblemente sin saber por qué, y era ese desconocimiento el que la martirizaba haciéndola dudar de sí misma, de su feminidad. Cuántas lágrimas y cuántas noches en vela había sufrido, devanándose los sesos en averiguar en qué había errado como esposa y como amante. Pasaban los años y, cuando creía haberlo superado, la visión de cualquier éxito, y eran continuos, que llevara a don Félix a las páginas ilustradas de la prensa, hacía renacer las dudas sobre sí misma. No le habían faltado pretendientes desde que el Tribunal de la Rota anulara su matrimonio, pero por nadie había llegado a sentir no ya la pasión, sino la devoción que sintió por don Félix; con él había sido inmensamente feliz y sin él, la más desdichada. Y lo que más la humillaba y hundía era que se hubiera apartado de ella para caer en brazos de una monja. No la perdonaba, no podía, y la odiaba con todas sus fuerzas.

Como de costumbre, Anita tomaba café con su amiga Pura aquella tarde de otoño. "¿Recuerdas las veces que te he hablado de Mercedes, la riquita que vino del pueblo?", Anita no caía, "sí, mujer, la viuda que vive aquí cerca", "ah, sí, ahora", "bueno, pues he sabido por una amiga común que Mercedes, que quién lo diría de una pueblerina que parece una mosquita muerta, anda metida en un negocio un poquito turbio y en el que han visto alguna vez a alguien que conoces". Anita no pudo ocultar la curiosidad que le había despertado. "A ver, cuéntame desde el principio". Pura se humedeció los labios como relamiéndose, "verás, tú conoces el

Agro", y ante la expresión de Anita de no saber de qué le hablaba, "sí, mujer, el Agroclub, que entre los socios abrevian y le llaman Agro. Como sin duda sabes, y yo lo sé por esta amiga, es un club selecto de personas muy distinguidas y con un número de socios muy reducido, para que entre alguien nuevo deben aprobarlo los demás por unanimidad en una votación en el que cada miembro deposita una bola, blanca o negra, en una bolsa y con que haya una sola negra, se rechaza la candidatura. El Agro tiene su biblioteca, salón de juegos, peluquero propio, comedor con cocinero exclusivo al que los socios le confían la elección de los menús o bien son ellos quienes lo eligen proporcionándole los productos, normalmente trofeos de caza, mayor y menor, que cobran ellos mismos. Además, los miembros pueden invitar a sus amigos aunque no sean socios, tú lo sabes porque el que fue tu marido", Pura se guardó de pronunciar el nombre de don Félix en presencia de Anita, "que pertenece al Agro, ha llevado en más de una ocasión a gente del pueblo. Bueno, pues el Agro se comunica por una puerta trasera con una vivienda amplia, propiedad del club, que siempre estuvo vacía. Mercedes, no me preguntes cómo porque no lo sé, tuvo conocimiento de ello, sondeó con habilidad a los socios y les ofreció montar un negocio en el edificio vacío; ¿sabes qué negocio?". Pura calló observando la expresión de Anita, "por Dios, no me tengas en ascuas, cómo habría de saberlo, ¿de qué se trata?". "Una muy selecta casa de lenocinio", y observando el rostro de Anita que denotaba ignorar el significado de la expresión, le aclaró, "un prostíbulo. De lujo, eso sí. Con niñas que no alcanzan los veinte años, porque a los señores les gustan las terneritas". "Ave María Purísima", se santiguó Anita. "Cada socio tiene una llave de la puerta que comunica el Agro con la casa de citas de Mercedes para entrar y salir a su antojo con total discreción", Pura parecía regodearse viendo el escándalo que provocaba en el espíritu de Anita que se manifestaba en su rostro desconcertado, como si la estuviera haciendo cómplice de un crimen. "Pero ¡¿cómo?!", Anita no salía de su confusión y le costaba dar crédito a lo que oía. "Pues como lo oyes". "¿Y dices que han visto en esa… casa… a Félix?". "Ya lo dice el evangelio, que la carne es débil, y si la tentación la tienen al alcance de la mano... Sí, lo han visto, pero, en verdad, no sé si para él mismo o para acompañar a algún amigo". Anita pareció sosegarse pensando en que se trataría más bien de lo segundo. "Pero ¿qué más da? Es una ocasión de oro que tienes". Anita no entendía a dónde pretendía ir a parar Pura, quien la ilustró de en qué forma podía utilizar tan preciada información. "Yo no puedo hacer eso", Anita se mostraba muy temerosa, "pero yo sí", se ofreció Pura. "¿Tú?". "Yo, sí, para eso soy tu amiga" y viendo que Anita volvía a mostrar gran inquietud, la tomó de una mano con las dos suyas e intentó tranquilizarla, "no te preocupes, déjalo de mi cuenta, tú no sabes nada de todo esto".

El capitán de la guardia civil de Entrecerros, don Eusebio, había acudido de paisano a la invitación al Agro que le había cursado don Félix. Era un día frío de enero y apetecía estar a resguardo de las inclemencias del tiempo. Degustaron la exquisita comida del club y departieron con café, copa y puro en los mullidos sillones de la sala de juegos, cómodos en mangas de camisa y aflojado el nudo de la corbata. Don Félix no desaprovechó la ocasión para alabar el buen hacer del capitán, lo que despertó en este un mayor compromiso tácito para redoblar la vigilancia sobre los bienes de su anfitrión. Cuando ya la conversación decaía, don Félix se levantó de su sillón y tomando del brazo a don Eusebio, "acompáñeme, tengo una sorpresa que estoy seguro le va a agradar". Al final del largo pasillo en penumbra, Don Félix sacó una llave del bolsillo y abrió la puerta que lo cegaba, la hoja accionó una campanilla, entraron y don Félix cerró tras ellos. Mercedes acudió a su encuentro, "qué agradable sorpresa verle por aquí, don Félix... y compañía". "Mercedes, este señor es don Eusebio". "Tanto gusto, señor, pero pasen, pasen, por favor" y los condujo a una sala decorada con exquisita elegancia. "Lo mejor, naturalmente", ofreció Mercedes a don Félix. "Naturalmente", confirmó don Félix. "Vuelvo enseguida". "¿Qué es esto exactamente, don Félix?", don Eusebio se mostraba desorientado. Don Félix se sonrió, "le van a obsequiar con algo que no podrá rechazar". Mercedes volvió de inmediato seguida por cuatro preciosas jóvenes que vestían ropa escasa y ajustada que resaltaba sus encantos. Elijan ustedes las que prefieran y cuantas quieran. Las jóvenes se acercaron a don Félix y don Eusebio contoneándose y rozándose con ellos. Una de ellas besó por detrás a don Félix manchándole de carmín el cuello de la camisa. Don Eusebio se entusiasmó con dos de las jóvenes, que lo condujeron a un reservado, mientras don Félix se deshacía de las otras, "Mercedes, estaré esperando a don Eusebio; devuélvanmelo entero", se sonrió y se volvió para el Agro. Durante su ausencia, el camarero, en el guardarropa, había trasteado en el bolsillo de la chaqueta de don Félix. Don Eusebio tardó no poco tiempo, de lo que se congratuló don Félix; el capitán conservaba los bríos, pensó satisfecho.

Don Félix llegó tarde a casa, entró en la alcoba, se desvistió y se acostó, cuidando de no despertar a Eloísa.

Ya se había marchado a su trabajo, cuando Eloísa descubrió el carmín de la camisa. Una sombra de duda se fue agrandando por momentos, oscureciendo su mente, no concebía una infidelidad en su marido, sin duda debía de tratarse de un accidente, ¿un accidente?, ¿carmín en el cuello de la camisa, un accidente?, se reprochó ser tan ingenua. Miraba la mancha y pensaba mil cosas, sumida en una gran confusión, solo estaba segura de que no podría preguntarle sin que ello implicara transmitirle que dudaba de él, una inevitable acusación velada que mermaría su confianza. Decidió limpiar ella misma el cuello de la camisa y serenarse, no debía precipitarse, su matrimonio era envidiable y no iba a ponerlo en riesgo por algo que seguro que tendría alguna explicación.

A media mañana, antes de la hora a la que acostumbraba, alterada e impaciente, Eloísa tomaba café sentada a la mesa en un rincón de la cafetería, haciendo tiempo, mientras esperaba a unas amigas. A la mesa de al lado, se sentaron dos señoras, hablaban en un tono lo suficientemente alto como para que no pudiera evitar oírlas, "pues lo que te digo, que tanto postín, tanto dinero, tanto director general, tanto hermano mayor de la hermandad… y anoche, en el prostíbulo. Y que le ha entrado fuerte, que vaya poderío debe tener la fulanita, que hasta lleva foto de ella en la chaqueta". "Anda, mujer, que no, que eso serán exageraciones", intervino la otra quitando hierro. "¿Exageraciones?, no hija, no. Lo vieron salir bien tarde… y la mar de contento para el frío que hacía". Eloísa no quería pensar que hablaran de don Félix, no, la mancha de carmín la había vuelto muy susceptible aquella mañana; de postín, con dinero, director general, hermano mayor de una hermandad, qué tontería, ni que fuera su marido el único hombre en el mundo, todos aquellos atributos se podían aplicar a muchos hombres en aquella ciudad. No, seguro que no hablaban de su marido. Fue a tomar la taza y la volcó sin querer sobre la mesa, manchándose el vestido. El camarero acudió a limpiar, Eloísa le pagó y se marchó apresuradamente a casa. Las palabras de las alcahuetas de la cafetería le venían una y otra vez a la mente. Con reparo, se atrevió a mirar en la chaqueta que había llevado su marido el día anterior. En el bolsillo superior, encontró una fotografía pequeña de una mujer bellísima y muy joven, casi niña, desnuda y con una dedicatoria en el reverso, "a mi querido Félix". Sintió que se le retiraba la sangre de la cara y las manos y casi no podía respirar. Se sentó a los pies de la cama durante mucho rato con la mirada perdida, las lágrimas corriéndole por las mejillas. Finalmente, se tragó su amargura y escondió la fotografía en el tocador.

Eloísa intentaba llevar el desengaño con la mayor entereza para que nadie percibiera su dolor. Decidió que no volvería a aquella cafetería y, por el momento, no le apetecía verse ni hablar con nadie.

"Pues ya está enterada la mujer de que al marido lo han visto en el prostíbulo", Pura le habló a Anita con un tono triunfal. "¿Y cómo lo sabes?". "Lo sé; la mujer lleva días en que no se atreve ni a salir de casa". Anita pensó que la sombra espesa de la duda se había adueñado de su odiada rival, tuvo la satisfacción de que le habían otorgado una victoria que vengaba en parte sus agravios.

Capítulo 63 (1959) Placeres prohibidos

La primera noche, Eloísa se había amparado en una simulada jaqueca para recluirse en la alcoba y evitar la conversación con su marido que, sin duda, habría descubierto su pesadumbre. Por la mañana, apenas se marchó él, corrió a escudriñar la ropa que había llevado puesta el día anterior; no encontró nada. Revisó el armario completo, rebuscó en el escritorio de don Félix. Nada. Cada día inspeccionaba los bolsillos y nunca encontraba nada, solo aquella única vez en que la fatídica fotografía la había emponzoñado de desconfianza. Poco a poco, fue recuperando su estado habitual, aunque en lo más recóndito de su mente la imagen de aquella desconocida permanecía tan nítida como si estuviera viendo la fotografía en sus manos.

Don Félix había conseguido del jefe de la delegación de la compañía eléctrica que, saltándose las prioridades marcadas, llevara el suministro a El Manantial desde el tendido eléctrico que discurría a lo largo de la carretera. Un electricista y dos hombres de El Criba se encargaron de iluminar todas las estancias del cortijo, empotrando los cables en paredes y techos. Una vez que El Manantial dispuso de luz eléctrica, a don Félix le entró urgencia por dotar al cortijo de una piscina en un cuidado jardín. Las más de las fincas de Entrecerros disponían de albercas para el riego que eran utilizadas también para baños, pero don Félix pretendía una piscina como las que había conocido en algunas lujosas casas de campo de Madrid. Aquello excedía los conocimientos de El Criba, por lo que encargó un proyecto a un afamado estudio de arquitectura de la capital. Urgió a El Criba en la ejecución, "trae el personal que haga falta, porque tiene que estar lista a comienzos de primavera". La cuadrilla cumplió una vez más y a primeros de abril estuvo terminada una hermosa piscina de riñón junto al cortijo, al sur, donde le daba el sol desde el amanecer hasta el ocaso. Don Félix llevó a jardineros de parques y jardines del ayuntamiento de la capital que rodearon la piscina de un amplio jardín, guardado de miradas indiscretas por una alta cerca de tupidos cipreses. Un sinuoso camino de albero surcaba el césped hacia un coqueto merendero junto a un sauce llorón. Salpicados en arriates por el césped y al pie de los cipreses, lucían rosales, claveles, geranios, dompedros, pensamientos, así como plantas aromáticas, lavanda, hierbaluisa, romero, menta, albahaca. Un jazmín en un rincón y una dama de noche en otro lo perfumaban al anochecer.

Al comienzo del verano, la piscina y el jardín lucían esplendorosos cuando don Félix los descubrió a Eloísa y a sus dos hijos. A Fernandito, ya un zagal, y a Patro les entusiasmó la piscina; a su madre, las flores del jardín, el césped, el merendero. Aquel verano, Eloísa invitó a El Manantial a familias de amigos de sus hijos de la capital, los padres gozaban del frescor de la sierra y los niños disfrutaban de la piscina que les abría un apetito voraz. Cada día al amanecer, antes de que hicieran acto de presencia los bañistas, un empleado se encargaba de cuidar el jardín y mantener el agua cristalina.

A finales de agosto no quedaba ningún invitado. Don Félix había llevado a sus hijos a la costa acompañados de Vicenta que los atendía, le interesaba que se relacionaran desde pequeñitos con amigos de familias de postín, también lo había hecho con Inocencia un mes antes con otras familias y en otro mar. Eloísa prefirió permanecer en Entrecerros. El primer día que amaneció sola en El Manantial, tomó el desayuno que le preparó Carmen y salió al patio. La fuente borbotaba incesante, salpicando las plantas que la circundaban, creando un ambiente húmedo que se resistía a sucumbir absorbido por el sol de verano. Se dirigió a la piscina y preguntó al empleado por Manuel. "Está en el cuarto de máquinas, ¿quiere usted que lo llame?". "No, gracias, voy yo". Eloísa encontró la puerta abierta pero no vio a nadie. "Manuel", llamó. "Voy enseguida". La sala se hallaba atestada con el tractor, el remolque y un sinnúmero de aperos de labranza. Lo vio salir de debajo del remolque. "Usted dirá, señora". "Verás, me da apuro porque veo que estás enfrascado en el trabajo". "No se preocupe, nada urgente. ¿Qué se le ofrece?". "¿Podrías llevarme al cortijo de mis padres?". "Claro que sí, señora. Me lavo y salimos cuando usted diga". Eloísa observó a Manuel cómo se descubría el torso y se lavaba con abundante agua en un pilón frotándose enérgicamente. Era un hombre fuerte y fibroso. "Cuando quiera". Se encaminaron al garaje, Manuel le abrió la puerta del Land Rover. Eloísa dejó un rastro a jazmín cuando pasó por delante de Manuel, se acomodó en el asiento y tomó un libro que había sobre el salpicadero. "La Regenta", leyó en la portada, "¿de quién es este libro?". "De Leopoldo Alas 'Clarín'", respondió Manuel. "No, me refiero al dueño". "Ah, me lo ha prestado doña María Luisa, me gusta llevar conmigo el libro que estoy leyendo por si tengo ocasión". "¿Doña María Luisa?". Manuel le explicó quién era y cómo le proveía de libros de lectura. "Tiene una ventaja importante, ¿sabe usted?, como su marido, don Humberto, era muy culto, todos los libros de su casa son grandes obras de la literatura, por lo que se puede escoger con la confianza de acertar". Manuel conducía con destreza, Eloísa miraba de reojo cómo se contraían y relajaban los músculos de los brazos remangados hasta los bíceps. "¿A qué colegio fuiste?". Manuel no pudo evitar ruborizarse, "no, señora, no fui a ningún colegio, me enseñó don Humberto en El Manantial", y le contó cómo había aprendido a leer, despacio, sin prisas, consultando en el diccionario cada palabra que desconocía, a escribir, las cuatro reglas, las fracciones, los quebrados, la regla de tres, la raíz cuadrada y la cúbica y cómo se había esforzado para no olvidar nada de lo que le había enseñado el recordado profesor, "era un gran maestro, un gran hombre", concluyó con un atisbo de nostalgia y amargura, que despertaron en Eloísa un sentimiento de compasión y simpatía hacia Manuel, "creo…, no, estoy segura de que tuviste mucha suerte, tu maestro te contagió el gusto por la lectura, por el saber y puedes sentirte orgulloso de él y de ti". Eloísa comprendió que su marido había acertado al nombrarlo capataz de sus tres fincas, pero no se lo dijo. Habían llegado a la finca de don Fernando. "¿Puedes recogerme por la tarde?". "Claro que sí, señora, cuando usted diga". "A última hora, sobre las nueve". "Aquí estaré", Eloísa lo vio subir de nuevo al vehículo y desaparecer por el carril tras una nube de polvo. De vuelta, ya casi de noche, Eloísa se mostró muy interesada en la vida de Manuel en El Manantial. Él respondía a sus preguntas hasta donde debía hacerlo, sin revelar secretos que solo a él incumbían. Los viajes al cortijo de los padres de Eloísa se repitieron con asiduidad durante aquellos días. A petición de ella, Manuel le habló de sus padres, de Juan El Lacio, de Carmelo, de Joseíto, pero evitó hacerlo de El Nene, de El Hurguiña, de El Rubio, cada uno con su trágico final, y de Rodolfo; los maquis, como se les terminó llamando interesada y despectivamente, continuaban denostados y perseguidos en su clandestinidad. La brevedad del viaje le ayudaba a zafarse de los temas en que prefería no entrar.

Eloísa se encontraba a gusto conversando con Manuel, hasta se confesó reprochándose a sí misma que hacía el viaje más por tener ocasión de hablar con él que por visitar a sus padres. También Manuel se dio cuenta de lo agradable que le resultaba la compañía de Eloísa y el sorprendente interés que mostraba en escuchar los relatos que él le hacía de su reducido mundo de El Manantial. Un día que no hubo viaje a la finca de don Fernando, a la caída de la tarde, creyéndola en el cortijo a punto de cenar, Manuel entró en el jardín de la piscina. Se encontró con Eloísa en traje de baño tumbada sobre una amplia toalla blanca extendida en el césped. "Perdón... señora... no pensé...", Manuel se aturrullaba avergonzado sin saber cómo disculparse, al tiempo que se volvía para irse. "No te preocupes, no tiene importancia. Ven", se incorporó Eloísa sobre los codos. Manuel se volvió, la vio de nuevo por un solo instante y desvió la vista. Sí, sí tenía importancia, mucha importancia, toda. Le quedó grabada la imagen de aquella mujer bellísima de suave piel blanca ligeramente tostada por el sol, realzada sus curvas fascinantes por aquel ajustado bañador, celeste como sus ojos, los pechos firmes que intuía meciéndose acompasados por la respiración, los muslos torneados que se adivinaban cálidos. "¿Cómo va La Regenta?". A Manuel le parecía embarazoso hablarle sin mirarla a los ojos y a la vez le parecía un atrevimiento contemplar su cuerpo de diosa tan escasamente cubierto. "He avanzado poco... no tengo mucho tiempo... y... ya sabe que me gusta leer despacio". Volvió a mirarla y comprobó lo desvaída que era la imagen que había guardado, ella era mucho más hermosa de lo que era capaz de retener. "¿Podrás llevarme mañana sábado, con mis padres?". Podía y lo... la deseaba... la deseaba con toda su alma, "naturalmente, señora". "Me da reparo, no quiero abusar", se disculpó. Manuel deseó que abusara de él, "señora, no es ninguna molestia, todo lo contrario"; inmediatamente se arrepintió, no quería que la señora descubriera cómo la deseaba..., o sí. "Muchas gracias, eres tan servicial...". "¿A la hora de costumbre, señora?". "Cuando tú quieras". Eloísa pronunció aquellas palabras con una cadencia que más bien parecían decir "lo que tú quieras". "A la hora de costumbre estaré aquí. Si no se le ofrece otra cosa, buenas noches, señora". A Manuel le costó un mundo obligarse a dar por concluida la conversación. "Gracias por todo, buenas noches, Manuel". Se encontraba tan turbado que no se atrevió a ver a sus padres antes de marcharse. Subió al Land Rover embriagado por un fuerte e incontrolable deseo.

A Eloísa le agradaba cada día más la compañía de Manuel, era joven, fuerte, resolutivo, sensible, educado, interesado en instruirse, también reservado. Pensó que estaba pisando terreno pantanoso, que una fuerza irresistible la empujaba hacia él. Un sentimiento de infidelidad la acusó fugazmente y entonces recordó la imagen de la foto de la joven desnuda y la dedicatoria "a mi querido Félix". Si al menos hubiera escrito "don Félix", pero no, sin el don, con total familiaridad y cercanía. Le resucitaron todos los pensamientos de aquel fatídico día, pero no le dolió, permaneció muy sosegada, diría que hasta le alegró recordarlo.

Cuando al anochecer volvieron a El Manantial, Eloísa rogó a Manuel que revisara la luz de la bodega que no encendía. Bajó detrás de él iluminando con una vela que depositó sobre una repisa. Manuel se aupó hasta alcanzar la bombilla. Comprobó que se había aflojado y la apretó. Eloísa subió la escalera y giró el interruptor de lazo. La bodega se iluminó. Volvió a apagarla, cerró por dentro la puerta acolchada que insonorizaba el recinto y bajó despacio, mecida por la luz incierta de la vela, los ojos celestes ahogados en un mar de deseo. Acarició los brazos y el pecho de Manuel recreándose en sus músculos. Sobre la frente serena jugaban mechones de su cabello rubio, las mejillas parecían de nácar, los labios carnosos, el cuello esbelto, los brazos y hombros delicados, la grácil cintura enmarcaba la rotundidad de unas caderas perfectas.

El embriagador perfume a jazmín derrumbó la resistencia que él no tenía desde que la contempló en la piscina. Eloísa le rodeó el cuello y lo besó con pasión y, apretando su cuerpo contra él, percibió una vigorosa erección. Se dejó besar y acariciar con total abandono. Desnuda sobre el tapete verde de la mesa de juegos del centro de la bodega, poseída por Manuel con un ímpetu solo equiparable al de los primeros encuentros con su marido cuando todavía era monja, se agitaba jadeando y gritando con alaridos de placer.

Capítulo 64 (1960) *Usos y servidumbres cuartelarias*

La vejez y las muchas horas de soledad en su cuarto despejado de tropiezos, donde debido a su ceguera permanecía recluida por seguridad para ella misma, habían ido carcomiendo el raciocinio de la madre de Ruperto, por más que Lutgarda le daba conversación cuando la abuela estaba despierta y a ella se lo permitían sus ocupaciones. Olvidó cuidarse; Lutgarda la aseaba y peinaba cada mañana y le componía el moño como ella se lo había recogido siempre. Hablaba sola, salía a tientas de la habitación y Lutgarda una y otra vez la convencía para volverla, mientras mantenía echada la llave de la puerta de la calle por temor a que, cogiéndole las vueltas, saliera y se precipitara rodando por las escaleras. En aquel invierno, se atufó un día que se sobrepasó con la alhucema del brasero, a punto estuvo de asfixiarse. Por último, perdida toda la razón, hacía sus necesidades en cualquier sitio, para mayor preocupación y trabajo para Lutgarda.

Ruperto había vendido a Balancín, el caballo que le entregaron al poco de llegar a Sierrabella, a un gitano por la sexta parte de lo que este conseguiría en la capital. Era un alazán de extraordinaria estampa y nervio, que, rechazado en los cuarteles de varios pueblos por la difícil monta y un carácter bravío que desfogaba a coces y bocados, habían terminado endosando a Ruperto. A él mismo le había mordido en la espalda el día que, en un descuido, Ángel, muy pequeño aún, se metió entre las patas del animal sin que este le infligiera daño alguno, no supo si de puro milagro o porque el animal respetó al crío. Ruperto le agradeció que el niño saliera indemne, pero no le perdonó el bocado. En los días siguientes, para domeñarlo, el caballo hizo las muchas horas de correría del servicio más al galope que al paso o al trote. Por más picadero que le daba, ni amainaba en energía ni ganaba en docilidad, más bien le reafirmaba el brío y la rebeldía. El guardia que montaba el mismo caballo durante ocho años continuados tenía derecho a quedárselo en propiedad; eso fue lo que hizo Ruperto con Balancín y con todo merecimiento, tras aquellos años de persistente bravura. Pronto cerró el trato con el gitano y tomó el tren para la capital donde le entregaron en la comandancia otro caballo que había de llevar a Sierrabella. No tuvo otro medio de hacer la vuelta que cabalgando a lomos del sustituto de Balancín. Fueron muchos kilómetros sin apenas descanso. Ruperto, exhausto y dolorido, llegó a la cuadra ya de noche con los muslos rozados de todo un día sobre la montura. Cuando desensillaba, su hijo Ángel, que ya con siete años se preparaba para su primera comunión, llegó corriendo, "papá, que dice mamá que vayas enseguida, que la abuela está muy mala". Terminó de ordenar el aparejo, echó en el pesebre un celemín de cebada y una brazada de paja y le extendió la de la cama. Ángel le apremiaba. Cuando entró en casa, su madre acababa de morir.

"MI MADRE HA FALLECIDO. ENTIERRO,
MAÑANA JUEVES, 12 HORAS. RUPERTO."

El telegrama, escrito con tinta negra en dos tiras blancas recortadas y encoladas sobre los renglones del escueto impreso azul, se había recibido a tiempo y Manuel y Rosa pudieron llegar al anochecer a casa de Ruperto y Lutgarda. A María y Ángel se los había llevado Julia a su casa con sus hijos para ahorrarles la noche de velatorio de aguardiente, café y tabaco. La difunta yacía amortajada sobre su cama. Las mujeres y compañeros de Ruperto se encontraban reunidos en corro en el salón en sillas que ellos mismos habían llevado de sus casas, de tarde en tarde las mujeres se turnaban para entrar en la habitación porque estuviera acompañada la abuela en su última noche. Fuera, los hombres por su lado hablaban de todo un poco, comentaban los escasos acontecimientos recientes del pueblo y contaban las mil historias que cada cual conocía de la guerra; por otro lado, las mujeres charlaban de sus preocupaciones más domésticas. Era unánime el acuerdo en que Dios había hecho bien con llevarse a la abuela, que no tenía remedio y bastante se había sacrificado Lutgarda. Cuando llevaron el ataúd por la mañana, Ruperto quiso tomar en brazos a su madre por última vez y ser él quien la depositara en el féretro y uno de los que lo portaron a hombros hasta la parroquia. Fue una misa con responso oficiados de trámite, breve, la liturgia a palo seco sin homilía ni cánticos. Las mujeres se retiraron y los hombres acompañaron a Ruperto al cementerio, muy alejado del pueblo, como si los vivos quisieran distanciar a los difuntos para confundir a la muerte.

Durante el velatorio y el funeral, Manuel había hablado poco y había meditado mucho. Pensó en su dulce y peligrosa relación con Eloísa, en las repetidas veces que la había poseído en la bodega donde ella se le entregaba con pasión y sin reservas. Se habían enviciado y no veía escapatoria porque no era él, de clase inferior, quien la había conquistado, era ella quien lo seducía y lo buscaba incesantemente para disfrutar de su charla y de su vigor inagotable. Y él hubiera querido negarse, pero no podía, ¿cómo iba a renunciar ni él ni nadie por voluntad propia a aquella diosa? Ella lo tuteaba y él siempre la trataba de usted, hasta cuando asiéndola de los hombros desnudos le susurraba zarandeándola mientras la poseía. Era la señora y él no le perdía el tratamiento, una distancia formal que avivaba aún más el deseo en ambos. Manuel se deleitaba rememorando la hermosura perfumada de Eloísa, su piel suave y cálida, el pubis dorado. Se sentía borracho de ella. Y pensó en Rosa. Teniéndola al lado era como si la hubiera alejado. Rosa era más joven que Eloísa, su cuerpo no tenía nada que envidiarle al de ella ni sus ojos de miel a los otros celestes e igualmente gozaba y hacía gozar a su marido en la intimidad de la alcoba. Manuel se daba cuenta de que eran los halagos y el deseo de lo prohibido y lo distinto los lazos que le ataban a Eloísa. Recordó cómo en una ocasión Ruperto le había contestado a Benito que en broma y con picardía le acusó de inapetente, "a caballo viejo se le cambia de prado y come, ¡ya lo creo que come!" y todos le habían reído la ocurrencia. Ni podía ni quería desatarse de ella, la pasión mutua era más fuerte que el conocimiento del peligro cierto que corrían si don Félix llegaba a descubrir su relación. Algún día habrían de terminar, pensaba, pero todavía no, una vez más y después ya vería. Y se deleitaba imaginando a Eloísa nuevamente desnuda y entregada en la penumbra de la bodega callada. Entonces pensó en la madre de Ruperto, en las estrecheces y penalidades que había pasado como la inmensa mayoría de mujeres de su generación, más de la mitad de

350

su vida a oscuras, al final viuda, arrastrando sola el peso de los últimos años, perdida la cabeza hasta convertirse en un incordio y morir un día cualquiera para alivio de los que dejaba; la vida era implacable con los pobres, o servían o estorbaban. Él tenía la oportunidad de zafarse por momentos de ese destino en sus encuentros con Eloísa, ¿debía renunciar a ese placer que estaba seguro no volvería a tener nunca? Se sabía infiel y sabía que no era justo; quizás Rosa hubiera disculpado, de saberlo, lo que estaba seguro que él no le habría perdonado nunca si hubiera sido ella la adúltera, qué fuerte e impropia le sonaba esa palabra. Rosa no se merecía su engaño y él lo detestaba, pero no podía renunciar a Eloísa, todavía no, una vez más… y ya vería. No se habían atrevido a hablarlo, pero estaba seguro de que, al igual que él, Eloísa era consciente de que aquella relación tenía que acabar, que era mucho lo que arriesgaban. Pero ¿cuándo? Por ahora, ninguno de los dos podía privarse del otro.

Ruperto y Lutgarda los despidieron agradeciéndoles que se hubieran desplazado para acompañarles.

Llevaban ya siete años en Sierrabella, donde, por fin, se encontraban asentados. Habían fraguado sinceras y profundas amistades, hasta el punto de que Benito y Julia apadrinaron a Ángel. María, a sus nueve años, era una niña espigada y Ángel no le iba a la zaga. En el cuartel reinaba la camaradería y era un bullicio de niños que cada noche recogían a duras penas las madres a las diez, aún con luz del día en verano, cuando cerraba el guardia de puertas y se prohibía el alboroto, norma que era causa frecuente de trifulcas con los adolescentes que se rebelaban ante tales cortapisas, agraviados porque sus amigos del pueblo y los hijos de los guardias que, por exceder del cupo de viviendas del cuartel vivían en otro edificio, no sufrían aquellas restricciones. Las familias de los guardias civiles disfrutaban de pase gratuito en el cine, cuya hora de salida entraba en conflicto con los horarios del cuartel. Las familias al completo vivían acuarteladas.

Por aquel tiempo, obligaron a cada guardia a comprar una foto de Franco que la comandancia había distribuido por los cuarteles, a enmarcarla igualmente a su costa y colgarla en un lugar visible del salón comedor. El busto del caudillo posaba ligeramente de perfil vistiendo uniforme militar. María y Ángel jugaban a ir de un lado a otro del salón, comprobando que el Caudillo en todo momento los perseguía con la mirada. El jueves de aquella Semana Santa, en que como era costumbre desde la guerra, terminado el parte a la hora de la comida, la radio volvió a emitir música sacra, Ruperto, que había bebido un par de vasos de vino barato, estalló mirando la foto del Caudillo, "ese hijo de la gran puta que nos tiene metido un régimen de terror…". María y Ángel miraron hacia el Caudillo que los vigilaba, no se sorprendieron del improperio de su padre y les pareció acertada la palabra terror. Lutgarda palideció asustada y en voz tan baja como enérgica, "Ruperto, por Dios, que no te oiga nadie, que nos pierdes". "Ese es un hijo de la grandísima puta", se reafirmaba Ruperto. "¡¿Te quieres callar, que nos vas a buscar la ruina?!", Lutgarda porfiaba por hacerlo entrar en razón. "Maldita sea su estampa… canalla… ladrón… con ese bigotito de payaso…", insistía desahogándose Ruperto, que odiaba al Caudillo. Lutgarda, a punto de llorar de impotencia, sufría temiendo que pudieran oírlo y llevárselo de nuevo preso. "¿Y la tiparraca de la mujer, no es mala la tía?", Ruperto odiaba más a doña Carmen, a quien le atribuía las peores influencias sobre el marido, que al Caudillo. A Lutgarda le iba a dar algo y rompió a llorar de miedo.

Capítulo 65 (1961) *Pasión y ruptura*

Sobrepasados de largo los noventa años, la salud de la abuela Josefa era toda la que cabía esperar de tan dilatada longevidad. Por suerte, mantenía la cabeza lúcida, o por desgracia, incapaz de olvidar a los hijos a los que había sobrevivido, Fernanda y Antonio, y a los que había perdido para siempre, Manuel y José, de los que hacía años que había dejado de tener noticias, sabría Dios qué habría sido de ellos. A la abuela, que todo lo sobrellevaba con entereza y resignación, la pérdida de sus hijos la había cubierto de un manto de amargura, negro como su vestido, que solo se sacudía haciendo mofa de sí misma, la desgracia de su tortedad era un filón del que extraía la risa que le ayudaba con el peso de los años de los que tan harta estaba, "tantos años, ¿para qué quiero yo tantos años?, ¿acaso Dios se ha olvidado de mí, de que me tiene que llevar?, ¿qué hace una vieja como yo viviendo tantos años si ya me sobran todos?, con lo fácil que sería morirme, que solo tengo que cerrar un ojo". "Abuela, hay que ver las cosas que se le ocurren a usted, ¿dónde va a estar mejor que con nosotros?, ya sabemos que todos nos tenemos que morir, ¿qué prisa tiene usted?, ¿le duele algo?, cuánta gente mucho más joven quisiera estar como usted, sí, algún achaque, como todo el mundo, pero ni se tiene que medicar a diario como tantas personas, solo una Okal se toma cuando le duele la cabeza, que cualquiera lo diría a su edad", Rosa la animaba. "Hija, si a mí no me duele el cuerpo ni los años, a mí me duele el pensamiento, me mortifican los recuerdos de los míos que perdí hace tanto; el abuelo, bueno que va, aunque podíamos haber tenido mejor vida, que ni tiempo le dio a jubilarse, trabajando siempre como un mulo, pero mis hijos se me fueron sin haber empezado a vivir, todavía no sé cómo no me volví loca, que pienso que Dios o el diablo me mantienen con vida y en mis cabales para hacerme sufrir recordándolos". Rosa pensó en sus hijos, Jesús y Diego, y no fue capaz de contradecirla.

Por aquellos días de enero, el frío se agarró al pecho de la abuela. La tos la fue consumiendo como a una pavesa y una mañana ya no amaneció. Andrés se ocupó de que le dieran sepultura en un

353

nicho nuevo, en alto, donde también depositaron en un saco los huesos exhumados de las tumbas del abuelo y Fernanda, tomados del color de la tierra. Manuel estaba seguro de que, a su lado, la abuela cuidaría de ellos.

Acabadas las exequias y los pésames, Manuel pensó muchos días en la abuela. La vio en el sufrimiento de aquella primera vez después de estallar la guerra en que fue con sus padres a Entrecerros; cómo, destrozada, se preocupaba más de él que de ella misma. La abuela había mostrado complicidad con él desde siempre, recordaba cómo se hizo la dormida para no interrumpir el día que se declaró de aquella forma tan torpe a Rosa. Y lo orgullosa que estaba de que su nieto fuera capataz. Era ella quien protegía y unía a la familia sin que lo percibieran, aceptando a cada uno como era, sin condiciones; por suerte, todos eran honrados trabajadores, que de ser de otra manera, también los hubiera defendido, bastante le había quitado ya la vida. También a Rosa, la abuela quería mucho a Rosa y Manuel pensó que nunca habría aprobado que la engañara con Eloísa. O tal vez lo hubiera perdonado, quién sabe, la abuela se regía por sus propias leyes sobre las que no admitía discusión. ¿Y de Eloísa? ¿Qué hubiera pensado la abuela de ella? Sin duda habría opinado que era muy guapa, muy fina, muy señora, y que olía a gloria. Estaba seguro de que, aunque le habría reprendido, se sentiría orgullosa para sus adentros de que una señora así hubiera ido a fijarse en su nieto y no habría admitido que Manuel fuera un mero capricho para Eloísa. O tal vez habría antepuesto la dignidad de Rosa y la paz de su familia que hubiera sentido amenazada, sí, seguramente habría prevalecido esto último, porque para la abuela lo más importante era la paz; cuando faltó, su familia se había reducido de forma tan trágica, lo demás solo tenía la importancia que cada cual quisiera darle.

El crudo invierno de la sierra ahuyentaba a los curiosos, solo permanecían los paisanos del pueblo, que ni salían nunca de Entrecerros ni tenían a donde ir. Por las calles desiertas hacía su recorrido huraño el trapero con el mismo saco y la sempiterna canción, ""Pellejos y pieles Quiméee..., hule...", los niños aguantaban la respiración escondidos para que no se los llevara. De tarde en tarde, se veían a El Matraca y El Miralejos, andrajosos, acarreando algún pesado cachivache por encargo. El pueblo frío olía a humo de brasero y alhucema.

Eloísa no huía, por el contrario, buscaba cualquier pretexto para visitar El Manantial, pero con aquel tiempo de perros era difícil encontrarlo. Volvió en primavera acompañada de su esposo, delante de quien se saludó con Manuel con la estricta corrección que la posición social de ambos demandaba. Don Félix estuvo dos días y al tercero partió hacia la capital donde tomaría el tren hacia Madrid en viaje de negocios. Apenas se hubo marchado, Eloísa citó a Manuel con una mirada cómplice de deseo. Al anochecer, en la escalera de la bodega, Manuel, ansioso, acarició los pechos turgentes de Eloísa que le recordaron los versos del romance de 'La casada infiel' de Federico García Lorca, a quien había leído de forma clandestina aquel invierno a instancias de doña María Luisa,

> 'En las últimas esquinas
> toqué sus pechos dormidos,
> y se me abrieron de pronto
> como ramos de jacintos'.

La besó hasta saciarla; sobre el verde del tapete, le acarició las caderas, el vientre, los muslos, y rememoró otros versos del mismo poema,

> 'Sus muslos se me escapaban
> como peces sorprendidos,
> la mitad llenos de lumbre,
> la mitad llenos de frío'.

Había aprendido de memoria ese poema del Romancero Gitano que se le venía a la mente cuando pensaba en Eloísa, del mismo modo que la veía a ella y la deseaba cada vez que lo leía. Colmaron hasta la extenuación la abstinencia de los meses de invierno y Manuel llegó a casa más tarde que nunca.

Cada noche de cuantos días permaneció Eloísa en El Manantial, se amaron en la bodega, donde nadie podía verlos ni oírlos, dedicados a recuperar el tiempo perdido y anticipar el que habrían de estar privados de gozarse. Cuando Eloísa se despidió de él ante su marido, cortésmente y guardando las distancias, Manuel imaginó en ella un no sabía qué del porte, la dignidad y la hermosura de doña Ana Ozores, La Regenta, aunque don Félix no era precisamente ningún don Víctor Quintanar, antes al contrario, bien podría convertirse en un temible Fermín de Pas, de tener conocimiento de la relación de su esposa con Manuel.

Eloísa regresó con sus hijos en verano. Volvió a pedir a Manuel que la llevara a la finca de sus padres. En la soledad de la carretera, Manuel le pasó un brazo imprudente por los hombros y le acarició los pechos mientras conducía con el otro. Eloísa permaneció impasible. Manuel retiró el brazo, "¿qué ocurre?". "Estoy embarazada". Manuel frenó hasta detener el Land Rover a orilla del carril; la nube de polvo los adelantó envolviéndolos. Ella no se atrevía a mirarle a los ojos. Manuel la tomó de la barbilla y suavemente la obligó a girarse. Eloísa vio la alarma en el rostro de Manuel, "estoy embarazada", repitió, "y eso es todo". Viendo su enorme preocupación, añadió "es de mi marido, no tienes que preocuparte de nada", y ante la expresión de incredulidad de él, "es de Félix", reafirmó tajante. "¿Cómo puede usted estar tan segura?". "Lo estoy, es suyo". Permanecieron un rato en silencio. Manuel intentaba ordenar las ideas que se atropellaban en su mente. "¿Y qué dice don Félix?". "No entraba en nuestros planes tener otro hijo, pero lo ha aceptado". Otro silencio espeso se adueñó de ellos. "Manuel, sabes cuánto deseo tu compañía y cómo echo de menos estar contigo en la bodega", se interrumpió, se sintió azorada por aquella confesión tan franca, "los dos sabemos el peligro que corremos por esta relación que nos tiene atados el uno al otro. Por ti, por tu familia y por la mía debemos acabar con ella. Es lo mejor. Esto es una locura que no debería haber ocurrido nunca y que debemos terminar por el bien y la seguridad de todos, aunque nos duela. Este es el mejor momento, voy a estar muy ocupada en los próximos meses y años con el embarazo y la crianza del niño que espero". Manuel asintió en silencio, la miró durante unos instantes eternos, se inclinó hacia ella y la besó en los labios por última vez, cuando se apartó, vio sus ojos celestes inundados de lágrimas.

A Manuel le bullían en la cabeza ideas contradictorias. Se alegraba al tiempo que le apenaba haber terminado con Eloísa... no, no era él quien había terminado, sino ella, al igual que había sido ella quien había iniciado aquella deliciosa insensatez. ¿La amaba? Creía que no, la deseaba con todas sus fuerzas, pero había una barrera infranqueable entre ellos. Habían gozado tanto como habían temido ser descubiertos. Él era un hombre cabal que se había dejado llevar hasta perder la cabeza por una mujer, como había ocurrido con tantos otros desde que el mundo es mundo… y no, no era una mujer cualquiera, era una mujer hermosísima que lo había elegido para entregarse a él como tal vez nunca lo hubiera hecho con don Félix. Un sentimiento de liberación se mezclaba en su mente con otro de pérdida dolorosa. Cuando creyó que entraba en un tiempo de tranquilidad, se alarmó con el pensamiento de que el niño fuera suyo y se pareciera a él, estaba seguro de que Eloísa había aseverado lo contrario porque resultaba lo más conveniente para ella, para él, para don Félix y, sobre todo, para el niño. ¿Y si se parecía a él?, se repetía una y otra vez. Esa idea se le fijó en la mente y se convenció de que lo mantendría en vilo hasta que naciera. Manuel hubiera querido arrepentirse por haber caído en la adicción a Eloísa y no haberse resistido ¿pero habría podido negarse sin que ello hubiera acarreado represalias contra él y, por ende, contra su familia? Eloísa no era una mujer malvada, pero era rica, tenía caprichos de rica y él había sido uno; no sabía, y seguro que tampoco ella, cómo habría reaccionado de haberse sentido rechazada.

Capítulo 66 (1961 – 1962) Castigo y liberación

Los meses que aún faltaban para el parto discurrían inexorables, con una lentitud mortificante, Manuel no le veía el fin a tanto calvario, la mente dispersa incapaz de centrar la atención; por primera vez, se sentía a disgusto y distraído en su trabajo. Aquella mañana de finales de septiembre en El Manantial, había segado la alfalfa húmeda del rocío y la cargaba en el remolque, abstraído en cavilaciones sobre el embarazo y los meses que le quedaban a Eloísa; ansioso por salir de dudas y temeroso de que la criatura se revelara suya, bajó con rabia el bieldo con los dientes agudos vueltos hacia él, la panza de las púas topó con la rueda mojada que lo desvió clavándose entre los cordones, traspasando la lengüeta de la bota y ensartándole un pie, instintivamente lo desclavó tirando con fuerza hacia arriba, sintió un dolor agudo y gritó demandando ayuda. Cuando llegó su padre jadeando, ya se había quitado la bota y el calcetín y sudaba copiosamente. El empeine mostraba un agujero feo que sangraba con profusión. Diego le colocó el cinturón entre los dientes, formó una torunda con el pañuelo de hierbas, la apretó contra el agujero taponando la herida y la sujetó atándola fuerte a la planta con el pañuelo de Manuel que mordía con rabia el cuero. La madre, que había oído los gritos, acudió asustada. "Carmen, quédate con él y vigila que no sangre. Hay que llevarlo al médico, voy a por el mulo". Nadie allí sabía conducir, salvo Manuel. Se sentía estúpido, por primera vez su madre lo oyó blasfemar en voz baja, más contrariado que dolorido. En el camino, montando en el mulo, el pie en alto sujeto al cuello del animal, Manuel terminó por aceptar el percance con resignación y soportó en silencio el dolor que le producía el bamboleo de la cabalgadura; pensó que lo tenía merecido por su mala cabeza. Hizo una vez más recopilación de su aventura con Eloísa y de cómo lo había manejado a su antojo y él, deslumbrado como un colegial, entregado a ella, se había alejado de Rosa que era a quien verdaderamente amaba. Aguantó estoicamente en la casa de socorro la cura y la dolorosa inyección del tétanos que le administraron con una jeringa y aguja, que habían estado hirviendo en una batea de acero en aquella estancia impregnada de un penetrante olor a éter.

Los días que hubo de permanecer inactivo, en los que intentó recobrar la sensatez y la tranquilidad, lo que hubiera de ser sería, los entretuvo leyendo las Novelas Ejemplares del autor de El Quijote. La preocupación le dificultó el inicio de la lectura. Leyó varias veces las dos primeras páginas, porque no sabría decir si era que no se enteraba o que olvidaba de inmediato lo leído, del mismo modo que se escapa el agua de un canasto, hasta que los razonamientos de la prosa de Cervantes consiguieron atrapar su entendimiento. Era consciente de que sus obligaciones le habían permitido leer pocos libros, le consolaba que, al menos, gracias a la selección de don Humberto y las recomendaciones de doña María Luisa, empleaba con provecho el escaso tiempo que les dedicaba. Deseaba releerlos y lo haría de buena gana si no fuera por la cantidad ingente de los que abarrotaban los estantes aguardando su turno. ¡Cómo hubiera deseado retener en la memoria aquellas obras! Le asombraba la sapiencia de cuantos sesudos estudiosos escribían aquellos prólogos tan eruditos que le descubrían las vidas de los autores y los secretos de las obras que él nunca hubiera imaginado. Había hecho una excepción en los préstamos que tomaba de la casa de doña María Luisa, quedándose los libros de poemas de Federico García Lorca y Antonio Machado que releía a menudo abriéndolos al azar. Del primero le deslumbraba su desbordada imaginación, las luminosas descripciones, imposibles para él, de lo animado y de lo inerte que en él cobraba vida, de las luces y las sombras, de alegrías, pocas, y de muchas penas amargas, de amor descarnado, capaz de sublimar la muerte mientras la lloraba, sin duda Federico había sido un genio al que aquella guerra infame aniquiló con un odio que no concebía su espíritu joven y vitalista. Manuel reprimía las lágrimas leyendo el poema 'El crimen fue en Granada' con que lo lloró Antonio Machado. Don Antonio, conocido como el bueno, era la sobriedad, la bondad, la honradez, el respeto, la educación, la mesura, a Manuel le conmovía especialmente su poema a la muerte de su esposa, Leonor, 'Una noche de verano', así como el último verso que encontraron en el bolsillo de su abrigo 'Estos días azules y este sol de la infancia...' tras su muerte, cuando apenas llevaba un mes escaso en el exilio francés; recordó a sus tíos Manuel y José, como él, también exiliados en Francia. Federico y Antonio, decía doña María Luisa, dos poetas sublimes a los que destruyó su patria, de la que se habían apoderado una caterva de indeseables botarates iletrados, por muy encorbatados que lucieran. Pensó en la paradoja de que la buena literatura no daba para vivir pero sí para morir. A estos pensamientos le ayudaron no poco las conversaciones que había tenido con doña María Luisa, que lo instruyó en las vidas y muertes no difundidas de ambos poetas.

La lectura y la reflexión en que ocupaba el tiempo habían resucitado en Manuel los pensamientos y sentimientos más nobles que le había transmitido don Humberto, también Rodolfo. Se alegró de recuperar aquellas casi olvidadas sensaciones y cualidades como un tesoro que tenía que preservar, al tiempo que se abochornaba de su comportamiento no tanto con Eloísa como con Rosa, a quien no sabía cómo resarcirla de su no confesada infidelidad. Fueron aquellos días de conversación con ella en que repasaron con calma cómo se conocieron, riendo de la inexperiencia de ambos y de la torpeza de Manuel, cómo llegaron a establecer una complicidad nunca antes vivida. "Creo que me alegro de tu accidente". La miró a sus ojos color miel, "también, yo; sobre todo ahora que ya no me duele", y rieron como críos. "Rosa, me gustaría que hicieras tiempo para leer; si te parece, yo te aconsejaré los libros y después podemos comentarlos; da gusto y se aprende mucho compartiendo la lectura con otros, yo lo hago de tarde en tarde con doña María Luisa, te sorprendería la de cosas que sabe". Rosa se sorprendió, "¿tú crees?", se sintió obligada, "no sé si seré capaz, además ¿de dónde saco el tiempo?". "¡Claro que serás capaz!", la animó un Manuel entusiasmado, "solo existe el tiempo que se emplea", apostilló muy enfático, aunque no sabía si acababa de decir un disparate. Se convenció de que algún día tendría que contarle a Rosa su aventura con Eloísa y aceptar su veredicto, hasta entonces su sinceridad con ella no podría ser completa y necesitaba que fuera plena, sin sombras, para construir entre ambos un futuro sobre bases indestructibles. Algún día... ¿pero cuándo?, aún no podía, no hasta que naciera la criatura y se despejaran las dudas que le quitaban el sueño. Se reprochaba una y otra vez haber sido tan estúpido, sabía que no hubiera sido fácil negarse a los deseos de Eloísa, pero también estaba convencido de que podría haber adoptado una actitud que la hubiera hecho desistir antes, mucho antes, pero no, él era tan culpable o más que ella, había derrochado todo el entusiasmo en Eloísa y, de no haber mediado el embarazo que los amenazaba, sabía que aún seguiría esperándola con impaciencia para poseerla a escondidas en la bodega.

Durante tan larga espera, Manuel evitaba en lo posible encontrarse con don Félix, no podía permitirse deslizar por descuido ningún comentario inconveniente que lo comprometiera, debía mantener con entereza, sin levantar sospechas, el secreto que él no debía conocer, al tiempo que la respuesta a cada halago que recibía de don Félix era como una nueva traición. Los días que hubo de permanecer en casa por causa del accidente le supusieron un alivio. Don Félix se informaba de su estado a través de Diego en El Manantial; Manuel tenía la tranquilidad de que no lo visitaría en su casa, la posición de don Félix no le permitía abandonar el centro para pisar humildes barrios inadecuados para él. Diego y Carmen supieron por boca de don Félix, a quien por compromiso Diego había preguntado por la familia, que esperaba un nuevo hijo.

Se acercaba el cambio de año y, con él, el tiempo en que Eloísa saldría de cuentas. Manuel trabajó sin descanso como queriendo doblegar con la fuerza física la zozobra que le atenazaba el ánimo. El niño nacería lejos, en la capital. La inquietud le había quitado el apetito y perdió peso que excusaba ante Rosa por el excesivo trabajo. El nacimiento ya habría tenido lugar, sin duda, y él, sin saber nada, se consumía en una hoguera de angustiosa incertidumbre. A mediados de enero, Manuel se hizo el encontradizo con don Félix en El Manantial. "¿La familia, bien, don Félix?", más asustado que impaciente, no sabía muy bien si era la forma más oportuna de dirigirse a don Félix en aquella ocasión. "Muy bien, gracias a Dios, en Reyes nació el niño y están estupendamente la madre y él". "Me alegro, enhorabuena, don Félix". "Muchas gracias, hombre, ¿tu familia, bien?". Manuel se había quedado rumiando la noticia del nacimiento y no escuchó la pregunta de don Félix, "¿decía usted?". "Que cómo está tu familia. Te veo despistado". "No… no… don Félix. Mi familia, bien… bien… sí… claro… gracias". Manuel se enojó consigo mismo, era la primera vez en tantos años que don Félix lo sorprendía en un renuncio. Se sintió estúpido una vez más. Ni siquiera le preguntó qué nombre le habían puesto. Por las palabras de don Félix, dedujo que no se parecía a él o quizás, volvió a preocuparse, como tantos recién nacidos, no mostraba aún semejanza con nadie. No podía saberlo y, por descontado, de ninguna manera podía preguntar a don Félix.

Pasaban las semanas y Manuel se reconcomía con las dudas sobre el niño que lo mantenían en vilo. Seguía adelgazando y Rosa porfiaba por llevarlo al médico, "no, que no me pasa nada, solo que tengo poco apetito, no te preocupes, ya comeré". Al anochecer de un día de Semana Santa, Manuel esperó en la choza a su madre que tardó en llegar. "Muy tarde viene, madre". "Han venido los señoritos con los tres niños". Manuel se quedó paralizado. "Desde luego, el niño nuevo es un calco de su abuelo don Fernando", se apresuró a informarlo su madre. Manuel sintió que le abandonaban las fuerzas, al tiempo que se disipaba la tensión acumulada de tantos meses. "Le han puesto Máximo, el nombre del otro abuelo, que en gloria esté". A Manuel le disgustó el nombre, aunque nada iba a empañar ese momento en que supo que el niño no se parecía a él. Se sobrepuso disimulando como pudo. Subió al Land Rover y condujo camino del pueblo. Pasado el cementerio, se apartó de la carretera, detuvo el coche bajo una encina y apagó la luz de los faros; amparado en la oscuridad de la noche sin luna, lloró sollozando, dando rienda suelta a un cúmulo de sentimientos encontrados de alegría, de culpa, de remordimiento, de liberación. Sintió un deseo irresistible de estar con Rosa, respiró profundo, se limpió las lágrimas, puso el coche en marcha y apretó el acelerador.

Capítulo 67 (1962 – 1963) Confesión de Manuel, encadenado a Entrecerros

Con el paso de los días, Manuel recuperó el apetito y también el gusto y el ánimo por su trabajo con un optimismo y alegría desmesurados. Se repartía la jornada entre El Manantial y La Ventolera y una vez a la semana daba una vuelta por El Molinillo, siempre tenía que hacer en cada una de las fincas en aquellos días que, aun agrandados con el final de la primavera, pasaban volando. Sintió una gran satisfacción cuando Rosa comenzó a leer El Quijote; le enternecía verla con el libro delante y a un lado el diccionario que, como ya le ocurriera a él mismo, consultaba tan a menudo que parecía que leyera ambos libros a la vez. Para cuando terminó la temporada de siega, Rosa lo llevaba muy avanzado y, por los comentarios que hacía, le gustaba tanto como trabajo le costaba comprender algunas expresiones y citas; unas conseguía aclararlas consultándolas en el diccionario y otras, muy a su pesar, quedaban para siempre perdidas en el limbo de la ignorancia porque tampoco Manuel sabía más que ella. Una noche de primeros de julio, Manuel creyó llegado el momento de sincerarse con su esposa. Cenó en el silencio y abatimiento con que el reo espera la condena cierta. Para sorpresa de Rosa, bebió un desacostumbrado vaso de vino que le templara el ánimo y otro más que le soltara la lengua. Tan inusual ingesta vino al cabo a infundirle una presencia de ánimo desconocida para Rosa y para él. Se acostaron con la ventana abierta, la luna llena se filtraba por los visillos que una porfiada brisa intermitente empujaba una y otra vez hinchándolos como la vela de un patio, agitándolos antes de que retornaran a pender lánguidos. Manuel tomó a Rosa de la mano y con voz queda, "¿has visto cómo suspiraba Don Quijote por Dulcinea? Tú eres mi Dulcinea". Rosa se volvió a mirarlo, "no estás acostumbrado al vino", se sonrió con los ojos burlones. "No, no lo estoy, me hacía falta. Tengo que decirte cosas muy importantes… antes quiero que sepas que, por encima de todo, te quiero. No lo olvides, es lo más importante", carraspeó, tragó saliva, "Rosa, ¿me perdonarás lo que quiera que sea que te cuente?". "No sé, cuenta y ya veremos", Rosa no ocultaba su curiosidad, mientras parecía divertirse mortificando a Manuel. "¿Me perdonarás?". "¿Cómo te puedo contestar sin saber qué es lo que tienes que decirme?", y volvía a burlarse. "Está bien, no me lo pones fácil, pero ahí va", y carraspeó de nuevo, "he tenido... hemos... Eloísa y yo tuvimos una relación...", notó cómo se envaraba Rosa, esperó a que se pronunciara, pero a Rosa se le había cambiado el semblante y permanecía muda, "no sé... o no quiero recordar cómo empezó...". "¿Cuándo?, ¿cuánto tiempo?". "¿Qué más da?". "Sí da", la voz de Rosa parecía quebrarse. "Demasiado, Rosa, perdóname, demasiado, ojalá pudiera borrar ese tiempo". "¿Por qué lo hiciste?". "No fui yo... bueno, tampoco me negué... quiero decirte la verdad. Ella se encaprichó conmigo. Y yo me dejé llevar desde el primer momento. Al final, gracias al embarazo hemos roto la relación". "¿Es tuyo el niño?". "No lo sé, Rosa, no lo sé. He vivido muy preocupado, asustado, por eso ni comía. Sea mío o no, el niño es de don Félix", a Manuel se le vino a la cabeza que él también era de don Félix; al igual que su familia, dependía de él, y liberado de la ofuscación de Eloísa, comprendió, alarmado, con toda nitidez y crudeza, el peligro tan enorme al que la había expuesto. Se sintió inmensamente culpable, se arrepentía y se reprochaba cada uno de los días que había estado con Eloísa olvidado de Rosa. Estuvieron largo rato en silencio, mirando las alfajías del techo Manuel y con los ojos cerrados Rosa. Manuel no quería entrar en más detalles ni a Rosa, agraviada, le apetecía escuchar más. Manuel le apretaba la mano con fuerza, agarrándose a la esperanza de que pudiera perdonarlo, se giró hacia su esposa que aún permaneció mucho tiempo como ausente, con una expresión de tristeza y amargura. Se sintió desgraciado. Cuando, al fin, Rosa se volvió hacia él, vio cómo el abatimiento de Manuel denotaba arrepentimiento, dolor, impotencia por no poder borrar lo que nunca debió ocurrir, demandando un perdón que tal vez no mereciera pero que necesitaba para superar aquel despropósito; Manuel había vejado a Rosa y ahora dependía de ella el que volvieran a la armonía que él tanto ansiaba. Pasaron una larga y amarga noche en vela. Rosa no se mostró esquiva pero tampoco ofreció misericordia. "No hables con nadie, con nadie", repitió, "de esa aventura tuya con Eloísa. Si se supiera, nuestra familia estaría en peligro y quién sabe qué sería de todos nosotros". Manuel se sintió tan inmaduro como un niño y casi como un niño también se oyó a sí mismo excusarse, "no te preocupes, no lo sabrá nadie".

Pasaban los días y no volvieron a hablar más de la aventura de Manuel con Eloísa. Rosa, taciturna, había abandonado la lectura; Manuel recordó cómo el mismo había dejado de leer El Quijote el día que presenció la agresión de don Máximo a su madre. Se desvivía por estar el mayor tiempo posible con su esposa. El día que la encontró leyendo de nuevo El Quijote, el diccionario abierto a un lado, se convenció de que las aguas volvían a su cauce. Aquella noche se atrevió a acariciarla, Rosa fue receptiva, cerraron la puerta y la ventana del dormitorio y la poseyó con tanta intensidad como a Eloísa, pero con una ternura y delicadeza que jamás había sentido por ella. Rosa gozó ahogando el grito. Manuel echó en falta un lugar discreto donde nadie pudiera oírlos; la bodega, impregnada de la presencia de Eloísa, les estaba vedada.

En verano, el que seguía conociéndose como el antiguo Frente de Juventudes, aunque para entonces oficialmente ya había mutado a OJE, que Manuel creyó que más que un cambio se trataba de una adaptación de denominación al siglo de las siglas que corría, la OJE pues, integrada por los niños ricos de Entrecerros y los de cualquier condición venidos de la capital que podían permitírselo, vestidos con pantalón corto azul, camisa gris y tocados de boina azul con sus dos cintas negras que caían a la espalda, montó nuevamente el campamento de verano en El Manantial. Manuel escuchaba los cánticos sacros de los actos litúrgicos y los himnos de exaltación del Espíritu Nacional, repartidos unos y otros a los largo de toda la jornada como queriendo llenarla para ahuyentar el aburrimiento. Se sonreía recordando la faena que le hizo al hijo de Garrote, a quien Peligro arrojó al foso de la letrina. Recordaba lo que le dijo su padre, que aquellos niños aprenderían a desfilar desde pequeñitos, ¿cuándo iba a dejar este país de marcar el paso? Los imaginó con sus profesores chusqueros, incapaces de enseñarles por lo civil aunque de lo militar no habría de faltarles detalle. Rosa y él procurarían que sus hijos adquirieran el gusto por aprender y se aficionaran a la lectura y decidió que nunca asistirían a esos campamentos, librándolos del mismo modo que él se había zafado del servicio militar. Claro, que primero tenían que reconducirlos, que Jesús se había aficionado a disparar con el tirador a todo bicho viviente, principalmente pájaros y gatos, y con excelente puntería, mientras Diego se dedicaba a proteger a grillos, lagartijas y otras sabandijas, llevándolos a casa, donde los liberaba para suplicio de su madre que no veía el día en que no se los encontrara desperdigados por todas partes y lo reprendía sin resultado alguno. El padre se divertía con sus trifulcas.

Terminado el campamento, a Manuel le faltó tiempo para borrar todo rastro de él, quitó los postes y símbolos que habían dejado, limpió el terreno y con el tractor, deshizo y cegó con tierra las letrinas; aunque era de esperar que la OJE volvería al año siguiente, le parecía una profanación permitir que aquel rincón de El Manantial permaneciera marcado hasta entonces.

A final de año, para Navidad, El Arisco había llegado a Entrecerros a visitar a su familia. Manuel se lo encontró un día de principios de enero. Se alegraron de verse, se saludaron afectuosamente y El Arisco porfió por invitar a Manuel, que no tenía costumbre de entrar en las tabernas y que cedió para no hacerle el feo. Con el vaso de vino en la mano, El Arisco recordó cómo le dolió la muerte de El Nene. Había acudido a recogerlo a la estación tan pronto como pudo, pero no lo encontró ni lo dejaron pasar al andén. A través de los cristales esmerilados de la puerta y ventanas de una sala, vio las siluetas imprecisas de gente reunida, quiso llamar, pero lo obligaron a irse, "venga, que aquí no se le ha perdido nada", las palabras del policía le sonaron amenazantes, "qué lástima y qué puta mala suerte tuvo", a El Arisco se le saltaron las lágrimas. "Sí, muy mala. Era un gran hombre y un trabajador magnífico", confirmó Manuel. Callaron un buen rato consternados, se tomaron el vino y El Arisco pidió otros dos vasos. "Bueno, ¿cómo te va por allí?". "Bien, muy bien. Es todo muy diferente. Se gana dinero, aunque se trabaja a destajo y se vive como se puede. Me llevó más de un año encontrar un piso del que pudiera pagar el alquiler, hasta entonces estuve viviendo en una barraca con gente de por aquí abajo. A todos les gustaría volver algún día. A mí no. Estoy bien allí. Aquí me asfixiaba. Esto está muerto y allí hay trabajo, tanto que hay gente pluriempleada que trabaja en más de un sitio, sobre todo los funcionarios, a los que su horario de mañana les permite emplearse en otras ocupaciones por las tardes. Mi idea es ahorrar y quedarme allí para siempre viviendo lo mejor que pueda". "Me alegro de que te vaya tan bien", no era un cumplimiento, Manuel hablaba de corazón. "¿Por qué no se anima usted y se va también?", después de tantos años, El Arisco aún conservaba el tratamiento de respeto a quien, aun siendo más joven que él, había sido su capataz. Manuel se quedó pensativo mirando el vaso. "Hombre, es verdad que allí no se va de jefe, hay que empezar desde abajo; lo más fácil, en la construcción, de paleta, como llaman allí a los albañiles, poco a poco, la valía de cada uno lo va llevando a donde pueda llegar, yo empecé de peón, ahora llevo años de oficial". Manuel observó en la voz de El Arisco un tono que no era de Entrecerros, debía ser que se le había pegado de aquellas tierras. "No creo que aquello sea para mí, tengo suerte y un buen trabajo en las fincas de don Félix, no me puedo quejar, ya sabes que no se me caen los anillos, pero tendría que empezar por menos de lo que gano y soy aquí y no es plan, con mujer y dos hijos que tengo". "Ya vendrán mejores tiempos para el pueblo", añadió sin ningún convencimiento; como las inmutables encinas arraigadas a aquella tierra, se sentía anclado a Entrecerros de por vida.

Capítulo 68 (1963 – 1964) *Tiempos nuevos, antiguos fantasmas*

Aquel verano, la OJE volvió a adueñarse de la esquina noreste de El Manantial durante unas semanas, ahuyentando a los pájaros y sustituyendo sus trinos por las mismas desganadas canciones sacras y los himnos machacones que perdían fuerza con los días, repetidos una y otra vez de una cansina forma mecánica. Volvieron a levantar un altar, cortaron ramas y árboles jóvenes para fabricar mástiles con los que levantar las tiendas de campaña y postes de los que colgaron estandartes y pertrechos, cavaron las letrinas como en años anteriores. Manuel deseó que don Félix se decidiera a establecer la ganadería que los ahuyentara para siempre.

Por fortuna, Eloísa no había regresado a El Manantial, Manuel pensó que la única vez que había estado allí tras el parto lo había hecho con el propósito de que él supiera que el niño no se le parecía, anduviera despreocupado y también para asegurarse de que dejaba las cosas estar sin buscar complicaciones que a nadie beneficiaban. Y él no tenía ninguna intención de hurgar, aunque no podía olvidar que tal vez fuera suyo aquel niño que ya había cumplido un año y que, lejos de él, apartado como un apestado, no habría de faltarle nada. Estaba pagando en su orgullo herido las consecuencias de aquel tiempo insensato de deleites clandestinos.

La llegada de los muy escasos primeros televisores, verdaderos artilugios mágicos, supuso la entrada del mundo a un Entrecerros que no estaba dispuesto a asomarse a él. Cada aparato lucía majestuoso sobre el inexcusable paño de croché bien de la repisa, simple y amplia en unos casos, doble y recogida en otros, bien de una mesa apropiada, capaces de alojar también el estabilizador de tensión al que impropiamente llamaban voltímetro, en las casas de los señoritos, en el casino, en una esquina del estanco de Garrote al que, de espaldas al mostrador, solo la familia tenía acceso, en la tienda de ultramarinos, en la taberna Grande de la calle Mayor y en la Nueva, a la salida del pueblo por el sur, por donde Manuel cortejara a Rosa. Cada quien acudía a donde podía y se hacía sitio para presenciar tan extasiados como incómodos cuanto aparecía en aquel ingenio admirable. Se hacían lenguas de aquella maravilla, aguardando pacientes el comienzo de la programación, no importaba cuál fuera en aquellos primeros tiempos, contemplando la carta de ajuste sin quitarle ojo; cuando la imagen estática hacía un leve guiño o sonaba un ruido de interferencia siempre había alguien que exclamaba "¡ya!", todos los presentes prestaban máxima atención, pero la imagen volvía a su sonora quietud para decepción de los televidentes que se consultaban la hora. Los improperios por los cortes de emisión, naturalmente por causas ajenas a Televisión Española, como se apresuraban a rotular o anunciaban de viva voz en los casos más graves en que así lo exigía la importancia del acontecimiento, iban dirigidos inexorablemente al repetidor de Guadalcanal, que ordenaba permanecer atentos a la pantalla, y hacia el que apuntaban las antenas con precisión milimétrica, gracias a las indicaciones que daba el que veía la televisión al que estaba encaramado al tejado, "al otro lado... un poco más... no tanto... menos... menos... ahí... no, al otro lado otra vez...", y así un largo rato hasta que la imagen y el sonido quedaban del gusto del de abajo. Los críos acudían por la tarde a gozar con las aventuras de 'El llanero solitario', 'Bonanza', 'Rin Tin Tin'... y a una intempestiva hora tardía de los sábados, tras la insoportable matraca del sermón de un cura que parecía disfrutar mortificando a los expectantes zagales, 'Guillermo Tell', al borde del cierre de 'El alma se serena'. A los hombres les atraían las noticias y la pericia con tiza, mapas, soles, nubes y borrascas del hierático hombre del tiempo, a quien desafiaban sobre el acierto o no de sus predicciones, reto que el hombre del tiempo parecía aceptar... y ganar, siempre había una razón suprema por la que ocurría lo previsto o se truncaba por imponderables del anticiclón que en modo alguno cabía achacarle; se enardecían con las corridas de toros, jaleando o increpando, ora al diestro, ora al mayoral, ora al director de la banda, ora al presidente de la plaza, como si lo presenciaran desde primera fila de barrera; el culmen llegó con la final de la Copa de Europa de selecciones nacionales de fútbol, donde España se impuso a la temible URSS gracias al gol tardío con que el país entero con la ayuda de Marcelino consiguió batir embistiendo de cabeza al legendario Yashin, La araña negra. Tamaña gesta fue la

369

espoleta que animó a adquirir un televisor a todo aquel que medio podía, la otra mitad la ponía el ditero, o a desearlo a los más, que aún habrían de esperar unos años para poder hacerse con el ansiado aparato. Aquel milagro de la modernidad vino a ser el ojo por el que Entrecerros miraba al mundo y tomaba conciencia de sus años de atraso, que lejos de espolearlo a conquistar los logros de los que otros disfrutaban, sumía al pueblo en la melancolía de lo inalcanzable y una fatídica resignación a su inferior nivel de vida, allí estaba la televisión incansable para atestiguarlo cada día.

Juan el Lacio decidió que había llegado el momento de jubilarse, la edad no perdonaba y la dureza de las labores del campo hacía desistir a un espíritu como el suyo no acostumbrado a aliviarse. Llevaba muchos días decidido a comunicarle a Manuel su decisión y buscaba el momento oportuno, de ningún modo iba a permitirse incomodarlo. Un atardecer de mediados de agosto, Manuel lo encontró sentado junto a su padre a la puerta de la choza, sacó un taburete de corcho y se sentó junto a ellos. Conversaron largamente sobre los jornaleros, la dehesa, los animales, la huerta, los frutales, las herramientas que había que reparar y las que debían ser sustituidas... Una vez que le habían pasado revista a todo El Manantial, Juan se sintió satisfecho y pensó que no habría mejor ocasión, "Manuel, tengo que decirte", aparte de sus padres y los señoritos, Juan era la única persona en la finca que lo tuteaba, "que he pensado en jubilarme". Manuel no habló, pero su mirada denotaba la sorpresa que suponía para él. "Tengo una edad y el trabajo me viene ya grande, las fuerzas no son las que eran, esta es la época en que la finca está más tranquila y he pensado que mejor ahora que más adelante". Manuel se percató de lo mayor que era Juan, también su padre, "vaya sorpresa, no me imaginaba esto hoy, ¿está usted seguro?", Manuel nunca había rebajado el tono de su trato hacia Juan. "Y tanto que sí, me da lástima dejar esto, han sido muchos años aquí, casi toda la vida, pero cuando no se puede, no queda más remedio". "Está bien, como usted quiera y cuando usted diga", aceptó Manuel resignado. "Si te parece, me voy el sábado". "¿Tan pronto?", aquello le estaba resultando muy rápido a un desprevenido Manuel, "está bien, el sábado. ¿Quién cree que debería ocupar su puesto, Juan?". "Hablas muy bien del chaval nuevo que entró el año pasado", le sugirió Diego a Juan. "Sí, Pedro El Dispuesto, es un chaval competente, y joven y con ganas. Los jóvenes no sabéis bien lo que tenéis", Juan lo decía convencido como nunca del tesoro efímero de la juventud. "¿Entonces es el que me recomienda?". "Sí, seguro que llevará la huerta mejor que yo". "Me conformo con que la lleve la mitad de bien", para Manuel, Juan y su padre eran las personas en las que confiaba ciegamente… y su madre, por descontado.

El sábado, a mediodía, como hacía habitualmente, Manuel pasó por La Ventolera, pagó a los jornaleros y se marchó a El Manantial donde los hombres estaban terminando de comer. Les pagó y llamó a El Dispuesto, "hoy nos deja Juan y me ha recomendado que seas tú quien ocupe su puesto, así que, desde el lunes, eres el encargado de las cosechas". "Muchas gracias por la confianza, Manuel". "Dáselas a Juan". Llevó el Land Rover a la gañanía y entre Juan y él lo cargaron con todas sus pertenencias. "Toma, quédate con esto", Juan le alargó un trozo largo y ancho de goma roja de cámara de camión. "Gracias, Juan, todavía conservo buena puntería y mi hijo el mayor no la tiene mala". Condujo despacio con Juan a su lado, tenía la ingrata sensación de estar contribuyendo al destierro de El Lacio. Descargaron el coche en casa de la hermana de Juan, mayor que él y viuda desde hacía años. "Juan, para lo que necesite ya sabe dónde me tiene". Les costó despedirse. Manuel se fue con un regusto amargo en la boca y un sentimiento de melancolía y abandono.

El uno de septiembre, Jesús estaba citado en el instituto para realizar el examen de ingreso. Se encontraba preparado desde muy temprano, y su madre con él. Manuel los acompañó antes de partir para el trabajo. Cuando llegaron, a Manuel se le revolvió la conciencia de tantos y tan ominosos recuerdos trágicos. El Instituto Laboral de reciente creación ocupaba las dependencias del edificio de dos plantas que desde la guerra había sido la cárcel, trasladada ahora a las dependencias del nuevo cuartel de la guardia civil. A Manuel se le infundió la entrada como del averno; la sombra de la fachada se proyectaba donde hacía tantos años se amontonaban las

371

mujeres de los presos con sus rostros consumidos por el dolor y los ojos hundidos del llanto, miró al lugar donde los soldados les dieron el alto y se mofaron de ellos, recordó la tensión contenida de los músculos del brazo de su padre, intuyó el miedo atenazando a su madre, la actitud desafiante de Luchi y Peligro cuando, al fin, les permitieron irse. Aquella antesala del infierno iba a ser el lugar en el que se educaran sus hijos, más tarde sabría que las clases se ubicaban en el piso superior, el inferior lo ocupaban algunos despachos de la dirección y oficinas, el espacio restante lo ocupaban varias celdas de amplias rejas de gruesos barrotes y un patio vallado muy alto, el patio de los presos. Alguien había decidido que aquel lugar tan lúgubre como impropio debía ser en el que estudiaran los niños de Entrecerros. Sin duda, concluyó Manuel, era palmario que el padre de tan descabellada idea debía ser un botarate que no había descubierto el gusto por aprender. Disimuló una prisa que no tenía, se despidió de su esposa y su hijo, al que deseó suerte y a quien nunca contaría aquellas vivencias y, sin acercarse a la puerta, huyó hacia El Manantial.

Capítulo 69 (1965 – 1966) Desgracias y quebrantos

El tiempo transcurría veloz en un intento de ganarle la carrera a la ingente cantidad de paisanos que emigraban lejos, quién sabía si para siempre, como si hubiera reventado una espita por la que se desangraba el pueblo. En las calles fantasmales, crecía el número de casas deshabitadas, a las que los meses y años, el sol y la lluvia, descarnaban las fachadas, ajaban puertas, balcones y ventanas y cubrían de jaramagos los tejados, como marcándolas con el dedo acusatorio del abandono. El estrépito de un cristal roto, la espetera que las alcayatas herrumbrosas no pudieron sostener, una puerta vencida, una persiana descolgada, las vigas podridas de un techo, creaban el sobresalto en el silencio de la noche en que las ánimas inquietas deambulaban por las estancias vacías.

A principios de noviembre, Diego enfermó de pleuresía. Manuel se llevó a sus padres a casa, al pueblo. Carmen pasaba los días y las noches cuidando de su marido, que no conseguía vencer la tos que se agarraba al pecho y le mordía el costado. Recibían a diario la visita de Juan El Lacio, que les hacía compañía cada mañana, "las tardes son más penosas para los enfermos y sube más la fiebre", se excusaba. Rosa ofrecía café a Juan, que siempre se resistía y terminaba tomándolo como a la fuerza ante la insistencia de ella. Juan le hablaba de los viejos tiempos como para distraer a la enfermedad. Diego no mejoraba y con el paso de los días se fue debilitando hasta apagarse como un pabilo.

El velatorio se llenó de vecinos y de hombres ya jubilados que habían trabajado con Diego en El Manantial. Sin poder contener las lágrimas, Juan El Lacio, se abrazó a Manuel, que se asombró de ver cómo se le rompía la entereza, "era como un hermano", sonaron muy dolorosas, muy sentidas, las palabras de Juan que se sentó abatido en un rincón, como apartado, la vista en el suelo. Las mujeres compadecían a Carmen, "hija, toda la vida trabajando en el campo, qué poco habéis podido disfrutar", "un hombre tan formal, tan trabajador", "qué lástima, cómo se le vino encima la enfermedad tan de repente", y cada una tenía unas palabras para ella, que asentía y lloraba sin consuelo. Entró El Jáquima y se quitó la gorra al tiempo que le estrechaba la mano a Manuel, "puta vida", imprecó, la mirada altiva y desconfiada en el rostro envejecido, la espalda ya ligeramente encorvada. "Gracias, Francisco", Manuel no estaba seguro de haber respondido convenientemente. "Buenas noches", se dirigió El Jáquima a los acompañantes, que le respondieron entre dientes y le retiraron la vista con disimulo. "Siéntese aquí, Francisco", salió Manuel al quite, arrimando otra silla y sentándose a su lado. "Bueno, hombre, bueno, qué le vamos a hacer", dijo alguien por romper un embarazoso silencio general. "Ya ves", contestó otro. "Como que no somos nadie", apostilló un tercero. "A usted le veo bien, Francisco", se dirigió Manuel. "Muchos años ya", rezongó El Jáquima, "pero bueno, voy tirando". Aquel cruce de palabras entre los dos parecía que autorizaba a que los demás reanudaran sus interrumpidas conversaciones. "Qué tiempos aquellos", El Jáquima parecía nostálgico, "cuánto se ha trabajado en esa finca. Trabajar de verdad, a brazo, no como ahora que sois unos señoritos y todo lo hacéis con el tractor y las máquinas. Si hasta vais en coche a El Manantial...", sacó a relucir el mérito de unas penalidades que no habían sido precisamente las suyas. Manuel lo miró y le dedicó una media sonrisa ambigua que era tanto de condescendencia como de desmentido a sus palabras, no era el día ni el lugar para llevarle la contraria. "Así está el pueblo, cada día peor. Mientras yo estuve en activo...", para El Jáquima era evidente que las cosas habían ido a peor desde que él se jubiló y daba a entender que esa era precisamente la causa. Manuel se había hecho a la idea de que iba a ser una noche muy larga, obligado a atender la vanidad de El Jáquima". Tomaron café y aguardiente que les sirvieron Rosa y Lutgarda, que había llegado a última hora de la tarde. "Bueno, ya poco se puede hacer, mañana nos vemos en la iglesia", justificó, al fin, El Jáquima su marcha, con la que Manuel vio el cielo abierto.

Para tratarse de un día entre semana, el responso y el entierro fueron muy concurridos, lo que enorgulleció a Manuel.

El sábado, a las ocho de la tarde, la iglesia casi se llenó en la misa de difuntos por el alma de Diego. Para admiración y sorpresa de amigos y dolientes, especialmente de Manuel y de Rosa, asistieron don Félix y Eloísa, que dieron un distinguido pésame a la familia. Carmen apenas se percató, deshecha en lágrimas, asida del brazo de Lutgarda que la reconfortaba. Rosa se refugió en la tristeza del momento para eludir la mirada de Eloísa, que observaba con ternura a Manuel, chaqueta de años que conservaba de la boda y camisa blanca abrochada al cuello. A la pérdida del padre se unió en la mente de Manuel aquella otra del que posiblemente fuera su hijo, el pequeño Máximo, lo que le agrandó la pena de aquel día. La belleza de Eloísa se manifestaba en todo su apogeo, su piel blanca y los cabellos dorados resaltaban aún más con el oscuro del luto. A Manuel le costaba creer que hubiera existido un tiempo en que se había fijado en él y que tantas veces hubieran gozado desnudos en la bodega, tan distante e inasequible la encontraba ahora. La inesperada presencia de don Félix obligó al cura a dar un improvisado sermón que hilvanó como buenamente pudo, si bien hubieron de apuntarle más de una vez el nombre del finado, que no conseguía retener. Don Félix respondió espléndido en la colecta. Finalizada la misa, Manuel se despidió de don Félix y esposa, mostrándoles el agradecimiento por su asistencia, y aprovechó la ocasión para acordar con don Félix la jubilación de su madre; a Manuel le urgía quitarle preocupaciones, las criadas de la casa del pueblo se ocuparían del cortijo cuando se requiriera.

Era casi noche cuando Lutgarda llegó a Sierrabella en el coche de la estación. Ruperto, a quien las normas inflexibles de la guardia civil no habían permitido asistir al funeral, la esperaba para acompañarla a casa. De camino, se cruzaron con García, un guardia grande como un burro padre, más barrigón que fuerte, con el que Ruperto no mantenía buenas relaciones. Se saludaron con desgana mutua, como salvando un mínimo compromiso, Ruperto con más consideración de la habitual por respeto a Lutgarda, que García no pareció valorar, emitiendo un saludo que más era un gruñido que molestó a Ruperto. García, al igual que otros guardias, se valía de su condición para lograr de los asustados paisanos, sobre todo, de los campesinos, incapaces de negarse, cuantos favores y dádivas les demandaban. Ruperto se lo afeaba cuando lo hacían en su presencia, no soportaba que se abusara de la gente ni mucho menos que a él lo tuvieran por uno de los otros. Su exacerbado sentido de la rectitud lo hacía despotricar sin miramientos ante tales actos. Como consecuencia, en la casa de García y en otras del cuartel entraban regalos que nunca llegaban a la de Ruperto, tampoco a la de Benito, que al igual que Ruperto, rechazaba aquellas abominables prácticas que habían ido rompiendo la convivencia en dos bandos, si no enfrentados, sí ignorados el uno del otro.

La noche siguiente, Ruperto entró en casa y se dirigió sigiloso al baño sin ser visto. Lutgarda le cuchicheó a Ángel que se acercara a ver qué hacía el padre. Empujó la puerta que estaba entornada, "¡¿qué quieres?!". El padre tenía el rostro ensangrentado y amoratado con múltiples cortes que intentaba limpiar torpemente con una toalla. "¡Mamá!", Lutgarda corrió ante la voz de alarma del hijo asustado. "¡Dios mío, cómo te has puesto así!", agarró la toalla y Ruperto se la arrancó, "¡déjame!", olía a vino, "¡¿cómo que te deje?, trae!", la recobró, mojó un pico bajo el grifo del lavabo y con toques suaves le fue limpiando con paciencia, al tiempo que ella misma se secaba las lágrimas con la manga del vestido. "¿Te duele?". "¡No, venga, limpia más fuerte!". Ruperto jadeaba iracundo. "¡Canalla!, ¡ladrón!, ¡sinvergüenza!", y hacía ademán de querer salir de casa. Lutgarda se lo impedía, ayudada por María y Ángel, que se interponían en la puerta para que no pasara el padre. Consiguió disuadirlo y lo sentó a la mesa, mientras ordenaba a los niños que se fueran a la cama. "¡Hijo de la gran puta!, ¡maricón!", Ruperto seguía en estado de gran excitación, queriendo sacudirse los efectos del vino; no sentía las heridas del rostro, sino las del orgullo. "Calla, te voy a poner la cena". "¡No pongas nada! ¡Hijo de la gran puta!", repetía con rabia incontenible. "Te voy a poner la sopa". "¡Que no quiero nada! ¡Hijo de la grandísima puta!". "Bueno, pero deja de gritar". Lo acompañó a la cama y le ayudó a desvestirse. Desde fuera oía la respiración agitada, murmurando insultos. Lutgarda lavó la toalla y limpió cuidadosamente la camisa y la guerrera. Cuando se acostó, Ruperto roncaba inquieto. La habitación apestaba a vino sudado.

"¿Fue García?", Lutgarda acababa de ponerle el café. Ruperto no contestó, tenía el rostro tumefacto y se sentía derrotado. Benito llamó a la puerta, "el capitán quiere verte, te está esperando en la sala de armas". Ruperto se puso en pie, se colocó la guerrera y salió sin decir nada. Lutgarda se asomó a la ventana que daba al patio. Lo vio dirigirse hacia la entrada del cuartel junto a la que se encontraba la sala de armas, frente al cuarto del guardia de puertas. Al poco, desde los pabellones del otro lado del patio donde vivía, vio a García que también se dirigía hacia la entrada, no había sufrido ningún daño. Lutgarda se convenció de que Ruperto había bebido hasta emborracharse; para su desgracia, se había envalentonado con el vino, dando rienda suelta al veneno rumiado durante tanto tiempo por las tropelías de García, que aprovechó su estado de embriaguez para golpearlo con saña. Vio salir a Ruperto de vuelta a casa, la cabeza baja, como queriendo ocultar las heridas. Entró taciturno, la respiración agitada. Se quitó la guerrera. "¿Qué ha pasado? ¿Qué te ha dicho el capitán?". "Me ha relevado del servicio. Me trasladarán". "¿A dónde?", a Lutgarda se le vino el cielo encima. "No lo sé todavía. Me echan de aquí". Ruperto se había sentado, las manos entrelazadas, los brazos apoyados en la mesa, la cabeza gacha, el rostro desfigurado.

Partieron al cabo de dos meses, el nueve de enero, en el camión de un familiar lejano de Lutgarda que contrató Ruperto, que viajaba en la cabina; Lutgarda con los niños, detrás, en un hueco que habían dejado entre los muebles y enseres. El tendero no había querido cobrarles la deuda del mes, antes bien les dio dinero para lo que necesitaran, ya se lo devolverían cuando pudieran. Lutgarda lloró, era mucho lo que dejaba atrás. Fue un viaje muy largo hacia El Albarizo, al otro extremo de la provincia, en una tierra de una llana monotonía blanquecina. Las viviendas del cuartel se encontraban ocupadas, por lo que, en espera de que quedara un pabellón libre, Ruperto, que había viajado unos días antes, había apalabrado una de alquiler en una casa de vecinos donde vivía el guardia jubilado al que iba a sustituir. Cuando llegó el camión, el jubilado aún no se había marchado. Discutieron sobre quién había errado en las fechas. Una de las vecinas les ofreció una habitación que tenía libre al fondo, en el último patio, cerca de la cuadra, y se ofrecieron a ayudar a los recién llegados. Lutgarda se tragó la pena de ver sus cosas desparramadas por los corredores a la intemperie. No le consoló la vivienda que habrían de ocupar en pocos días; un comedor diminuto, una cocina bajo el hueco de una escalera y un único dormitorio, un tabuco sin más ventilación que la puerta; el váter, al fondo, muy lejos, junto a la cuadra. De noche, lloró amargamente echando de menos su casa de Sierrabella. De madrugada, la lluvia mojó sus pertenencias, como lavándoles los recuerdos.

Capítulo 70 (1966) Los secretos de El Manantial

Aún no había transcurrido un año desde la muerte de Diego. Manuel llegó tarde a casa aquella noche de mediados de julio, Rosa lo esperaba con semblante preocupado, "tu madre está en la cama, no se encuentra bien". Manuel entró en la habitación, "¿qué le pasa, madre?". "Me siento mal, hijo, me duele mucho el vientre", la madre yacía encogida sobre un costado, las piernas dobladas. "¿La ha visto el médico?", Manuel miraba a Rosa, "sí, vino esta mañana, dice que esperemos a ver cómo evoluciona por si son gases, no ha consentido comer nada en todo el día". "Madre, eso no puede ser, que a usted no le sobran las carnes, tiene que comer para mantenerse fuerte". "Le he ofrecido un caldo, que eso no le hace daño a nadie, pero se niega", se lamentaba Rosa. "Anda, prepáraselo". "Que no hijo, que no se me apetece". "Prepáraselo, Rosa". Porfió hasta que consiguió que lo probara. Apenas había ingerido un minúsculo sorbo, prorrumpió en vómitos hasta la hiel. Rosa le ayudó a limpiarse. Carmen se negó en rotundo a un segundo intento, solo deseaba quitarse el amargor de la boca. Rosa le preparó un vaso de agua con limón con el que hizo buchadas, arrojándolas a una palangana desconchada. Después de tanto esfuerzo, pareció remitirle algo el dolor. "Estoy mejor, dejadme dormir". La noche fue penosa, en vela, el dolor le volvía una y otra vez y la hacía retorcerse. Por la mañana volvió el médico. Le palpó el vientre, Carmen se puso en un grito. El médico recetó unas inyecciones de calmante. "Esto tiene mala pinta", le confió a Manuel fuera de la habitación desde donde no lo oyera la enferma, mientras se lavaba las manos en una palangana nueva que había dispuesto Rosa sobre la mesa, al lado, doblada, una toalla sin estrenar. "¿Cree que debo llevarla a la capital, al hospital?", Manuel estaba muy alarmado. "Si es lo que parece, allí no le van a solucionar nada, todo lo que podemos hacer es evitarle el dolor con los calmantes", las palabras del médico sonaron como una cruel sentencia. Manuel compró la medicina en la botica y avisó al practicante que no tardó en acudir a la casa. Rosa había puesto en la mesa una jarra de agua, un bote de alcohol y un paquetito de algodón. El practicante, de chaqueta y corbata, se sentó a la mesa, inclinado hacia adelante, las piernas recogidas hacia atrás, la barriga descansando sobre los muslos. Abrió el estuche metálico, vertió alcohol en la tapa vuelta hacia arriba y dispuso en ella el soporte sobre el que colocó, alzada, la base del estuche cubierta de agua que bañaba la jeringa y las agujas, prendió fuego al alcohol y dejó hervir el agua hasta que se consumieron las llamas. Cuando se hubo enfriado, tomó la ampolla de la medicina, serró el gollete con la cuchilla dentada, lo partió con las manos y sorbió el líquido con la jeringa, punzó el tapón de goma del frasco con una aguja, inyectó el líquido, lo removió y volvió a succionar el contenido, tomó otra aguja sin usar, pellizcó el algodón, lo puso sobre la botella de alcohol y la invirtió con destreza empapándolo. "Bueno, vamos allá", las palabras rompieron el encanto del ritual al que Rosa y Manuel asistían embelesados.

La medicina pareció ser efectiva y Carmen pudo descansar. Por la noche, mientras Rosa trajinaba en la cocina, la madre se dirigió al hijo en voz muy baja, "¿terminaste del todo con la señora Eloísa?". Manuel se sonrojó hasta las orejas, "madre…". "Madre, qué". "Qué cosas dice". "Ah, ¿no es cierto lo que yo he visto o es que eran visiones?". "¿Y qué ha visto usted?". "Pues no te voy a decir que todo, pero mucho, sí. Y tuve que limpiar y ordenar la bodega cada dos por tres". Manuel se sintió atrapado y avergonzado. "¿Lo sabe Rosa?". Manuel asintió, "eso ya está olvidado". "Mejor así, qué locura; no me quiero imaginar qué sería de ti, de todos, si se llega a enterar don Félix", la madre estaba angustiada. "Descuide, madre, y no se preocupe, aquello acabó y solo lo sabemos Eloísa, Rosa y yo… y usted". "Qué locura, Santísima Virgen de la Gruta", se santiguaba la madre.

La enfermedad avanzaba inexorable; Carmen esputaba sangre con frecuencia, su rostro curtido y tostado por el sol durante toda su vida se iba tornando blando y lívido. Comía poco y vomitaba la comida las más de las veces. Las inyecciones, que habían pasado a ser cada ocho horas, le calmaban; Rosa decía que, como nunca se había medicado, cualquier cosa le hacía efecto. Cada día acudía el practicante a primera hora de la mañana, a mediodía y a última hora de la noche. Jesús se quedaba con las cuchillas de sierra apenas usadas.

Volvían a encontrarse a solas otra noche, "madre, ¿don Máximo… usted… yo…?". La madre se sintió compungida, tiñéndose débilmente la palidez de su rostro, los ojos nublados de lágrimas. "Perdone, madre, no tenía que haberle preguntado", se arrepintió Manuel profundamente. "Hijo, lo viste una vez. Fueron muchas. Me maltrataba y abusaba de mí. Hubo temporadas, que a diario; en una de ellas, me quedé embarazada de ti. Sufrí mucho, mucho. En la soledad del campo, no había nadie a quien confiarme; mi mayor preocupación era que tu padre…, mi marido", se corrigió, "que era un pedazo de pan, nunca lo supiera… y nunca lo supo". Manuel quedó pensativo, sin alterarse, transmitía una calma incomprensible. Tomó a su madre de una mano y la acarició como queriendo reconfortarla de toda una vida. Se arrepentía de haber removido en su madre aquel pasado cruel.

La enfermedad se recrudeció y a los calmantes se añadió la morfina. La madre entró en una semiinconsciencia entre alucinaciones. Pasó varios días adormilada. Por fin, abrió los ojos, estaba Manuel solo con ella. "Hijo, la muerte de don Máximo… tú…". Manuel se vio sorprendido. Recordó el día que murió don Máximo; él solo tenía once años. La mañana de aquel sábado, había dejado las ovejas a cargo de Luchi y Peligro y había adelantado la caza que solía hacer después de comer. Guardó las piezas cobradas en el zurrón y lo colgó camuflado entre las ramas de una higuera. Anduvo arroyo arriba hasta llegar al lugar por donde don Máximo hacía saltar al tordo. Se dirigió a las encinas entre las que pasaba al galope y tendió entre ambas una fina cuerda de cáñamo a dos palmos del suelo. Después de comer, salió como siempre, dirigiéndose a la higuera. Desde ella volvió a hacer el recorrido del arroyo hasta agazaparse tras unos matorrales cerca del lugar donde había puesto la cuerda. Vio venir a don Máximo, tranquilo, gozando del trote. Detuvo un instante el tordo, lo espoleó y lo lanzó a galope tendido hacia las encinas. Agachó la cabeza y, un segundo después, el caballo tropezaba rompiendo la cuerda y perdiendo las manos. Don Máximo voló a estrellarse contra las piedras del talud, donde quedó inmóvil. Manuel solo había pretendido provocar una caída que hiciera desistir a don Máximo de volver con tanta frecuencia a El Manantial; se asustó al verlo caer de aquella forma tan violenta. Esperó unos instantes. Don Máximo no se movía. Fue hacia él. Don Máximo lo miraba con los ojos muy abiertos, muy quietos. Se sintió amenazado. Tomó una piedra grande, la levantó con ambas manos, los ojos permanecían inmóviles, la dejó caer con rabia sobre la sien en un golpe sordo y blando, abriéndole una brecha, y la arrojó al agua; los ojos seguían abiertos, inamovibles. Corrió a las encinas, recogió la cuerda y desanduvo arroyo abajo por la orilla opuesta, protegido de la vista de nadie tras los matorrales que bebían de la rivera. Recogió el zurrón, sacó la caza, que se colgó al hombro haciéndola visible, y se volvió a la choza con paso tranquilo, el corazón a saltos. En el camino se cruzó con Ramón, que le preguntó si había visto al señorito don Máximo, recordaba cómo le había contestado "no, por aquí no ha estado; si no, me habría espantado la caza". Cuando vio a su madre en la choza, se le disiparon las dudas, se sintió en paz y no se arrepintió de nada. Manuel miró a su madre que esperaba su respuesta, qué no sabría ella, agachó la cabeza. "¡¿Lo mataste!?", la madre parecía resurgir de la enfermedad con fuerza inusitada, aterrada de sus palabras. Manuel la miró y volvió a bajar la cabeza sin pronunciar palabra. "!Hijo, ¿cómo te atreviste?!", la voz reflejaba la angustia y el pánico por los peligros que había corrido… que aún corría el hijo. No dijo nada más. Expiró.

Epílogo. Uncido

Acababa de enterrar a su madre y necesitaba recapacitar a solas, buscó el refugio de El Manantial, donde solo las chicharras obstinadas y el doblar lejano de las esquilas de los rebaños arrullaban el campo dormido al sol, habían muerto sus cuatro abuelos y sus padres, de su familia solo quedaban la tía Lutgarda, con quien se carteaban y a la que veían en contadas ocasiones, y el tío Andrés, poco mayor que él, y aunque podía contar con su suegro, lo que hubiera de ser de su familia de él solo dependía, recapacitó en que había lidiado con la vida como le había venido, no como él la hubiera deseado, hasta tanto llegaba la limitación de los pobres, que ni planear su existencia podían, un privilegio reservado a la clase alta de don Félix, que disponía de la suya y de las ajenas a su conveniencia y antojo, una clase alta que frecuentaba los bancos, mientras los demás ni habían abierto una cuenta nunca ni habían pisado jamás aquellos vedados edificios tan suntuosos, excepto los contados que como él acudían semanalmente a retirar el dinero de los jornales, la mayor preocupación residía en llegar a fin de mes y pagar, religiosa y hasta milagrosamente, quién con más desahogo, quién a duras penas, las deudas de la tienda y del ditero, y si bien la pobreza extrema había llevado a que un río de paisanos emigraran en busca de prosperidad a otros lugares, dentro y fuera del país, y los que aún no se habían marchado no tardarían, a él no le faltaba valor pero, como capataz, no tenía motivos suficientes para seguirlos ni se atrevía a arriesgar lo poco que poseían por temor a perderlo todo, uncido al yugo del deber para con su familia, para los trabajadores, animales y herramientas que él mismo había escogido, uncido a las encinas, alcornoques y olivos centenarios que tan bien lo conocían desde que nació, uncido a la responsabilidad ineludible que le impedía abandonar sus obligaciones, uncido a la memoria del que retiene recuerdos imborrables, don Humberto, cuánto tiempo le faltó, Rodolfo, de triste final trágico, como también lo tuvieron El Nene, El Hurguiña, El Rubio, uncido desde niño a la escasez y a la estrechez que parecían atarlo de pies como se traba a las bestias, uncido al fantasma de don Máximo, no, nunca lo consideraría ni en pensamientos como su padre, uncido a la dependencia de don Félix y a la amenaza de que algún día terminara por enterarse de aquello que nunca debía saber, el grave secreto de la aventura alocada e irresponsable a que lo había arrastrado el capricho de Eloísa, resuelta por el inesperado embarazo, y la sospecha, casi certeza, de que aquel hijo fuera suyo, un hijo del que nunca sería el padre, como tampoco lo fue de él don Máximo, uncido a la libertad íntima que solo la soledad protectora del campo le ofrecía, ¿a dónde habría de ir?, en cualquier otro lugar sería un extraño, se sentiría tan advenedizo como inseguro, el logro de haber llegado a capataz tan joven, el puesto más alto al que podía aspirar sin ser dueño, lo obligaba, lo atenazaba y le impedía abandonar una posición ansiada por tantos, a pesar de que ahora, aunque con años de retraso, porque a la sierra todo llegaba con retraso, tras décadas en las que el tiempo se había arrastrado sin ganas ni propósito, el mundo parecía galopar más deprisa y dudó de que quizás estuviera despreciando oportunidades que quién sabía si volverían alguna vez, sintió la desazón de desconocer qué les depararía el futuro de aquel caballo desbocado, imprevisible para todos e incierto y amenazante para los desprevenidos, recapacitó en su vida, que había discurrido hasta entonces zarandeada y anclada en la sordidez de un tiempo bronco de penuria, de ignominia, de silencio, de resignación, de desesperanza, de muerte, en donde los placeres con Eloísa habían sido la tronera por donde experimentó la explosión de un mundo tan nuevo como peligroso y prohibido, pensó en su mujer, en sus hijos, las cosas le sobrepasaban, sintió la querencia telúrica de El Manantial y se aferró a ella, rememoró su primer trabajo de capataz en La Ventolera, también en el odiado El Molinillo, determinó que su marcha habría sido una huida temeraria, sin sentido, quién sabe si cobarde, y, por encima de todo, quería y debía permanecer fiel a sí mismo, a su instinto, aunque se marcharan tantos él seguiría allí porque aquel era su mundo, el único en el que se sentía capaz de manejarse, respiró hondo, acarició la navaja en el bolsillo, pasó la yema de los dedos por su nombre grabado a puntos en la virola que le rememoró la integridad, la honradez, la lealtad, la bondad y la generosidad de Juan El Lacio, un hombre de campo de los que se visten por los pies, y contemplando la inmensidad de la dehesa de El Manantial que lo envolvía reteniéndolo como un poderoso imán, fijó la vista a lo lejos en dirección a las encinas bajo las que reposaban Luchi y Peligro y, detrás de estas, el Arroyo de las Piedras donde sucumbió don Máximo para siempre, para siempre, se repitió como para cerciorarse, y más lejos aún, allá en lo alto, a la izquierda, la cumbre del cerro de las cuevas donde yacía Flaco, abrió la navaja, la empuñó con firmeza, palpó la hoja afilada, la punta tan aguda, volvió a cerrarla, la estrujó con fuerza hasta marcársela en la palma de la mano y creyéndose en lo cierto y convencido entre tantos recelos y tribulaciones, apretó los dientes, cerró los ojos y, asintiendo con la cabeza, se reafirmó con un decidido "vale".

FIN

Índice

.

www.ingramcontent.com/pod-product-compliance
Lightning Source LLC
Chambersburg PA
CBHW030549260626
47157CB00006B/2242